衣向东 王威

[著]

乐道院

作家出版社

在战争面前，每个人，每座城，都是孤儿。

第一章

这个早晨还是来了。

这个早晨来得比往常都早。

宁婶打开房门，冷气扑面而来。她打了个寒战，忙扶住门框。昨夜通宵没睡，又流了许多泪水，身子自然虚弱，脑袋昏沉沉的。她稳了稳身子，怯怯地朝大街方向望去。天色混沌，树梢被薄雾状的寒气缠绕着，灰蒙蒙一片，看不真切。

宁婶关闭房门，要把惶恐和不安都关在门外。她又坐回卡米洛床边的椅子上，看着熟睡中的卡米洛。昨晚她就坐在这个位置，看着窗外的黑夜，害怕晨光出现在窗户上，然而天光很快在她的目光里一点点明亮起来。

"唉，卡米洛，可怜的卡米洛。"她心里反复念叨着这句话。

明天，这个自己一手带大的孩子就要独自离开北平了，一想到这里，她心里就痛，就像被人用钝刀生割一样。三天前，几个日本兵来到家里，通知卡米洛本月25号清晨，到前门大街集合去火车站，乘火车到山东潍县侨民生活所。

宁婶不知道潍县在哪里，更不知道七岁的卡米洛去那里如何独自生活。她哀求来下通知的日本兵说，卡米洛的叔叔很快就从美国赶过来，接他回去。卡米洛的爸爸妈妈遇难后，他们的朋友联系上了卡米洛的叔叔，叔叔答应尽快到中国来将卡米洛带回国。

领头的日本兵不耐烦地说，不用等了，他的叔叔不会来了。

宁婶小心翼翼地说："我陪他去，少爷没人照顾可不行……"

宁婶话没说完，就被日本兵粗暴地打断了，说道，你不够资格去"侨民生活所"，那里有世界上最好的生活设施，有世界上最顶尖的学校和咖啡馆，不是你们这些贱民想去就能去的。

宁婶想不通，即便是侨民，他们在这里也有家，为什么好好的家不能待了，要跑去山东潍县住什么侨民生活所？宁婶不敢问。自从1937年北平沦陷，日本人来了以后，这个城市就乱套了。他们在三岔路口堆上沙包，架上机枪，在重要路段拉上电网，设上岗楼，每天开着卡车，拉着一车又一车举长枪的士兵在街上巡逻。谁敢跟他们对视一眼，轻则被揍得头破血流，重则被开枪击毙。女人们更是胆战心惊，不知道下一秒会不会被拖进黑巷子里去。报纸上说，逃难到平西门头沟潭柘寺的两百多名妇女，一夜之间全部被他们祸害了，无一生还。卡米洛在育英中学当老师的爸爸和妈妈，只是周末带卡米洛去了趟郊区王家山村，去时活泼泼的一家人，回来就变成了卡米洛躺在医院里，他们俩人被烧成了灰烬。宁婶打了个寒战，不敢想下去了。

潍县在哪里？侨民生活所是个什么地方？那天日本兵走后，宁婶想得脑壳疼，也没想出个子丑寅卯，索性去街区拐角找卖猪肉的老孙。在宁婶心中，没有老孙不知道的事情，北平大街小巷的新鲜事都装在他脑子里。

听宁婶说完，老孙擦了擦油腻腻的手，说："嗨，您没听说吗？小日本偷袭了美国的海空军基地，美国人被惹恼了，把在美国的日本侨民关押了起来，说他们当中有人干间谍，给小日本传递情报，让美国海军遭了殃。美国关押了在美国的日本侨民，小日本就要把在中国的同盟国侨民关押起来，听说咱北平的美国、英国、法国……十多个国家的侨民，都要送到潍县去。"

"潍县离咱北平远吗？"宁婶茫然地问。

"远吗？一两千里呢，您说远不远？"

对于从来没有离开过北平的宁婶来说，一两千里路简直是无法想象的遥远。她忐忑地问："没听说去住多久？"

老孙笑起来："宁婶啊，您这话问的，他们还能回得来吗？"

看到宁婶的身子哆嗦了一下，老孙赶紧改口说："也不是回不来，这要看仗打到什么程度了，您也别想得太远了，日本人怎么说，您就怎么听，赶紧回去给那孩子收拾收拾东西，能带多少带多少。"

宁婶给卡米洛收拾行李的时候，什么都想给卡米洛带上，可又心疼累着孩子，有几件物品一会儿装起来，一会儿又拿出来，反复折腾，直到现在，她心里仍没拿定主意，带上还是不带？

宁婶费力想的时候，卡米洛从睡梦中惊醒，连滚带爬下了床，光着脚板冲出屋子。宁婶愣神的空隙已经不见人影了，她连伸手去抓他的机会都没有。

宁婶追到大街上。卡米洛已经跑出很远，睡衣被寒风吹得鼓胀起来，小脚板敲打在硬邦邦的路面上，发出鱼儿跃出水面般的扑哧声。

"卡米洛少爷，停下来、停下！"身后的宁婶焦虑地喊叫，"帮帮忙，拦住、拦住他……"

因为寒冷的缘故，宁婶的声音传得很慢，像卡住的磁带，一颤一颤的。街道的行人听到宁婶的呼喊后已经慢了半拍，矮小的卡米洛泥鳅一般穿越了几个人的臂弯，因为受了拦阻，反而越跑越快。他的耳边全是妈妈的声音："快跑啊，卡米洛，你要勇敢！"

终于，一双有力的胳膊箍住了卡米洛。

宁婶喘着粗气追上来，将卡米洛紧紧抱在怀里，语无伦次地说："卡米洛少爷，你又做噩梦了。不怕孩子……"

卡米洛全身在剧烈地颤抖。他确实做了个噩梦，又梦见了北平郊区王家山的那场大火。在那场大火之前，爸爸妈妈几乎每周都去王家山村教村里的孩子认字，谁也没想到，那天中午的时候，一队日本兵来了，妈妈意识到凶多吉少，压低声音说："快跑啊，卡米洛，你要勇敢！"日本人强行把爸爸妈妈和村民赶进了村后的仓库，在仓库周边堆上了柴火，泼上汽油，随即就有一团火光照亮了天空。

那团火光从此留在卡米洛脑海里。

卡米洛在宁婶怀里拼命挣扎。宁婶抱着他，像抱着一条活蹦乱跳的大鱼，既舍不得用力，又不敢轻易放松。僵持和搏斗间，她的眼泪落下来。

宁婶费了很大力气才将卡米洛抱回了家。

卡米洛呆坐在卧室的窗前，目光落在对面的墙壁上，墙上贴满了他作的画，有一张全家福，上面画了他和爸爸妈妈，还有呆萌的猫咪西西。爸爸妈妈正朝他微笑，那微笑像他们活着时一样柔软。

好半天，卡米洛才将目光移开，看向窗外的花园。爸爸妈妈喜欢种花修竹，每年夏天，院子里都开满黄色的郁金香，引来成群的蝴蝶和蜜蜂流连花间。这样的时光，卡米洛通常都是带着心爱的猫咪西西，穿梭在花丛间捕捉蝴蝶。一家人的日子逍遥自在，像天空悠悠飘浮的白云。

然而现在的季节，花园看上去很狼狈，没有绿色也没有积雪，一些杂物凌乱地挂在干枯的花枝上。西西孤独地蹲在郁金香花园里，歪着小脑袋做思考状。卡米洛猜想，西西一定在思考潍县"侨民生活所"是什么样子。

宁婶两天前就把事情告诉了卡米洛，她尽量说得委婉平静，让卡米洛感觉去潍县就跟走亲戚一样。说到最后，宁婶佯装遗憾地说："宁婶不能陪你去，下人不让跟着去享清福。日本人说了，所有的下人都不准去。你带西西去吧，宁婶在家等你回来，好不好？"卡米洛点了点头。他并不害怕一个人出远门，平时爸爸妈妈都很忙，没有多少闲暇照料他，他习惯了一个人出门玩耍。

卡米洛出生在北平，尽管爸爸妈妈很疼爱他，但从不溺爱，总是让他一个人完成自己的事情，培养他独立生活的能力。宁婶心疼卡米洛，有时候会偷偷去帮卡米洛洗衣服，爸爸妈妈发现后，会很严肃地批评宁婶。宁婶想不通，中国富人家的少爷小姐，哪有自己洗衣服的？连吃饭都有人伺候。

现在宁婶突然觉得，卡米洛的父母是对的。

早饭后，宁婶要送卡米洛出门了。出门前，宁婶拿出一件带夹层的小棉褂，叮嘱说："这是我特意给你做的，我在里面缝了几个口袋，每个口袋里都装着钱。花钱的时候，你找个没人的地方拿出来，你记住了吗？"

卡米洛没说话，任凭宁婶摆弄自己，把小棉褂穿在他身上。

宁婶心里在流泪。1943年的这个初春，中国大地上炮火连天，万物生，万物灭，生死只在一念之间，她不知道以后还能不能见到卡米洛。

卡米洛和北平所有的同盟国侨民，在日军荷枪实弹的看管下，步行去火车站。卡米洛一只手搂着西西，一只手拽紧宁婶的衣襟，紧紧盯着脚下的路。他毕竟是七岁的孩子，并不知道去侨民生活所意味着什么。

整个大街异常寂静，浩荡的人群只有动作没有声音，就像正在为北平播放一部无声的影片，诡异而又肃穆。持枪跟随在他们前后左右的日本兵，阴沉地盯着他们。任何反抗都是徒劳的，侨民们走得垂头丧气。日本人不允许侨民们的仆人送行，也不允许他们雇黄包车，必须让他们自己手提肩扛着行李去火车站。养尊处优的侨民们携带沉重的行李，走得很吃力，也很狼狈，不时地有老弱病残者摔倒，被身边人快速拽起来，磕磕绊绊地继续前行。

日本人故意让这些高贵的侨民蒙羞，强行组织北平市民站在马路两侧"看热闹"。善良的中国人对于这些突然遭受劫难的侨民们很同情，时不时地冒出掌声和鼓劲声。

突然间，一个日本兵发现了夹杂在侨民队伍中的宁婶，就像发现了猎物那样兴奋，快速走过来，指着宁婶说："你，滚开！"

日本兵粗野地将宁婶拽到一边，又指了指卡米洛，手臂坚硬地向前挥了一下，做出继续前进的动作，仿佛前面就是战场，七岁的卡米洛在他的指挥下，必须去冲锋陷阵。

侨民们掩紧大衣，在寒冷中前行。他们绕过卡米洛和宁婶，不敢有丝毫停留。

宁婶看着瑟瑟发抖的卡米洛，心里很焦急，慌忙拦住一位高大的金发女人，求她带上卡米洛，金发女人瞅了一眼宁婶，漠然地走过去。宁婶又拦住一位女人，又拦住一位……她们每个人身上都背着大包小包，谁都没心思搭理宁婶。

无奈，宁婶跪倒在路边，哭泣地央求队伍中的人："哪位好人能帮帮我家少爷，他只是个七岁的孩子，爸爸妈妈都死了……"

一位男侨民在宁婶面前停住了脚步，宁婶像抓到了救命稻草，急忙仰起满是泪水的脸，对男侨民央求道："求你帮帮我家少爷，我给你磕头了。"

男人大致听明白了宁婶的诉求，于是放下了手里的行李，要把宁婶扶起来，说道："老婆婆，你起来，这孩子交给我了。"

宁婶没有起身，她忙不迭地给男人磕头，脑袋重重地磕在地上，一下又一下。男人有些慌张了，死死抱住了宁婶，费了很大力气，也没有将她拽起来。

"好人，求求你啦，千万不要丢掉我家少爷。"宁婶哭泣着央求。

这个男人叫肖恩，燕京大学的年轻教授，只有三十二岁，美国人。肖恩不知道该怎么说才能让眼前的老婆婆放心。宁婶的头发散乱开，有几缕被泪水粘在脸上，额头已经磕出了血，几粒细碎的沙子嵌入皮肉里。肖恩心里一阵难过。他出生在河南，在中国生活了三十多年，很理解宁婶这份情感和善良。

肖恩慢慢弯下腰，俯在宁婶身边，指了指天发誓说："中国有句话，人在做，天在看，我对天发誓，只要我活着，就不会丢下这个孩子！"

"谢谢您！谢谢您！"宁婶拼命磕头，她的发髻彻底散乱了，在外人看来，像个疯女人一般。

肖恩想要扶起宁婶，宁婶却执拗地跪着。肖恩叹了一口气，走到卡米洛面前，微微弯下腰，拍了拍他的小肩膀，问道："你跟叔叔走，好吗？"

肖恩是一位很有教养的男人，善良就写在他的脸上。他很阳光，很帅气，同时又具有热情和活力。这么说吧，他属于那种男人和女人都喜欢的人，卡米洛看到肖恩的第一眼，就对这位叔叔颇有好感，甜润的微笑、透亮的声音、有力的大手，都给了他一种安全感。

卡米洛没说话，点了点头。肖恩用那只大手牵着卡米洛的小手，朝前走去。卡米洛边走边扭头看身后的宁婶，发现宁婶瞅着肖恩的背影，一直跪在那里磕头。这是宁婶留在卡米洛眼中的最后一个镜头。

天空开始飘起零碎的雪花，整个北平陷入了一片迷蒙中。

街两旁的北平市民，穿着厚重的棉袍，笼手站在纷飞的大雪中，神色愁苦地看着这群外国人被押走了。

侨民们已经意识到日本人的险恶企图，即便是拖着沉重的行李，也尽量保持优雅的姿态行走，队伍里甚至有人哼唱起了英文歌，歌声开始是零散的，但很快就汇聚成雄壮的合唱，亢奋激昂。卡米洛从来没有听过这首歌曲，可是母语歌让他心里踏实了许多。爱猫西西冻得瑟瑟发抖，使劲儿依偎在他怀里，希望得到他的温暖。他俯身亲吻了一下西西。

北平火车站终于出现在眼前。卡米洛拽着肖恩的衣襟登上了火车，准确地说，他是被人流卷进了车厢。这是押送侨民去潍县侨民生活所的专用列车，车座又硬又破。瘦弱的卡米洛蜷缩在靠近车窗的座位上，又偷眼打量对面车座上的肖恩。

肖恩向卡米洛重新介绍了一遍自己，问："你叫什么名字？"

"卡米洛。"

"国籍是哪里？"

"美国。"

肖恩朝卡米洛伸出大手，卡米洛想起了爸爸，犹豫片刻，他把自己的手放进那只大手里，像个大人般，跟肖恩握了握手。

火车咣当咣当开进了空旷的田野，许多人趴在窗口朝外看。铺天盖地的大雪中，北平被渐渐甩在了后面。不时有几棵树从眼前划过，像是漫漫田野的休止符。

车厢里没人说话。两个多小时后，火车在天津站停下，站台上拎着大包小包的天津侨民蜂拥而上，把后面为他们预留的车厢门挤得水泄不通。站台上的风很大，裹挟着雪在空中打着尖利的呼哨，很多人的头发和衣服在碎雪中飘了起来。

人群中，有个穿酒红色大衣、画着大红唇、烫着波浪卷的金发女人，手里拉着两个大行李箱，身上还背着一个用蓝色床单兜起来的大包裹，她没有跟众人拼挤，而是朝火车前方跑来，进入了卡米洛他们的车厢。卡米洛看了她一眼。在他七岁的人生中，第一次看到披挂得如此奇怪且隆重的女人，她就像舞台上的话剧女演员那样夸张。女人站在车厢门口，四下张望一番，眼睛盯上了卡米洛旁边的空座。卡米洛紧张起来，他眼睁睁地看着女人背着硕大的包裹，拖着行李箱，跟跟跄跄地走到他身边。没等安顿好，火车开动了。硕大的包裹从女人背上滚落下来，劈头盖脸地砸向卡米洛。

卡米洛和怀里的西西同时尖叫了一声，肖恩赶紧起身，将包裹从卡米洛身上移到他旁边靠窗的空座上。女人没有理会肖恩，她毫不客气地挤进了卡米洛和包裹之间。卡米洛瞬间被女人挤到了椅子边缘，一股茉莉花的香气淡淡袭来，令卡米洛的精神瞬间振奋起来。这是妈妈身上的味道。那天在王家山村，被日军押送去仓库的途中，妈妈把他推下草坡时，留在他记忆中的，就是这股茉莉花的香气。卡米洛的眼眶红了。

"卡米洛，坐到我的座位上来吧。"肖恩站起身子，想把卡米洛抱出来。卡米洛朝座位里面缩了缩身子，把脸伏在了西西背上。他希望这股茉莉花的香气留在身边。

女人的年龄跟肖恩差不多，白皙的脸庞上，一双湖蓝色的眼睛深不见底。她正在拿着小镜子和粉扑为自己补妆，看到肖恩看她，她一脸警惕地回望他。

"你好，我叫肖恩，你呢？"

"海莉。"女人停顿了一下，继而说，"加拿大人，你呢？"

"我是美国人。"

海莉的脸色忽然变了，她把粉扑和镜子放进口袋里，怒气冲冲地冲肖恩道："哎，美国人有什么神气的？"

卡米洛在座椅上动了两下。

肖恩吃惊地看着她，说："我们以前认识？"

海莉轻蔑道："谁愿意认识你！"

肖恩把头靠在座椅背上，闭上了眼睛。

车厢里人们的目光，又纷纷投向车窗外。

不知从什么时候起，天空的落雪变成了细雨。雨丝拉拉扯扯，在天地间挂上了一张雨帘。卡米洛扭头看向外面，田野灰蒙蒙光秃秃的一片，远处的地平线和天际连在一起，整个大地看起来是倾斜的，令他眼晕。他的头不自觉地靠在了海莉的胳膊上，那股淡淡的茉莉花香又袭来，卡米洛沉醉其中。

海莉把胳膊从卡米洛头上抽了出去，朝肖恩厉声道："把你儿子抱走，他妨碍到我了！"

卡米洛差点被掀翻在地，多亏肖恩眼疾手快，扶住了他。坐在卡米洛斜对面的大胡子男人忍不住站起来，指责海莉无礼，怎么能这样粗鲁地对待一个孩子！周围的人也谴责海莉，让她跟卡米洛道歉。

海莉冷笑道："你们美国人就是这么无理取闹，明明自己错了，总是从对方身上找借口。一群流氓！"

海莉的话引起了公愤，整节车厢的人站了起来，纷纷赶她走，让她回自己的车厢去，这节车厢不欢迎她。

大胡子怒斥道："你这是在搞种族歧视！我们决不允许这种事情发生！"

车厢里愤怒的声音一浪高过一浪。海莉傲慢地站了起来。茉莉花的香气消失了，取而代之的是混乱的场面。卡米洛把西西搂在怀里，整个身子在座椅上蜷缩了起来。肖恩劝说大胡子回到自己座位上，然后让众人冷静下来。他说事情是他和孩子引起的，他会处理好的，希望大家给他机会。车厢里这才慢慢安静下来，可是所有人的目光还是盯着海莉。

肖恩回身对海莉说："我们是美国人，可我们没人认识你，更没人冒犯过你，反而你在这里出口伤人，对孩子也毫无怜惜之心，非常令人失望！"

海莉环顾四周，讥讽道："美国人很牛吗？现在还不是一样被送去潍县？"

肖恩不知道该如何对付这个难缠的女人："请问，你是在用一人之力挑战整节车厢吗？"

海莉漠然地说："难道不行吗？"

肖恩说："我们都是去潍县侨民生活所，大家以后会在同一条船上，没人能独善其身。你眼下的言行会影响以后的生活，我希望你跟大家道歉。"

海莉冷笑道："你在威胁我吗？你想让我害怕？"

肖恩的脸涨红了，对于愤怒的克制让他的身子微微颤抖。卡米洛站到他身边，轻轻戳了他一下。

肖恩强装笑脸，安慰卡米洛说："我没事，不用担心。"

卡米洛看了女人一眼，小声对肖恩说："你别惹她生气了。"

肖恩疑惑地看着卡米洛，他有点摸不着头脑。

"她差点伤到你，卡米洛。"

"她没有伤到我。"卡米洛说完，坐回到那个狭窄的座椅上。海莉瞅了一眼卡米洛，也跟着坐下了。那股淡淡的茉莉花香又袭来，令卡米洛的眼眶发热，他弯腰把西西放在了地上，揉了揉眼睛。

海莉的脚上，穿的是双大红色漆皮高跟鞋。在卡米洛的记忆中，妈妈也有这么一双高跟鞋。她穿着它，带着自己去影剧院，去西餐厅，一路上咯噔咯噔，特别有精气神。

车厢里安静下来，夜色就在这不经意间降临了。

咣当咣当的火车声刺破夜幕，驶向远方。到了后半夜，车厢里的人昏昏沉沉地睡了过去。海莉靠在自己的包裹上，脚上的高跟鞋不知道什么时候脱掉了，歪倒在她脚边。

最初，卡米洛一直盯着高跟鞋看，鼻翼轻轻翕动，闻海莉身上的茉莉花味道。到后来，他的眼皮又涩又沉，被极度的困倦带入梦乡。

卡米洛醒来发现天已大亮，他是被车厢里的一阵躁动惊醒的。车厢里有人说，火车已经进入潍县境内，他急忙看怀里的西西，小东西还在沉沉地睡着。

卡米洛松了一口气。

第二章

　　经过近二十个小时的颠簸，火车终于到达潍县火车站。雨虽然停
了，但天空依旧阴沉沉的，雨雾缠缠绕绕，把远处的树木模糊成灰蒙
蒙一片。北平和天津的侨民换乘了日军的大卡车，去往潍县县城以东
三公里的李家庄，侨民生活所就在那里。泥土路坑坑洼洼崎岖不平，
日本兵司机却把卡车开成了摩托车，卡车晃荡颠簸得厉害，有人忍不
住恶心呕吐起来。

　　卡车驾驶室里传来邪恶的笑声。显然，日本兵司机成心折腾车上
的侨民，他们把这种事情当成了娱乐项目。

　　卡车行驶了半个多钟头，开阔的田野上出现一堵灰色的砖墙，里
面的建筑群在林木的掩映下，露出灰突突的屋脊。有条河从东边汤汤
而来，绕过围墙向北流去。岸堤石碑上写着的"虞河"两个字，在荒
草的掩映下，若隐若现。

　　有河流的地方，总是充满了灵性。

　　卡车一辆接一辆地停在有廊柱的中式大门前，押车的日本兵吆喝
侨民们下车，说"侨民生活所"到了。侨民们跳下车，打量着眼前油
漆斑驳的大门，门楼上面写着"乐道院"三个大字。灰色的围墙顶

上，竖立着电网和岗楼，岗楼里的日本兵端着枪，枪口对准大门口，一副如临大敌的模样。

侨民们当中有不少牧师，对"乐道院"并不陌生。1882年，美国基督教长老会派牧师狄乐播来潍县传教，在当地教友的协助下，他在潍县李家庄旁边购地五十亩，建房起舍，设立了这所集男女中学、医院、教会于一体的宗教活动基地，取名"乐道院"，意为乐于传播道义的学院。他做梦也想不到，几十年后，这个"幸福快乐的园子"，被日军强行占领，变成了亚洲最大的集中营。

日军之所以看上这个地方，是因为潍县是烟潍公路的终点，胶济铁路经过这里跟西边的津浦铁路对接，胶济线上驻扎着大批日军部队和伪军，并且还有一个飞机场。这里从东到西，由南往北，公路铁路航线连接在一起，沟通了省内外交通线，战略地位重要。而乐道院距离潍县很近，方便各种物品供应，院里面的设施比较齐全，适合关押众多侨民。

北平和天津侨民一千多人，在日本兵的监督下走进乐道院。脚下的土路因为雨水变得泥泞不堪，地面上到处是一汪汪水坑。他们拖着笨重的行李，走得磕磕绊绊。

肖恩提着他和卡米洛的行李，不时叮嘱卡米洛跟紧他。有个日本兵牵着一条皮毛光亮的大狼狗走过来，卡米洛紧张地从肖恩旁边躲向他身前。肖恩来不及防备，身子和行李都撞到了卡米洛身上。卡米洛倒在地上，身后的侨民来不及收住脚步，慌乱地从他们身上跟跄着迈了过去。

肖恩喊了声"卡米洛"，把他遮在身下。有个女人过来，为他们分散开后面的人，将他们从地上一一扶起。

女人仔细查看卡米洛的膝盖和双手，问道："伤着了没有？"

卡米洛摇摇头，低头看怀里的西西有没有受伤。女人用手绢仔细地帮他清理衣服上的脏水。

肖恩对女人说道："谢谢你。"

女人说："没什么。我叫艾瑟尔，半个月前刚从青岛大英烟草总公司过来。我们的总裁威尔逊先生，组织早来的侨民过来为你们服务……"

肖恩暗自打量艾瑟尔，也就二十五六岁的样子，长得很甜润，身上穿了一件呢子短款大衣，面料很好，却皱巴巴的。再看其他青岛来的侨民，衣服也都搓揉得不成样子。肖恩心里奇怪，却又不好细问。后来肖恩才知道，最先到达这里的青岛侨民，迎接他们的是杂乱而空落的房间，还有院子里成堆的垃圾，这些天，他们忙着收拾房间，清理环境卫生，还没脱过身上的衣服，晚上都是和衣而睡。

尽管只是早到了半个月，但青岛侨民却像主人一样，热情迎接北平和青岛的侨民，把他们带到了教堂旁的运动场上。很多人的目光都被教堂吸引了，经过了雨水的冲刷，教堂显得很洁净。教堂并不宏大，却很精致，有一种安详宁静之美。教堂上面是钟楼，一口大钟悬挂在钟楼里，极其肃穆。

艾瑟尔被肖恩看得羞红了脸，为了掩盖自己的慌乱，她朝远处指了指，说："那就是威尔逊先生。"

肖恩顺着艾瑟尔的目光看去，路边有位六十岁左右的胖男人正挥动手臂吆喝："快点快点，别珍惜你们的力气。"他头上金色的卷发浓密而杂乱，说一口标准的英国腔。上百名青岛侨民在他的吆喝声中，从北平和天津侨民们手中抢过行李，给他们带路。

"我叫肖恩，这是卡米洛和西西。"肖恩指着卡米洛和西西说。

"是你儿子吗？长得跟你一样帅。"艾瑟尔飞速看了肖恩一眼，脸又红了。

侨民们聚集在运动场上，等待了很久，他们不知道在等待什么，也不知道下一步该怎么办，都一脸迷茫。运动场旁边，有几个日本兵端着枪来回走动，充满敌意的目光在侨民们身上扫来扫去。显然，侨民们没有选择的自由，必须在运动场继续等下去。

艾瑟尔一直跟随在肖恩身边，像导游一样给他介绍情况。"日本人要在这里给你们训话，然后给你们分配房间。他们的最高长官田中凉介中佐还没有来，那是个很傲慢的可怜虫。"肖恩身边的侨民听到艾瑟尔的话，很自然地围拢上来，希望从她嘴里获得更多的消息。侨民们走进陌生的乐道院，内心惶惑不安，任何一点消息对他们来说都是大新闻。

圈子越围越大，肖恩和艾瑟尔成了圈子里面的焦点。威尔逊误以为肖恩是个位高权重的人物，他挤进圈子对肖恩喊道："嗨，我说伙计，你不能总站在这儿当听众，我们要想想办法，这样一直等可不行。"

肖恩无奈地耸耸肩。艾瑟尔刚要给威尔逊介绍肖恩，威尔逊已经没有兴趣了，大概看出年轻的肖恩不是他要找的重量级人物，于是拿出总裁的派头对艾瑟尔说："你别在这儿耗费时间，艾瑟尔，去问一下他们当中谁可以出来担当责任，他们总要有个人站出来吧？"

此时，在肖恩侧面二十多米远的地方，站着天津英租界警察局长史密斯，他身材高大魁梧，一脸严肃地瞅着肖恩和艾瑟尔，令人望而生畏。这样的一张脸，通常在生活中是呆板而冷漠的，准确地说，这就是一张标准的职业脸，跟生活很不搭，离开了他的职业，这张脸就很可笑。

史密斯依旧保持着警察的职业习惯，暗中观察着乱哄哄的人群。他听了威尔逊的话，忍不住皱了皱眉头，不喜欢威尔逊说话的口气，似乎北平和天津的侨民都是废物，没一个有担当的人。作为警察局长，史密斯不能容忍威尔逊这么说话，他决定走过去跟威尔逊谈谈。

刚走到威尔逊面前，史密斯突然盯住肖恩身边一个瘦小男人，脸上露出惊愕的表情。"皮特?"史密斯忍不住叫出了声。

皮特是欧亚混血儿，英国籍，瘦小的身子有些驼背。进集中营之前，他表面上是天津双盛马戏团的占卜师，其实暗地里坑蒙拐骗，贩毒卖枪，无恶不作，曾因为入室盗窃被史密斯抓捕，被判了三个月的监禁。去年年底，天津英租界发生一起入室偷盗伤人案，被刺伤的英国侨民不治身亡，史密斯从现场的一些物证推测，怀疑是皮特干的，费尽心思追踪皮特，却一直不见皮特的踪影，想不到在这儿见面了。

皮特愣怔了一下，认出了史密斯，短暂的惊慌后，突然幸灾乐祸地笑了："哎哟，史密斯局长，你也来享受侨民生活所的待遇啊。"皮特心里明白，在这个地方，史密斯拿他没办法。史密斯质问皮特，去年深冬的某个夜晚，皮特在哪里。皮特懒得搭理史密斯，去年冬天的夜晚谁还记得，再说自己现在没义务回答史密斯的问题，史密斯也没权力问他。"我可以接受日本人的质问，但就是不会回答你的问题。"皮特用挑衅的目光瞟着史密斯。

史密斯怒了，猛地扑上去，将皮特摁倒在地。皮特在地上挣扎，显然是徒劳的，史密斯抓捕他，就像老鹰抓小鸡，将他的胳膊反拧到后背上，从地上提溜起来。皮特杀猪一般号叫，拼命搞出很大的动静，就是要引起日本人的注意。果然，负责警戒的日本兵冲过来，用刺刀对着史密斯和皮特，哇啦大叫。史密斯拧住皮特的胳膊不放，对日本兵解释，说自己是天津英租界警察局长，这个人有重大犯罪嫌疑……日本兵不懂英语，不理睬史密斯的话，枪刺几乎挑到他的鼻尖了。

皮特趁机挣脱了史密斯的控制，跑到日本兵面前点头鞠躬，用生硬的日语跟日本兵哇啦几句。史密斯很吃惊，没想到皮特会说日语，尽管不知道他说了些什么，但肯定不会是好话。两个日本兵听完皮特的话，神色紧张地围住史密斯，其中一个用枪托砸向史密斯的后背。

史密斯下意识地掏枪，腰间空荡荡的，他随即一个跳步躲开砸来的枪托，要从侧面还击日本兵。

一只黑洞洞的枪口对准了史密斯。

围观的侨民纷纷朝一边躲闪，有几个女人发出惊恐的尖叫，似乎意识到一场不可避免的悲剧就要发生了。就在很多人愣怔的时候，距离史密斯两米多远的肖恩的第一反应，就是朝日本兵大喊"NO!NO!"，然后迎着枪口冲上去，想跟蛮横无理的日本人理论，刚站到史密斯身前，日本兵的枪口射出了子弹。

枪声将运动场上所有的画面和声音都凝固了。

侨民们张大嘴巴，惊恐地注视着史密斯身前的肖恩。显然，他们看得很清楚，肖恩用身体护住了史密斯，替史密斯挡住了子弹。

下一个画面，应该是肖恩轰然倒地，然而肖恩却没有倒下，胸前也没有流血，只是像木桩一样戳在那里。终于，人群爆发出一阵躁动，大家明白，子弹打偏了。

肖恩并不知道子弹飞上了天，听到枪响，脑袋嗡的一声爆炸，心想自己完蛋了，然后大脑一片空白，感觉不到胸口什么地方疼痛，更不知道子弹射穿了身体的什么部位。他直挺挺地站了半天，大脑才有了思维，心想：我不会死了？

其实日本兵就没想打死史密斯，只是要震慑住他，因此故意抬高了枪口，不料成全了肖恩的英雄壮举。威尔逊清醒过来，立即声援肖恩，高声喊道："你们公然违背国际法，我要见你们的最高长官！"

很多侨民跟着威尔逊声援肖恩，愤怒的呐喊声此起彼伏。人群中的海莉尽管对美国人没有好感，但也被肖恩的举动震惊了，呼了一口气，自言自语地说："疯子，真是个疯子！"

皮特稳定了神色，嘲弄地说："史密斯局长，我们现在是在乐道院，不是在你的天津英租界警察局，醒醒吧。我们现在地位是一样的。"

皮特不寻常的行为，引起了众多侨民的注意，互相打听皮特的底细。人群中有认识皮特的天津侨民，悄悄说起皮特的黑历史。

大门口的日本兵听到枪声，立即增援过来，把机枪架在运动场外。随即，看守乐道院的日军最高长官田中凉介中佐，在几个日本兵的护卫下，气势汹汹地赶过来，朝着侨民大喊："谁要捣乱，拉出来枪毙！"

侨民们瞬间安静下来，他们并不是被田中凉介的凶狠吓住了，而是惊讶田中凉介说英语，而且是标准的美国英语。

既然会说英语，那就好办了，一位男侨民走到田中凉介面前说道："没有人捣乱，是你的士兵太野蛮，我们强烈抗议你们的野蛮行为，请管好你的士兵！"

男侨民没有西方人高大凶猛的体形，中等偏瘦的身材，说话很温和，话语中却充满了自信，面对日军看守的最高长官田中凉介说话，似乎在批评一个小学生。

田中凉介略微吃惊之后，轻蔑地问道："你是什么人？敢跟我这么说话！"

不等男侨民回答，史密斯满脸兴奋地喊道："利迪尔，我的老朋友，哦天哪，你怎么也来了？"

史密斯在田中凉介面前，给了利迪尔一个拥抱，然后对田中凉介说道："我给你介绍一下，这位是大名鼎鼎的利迪尔，第八届巴黎奥运会四百米短跑冠军，我们大英帝国的骄傲！"

田中凉介凶狠地瞪了史密斯一眼，然后上下打量利迪尔："利迪尔，好的，我知道你很厉害，欢迎你来到侨民生活所。不过我想提醒你，这里可没有你跑的地方，如果你跑出这个大院，会有麻烦的。"

说完，田中凉介嘿嘿地奸笑两声。

利迪尔跟史密斯都是英国人。利迪尔出生在天津，获得奥运会冠军后，并没有留在英国享受荣耀和富贵，而是回到出生地天津教书，担任化学和体育老师，在天津是赫赫有名的人物，不仅受到侨民们的尊敬，也受到了天津市民的尊敬。对于这样的人物，田中凉介还是敬畏三分的。

利迪尔没有搭话，而是朝田中凉介礼貌地行了个颔首礼，看了肖恩一眼，拽着史密斯退到了后面。

威尔逊刚要上前，被肖恩拉住了。肖恩看着他，轻轻摇了摇头。威尔逊不管不顾地挣脱开肖恩的手，没等挪步，又被肖恩反手攥住了手腕。看着肖恩严肃的表情，威尔逊终于妥协了。

田中凉介对身边戴着金丝眼镜的日本军官说："伊豆中士，请整理好队伍，我要跟侨民们打个招呼。"

伊豆赶紧跑步到广场中央，高声喝令侨民们归位站好。广场上安静下来。

田中凉介走上前，对着乌压压的侨民说："你们是不是好奇我的英文说得很地道？我1934年到1936年在美国洛杉矶留过学，1937年回国参军来了中国。我讨厌美国佬，至于中国，可以说是我的第二故乡，这是个美丽富饶的国家，从我跟随军队踏上这片土地时，我就深深爱上了它。我希望余生都在中国度过，我们大日本帝国终将会为我们实现这个愿望，实现大东亚共荣！"

田中凉介说到"我讨厌美国佬"的时候，海莉在人群中用中文附和了一句："可恨的美国佬。"尽管她的声音不大，但因为田中凉介讲话的时候，现场特别安静，她细弱的声音竟然如同炸雷，让在场的人大惊失色。怎么？他们侨民中还有跟日本人一个阵营的？顿时，鄙夷和愤恨的目光齐刷刷投向了海莉。

田中凉介也被海莉的声音惊到了，把目光投向了海莉。瞬间，他的脸上露出惊讶的表情，愣怔了半天，这才继续自己的讲话。

田中凉介个子很矮，身材不成比例，腿短身子长，样子像个陀螺，说话的时候，嘴边的八字胡子不停地抖动，嘴里说出的每一个字似乎都是咬碎后吐出来的。他宣布从明天开始，所有侨民早晨必须起床参加点名。

众人看着破败泥泞的乐道院运动场，大声抗议："我们为什么要天天点名？来之前不是说，这里多么高档华贵吗？怎么连条好点的路都没有？"

田中凉介的嘴角上挑，对这个幼稚的问题根本不屑于回答，只是说了句："你们听好了，这里不是天堂，它是我们大日本帝国在中国的集中营——潍县集中营！"

田中凉介的脸上，凶恶和蔑视同时出现，仿佛他面对的不是侨民，而是一群虫子。抗议声很快被狼狗的吼叫和拉动枪栓的声音镇压住了，站在泥泞中的人们，像是接受了一场狂风暴雨，被打得萧条和悲伤。

训话结束，日本兵开始宣布宿舍分配的规章制度，场面再度喧闹起来。田中凉介悄无声息地走到海莉身边，小声问了她几句。海莉没说话，只是用蓝色的大眼睛冷冷盯着他。田中凉介等了片刻，看到海莉没有开口的打算，朝她阴沉地笑了笑，转身走了。人群乱哄哄的，很少有人关注这个细节。肖恩因为在火车上跟海莉发生摩擦，本来就觉得这个女人怪怪的，刚才又听到她附和田中凉介骂美国人，更是惊奇，于是就在偷偷打量她的举动，没想到田中凉介讲话后，竟然直接去跟她打招呼了。肖恩心里一怔，田中凉介跟她什么关系，在跟她说什么话？

乐道院以月洞门为界，月洞门以东，是办公楼和别墅住宅区，那里曾经是教会牧师和学校老师、医院专家办公和居住的地方，现已被田中凉介他们占据了；月洞门以西，是教会学校和教堂，还有当年普通工作人员居住过的房舍，现在变成了侨民的宿舍。按照日本兵宣布的规定：夫妻带两个十二岁以下的孩子，可享受一间九平方米的小屋子；带两个以上的孩子，可以分到两间小屋子；其余的单身男女都住在教室改造的集体宿舍。

运动场上的侨民乱哄哄的，有孩子的家庭纷纷向前奔跑，去抢占位置好的小平房。单身的侨民不太关心集体宿舍分配在哪里，分在哪里都一样。尤其是那些男人们，不失时机地开始了社交活动，跟身边的人打招呼，分发香烟，三五成堆地聚在一起聊他们关心的问题。

最活跃的就是威尔逊和史密斯了，两个人都是英国人，也都喜欢显示自己的存在。威尔逊走到肖恩面前竖起大拇指赞赏说："认识一下，我是青岛大英烟草总公司……"

肖恩忙打断威尔逊的话，笑道："已有耳闻，威尔逊先生。"

不知什么时候，艾瑟尔牵着卡米洛的手，站在肖恩面前。艾瑟尔情不自禁地摇摇头说："肖恩，刚才……太危险了。"

卡米洛抬头看着肖恩，眼睛里依旧含着恐惧。肖恩伸手摸了一把卡米洛的小脸蛋，又抚摸了他怀里的猫咪西西，眼神儿似乎在说：没事的，卡米洛，别怕。

肖恩对史密斯舍身相助，自然成为史密斯最想认识的人，他朝肖恩伸出手，高声说道："嗨，伙计，我叫史密斯，天津英租界警察局局长，破过很多大案要案，以后在这里你如果感觉哪里不对劲，随时找我。"

"你不用介绍了，大家都知道你是警察局长，我有事情一定会找到你的。"肖恩说完，身边的几个人都笑了。

恰好这时候，史密斯看到皮特叼着香烟从身边走过，心里很不爽，忍不住对皮特喊道："你别得意，皮特，我总有一天会找到你作案的证据，将你抓捕归案。"

皮特知道史密斯拿他没办法，对着史密斯吐了口唾沫。史密斯急了，又要去揪住皮特，被利迪尔拦住了。"史密斯先生，你就别再惹麻烦了，听好了，这里不是在你的警察局，从今天开始，你不是警察局长了。"

史密斯听了利迪尔的话，满脸不高兴，他不相信日本人能把他们关太久，难道美国政府和英国政府没有能力保护国民了？他用又宽又厚的大手拍了拍利迪尔的肩膀，拍得利迪尔的身子摇晃了几下。他说："别灰心，利迪尔，就算我们来度假，一切都不会改变的。三个月、半年？我还是警察局长。"

有几位认识史密斯和利迪尔的天津侨民，都走过来跟他们打招呼，史密斯就有了精神，挥动着大手说："嗨，女士们先生们，你们在这儿需要帮助，就找史密斯好了，你们一定需要我的。走，去宿舍看看，以后这里就是我们的家了。"

说着，他豪气冲天地走在前面，根本无视身边的日本兵，更没有理会那条嗅来嗅去的大狼狗。卡米洛看到史密斯这样镇定，紧缩的心逐渐舒展开来。

从广场到宿舍区的主路是黑煤渣铺筑的。长长的黑煤渣路在雨水的冲刷下，变得漆黑油亮。走在长长的黑煤渣路上，饥饿和寒冷让卡米洛的情绪越来越低落，他在心里拼命想爸爸妈妈，还有宁婶。这些想念合起来，变成了想念在北平的日子。似乎一夜间，那些美好的日子就消失了。看到身边的人有说有笑，他不明白这些人怎么那么开心，这又不是去郊游。

卡米洛看着艾瑟尔飘散在冷风中的卷发，想起了海莉。他转身四下张望，希望能从人缝中看到那个衣着华丽的身影。

威尔逊看见肖恩身后的卡米洛掉队了，朝身边的一位侨民喊道：

"我说安德森先生，你白长了这么壮的身体，可以帮一下这孩子吗？"

被称为安德森的男人咧嘴笑了，很热情地蹲下身子，双手捧着卡米洛的脸蛋搓揉几下。他的手很有力量，把卡米洛搓揉疼了，腮帮挤出了酸水。卡米洛嫌弃地躲避开他。安德森爽朗地笑了，说道："想不想听我讲故事，小男子汉？我有很多故事。"

在安德森看来，小孩子都爱听故事，只要会讲故事就可以赢得孩子的心。

卡米洛快速摇头，身子向一边挣扎，试图躲开他。安德森不再斯文了，一把将卡米洛提溜起来，扛在了肩膀上。卡米洛挣扎了几下，怀里的西西也惊恐地叫了两声。

"小男子汉，你坐好了，我要起飞了。"说着，安德森突然飞奔起来，吓得卡米洛急忙揪住了安德森的头发。

威尔逊看着安德森，无可奈何地说了声："可恶的安德森。"

安德森是同青岛侨民一起，第一批到达乐道院的侨民。他是美国人，很健壮，头发浓密，还有络腮胡子，说话音域宽广，笑声很有穿透力。他到集中营之前，是潍县坊子镇煤矿的矿长，曾经来过乐道院的教堂，对于乐道院内的环境并不陌生。威尔逊在潍县大英烟草厂担任总裁的时候，安德森经常去找威尔逊喝咖啡，潍县大英烟草厂的咖啡屋有非常纯正的咖啡，那里成为潍县外国侨民的聚集地。后来威尔逊去了青岛大英烟草总公司，每次从青岛回潍县，一定会邀请安德森去喝咖啡。在那个咖啡馆，安德森认识了好几位大英烟草公司的侨民，其中就有艾瑟尔。

宿舍区到了，安德森把卡米洛从肩膀上放下来，陪着众人打量眼前的平房。热闹的人群骤然安静下来，看着眼前低矮破旧的宿舍，面面相觑。他们意识到，日军欺骗了他们。送他们来潍县之前，说这里有高端的咖啡屋、整齐的树木、设施齐全的学校等等，有些侨民甚至没有将床办理托运，预备来享受侨民生活所的优越设施，现在明白全部是骗人的。

安德森和几个青岛侨民占据了一个很大的房间，足足可以容下三十多人，于是就让肖恩几个人跟他一起居住了。史密斯本来应该跟天津侨民住在一处，他却单独跑到肖恩的屋子里。显然，他喜欢跟肖恩在一起。

肖恩走进大宿舍，不知道该把行李放在什么地方。窗户上的玻璃没有一块是完整的，地上没有一处是干燥的，墙皮因潮湿而整片地脱落，墙角还生了青苔。

面对这种居住条件，侨民们从抱怨到愤怒，最后吵着要去找日本人理论。艾瑟尔招呼大家放下行李，平息火气，她说，他们刚来时已经找田中凉介理论了，毫无用处，还差点挨了皮鞭。

"侨民生活所只是个骗局，其实这里就是集中营。"艾瑟尔说，"大家要习惯这里的生活。"

大家只得把行李放在潮湿的地上，四下张望，看哪里能搭建床铺，哪里能安放行李。肖恩很礼貌地感谢了艾瑟尔。艾瑟尔没有继续在肖恩身边待着的理由了，于是告辞。

安德森来得早，已经用木板架起了简易的床，床头还有几张破桌子。安德森高声提醒大家："我说先生们，大院里有很多破烂，赶紧去寻宝，运气好的话，你们可以找到一把完整的椅子。"

短暂的沉默后，肖恩等人跑出去，四处寻找可用的物件。

在宿舍区的最后面有一片废墟。日军强占乐道院后，为了把它变成集中营，对这里的房屋进行改造，不慎失火，造成大部分屋子垮塌，留下断壁残垣，多数连房顶也没有了。经过雨雪的冲洗，现在墙壁上烟熏火燎的颜色消退不少，变得洁净了些。

卡米洛抱着西西，跟在肖恩身后来到这里。西西从卡米洛手中跳下去，在废墟里好奇地跳上跳下，到处闻嗅。

肖恩在两间坍塌的屋子里找到一张木桌和一把椅子。它们都被横七竖八的梁檩盖住了，费了很多力气才把它们倒腾出来。虽然破旧，摆放在宿舍里却成了豪华家具。肖恩还把行李箱一个挨一个摆放在地板上，然后架上找来的长短不一的木板，做成了两张窄"床"，分别在上面铺了床单和羊毛毯。他问卡米洛喜欢哪张床。卡米洛抱着西西去了靠墙角的床铺。

夜幕终于降临了，折腾了一天的侨民胡乱吃了点自带的食物，很快陷入昏睡，屋子里响起此起彼伏的鼾声。卡米洛把西西搂在怀里，和衣而卧。他感觉身体疲倦，可是眼睛干涩，一点睡意也没有。他第一次独自在陌生的地方过夜。潮湿的冷风从破碎的窗户和墙缝吹进来，直直钻进他的五脏六腑，他不由自主地把身子蜷缩成一团。

不知过了多久，外面传来不知什么鸟的怪叫，声音一会儿像笑一会儿又像哭。从睡梦中惊醒的卡米洛摸了摸西西，怎么不见了？他想开口喊它，可喉咙又干又疼，发不出声音。他感觉身下的木板在倾斜和旋转，地面和屋顶正在翻滚倒置。他惊恐地用手紧紧抓住身下的木板，在心里叫了声西西。西西一点动静也没有。他整个身子滚落到了地板上。

肖恩被惊醒了，他手忙脚乱地把卡米洛抱到床上。黑暗中，他感觉到卡米洛身上滚烫。他在心里叫了声"糟糕"，忙把手搭在卡米洛的额头上，果然，卡米洛发烧了。

肖恩喊："谁带酒和感冒药了？卡米洛发烧了。"

时间不长，屋子里传来翻箱倒柜的声音。史密斯过来把一瓶白酒递给肖恩，叮嘱他节约着点用，他只带来两瓶。肖恩把白酒倒在掌心里，在卡米洛的前胸和后背搓揉。清凉的高度白酒让卡米洛粗重的呼吸逐渐平稳下来。有人送来药品和水，肖恩扶起卡米洛的头，喂他吃下药，然后把自己仅有的一条羊绒毯盖在他身上。

肖恩侍弄卡米洛吃药的间隙，安德森偷偷伸手拿走了床边的白酒。肖恩喊道："安德森，放下。"

安德森不管不顾地对着酒瓶喝了两口。史密斯过去从他手中夺走酒瓶，气愤地说："这是我的宝贝！"

安德森擦了擦嘴巴，喷着一嘴酒气对卡米洛说："小家伙，你的小身板太薄了，你看看我。"说着，他攥起拳头敲打自己的胸脯，像一头熊那样，勇猛粗笨。"以后跟着我练，保证把你练成小豹子。"

肖恩提醒安德森："深更半夜小声点儿。"

屋子里重新安静下来。

不知过了多久，肖恩轻声问："卡米洛，你感觉怎样了？"

卡米洛感觉身子下面有湿漉漉的温暖了，他没有回答肖恩，他的眼皮支撑不住，又粘在了一起。

第三章

卡米洛再次醒来的时候，天已微亮。他的烧退了，身子轻松许多。西西卧在他的枕头边，安静地睡着，柔软的长毛拂过他的鼻尖，让他鼻子痒痒的。卡米洛长这么大，第一次独自在外面睡，多亏西西在旁边，给了他很多慰藉。他把头伏进西西的长毛里面，刚迷糊了一会儿，屋子里突然响起凄惨的号叫，就像谁被大象踩到了脚，尖锐的喊叫传遍了屋子里的每个角落。不只卡米洛，整个屋子的人都被惊醒了。

卡米洛没有丝毫犹豫，抱着西西哧溜钻进毛毯里面，一动不动了。他虽然不知道发生了什么，可能让一个男人发出这样恐怖的叫声，那这件事一定比叫声本身更恐怖。

接下来是乱七八糟的脚步声，他听到肖恩喊："医生，哪里有医生？"

门打开了，有人跑出去。很快，脚步声又转回来，可能是医生跟来了，因为时间不长，有个声音宣布："是阑尾炎，需要去医院，要尽快。"

脚步声稀里哗啦奔向屋外，屋内一下子静下来。卡米洛偷偷掀开头上的羊绒毯，发现屋里没有一个人，他轻手轻脚地下了床，抱起西西小心地走出屋子。

早晨的风很硬，卡米洛情不自禁地缩了缩脖子。因为昨天疲倦，又是雨雾蒙蒙的天气，卡米洛没看清乐道院的模样。现在晴空下，破败的房屋、森严的岗楼、高高的院墙，以及从眼前匆匆而过的陌生人……让他尽收眼底。他心里感觉恐慌。西西在他怀里叫了几声，也许是饿了，卡米洛心疼地把它往怀里拥了拥，倚着墙根站住了。稀薄的晨光在墙上留下一圈圈光晕，卡米洛抱着西西站在光圈里，像是刚从时光隧道来到这个世界，眼前的一切在他眼里散发出一种疏离的气息，如同在梦中。

肖恩和史密斯几个人从远处走来，看到站在墙根下的卡米洛，肖恩弯腰摸了摸他的额头，问他是不是饿了。卡米洛低头看了看西西，他知道西西也饿了。

安德森从后面赶过来，愤怒地嚷道："他们这就是谋杀。乐道院以前有医院，这帮狗杂种占领这里后，把能用的设备都拉走了，扔下了一副烂摊子！我们必须要建自己的医院，两千多人怎么能没有个像样的医院？如果有医院，不至于让阑尾炎折腾死人！"

安德森说完，没人接话，肖恩正用责备的目光看着他。安德森看了卡米洛一眼，闭上了嘴巴。

卡米洛的耳朵遇到大人说话，多数时候是自动屏蔽的，所以安德森说了什么，对他来说不重要，重要的是他现在想找点食物给西西吃。

威尔逊愤愤地说："我们要想办法跟这群狗杂种斗争，不能这样一盘散沙，我们要组织起来。"

史密斯立即响应，建议在乐道院成立警察局，他亲自维持秩序。

安德森说道："别整天想当警察局长，威尔逊先生是要组织起来对付日本人。"

威尔逊刚要说什么，被肖恩打断了。

肖恩说："威尔逊先生，这是件大事，我们不能在这里谈，时间不够用。我们现在得去广场点名了。"

大家空着肚子站在广场听田中凉介训话。日本兵牵着狼狗在外围转悠。狼狗不时走到侨民脚边，围着他们嗅来嗅去。孩子和女人们吓得直挺挺站在原地，眼珠都不敢转。田中凉介讲到最后，朝身后的中士代源美喊了一声，代源美指挥两名日本兵抬过来一筐筐的白布胸牌。这些胸牌标有数字和字母，尺寸像卡米洛的手掌那么大。

代源美开始给侨民分发白布胸牌。卡米洛也分到了一块。他翻来翻去地看手中这块写着日本字的白布，最后把它盖在了西西头顶上。西西头顶白布胸牌，脖子扭来扭去，正跟卡米洛戏耍着，一把雪亮的刺刀伸过来，从它头顶挑起了白布胸牌。看着刺刀和白布调戏地静止在他眼前，卡米洛的脸唰地变白了，脑子里出现了那片冲天的火光。

"卡米洛，快跑！"妈妈催促的声音又在耳边响起。

肖恩发现卡米洛不在身边的时候，卡米洛已经离他十几米远了。卡米洛的眼前闪过无数条林立的腿，他抱着西西在这些腿间慌乱地奔跑，就像奔跑在无尽的森林中，不知道何时是个尽头。

最终，绝望的卡米洛撞进了一个温暖的怀里，他闻到一股茉莉花的味道。是海莉拦住了他。海莉原以为卡米洛会在她双臂间挣扎，她做好了箍紧他的准备，可没想到，卡米洛在她臂弯里瞬时安静下来。闻着淡淡的茉莉花香，有那么一瞬间，惊慌失措的卡米洛分不清现实和虚幻，他以为妈妈还活着。

肖恩奔过来，从海莉怀里揽过卡米洛，轻声安慰说："别怕，卡米洛，没事的，别怕。"

卡米洛盯着海莉，没有听见肖恩说什么，直到海莉起身回到队列中。肖恩低声安慰着卡米洛，揽着他回到了原地。史密斯在人群中大声向田中凉介抗议，他的声音充满威严，似乎他是这里的警察局长。"你们这是违法的，居然用刺刀恐吓一个孩子，简直没有人性！难道你们不懂国际法？你们这是犯罪！"

众人也跟着史密斯吵嚷起来，纷纷声讨日本兵的粗暴行为，队伍一阵混乱。田中凉介用戴白手套的手，强硬地指着那些离开队列的侨民，让他们一一归位。场外的日本兵举起枪，并拉动了枪栓。现场安静下来，如同墓地。

寂静中，突然冒出一声怒骂："狗屎！"

众人寻找声音的方向，目光都集中在了海莉身上。田中凉介慢慢走过去，在海莉身前站定，看着她。侨民们猜测他会如何暴怒。然而，田中凉介凶狠的目光在海莉的直视中慢慢软下来，在众人疑虑的目光中，他转身离开了。

代源美走到队列前面，他长得矮小粗壮，走路像木偶人一样晃来晃去的。他站在那些高大的美国和英国男人面前，像侏儒一样可笑。大概他意识到了自己的矮小，为了显示自己的威严，就使劲儿瞪大眼珠子，目光特别凶狠，要吃人的架势，对侨民们说："以后每天早晨六点半敲钟，钟声响了，你们全部到这里点名！胸牌上的日文数字，就是你们在集中营的名字！从明天开始，点名的时候，你们必须用日语报出上面的数字！"

队伍里的骚动更大了。肖恩后排有个法国男人突然喊道："我们有名字，我们有母语，我们不是犯人！"

田中凉介阴冷地笑着，对后排那个法国男人弯了弯食指，示意他出列。肖恩赶紧回头制止那个法国男人，对田中凉介说："田中先生……"

"叫长官！"田中凉介忽然狂吼起来。

肖恩镇静地说："田中长官，请宣布这里的纪律，在没有纪律的情况下，你不能惩罚任何人！"

周围没有一点声音，这种寂静让现场变得阴森可怖，谁也不知道下一秒要发生什么。田中凉介发现又是肖恩，不由得盯着他看了半天，忽然笑了。这个笑让卡米洛想起自己三岁那年，在院子的郁金香花地里见到的花蛇。虽然那是卡米洛第一次见蛇，从来没人告诉过他这种蛇有毒，可他还是本能地感觉恐惧。就像眼前这个日本军官阴冷的笑，让他浑身起鸡皮疙瘩。

田中凉介边笑边点头说："说得好！说得好！你叫什么？"

"肖恩·布朗。"

"出列！"

肖恩松开卡米洛的手，淡定地走到队伍前面。田中凉介看着眼前这个年轻高大的男人，内心升起毁灭的欲望。自从在战场上失掉一个脾，面对美好的事物，他心中时常升起毁灭的欲望。伴随这种欲望升起的还有兴奋。他喜欢这种兴奋，它能让自己感觉没有被战场抛弃。

"你另一个名字叫什么？"田中凉介说。

肖恩愣怔了一下，心底升起一丝不祥的预感。

"别以为你隐藏得好，能瞒过我们！"田中凉介轻蔑地说，"你在北平做的事，我们了如指掌。把你遣送到这里，等于救了你，如果晚来一步，你现在就被关在北平军方监狱里！"

广场安静下来。大家面面相觑。肖恩脸上的微笑如波纹荡漾，一点点绽放开来。

"长官，你说的这些，我一点也听不懂。我在北平就是燕京大学一名普通教授，既没有杀过人，也没有作过恶，不接受你的污蔑！"肖恩软中带硬地说。

田中凉介不想跟肖恩继续费口舌，他说："既然来了这里，就要遵守集中营规矩，否则，我随时会把你押送回北平收监。"

"随时恭候！"肖恩神色平静地对田中凉介说。

田中凉介盯着肖恩碧蓝的大眼睛，脸上露出阴沉的笑，他朝代源美伸过手去。代源美把皮鞭放进他的掌心。田中凉介用骨节分明的左手拿着皮鞭，猝不及防地朝肖恩抽去。肖恩身体后倾，可还是被鞭梢扫到了脖子。以史密斯为首的部分侨民像决堤的洪水，冲向田中凉介，和持枪的日军纠缠在一起。

警报响彻集中营。

田中凉介掏出手枪，朝天连开三枪，现场才安静下来。大门口警卫室的日本兵从外围冲进来，黑洞洞的枪口对着混乱的现场，威逼侨民回到原来的位置上站好。

"你们是大日本帝国的俘虏，别妄想有人权有自由！你们没有讨价还价的资格！下次如果你们再胆敢反抗，当场击毙！"田中凉介把手里一摞纸挥动得唰唰响，"看到了没有？我手里拿的就是纪律！就是法律！从今天起开始执行！你们必须合作，所有的不敬和挑衅都将被严肃处理！"

现场死一般地安静。侨民们站在那里，看着田中凉介锋利的嘴唇开开合合。他说的什么已经不重要了，重要的是从这一刻起，侨民们失去了人权，失去了尊严，失去了原先所有的荣耀，变成了集中营里的一名囚犯。

田中凉介手中的"纪律"，最后被下发到了每个人手里，没人敢不领取它。在这里，装满弹药的枪就是命令。

点名结束后，人群拥向食堂。代源美叫住了海莉，告诉她田中长官要见她。海莉的眉头皱了皱，跟随人群继续往前走。代源美一个箭步上前，挡在她前面，做了个"请"的动作。海莉盯着他，代源美诡异地笑起来。侨民们从海莉身边不声不响地绕了过去。有个披着紫色披肩的胖太太，走到海莉和代源美身边时，大声呸了一声，走了。太阳虽然升起来了，可依然寒气逼人。海莉裹了裹身上的大衣，默默跟着代源美朝田中凉介走去。

早饭时间过去了很久，侨民们才吃到来集中营的第一顿饭。集中营有两个大食堂，早来的青岛侨民八百多人，在1号食堂，那里设施比较完善。天津和北平的一千多人在2号食堂，2号食堂的桌椅板凳都比较破旧，又因为地方狭小，很多人不愿意在这里吃，领到饭端回了宿舍。

肖恩跟在侨民们身后排长队，给卡米洛和自己领到了干面包和红茶。早餐是来自青岛的侨民做的，他们第一批进入集中营，很自然地成了集中营的志愿者，教后来者如何在集中营开始新的生活。食堂的场面很混乱，排队领餐的队伍不时被不守规矩的人插队和冲散，负责分餐的食堂人员只好用手中的勺子砰砰敲打盆子，以示警告。肖恩心想，威尔逊先生说得对，侨民们必须成立自治组织，不仅为了对付日本人，也为了更好地维护侨民们的生活秩序。

早餐很简单，侨民们没有选择的余地，都坐在餐桌前狼吞虎咽。肖恩看到一张桌子有个空座，忙拉着卡米洛坐下，抬头一看，对面坐着海莉，她动作真快，比肖恩来得晚，却抢先领到了早茶。

肖恩略有些尴尬地对海莉点了点头。海莉并不想跟肖恩搭话，准备端着饭碗走开，就在她站起来的时候，卡米洛叫了她一声："阿姨——"

海莉愣怔了一下，看着卡米洛，等待他后面的话。

卡米洛说："我坐在你身边好吗？"

海莉哭笑不得，显然，她不能走开了，于是又坐下，说道："当然可以。"

卡米洛坐在海莉身边，弄得海莉很不自在，忙闷头吃饭。

肖恩脖子上的鞭伤肿起来，火辣辣地痛。他伸手摸了摸，对卡米洛说："西西饿了，你喂它吃点东西。"

卡米洛撕了点面包放在手心里喂西西。他肚子很饿，却吃不下任何东西。

餐厅的不远处乱作一团，似乎有人在打架。人们伸长脖子朝那里张望。肖恩侧耳听了一会儿，好像是史密斯和皮特的声音。他起身朝吵闹声传来的地方奔去。

果然是史密斯，他又跟皮特打起来了。原来皮特领餐时插队，排在他后面的男人大声抗议。皮特不但没有听，反而右手做出手枪的造型，上前指着对方的太阳穴，嘴里发出砰的一声枪响。队伍里安静下来，皮特看似是在开玩笑，可谁都能看出，他眼睛里流露出的是凶狠的光。队伍里有天津侨民小声议论，现在得罪他，连躲的地方都找不到，真被他弄死也说不定。

史密斯不吃这一套，他过来拎起皮特的后衣领就往外拖，两人纠缠在了一起。

肖恩跟其他侨民一起，把他们俩拉开了。

史密斯整理着缺失纽扣的衬衫，试图让自己变得体面一些，情绪激动地说："这样下去不行，我们要成立警察局，不能没有制度，不能没有法律体系，任由坏人逍遥法外！"

史密斯越说越激动，最后他干脆把剩余的两颗纽扣撕下扔掉，敞开着衬衣开始做演讲。人群里爆发出阵阵掌声。

就在肖恩离开餐桌的时候，海莉有了跟卡米洛聊天的机会。她不明白，在火车上自己粗暴地对待了卡米洛，但他却不记恨她，从他的眼神中，她看出他喜欢跟她在一起，她想知道其中的原因。

"你叫卡米洛，对吧？"她问道。

卡米洛羞涩地点点头，将自己脑门在西西的脸上蹭了两下。

"你的猫咪叫什么名字?"

"西西。"

"你跟爸爸来的?妈妈呢?"

卡米洛愣了一下,不知道该怎么回答。海莉以为卡米洛没听明白,于是又问:"肖恩是你爸爸对吧?妈妈怎么没来?"

卡米洛使劲儿咬着嘴唇,憋着不哭出来。海莉知道自己问了不该问的事情,忙连连摆手道歉。她本想安慰卡米洛几句,发现肖恩走回来,忙站起身走开。肖恩看到卡米洛眼窝里的泪水,愣怔了一下,去看海莉的背影。

海莉走出很远,才转头看肖恩和卡米洛,没想到撞到了肖恩的目光。两人四目相对,只几秒钟,海莉就慌忙掉头走去。

肖恩问卡米洛:"怎么啦,卡米洛?海莉……欺负你啦?"

卡米洛使劲儿摇头。肖恩疑惑地看着卡米洛,又说:"有人欺负你,一定告诉我,好不好?"

卡米洛点点头,抱着西西站起来,朝食堂外走去。

肖恩带卡米洛回宿舍时,宿舍里静悄悄的,一个人也没有。早餐和午餐前后的一个小时,是宿舍里最为清静的时刻。人们饭后在院子里散步,享受难得的悠闲。按照集中营的纪律,晚上九点后,任何人不允许外出散步,否则被巡逻兵发现就会遭到惩罚。

回到宿舍的肖恩想利用这段时间,教卡米洛认识号码牌上的日语数字。卡米洛号码牌上的数字是218,翻译成日语是に、いち、はち。

代源美点名训话时曾威胁说:"你们可以试试点名时不吭声,我有一百种方法让你们开口,包括孩子!"

肖恩不想让早上的纠纷再次发生。他明白田中凉介也不想把事情搞大,所以这件事看似过去了。可是谁也不能保证,这架战争机器如果接二连三地受到挑战,会出现什么样的后果。可任凭肖恩怎么劝说，卡米洛坐在捡来的小凳子上，抱着西西，就是一声不吭，变成了一块沉默的"石头"。

肖恩不知道该用什么招数，让卡米洛配合完成这个要命的任务。如果卡米洛一言不发，那么明天点名，他肯定得吃苦头。

看到肖恩一筹莫展，卡米洛站在他跟前，指着自己心脏的地方，一字一句地说："它不允许学！"听到卡米洛悲愤交织的语调，肖恩诧异地抬起了头。卡米洛的脸涨得紫红，蔚蓝色的大眼睛里面蓄满泪水，如同雨后的湖水，水汽萦绕，深不见底。

"我亲眼见他们烧死了爸爸和妈妈。他们在王家山村不只烧死了爸爸和妈妈，还有很多很多村子里的人。"卡米洛眼睛里的泪水没有决堤，只是颤巍巍地蓄在里面。隐忍让他全身发抖，垂在身体两侧的手攥紫了。"我恨他们！他们是凶手！"

肖恩的心突突直跳。难道是北平王家山村惨案？在北平侨民中，一直流传着这样的说法，说有对美国夫妻在那次惨案中罹难。那对美国夫妇是北平育英中学的老师，他们一直用课余时间，义务去村子里教孩子们认字。王家山村是个抗日英雄村，早就被日军视为眼中钉了。那天夫妇二人正在村子里上课，日军前去报复屠村，他们俩一同遇害了。虽然日军封锁了烧死美国夫妻的消息。可是消息还是流传了出来。难道卡米洛是他们夫妇留下的孩子？

肖恩试探着问："卡米洛，你爸爸妈妈在北平育英中学当老师？"

卡米洛哽咽着说："是，我经常跟着他们去学校。"

"那天你也去王家山村了？"

"去了。"卡米洛说，"日本兵把大家往村后的仓库赶时，妈妈把我推下了草坡，她在我耳边说，卡米洛，快跑！我在村后的小树林里看着仓库燃起了大火，听到大火中许多人在哭喊。"

肖恩心疼地把他揽过来，深深地抱在怀里。卡米洛的眼泪滚落下来，打湿了肖恩的肩膀。

"卡米洛，"肖恩艰难地说，"我知道这很残忍很屈辱。可是，你记住，我们这不是妥协和忘记，而是为了活下去，否则，他们的牺牲没有任何意义。"

两人拥抱在一起，谁也没有说话。时间一分一秒地过去，卡米洛的情绪逐渐稳定下来。肖恩放开他，打开行李箱，拿出了一根木棍。准确地说是根榆木棍，棍子表面光滑笨拙，如果肖恩不说这是吉他，卡米洛根本不知道它能干吗。

肖恩抚摸着榆木棍说："这是我三岁时，一个陌生姑娘送给我的。当时，德国人的飞机正在我头顶上投弹，她在我身后奔跑，她边跑边把榆木棍举起来，笑着对我说：'嗨，帅哥，这把吉他送给你了，你以后可以弹着它唱歌。'"

肖恩的语气跟平时一样，可是不知道为什么，卡米洛却忽然很想躲避他接下来讲的故事。他觉得这个故事于他来说，会跟经历那次火场一样艰难。可他不得不接受。

"我的母亲是法国人，父亲是美国人。我出生时'一战'已经开始了，我在法国长到四岁，战争结束才回到美国。四岁之前，我对飞机大炮的轰炸早已习惯了，不知道什么是害怕。有时看到天上的轰炸机，看到大人们拼命地往防空洞奔跑，听到震耳欲聋的大炮声和机枪声，我会很兴奋。在我眼里，战争就是一场变戏法的游戏，一座城市被摧毁，只是眨眼间的事。"

肖恩的眼睛里从未有过地空洞，里面没有波澜，没有感情，变成了静止的海水，谁也不知道海底存在什么样的呼啸。卡米洛安静地看着他，一动不敢动。肖恩说的这些话，就像在北平时，妈妈带他去看的电影里面的旁白，让人陷入虚空和真实的交界。

"我三岁那年的夏天，人们都在午休，因为很长时间德军的飞机没来投弹了，人们的神经开始变得麻痹。警报拉响的时候，妈妈正在后院的酒窖里收拾东西。爸爸把我托付给邻居，飞奔去酒窖找妈妈。我在邻居大叔的肩膀上，像个巨人那样，看着底下乌压压的人群往防空洞跑。我给他们加油，让他们跑快点。跟在我身后的是一个身材苗条的姑娘，她长着一头浅棕色的长发，跑起来，头发在身后飘扬，像旗帜。她边跑边把手里的榆木棍递给我，微笑着说：'嗨，帅哥，这把吉他送给你了，你以后可以弹着它唱歌。'我赶紧接过来，兴奋地翻看它，忘记向她道谢。

"大轰炸结束，邻居大叔扛着我回家时，整个镇子几乎被夷为了平地。大叔小心翼翼地寻找熟悉的参照物，用来辨别哪里是我们的家。最后他看到了我家后院的小篮球架，那是父亲为我准备的，它居然没有被炸飞。

"那个阳光比金线还细软的午后，我坐在被它照耀得金灿灿的废墟中，那里曾是我家的酒窖，拿着姑娘送我的木吉他，用想象中的琴弦弹奏起来。我边弹边唱，度过了一个愉快的下午。在我身后，邻居家大叔和好多我不认识的男人女人，用铁镐和铁锹疯狂地扒废墟。天黑的时候，他们从里面扒出了我的父亲和母亲。父亲和母亲死死抱在一起。

"半个月后，当第二次大轰炸结束，外公赶着马车来把我带走了。在一堵断墙后面，我看到了那个送我木吉他的姑娘。她浅棕色的头发上全是碎砖头水泥末，曾经无比甜蜜的脸蛋上沾满血污。她躺在断墙后面死了。我在外公的农场里一直待到'一战'结束才回到美国……"

肖恩讲完了，屋子里安静极了。这个阳光比金线还细软的午后，肖恩和卡米洛在金灿灿的光影里，彼此注视，像一幅古老的油画，诠释着战后的悲伤。

卡米洛想拥抱肖恩，可他没那样做，只是上前亲吻了一下木吉他。

"卡米洛，我讲的这些你懂吗？"

"……"

"生命是可贵的，是死去很多好人换来的，我们不能糟蹋。"

"……"

"如果因为不学日语数字而被日军惩罚，就是糟蹋生命。"

西西醒了，伸个懒腰跳下床，依照往常的习惯，去门口晒太阳。看到它跳上门口的小木凳，端坐好，卡米洛回头对肖恩说："我听你的。"

肖恩暗暗松了口气。

第四章

　　日本兵为了有效管控侨民们，把集中营里的侨民分成了六个方队。每个方队的人数都是固定的，点名的时候，如果有人迟到，整个方队就会受到牵连，罚站一个小时。

　　第一次点名的早晨，肃静的方队中，响起各种语调的日语报数声。卡米洛紧紧攥着肖恩的衣角，出现了轻微的耳鸣。肖恩轻轻拍了拍他的背，小声安慰他，让他不要紧张，放松点。卡米洛干咽了几口唾沫，没有吭声。卡米洛和肖恩站在队伍的前几排，很快轮到他们报数了。

　　肖恩报完自己的数字，日本兵盯向卡米洛。卡米洛张了张嘴，什么声音也没有发出来。他的脑子里一片空白，他极力让自己镇定下来，可是没用，他感觉自己的身子在发抖。队伍陷入了墓地般的沉寂。

　　肖恩小声对卡米洛说："卡米洛，に、いち、はち。"

　　卡米洛舔了舔嘴唇，嗓子依旧发不出声音。突然，他身后有个女人在细细软软地说："に、いち、はち。"

　　是海莉。卡米洛听出来是海莉。那股若有若无的茉莉香似乎又在暗暗盈动。卡米洛紧绷的身体莫名松弛下来，耳鸣消失了。

"に、いち、はち。"卡米洛说。

日本兵面无表情地把目光转向了下一位。卡米洛过关了。肖恩和四周的人都轻轻呼了一口气。肖恩回头想跟海莉道谢，可海莉根本没有看他，她正在用手绢专心致志地擦小手指上的戒指。

早饭过后，史密斯邀请肖恩和利迪尔，到威尔逊的房间商讨自治委员会的事情。威尔逊到集中营早，又凭借青岛大英烟草总公司总裁的身份，所以占有了一个单间。肖恩他们进来的时候，威尔逊身边已经围了好几个人。除了安德森和艾瑟尔，其他都是陌生面孔。

威尔逊热情地招呼肖恩几个人："你们来得正好，我给你们介绍两个人，我们集中营很重要的人物。"他指着身边一位老者说："赫士博士，我们集中营的传奇人物。"

肖恩愣住了，没有几个美国人会不知道赫士博士。不只是侨民圈，即使在中国官方和民间，他也有着极高的声誉。早在1898年他就最先将"X光"介绍到中国，是第一位把放射学传入中国的学者。1901年间，他又创建了中国第一所省立大学——山东高等学堂，被慈禧太后授予"双龙勋章"，颁谕全国各省仿行山东办学经验。

"见到您太高兴了，赫士博士，您身体还好吗？"肖恩恭敬地上前跟他握手。

赫士博士已经八十五岁高龄，是集中营中最年长者，看上去气色红润，完全不像这个年龄的人。

他笑眯眯地说："我健康着呢，肖恩先生。你已经是我们这儿的大英雄了，大家都在私下议论你。"

肖恩不好意思地说："您和利迪尔才是名人呢。"

利迪尔说："肖恩，你给史密斯挡子弹，太让我震撼了，你是个值得信赖的正直的人。"

史密斯诚恳地说道："没错，肖恩就是英雄。你说吧，肖恩，需要我做什么，我一定为你效劳。"

肖恩被他们夸赞得坐立不安，艾瑟尔看着他窘迫的样子，忍不住捂嘴笑起来。

威尔逊说，邀请大家来这里，是商量成立自治组织的事情。史密斯一听兴奋起来，赶忙提出在集中营成立警察局。

威尔逊耐心地说："史密斯局长，我很理解你的心情，可是现在成立警察局还不到时候，我们需要一步步完善。我计算了一下，当下最要紧的是成立七个委员会：医疗委员会、供给委员会、劳动委员会、纪律委员会、住房委员会、工程委员会和教育委员会。这些委员会的成立，能维持好集中营内的秩序，让侨民们的生活得到保障。"

利迪尔听完，当即赞成尽快成立教育委员会，让集中营的孩子们回到课堂上，继续接受教育："这是一件伟大的事情，威尔逊先生。"

威尔逊要求大家提建议，继续完善方案。利迪尔说，还应该成立一个总务委员会，各委员会之外的杂七杂八的事情，统一归总务委员会负责。大家都觉得有道理，威尔逊要求艾瑟尔记录下这些建议。

赫士博士说："从你们的畅谈中，我看到了希望，我们只有共同对付日本人的粗暴野蛮行为，才能安全度日。"

赫士博士把目光落在威尔逊身上，说道："威尔逊先生，这么多委员会，是不是应该有个自治委员会最高机构？每个委员会的主任，都应该是这个最高机构的成员，你可以担任最高机构的主席，负责联络各个委员会。"

威尔逊说："谢谢赫士博士的认可。如果我真能出任自治委员会主席，那么我将不遗余力地为大家服务，可能你们也知道，我原先……"

史密斯站起来打断了威尔逊的话，他说："对不起，威尔逊先生，我打断一下您的任职演讲。我完全相信您的能力，可是，我们不应该这样指定由谁出任主席，那不公平，虽然我们被违法关在集中营，可我们也应遵守和建立良好的规则和秩序。我们应该首先选举出各个委员会的主任，然后由各委员会主任推选出侨民自治委员会的主席。青岛、北平和天津等地侨民，都应该有代表产生。"

　　屋子里安静下来。威尔逊尴尬地笑了几声，说："史密斯局长说得对，我们当然要通过选举产生自治委员会的领导团队。"

　　说完，威尔逊坐回到了椅子上。赫士博士也对史密斯的提议投出了赞成票，他微笑着解释，说自己考虑不周，还是年轻人思想进步。

　　屋子里出现了短暂的安静，大家都在想怎么把话接下去，解除眼下的尴尬局面。其实，自治委员会的负责人没有一分钱的薪水可拿，不仅没有特权，而且跟普通侨民比，他们还要承担更多的日常工作任务，想不到这也变成了一场权力的争斗。

　　利迪尔说："史密斯先生的建议很有道理，我们现在可以成立九个小组，青岛、天津和北平，每个地方的侨民推选出三名代表，作为我们自治委员会成员和委员会主任，这样方便跟各地侨民沟通，你们看是否可行？"

　　大家都纷纷赞成利迪尔的建议，屋里的气氛重新活跃了。威尔逊的情绪又高昂起来，他催促大家回去，立即组织侨民推选委员会代表，集中营如果长时间群龙无首，说不定哪天就闹出大乱子。他说："你们看今天早晨，大家排队上厕所，一等就是一两个小时，厕所里污秽横流，熏死人。不仅仅是厕所，院子里，到处垃圾成堆，我们必须尽快组织侨民清理干净……"威尔逊先生还没说完，众人就抢着诉苦，说侨民的宿舍分配不平均，有的小屋子住了三四十人，大屋子却只有十几人，有人还强行霸占公共资源，也没有人去管。

史密斯又想起在食堂排队领饭的混乱场面，激动地说："那些品行不良的人，必须受到惩罚，等时机成熟了，我们还得成立警察局。"

等大家的控诉告一段落，肖恩忧虑地说道："我们成立自治委员会，田中凉介是否会同意？他本来就视我们为阶下囚，难道会给我们权力，让我们自治？"

威尔逊说："谢天谢地，终于有人想到这里了。肖恩，你忧虑得对。让田中凉介同意不是那么容易的。这个狗杂种想尽一切办法给我们添乱，他不会让我们好过的。"

看到屋子里的人情绪低沉了下去，肖恩故作轻松地说："我们拿出详细方案来以后，去找他谈判，总会有办法解决的。"

散会后走回去的路上，史密斯对肖恩和利迪尔抱怨说："威尔逊似乎已经是这里的总统了，说话太强势，我们要民主，不要独裁！"利迪尔没有吭声，他在担心学生们没有教室，不能上课。至于史密斯吐槽什么，他一个字也没有听进耳朵里。

肖恩劝史密斯说："你太冲动了，史密斯，我觉得威尔逊先生完全有能力担任自治委员会主席。"

史密斯的脸色阴沉下来，他在心里把肖恩当作自己人，如今自己人反而帮着外人说话，他接受不了。肖恩看出史密斯对威尔逊的意见，更多的是因他不赞同成立警察局，而不是对威尔逊的能力质疑。

肖恩说："史密斯，我觉得你适合担任纪律委员会主任，你回去做好宣传和演讲，让天津侨民推选你进入自治委员会。纪律委员会跟警察局的职责有些是一样的。"

史密斯脸上的乌云霎时无影无踪，他惊喜地看了看肖恩，又看了看利迪尔。

利迪尔说："我支持你，史密斯，你有那个能力保证我们的治安。"

史密斯立即停住脚步，严肃地跟他们俩保证，如果当选，一定会竭尽全力服务好侨民。

肖恩说："史密斯，你这么执着于我们的安全，我跟利迪尔很感动，我们俩代表侨民，向你表示感谢！"

"肖恩、利迪尔，你们不懂，皮特这种混蛋还不是最坏的，我见过太多案子了，其中的黑暗和血腥是你们想象不到的。"史密斯越说越激动，"我们集中营里面，有一半的妇女和儿童，还有老人，治安是一件很重要的事情。"

肖恩握住了史密斯的手，利迪尔的手覆盖了上去。三只大手紧紧握在了一起。

回到宿舍，肖恩发现卡米洛不在。宿舍里的人都说一上午没见到他了。

肖恩慌了，一上午没回宿舍，去了哪里？肖恩去了广场旁边的小树林、教堂……哪儿都没有卡米洛的影子。站在黑煤渣路上，肖恩焦急地四下张望，忽然，他脑海里冒出一个地方。

果然，肖恩刚走近废墟，远远就看到了卡米洛的身影。他加快步伐，抄近路从一堵垮塌的墙壁跳了过去。还没等站稳身子，有个女人与他擦肩而过，速度快得像阵风。肖恩回头看，是海莉。她金黄色的头发油亮亮地垂在肩上，身上裹着一件掐腰的玫红色薄呢大衣，如同好莱坞明星那般艳丽。她没有回头，更没有跟肖恩打招呼，而是从废墟一直走到黑煤渣路，消失在肖恩的视线中。

肖恩警觉起来，她怎么跟卡米洛在一起？卡米洛抱着西西走过来，站到肖恩跟前。

肖恩发现卡米洛的眼睛红红的，似乎哭过，问道："你来这里干什么？"

卡米洛说："玩。"

"海莉怎么也在这儿？"

卡米洛没有回答。

肖恩牵起他的手说："走，我们回去。"

一路上，两人都没说话。肖恩几次想问卡米洛，可看到他神情落寞的样子，他又把话咽了下去。他的脑海里萦绕着海莉从废墟匆匆离去的背影，她在废墟跟卡米洛说什么了？

其实，卡米洛跟海莉在废墟相遇很偶然。卡米洛吃过早饭回到宿舍，还没踏进宿舍门口，就听到里面传出吵嚷声。接着，一只靴子从里面飞出，差点砸在他身上。宿舍里的荷兰男人骂骂咧咧地走出来，弯腰捡靴子时，瞅了卡米洛一眼，凶恶的表情让卡米洛哆嗦了一下，他后退几步，转身撒腿就跑。

卡米洛迎着冷风，不自觉地朝着废墟的方向跑去。在他的心目中，除了废墟，集中营没有安全的地方。接近废墟时，他终于跑不动了，放下西西，他弯着腰双手扶膝盖大口大口喘着粗气。

西西跑进废墟，在里面嗅来嗅去。卡米洛跟在它身后，漫无目的地转悠。他想不到会在这里遇见海莉。海莉坐在一扇残破的窗框下吸烟。薄薄的烟雾笼罩在她金黄色的卷发上，让她整个人看起来像个谜团。卡米洛停住了脚步。

海莉听到动静，抬头看到了卡米洛。她没有理会他，只是低头把手中的香烟摁在窗台上捻灭了。

卡米洛慢慢走了过去。离海莉越近，茉莉花的香气越是丝丝袭来，卡米洛心中忽然升腾起一股甜蜜的喜悦，如同雨后的树林和清晨窗外的鸟叫那般令人心旷神怡。自从父母去世以后，卡米洛的内心第一次充满喜悦，他以为再也体会不到这种感觉了。

海莉跳下窗户，朝废墟外面走去，她不愿意看到眼前这个孩子。卡米洛伸手牢牢抓住了她的衣袖，叫了声："海莉阿姨。"

海莉停住脚步，试图掰开卡米洛抓她衣袖的手，可是卡米洛攥得紧紧的。

"你为什么一直缠着我？我不喜欢跟孩子玩。"海莉厉声说。

"你身上有妈妈的味道。我喜欢这种味道。"卡米洛说。

海莉掰卡米洛的手停顿下来，她迟疑了一下，问："你妈妈呢？"

卡米洛心里咯噔一声，酸痛弥漫了整个胸腔。他不知道该怎么回答这个悲伤的问题。

停顿片刻，卡米洛说："我没有爸爸妈妈了。"

海莉的身子僵住了，她怔怔地看着卡米洛。半天，她嘶哑着声音问："肖恩是谁？"

"肖恩叔叔，来潍县的路上，宁婶把我交给了他。我每天都在想妈妈和爸爸。"泪水在卡米洛的脸颊上滚落，"肖恩叔叔说，妈妈和爸爸变成了天使，在天堂守护着我，可我还是希望能天天见到他们。"

过了很长时间，海莉说："悲痛下活着的都是天使。"

阳光洒落在布满电网的高墙上，像卡米洛看过的童话书中的某个片段。岗楼上的哨兵正在换岗，他们头上的钢盔和肩膀上的刺刀与阳光交相辉映，闪耀出雪亮的光芒，卡米洛和海莉同时眯上了眼睛，泪水从他们的眼睛里奔涌而出。

就在这时，废墟外面传来肖恩呼喊卡米洛的声音，海莉忙站起身离开了。她不愿意让别人看到自己哭泣的模样。

来自北平的侨民代表，在石油大亨约翰逊的组织下，召开推选自治会成员的会议。肖恩去他家的时候，里面已聚集了十多位来自北平的侨民，他们均是些有身份有地位的人。看到肖恩进来，约翰逊直截了当地告诉他，在他来之前，大家已经商量过了，希望他成为自治委员会的成员。

肖恩连想也没想，一口拒绝了。"你在北平做的事，我们了如指掌！"田中凉介那天在广场上说的话，让肖恩心里一惊。他不想给侨民和自治会带来麻烦。

众人竭力劝说他，希望他能进入自治会为侨民撑腰。他在广场上跟田中凉介的争斗，早已征服了他们，他们需要这样的人站出来为他们发声，为他们争取利益。

肖恩说："我们应该征求所有北平侨民的意见，让大家推选出合适的人选。"

"已经小组讨论过了，大家都希望你、我还有琼斯太太加入自治会。"约翰逊说，"我想，我们三人有能力为集中营服务。"

坐在门口椅子上的琼斯太太站起来，微笑着对肖恩说："肖恩先生，你就不要推辞了，大家既然相信我们，我们不妨试一下。"琼斯太太出身英国贵族，曾是北平大饭店的总经理，在侨民中威望很高。

屋里十几人的目光都落在肖恩身上，期待他点头应承下来。看到肖恩犹豫不决的样子，琼斯太太朝他伸出手："肖恩先生，让我们一起为大家做些事情，这些事情总要有人做。"

肖恩迟疑地跟琼斯太太握了握手，约翰逊也上前把手搭在他们俩的手背上，说："肖恩，让我们带领大家活下去，直到胜利的那天！"

肖恩内心一震，他看向约翰逊。约翰逊目不转睛地盯着他，湛蓝色的眼睛像海水那么明净深邃。三双手紧紧握在了一起。

推选自治会成员的名单还没有全部报上来。这期间，威尔逊又召集过一次会议，催促大家尽快上报名单，并且承诺一旦主任和主席定下来，集中营各项工作会尽快开展。史密斯看不惯他以主席的姿态自居，问他，如果这个自治委员会在日本人那里通不过呢？是不是需要提前去跟田中凉介谈判？

威尔逊中气十足地说："手里没有方案怎么谈判？田中凉介算个什么东西！换作以前，他一个小小的中佐连给我提鞋都不配！推选出名单后，我拿着去找他！"

威尔逊总裁的气势充斥整间屋子。散会往回走的时候，史密斯悄声对肖恩说："我今天才发现，你是对的，我们需要选举出威尔逊这样的人为侨民出头，他现在虽然不是什么总裁了，可是架子还在。挺唬人的。"

肖恩忍住笑，瞅了他一眼，示意他闭嘴。史密斯朝他顽皮地眨了眨眼睛。

快到宿舍的时候，他们忽然被一声凄厉的"狼嚎"吓住了。安德森停住脚步，四下张望，紧张地说："肖恩，什么声音？乐道院里有狼？"

各个宿舍的人纷纷跑出来，惊恐地四下张望。又一声长啸响起，这次他们确定了"狼嚎"的位置，就来自乐道院上空。大家仰脸看天空和周围的树冠，难道狼爬树上去了？

乐道院里的树，除了小树林那边有低矮的松树和榆树外，路两边多数是高大的白杨树，树龄从几十年到上百年的都有。很快，安德森寻到了"狼嚎"的位置，在离女单身宿舍不远的一棵粗壮白杨树上，蹲着一个人。

侨民们乌压压地拥到树下，仰脸遥遥望去，辨别不清那人是谁，只看到他蹲在树杈间，瘦长的胳膊抱着树干，仰脸长啸。

树下的侨民越来越多，白杨树被围得密不透风。一队日本巡逻兵远远地跑过来，他们摘下肩膀上的枪，端在手里，喝令侨民离开白杨树。人群四下散开了，巡逻兵靠近白杨树，朝天开了一枪。清脆的枪声不只让周围的侨民吓了一跳，连树上的"狼人"也吓着了，他手一松，整个人差点从树上滑落下来。他赶紧抱住树干，低头朝下看。

领头的巡逻兵用枪指着他，让他赶紧下来。"狼人"没有反抗，顺着树干滑了下来。没等站稳，他就被巡逻兵按在树上，进行了全身搜查。"狼人"淡黄色的长发遮住了脸庞，众人只能从头发的缝隙中，看到他有一双碧蓝的眼睛。不管巡逻兵怎么命令他转身，抬胳膊，他都顺从地照做，丝毫不反抗。巡逻兵什么也没从他身上搜到，只好把他放走了。

侨民们打量着他，悄悄议论说，怪不得这么能爬树，你看他长胳膊长腿的，连手指头都长，像猿猴那么灵巧。

盯着他的背影，安德森对肖恩说："你说他以后还会爬树吗？"

"他明天还会爬上去。"肖恩边走边说。

安德森说："你怎么知道？难道你是巫师？"

"他表面上有多乖巧，骨子里就有多桀骜。"

肖恩推开宿舍门，里面一个人也没有。卡米洛去哪儿了，难道跟着舍友看"狼人"还没回来？可依照肖恩对卡米洛的了解，他藏都来不及，怎么会去凑这份热闹。肖恩有点紧张，他高声喊卡米洛，声音从光秃秃的四壁又弹回到他耳朵里。

安德森看到自己的床铺，垂下的床单在微微晃动，他一个箭步蹿过去，掀开床单，果然，卡米洛抱着西西藏在床底。

安德森紧张地说："卡米洛，赶紧出来。"

肖恩跑过去弯腰看着床底的卡米洛，笑起来："卡米洛，出来。外面没事，是有人练习发声呢。"

卡米洛抱着西西刚露出半个身子，就被安德森一把拖了出来。他朝宿舍门口张望了一下，看没人进来，紧接着，把自己的半个身子探进了床底。

肖恩奇怪地拽了拽他，说："喂喂，你怎么也钻进去了？里面藏着什么宝贝啊？"

这句话让安德森哧溜一下又钻出来了，他紧张地朝肖恩做了个噤声的动作。宿舍门推开了，几个舍友手里拎着饭走进来。安德森慌忙把床铺整理好，装作什么事都没发生的样子。

晚上熄灯后，宿舍里一片黑暗。从第一声呼噜响起，到整个宿舍里都是呼噜声和磨牙声，用的时间不长。黑暗中，安德森悄悄起身下床，跪在床边，他的手伸进了床底。很快，他从里面掏出一双高勒皮靴，他的手在高勒皮靴中摸索了一阵，又重新趴下，把皮靴推回床底深处。

第二天早晨，点名的队伍解散后，海莉留在了原地。卡米洛边走边回身看她，她正站在那里跟田中凉介说话。田中凉介的手在腰间挂着的武士刀把上来回摩挲，一副心烦意乱的样子。海莉说了几句，扭头看向远处。风把她金黄色的长发吹到了脸上，缠缠绕绕的，给她增添了一些妩媚。田中凉介也跟着看向远方，谁也不知道他们俩在看什么。

桌上的侨民，边吃饭边议论树上的"狼人"，猜测他是哪里人，为什么要爬到树上去号叫，都佩服他能爬到二三十米高的树杈上去。

卡米洛快吃完的时候，海莉才到食堂，她的脸上看不出任何异样。她径直去领了一份咸黏粥，端着就近坐在了空闲的桌前。卡米洛伸长脖子一次又一次看向她，希望她能看到自己，可她一直没有抬头。肖恩顺着卡米洛的目光，也看到了海莉。他想不明白，卡米洛为什么那么愿意接近她。从在火车上见第一面开始，她在肖恩心目中，基调就变成了灰色。他不喜欢这种面目模糊的女人，看她永远像是隔着一层毛玻璃。

卡米洛离开食堂的时候，试图绕道从海莉旁边走，被肖恩拽住了。肖恩带着他出了食堂大门口。路上，卡米洛一句话没说，默默朝前走着。

"卡米洛，你喜欢海莉？"肖恩忍不住问他。

卡米洛用脚踢着一块黑煤渣，一路踢到了宿舍门口。他不想回答肖恩。

在宿舍门口，他们遇到了路过的威尔逊先生，他朝卡米洛伸出大手。卡米洛乖巧地把自己的小手放进去，威尔逊微笑着轻轻攥了攥。卡米洛喜欢这种琐碎的没有血缘关系的温暖。

"肖恩，你儿子真乖。"威尔逊说。

肖恩开心地笑起来，他刚要开口讲卡米洛懂事乖巧的事情，被卡米洛拽住衣角制止了。现在如果有谁敢当着肖恩的面夸奖卡米洛，肖恩就会有很多卡米洛的优秀事迹跟着说下去。他俨然变成一个溺爱孩子、喜欢唠叨的父亲。

"他妈妈，她没来集中营吗？"威尔逊随口问。

卡米洛的脸色阴郁下去。肖恩不想说出卡米洛是孤儿，这是他的隐私，除非他自己愿意说。

停顿片刻，卡米洛含糊地说："我妈妈去世了。"

威尔逊说："对不起，肖恩、卡米洛，我不该问这些。对不起。"

说完，威尔逊歉意地点点头，朝前面走去。肖恩赞赏地说："你是个聪明的天使，卡米洛。"

"我不是，我如果是天使，那天就能救爸爸妈妈。"卡米洛快走几步进了宿舍。

青岛和天津的侨民用了几天的时间，才各自推选出三名自治会代表。青岛有威尔逊、赫士博士和安德森，天津是利迪尔、史密斯和伊维斯，加上北平的约翰逊、琼斯太太和肖恩，正好九个人。其他人肖恩都见过了，只有天津的伊维斯他是第一次见面，后来才知道他是天津的商业巨头，跟史密斯和利迪尔一样，都是英国人。

九位自治会成员聚在一起，根据每个人的身份和专业知识做了具体分工。威尔逊顺理成章地被推选为自治委员会主席，成为自治委员会的最高领导人。医疗委员会主任是赫士博士，同时他还担任即将成立的医院院长职务。安德森因为曾在坊子煤矿担任矿长，被推荐担任劳动委员会主任。史密斯、利迪尔和商业巨头伊维斯都是人尽其才，分别担任纪律委员会主任、教育委员会主任和工程维修委员会主任。约翰逊任总务委员会主任，负责管理各种杂事，琼斯太太担任供给委员会主任，负责集中营的食品分配，并具体管理2号食堂。肖恩担任住房委员会主任，开始时，他对这个职务有些摸不着头脑，因为他没有一点这方面的经验。很快他就明白，眼下集中营最紧迫最复杂的工作，就是住房分配。他刚进集中营时跟田中凉介的几次斗争，使他在侨民中赢得了极高的威信，侨民们希望由他来管理分配他们的住房。大家推荐艾瑟尔担任自治会的秘书。

这时候，去跟田中凉介谈判，让日方承认自治会的存在，终于被提上日程。所有人心里没有底，他们明白，田中凉介不是那么好对付。

"这有什么可担心的？我去跟他谈判，他必须答应！"威尔逊在自治会第一次会议上，胸有成竹地说。

散会后，他却单独把肖恩留下来。看到众人走尽，他坐在小圆桌前，招呼说："肖恩，坐到这里来，请你品尝一下我带来的咖啡。"肖恩起身坐到早已磨起毛边的小圆桌前。他不相信威尔逊留他是为了喝咖啡，对于这个外貌威严、行事大胆、内心又有着孩子气的老者，肖恩既崇拜又觉得他可爱。

在肖恩身侧的木凳上，艾瑟尔点燃酒精灯，正用虹吸壶煮水。盛放咖啡粉的罐子开着盖，淡淡的咖啡香气飘荡在室内。肖恩内心激动起来，他很久没有闻到咖啡的香气了。上次喝咖啡还是去年夏天，在北平话剧院旁边的咖啡馆。当时，他跟同事们刚看完话剧，去那里漫不经心地喝咖啡，谈论时事，谈论话剧。眨眼间，命运就把他抛进潍县乐道院，他现在闻一闻咖啡的味道都觉得奢侈。

威尔逊深吸一口气，闭上眼，满脸的陶醉。过了好久，他才说："仿佛又回到了青岛，回到了起士林咖啡馆，那些美好的日子再也回不来了。"

艾瑟尔没有像威尔逊和肖恩那样怀旧，她今天心情很好，能跟肖恩共处一室，并且亲手给他煮咖啡，对于艾瑟尔来说，是件快乐的事情。艾瑟尔把新鲜的咖啡粉投放进虹吸壶中，用竹勺左右拨动，把漂浮上来的咖啡粉拨弄到水中。

"肖恩，我们能喝上这么正宗的咖啡，要感谢威尔逊先生呢。当时，他用行李箱带这些咖啡壶啊、咖啡杯还有咖啡粉，遭到很多人反对，他们都说这里什么都有，威尔逊先生不信。"

"如果流氓说的话也可信，那么这个世界就没有战争了。"威尔逊讥讽地说道，"我们也就不会被关进这里了。"

咖啡在虹吸壶中开始冒泡，浓郁的香气灌满整间小屋子。艾瑟尔熄灭酒精灯，往各人面前的杯子里倒咖啡。

肖恩端起咖啡，浅尝一口，说："威尔逊先生，您留下我除了喝咖啡，是不是有其他事?"

威尔逊爽朗地笑了，他说："我喜欢单刀直入的对话。我问你，肖恩，你对我去找田中凉介谈判有什么想法?"

肖恩沉思一会儿，说："恕我直言，威尔逊先生，我觉得事情不会那么简单。通过这几天打交道，我们能感觉出，田中凉介其实就是个战争机器，他身上没有人情味。他不会同意我们侨民自治，更不会承认我们的自治委员会。"

"你说的这些我都明白，为了给他们鼓劲儿，我才狂妄地说跟田中凉介谈判是件简单的事情。"停顿了一下，威尔逊又好奇地说，"既然你知道田中凉介不会承认我们的自治会，为什么从没有提出来?"

肖恩说："我不甘心。我们去跟他谈判，直到他同意为止。"

威尔逊脸上的笑容渐渐消失了："年轻人，我没有看错你! 你是个勇敢的男人！怪不得田中凉介那天在广场上警告你，我就猜测，在北平你没让日本人好过，你具备那样的智慧。"

肖恩咧嘴笑了。

"肖恩，我支持你，不管你在这里怎样做！"

两只男人的大手握在一起。接下来，他们俩人再也没有谈集中营的事情，而是一起谈烟草、谈红酒、谈咖啡。肖恩发现，威尔逊是部百科全书，他什么都懂，表面上的大大咧咧和满不在乎，掩盖着他内心的细腻和狡猾。

威尔逊忽然问："肖恩，卡米洛的妈妈去世了，今后你有什么打算？"

这个问题问得很突然，让肖恩猝不及防，他不知道该如何回答才算圆满，他们都以为卡米洛是他的儿子，事实上，他连女朋友都没有。看到他尴尬的样子，威尔逊一副过来人的模样，朝他点点头，暧昧地笑了。

"年轻人，不必害羞，我们谈香烟，谈红酒，谈政治，最后总得谈谈女人嘛，女人是男人活在这个世界上的动力，我们离不开她们，当然，她们也会爱慕我们，尤其是像你这样强悍有头脑的男人，女孩子会更喜欢。"说完，威尔逊哈哈大笑，边笑边看了艾瑟尔一眼。

艾瑟尔的脸红了，为了替肖恩解围，她转移话题说："威尔逊先生，我们还继续煮咖啡吗？"

威尔逊看了看喝干的咖啡壶，摇摇头说："不不，我可不那么傻，我就带来那么几罐，总不能全让你煮给肖恩喝了。如果喜欢喝，下次你可以带着你的咖啡请肖恩，我借地方给你俩用。"

肖恩喝干杯子里最后一点咖啡，站起来说："我得回去了，威尔逊先生，谢谢你的咖啡，艾瑟尔，谢谢你。"

不等威尔逊和艾瑟尔说话，他就朝门口走去。

第五章

威尔逊跟田中凉介的谈判进行得很不顺利。在田中凉介的办公室里，没等威尔逊介绍完自治会的职能，田中凉介就傲慢地吐出两个字："妄想！"

威尔逊气得浑身发抖，他何曾受过这种待遇！战争爆发前，日本人在他们眼里算什么，田中凉介这种官职的日本人，都不配跟他威尔逊说话！那时，没人相信日本敢对美国发起挑战，没人敢质疑大英帝国的侨民在中国的地位。可风云突变，谁能想到日本竟敢去偷袭珍珠港？一夜之间，太平洋战争就爆发了，他们成了替罪羊，被关押进乐道院，遭受这些无耻之徒的羞辱。

威尔逊气愤地走出田中凉介的办公室，下楼梯的时候，他一脚踩空，差点歪倒。他抓住扶栏在楼梯上站了很久。日本兵在他身边来来去去，影子交叠在一起，像在放幻灯片。哀伤笼罩了威尔逊，自己难道就这样被世界抛弃了吗？

威尔逊庆幸没有答应肖恩，让他一起来。否则，自己今天在田中凉介面前的狼狈样子就要被他看到了。

其实，威尔逊走了不多久，肖恩不放心，跟到月洞门前，站在那里等他。随着太阳慢慢西移，威尔逊还没有出来。肖恩一会儿觉得谈判时间越长，越可能成功，一会儿又觉得拖这么长时间，不会出了什么变故吧？就在他忍不住要去日军办公楼时，威尔逊从远处步履蹒跚地走来，高大的身躯没有了往日的神采。

肖恩迎上去，没有问他谈判结果。两人默默走了一段路，肖恩看到威尔逊额头出汗了。

"威尔逊先生，您不会也没带来多少衣服吧？我们北平很多侨民听了日军的话，以为这里有裁缝，都没带换季衣服。"肖恩故作轻松地说，他的眼睛一刻没有离开威尔逊的脸。

威尔逊抹了一把额头上的汗，他还穿着羊毛衫、羊毛坎肩和毛料西装，在逐渐和暖起来的春季里，这些衣服实在是太多了。不得不承认，离开用人，威尔逊连换季衣服都搞不清楚。身上这套衣服还是进集中营之前，家里的用人给他搭配好的。

肖恩帮威尔逊脱下外套，替他拿着，陪他慢慢朝侨民宿舍区走去。集中营一改冬日灰暗的模样，远远望去，鹅黄一片，连废墟的土墙上都生出了嫩草。

威尔逊说："枯草都泛绿了，而我们的苦日子才刚刚开始。"

"威尔逊先生，明天让我去找田中凉介试试。"

"你有更好的理由说服他吗？他根本不让我开口，也不看我们的方案。这是个刚愎自用的家伙。"

肖恩比谁都清楚，他去找田中凉介，成功的概率甚至比威尔逊还小。那天在广场上，田中凉介警告他的话是真的。如果在北平待到现在，他已被日本宪兵抓走了。

一切源于他在北平时，用大卫的笔名出版了一本书，叫《北平沦陷日记》。书中，他用日记和照片的形式，翔实记录了北平沦陷后，日军在北平的暴行，铁蹄下的北平市民，怎样挣扎在死亡线上。此书一经出版，不止轰动了北平，最后阅读高潮延至国内外。《北平沦陷日记》从出版到被禁，时间很短，可是恰恰因为被禁，这本书更火了，在黑市被翻印无数次，价格虽然高到离谱，可还是有人购买。日军高层为此大为震怒，下令彻查逮捕大卫。肖恩到集中营以后，调查的矛头最终指向他。可是苦于没有确凿证据，加上侨民来了以后，跟日方发生过几次冲突，田中凉介不想引起更大的动荡，所以，此事暂时放下了。

可是肖恩知道，这件事没完，田中凉介像林子里的恶狼，在等待时机。

看到威尔逊期待的目光，肖恩只得硬着头皮安慰他说："从上次广场上的争斗，我就看出田中凉介最担心的是什么，那就是集中营出大乱子。我告诉他，侨民成立自治会，可以阻止这些大乱子的发生，减轻他的压力。让他相信这点，我觉得局面会扭转。"

威尔逊叹了一口气，说："但愿他能让你解释这些理由。"

肖恩说："威尔逊先生，放心吧，我会尽全力去做这件事。"

威尔逊道："看来我真的老了，要退出历史舞台了。"

肖恩刚要开口，威尔逊摆摆手打断了，他强作欢颜说："祝你好运，肖恩。"

卡米洛坐在宿舍门口的小凳子上看西西爬树。西西每次快爬到树梢时，又滑回到树杈，它再开始爬，不知疲倦，不嫌枯燥。看到肖恩回来了，卡米洛站起来准备去食堂吃饭。按照集中营的纪律，现在是去食堂吃饭的时间，晚饭后从九点开始，所有侨民都不能外出，谁踏出宿舍门口一步，巡逻兵有权力将其视为越狱者而击毙。

晚饭一如既往地糟糕，今晚煮的"咸黏粥"，里面的高粱散发出一股霉味。卡米洛和肖恩都没有胃口，卡米洛是因为碗里的食物难以下咽，而肖恩是为明天跟田中凉介的谈判忧虑。

卡米洛在人群中看到了海莉，她正端着碗朝旁边的空桌上走去。卡米洛赶紧站起来，朝她挥手。海莉犹豫了一下，看着卡米洛热切地望着自己，她还是端着咸黏粥走过来。肖恩看了一眼在对面椅子上坐下的海莉。两人都没吭声，各怀心事地吃着饭，味同嚼蜡。

肖恩吃完了，木然看着海莉还在有一搭没一搭地用勺往嘴里送咸黏粥，忽然想起她跟田中凉介站在广场上聊天的场景。

"海莉，你跟田中凉介是老熟人吗？我觉得你们俩曾经认识。"肖恩试图通过海莉了解田中凉介，为明天的谈判做准备。

海莉放下手中的汤匙，看着他说："有什么事你直接说吧，别绕弯，我最讨厌男人绕弯子。"

肖恩尴尬地看了看卡米洛。卡米洛乞求地看着他，希望他们不要吵起来。

"你想多了，只是单纯的聊天而已。"肖恩转头对卡米洛说，"卡米洛，吃饱了吗？吃饱了，我们回去。天太晚了。"

海莉讥讽道："你们今天去跟他谈判失败了吧？"

肖恩吃惊地看着海莉说："你从哪里听说的这些？"

"下午你们在威尔逊房间吵架，差点把房间吵爆了，没人是聋子。"

肖恩这才想起，下午他们回到威尔逊房间时，安德森他们都等在那里听消息。当听说谈判失败时，史密斯和安德森立时炸了，他们高分贝地嚷嚷，要去找田中凉介算账，加上琼斯太太和赫士博士等人劝解，屋子里乱成了一锅粥。肖恩打开门走的时候，发现外面已经挤满侨民。他们围着肖恩想打听到更多的消息，肖恩只得告诉他们，明天继续去谈判，让他们放心去吃晚饭。

肖恩不好意思地说："对对，我把下午他们吵架的事忘了。"

海莉拿着空碗去了洗碗池。看着她的背影，肖恩想起在广场上，她站在田中凉介对面，看着远方出神，风吹乱了她金黄色的卷发。

第二天上午，肖恩拒绝了史密斯和安德森等人要一起去谈判的请求，去的人越多，事情成功的概率越小，说不定还会打起来。他独自一人走向日军办公区。远远地，他看到海莉走在前面，她也要去找田中凉介吗？肖恩想。海莉穿了一套制服式杏色紧身长裙，长长的卷发在脑后梳成一个马尾，像个青春洋溢的在校女大学生。

肖恩加快脚步跟上去问海莉："你到这里来做什么？"

"找田中凉介。"海莉毫不隐瞒地说。

肖恩沉默了。对于她跟田中凉介的事情，肖恩虽然不想参与过多，可是他不能不对她心生警惕。到了田中凉介办公室门口，海莉没有敲门，而是直接推门走进去。看到肖恩等在外面，海莉回头命令他说："进来。"

肖恩愣怔了一下。

田中凉介没想到海莉会主动来找他。当海莉出现在办公室门口时，他像得到某种召唤，不由自主地从办公桌前站起来，直直盯着她，把她身后的肖恩当成了空气。海莉没有理睬田中凉介，招呼肖恩在沙发上坐下，自己也坐在旁边的单人沙发上。

田中凉介迟疑一下，走过去拉出一把椅子跟着坐下，他倒像是客人。

这天的谈判，从田中凉介坐下直到结束，肖恩都感觉进入了电影剧情里，因为一切都那么匪夷所思。最初，他把"侨民自治"的方案重复了一遍，正如威尔逊说的一样，山田介傲慢地挥手说："这件事不要提了，你们要完全服从指挥。"

肖恩没有在意田中凉介粗暴的语气，依旧心平气和地说："田中长官，我们成立自治委员会，可以帮你们维持秩序，减轻负担。集中营内的宿舍到现在还没有形成统一分配机制，宿舍区的房屋漏水问题也没有得到解决，食堂糟糕得不能再糟糕了，厕所臭气熏天……这些如果单凭你们抽调出人力管理，那么我们双方都会承担很大的压力。还有后续进来的侨民越来越多，集中营最终会变得一团糟。侨民们的怨气积攒多了，就要闹出事情来。你们把权力放下来，交给我们成立自治委员会，我们负责住房管理、秩序维护、劳动安排、供给分配、医疗卫生……所有这些，你们负责监督，如果我们没有做好，你们可以提醒和纠正。"

田中凉介本想打断肖恩的话，他不能忍受一个囚犯在他面前指手画脚，这令他愤怒。这些美国佬的自以为是，他在留学期间就见识过了，想不到被囚禁了，还是这么颐指气使，只有让他们尝到苦头，他们才心甘情愿做阶下囚。

不过，由于海莉坐在旁边，他只能耐心地听下去。听着听着，他觉察出自己昨天犯了个错误，不该赶威尔逊走，应该给他机会把自治会方案讲清楚。这确实是一个好方案。可他心里还是升起一股隐隐的怒火，一个囚犯居然敢在他面前卖弄集中营的管理，并且瞧不起他们日方的管理能力，更何况这个囚犯还曾出书污蔑他们日军。今天抓住机会，一定不放过他。

田中凉介盯着肖恩说："别跟我谈权利，你们什么权利都没有，到了这里，你们就是囚徒！"

肖恩冷笑一声说："长官，我想让你知道，我们不是囚犯，如果你真要行使野蛮管理，最后的结果将是你承受不起的！"

海莉看到田中凉介的脸色变得愈加铁青，心里开心极了。对于肖恩的直言，她打心眼里感觉痛快。这是个勇敢的男人，并不畏惧眼前的战争机器。就在田中凉介想发作的时候，海莉适时插话进来。

"田中先生，你在美国留学时住的学校提供宿舍吗？"海莉仿佛是个好奇的小女孩，懵懂地提起与当下毫无关联的话题，成功地将田中凉介的目光吸引到了自己身上。

话题被强行转移了，肖恩有些摸不着头脑，猜不透海莉今天来找田中凉介的目的，只得暂停了自己的话题，紧盯着田中凉介，生怕他把怒火发泄到海莉身上。听海莉的口气，他们似乎在美国留学的时候就认识了。

田中凉介对这个话题居然丝毫不排斥，相反，他的脸色变得柔和起来，认真地思考起这个问题。

"那是段既美好又糟糕的时光。"田中凉介说。

肖恩发现田中凉介的目光一直落在海莉脸上，而且温情脉脉，心里突然感到强烈的不安。

接下来，海莉跟田中凉介津津有味地谈论起了校园生活。他们一副老同学的样子，对于老师的较真，同学的不务正业，包括校园欺凌和恋爱，都做了探讨。不能否认，海莉的到来，为这个严肃的谈判增添了柔和的调子。随着两人谈话的深入，田中凉介完全忘记了肖恩的存在，身上阴沉的色彩褪去了很多，谁也不知道海莉哪点打动了他，让他如此放心地跟她议论留学生活。

当田中凉介激烈地抨击美国同学对他的无视和傲慢时，才想起了肖恩，他用阴郁的目光看着肖恩，说："你们美国佬最可恨！"

对田中凉介说的"美国佬最可恨"，海莉表示赞同，并且开心地笑起来。她的笑声肆意清脆，像是雨后挂在廊檐下的风铃，风情而又单纯，弄得田中凉介和肖恩同时噤了声。

笑够了，海莉说："记得毕业考试之前，在庆祝晚会上，老师们上台给我们唱了一首歌。"

说到这里，海莉开始唱歌："不管你们如何努力，学到凌晨三四点钟，我们保证出的考题，你们从来没有听说过……"

田中凉介也跟着唱起来："你们最好当点心，你们最好不要哭，毕业考试已到啦，可是你们什么也不会……"

屋子里全是两人滑稽的歌声。看来，考试不分国界，歌声也是，会拉近人与人的距离，哪怕是敌人。屋子里终于安静下来，田中凉介脸上柔和的神色，像退潮的海水，慢慢退下去，他又恢复成了那个阴郁的日本军人。

可是海莉不管这些，她朝他倾过身子说："不知道你们大学什么样，我们在大学里，学校其实是不管学生的，都是学生自我管理，从没出现过差错，你何不采取这样的办法管理集中营？如果这样管理给你们添麻烦了，你们再收回管理权。"

田中凉介起身去抽屉里拿出一根香烟，并没有抽，而是倚着桌子，把香烟放在鼻子下嗅来嗅去。上面派他来管理集中营，就是看中他既有留学背景，又上过战场，在集中营中能掌控好分寸，不至于出乱子。集中营出了乱子，那就是国际事件，说不定会激发出更大的战争。只要自治会能管理好侨民，不给他惹麻烦，他何乐而不为呢。最重要的是，肖恩在自治会里面，他随时可以抓到他的把柄，把他送回北平的日军监狱。

想到这儿，田中凉介把香烟放回烟盒，对肖恩说："好吧，我同意你们的计划。"

肖恩蒙住了。他不明白，田中凉介怎么突然就同意成立自治会了呢？就因为海莉跟他一起回忆了留学时光，一起唱了首滑稽的毕业歌？

回去的路上，肖恩忍不住跟海莉道谢。

"你不会以为我是来帮你的吧？"海莉边走边伸手散开头上的马尾辫，她又恢复了那副骄横的模样，"我就愿意看到田中凉介吃瘪的样子，今天有机会能看到，我为什么不来呢？"

肖恩犹豫一下，说："你们俩是留学时的同学吗？"

海莉嘴角露出不屑："不是，我跟他以前不认识，他就是架战争机器，只有我们的武器跟他熟悉。我长得跟他留学时的加拿大女朋友模样非常相像，当然，他女朋友在他回国后自杀了。所以，他会一次次在点名结束后，留下跟我交谈，倾诉他对加拿大女友的思念，其实，我受够他了，可又能怎么办呢？"

海莉的脸上流露出哀伤的神色。肖恩的心里豁然开朗，甚至莫名兴奋起来。可是想到田中凉介看海莉的目光，他又担忧起来。如果早知道海莉是跟他一起去谈判，他会阻止她的。男人解决不了的事，怎么能让女人去解决呢。

"海莉，凭男人的直觉，我感觉田中凉介对你，不单纯是思念女友那么简单，他是个阴险的刽子手，你要离他远一点。"

海莉脸色沉下来，说："你们美国佬也好不到哪里去！"说完，她故意跟肖恩分开，拐上了另一条回宿舍的路。

看到一脸沮丧的肖恩回来了，威尔逊安慰他说："没事，肖恩！我们会想到好办法的。"

艾瑟尔也安慰肖恩说："对，我们再召集大家商量谈判方案。"

肖恩赶紧说："没有，田中凉介同意了。"

威尔逊怀疑地说："同意了？那你怎么一脸的不高兴？"

肖恩详细地告诉了威尔逊他们谈判的情景，威尔逊诧异地说："海莉？"

艾瑟尔说："就是在广场上跟田中凉介一起骂'美国佬'的加拿大女人。长得很漂亮，每天都打扮得像好莱坞明星，据说跟田中凉介走得很近。"

威尔逊说："不管怎样，肖恩，我见见她，我们要感谢她为侨民的付出。"

肖恩苦笑一下，说："等有机会吧，她是个……不那么好相处的人。"

威尔逊笑起来："也是，当着那么多'美国佬'敢公开骂'美国佬'，真是个不好招惹的女人。"

肖恩点点头，他的眼前一直晃动着田中凉介盯着海莉看的情景，他为此而担忧。艾瑟尔和威尔逊看着肖恩，不明白明明谈判胜利了，他的神情为什么还这样落寞。

在一个温暖的上午，威尔逊召集自治委员会的成员，宣布自治会已经得到日本人的同意，以后集中营实行侨民自治。众人都很兴奋，七嘴八舌地说起集中营的漏洞，有哪些地方需要改进。威尔逊说，他们将很快召开会议，宣布自治会的章程，到时候，大家把集中营需要整治的建议交上来，艾瑟尔统一整理分配给各个委员会。

肖恩看着大家兴致勃勃地讨论，脑海里浮现出海莉跟田中凉介周旋的场景。他很想告诉大家，自治会得到日方的同意，也有海莉的功劳。可他忍住了，他不知道该怎么跟大家说清楚这件事。在众人眼里，海莉只是个每天打扮得花枝招展、跟田中凉介走得亲近、多次在公开场合搞种族歧视的难缠女人。如果说出是她找日本人搞定的这件事，不知道会不会给她带来更多的舆论。肖恩不敢尝试。

肖恩提醒威尔逊，该去见田中凉介了。按照日本人的通知，今天下午三点钟，自治会全体成员要去日军办公区接受训话。

威尔逊带领自治会全体成员到达指定的会议室时，墙上挂的时钟刚好指向三点钟。田中凉介带领伊豆以及代源美，早已坐在会议桌前等着他们了。门刚被推开，站在田中凉介身后的代源美就朝威尔逊他们骂道："混蛋！你们迟到了！"田中凉介回头瞅了他一眼，代源美才收敛起怒气，规矩地站到一边。

威尔逊看了看腕表，从容不迫地坐到位子上。威尔逊坐下，从口袋里拿出雪茄，点燃后长长吸了一口，用手指着代源美说："中士，请你以后对我们说话客气些，我们不叫混蛋，我们是侨民自治委员会成员。我是主席威尔逊，其他成员我会——跟你们介绍的。"

代源美狠瞅了威尔逊一眼。

威尔逊轻蔑地吐了口烟圈，说："田中，我们开始正事吧。"

田中凉介没有理会威尔逊。

伊豆说："从今天开始，自治会就由代源美中士监管，有什么事，要向他汇报。希望你们能自觉遵守集中营纪律，别惹麻烦！"

代源美站到桌前，强硬地说："所有侨民，除了按规矩吃喝拉撒睡和参加劳动，其他做任何事都是不行的！以后集中营的事情，只能由你们跟我汇报，普通侨民找我是不行的！有谁违反纪律，那是不行的！"

代源美说完，挑战似的看着威尔逊，等待他的回复。威尔逊吸着手中的雪茄，没有吭声，代源美这几条"不行的"在他看来，简直就是无稽之谈。看到威尔逊对自己不理不睬，代源美心中的怒火燃烧起来。他手中的鞭子带着清脆的呼哨，甩在威尔逊面前的桌子上，腾起淡淡的灰尘。坐在不远处的艾瑟尔惊呼一声，双手抱住了头。威尔逊用手摸一下左脸颊，那里被鞭梢抽出一道鞭痕，正在往外渗血珠。

"不行的，开会抽烟不行的！"代源美发出尖细的吼叫。

肖恩、史密斯、安德森等自治会成员呼啦站起来，上前围住代源美。赫士博士起身时一个趔趄，差点歪倒，多亏旁边的琼斯太太扶住了他。

田中凉介冷冷地看着眼前的一切。威尔逊没有理会脸上的鞭痕，他吸了一口手中的雪茄，转脸对田中凉介说："田中，刚进集中营时，我们在广场上已经交过手了，今天没有必要再搞一场。如果你的手下想用这一套树立起自己的威信，那是愚蠢的做法。哪怕是你们的天皇来了，也休想让我们屈服！"

威尔逊回头看了看被包围起来的代源美。代源美手中的皮鞭早被史密斯夺走了。他被围得连头都没有露，只是在包围圈中不停地叫嚣："不行的，你们这样是不行的！把鞭子还给我！"

会议室的门被推开了，持枪的宪兵站在门口等候命令。

田中凉介指着门口的宪兵，对威尔逊说："你们是不是以为，他们真不敢对你们怎么样？敢不敢赌一下？"

说着，田中凉介朝宪兵队队长挥了一下手，宪兵队长带着两人闯进会议室，没等其他人反应过来，赫士博士和琼斯太太就被两个宪兵用枪指在太阳穴上。

田中凉介对威尔逊说："你赌我敢不敢开枪？"

威尔逊的脸白了，肖恩等人也先后放开了代源美。

田中凉介舔了舔嘴唇，脸上的笑意更浓了。他站起来走着，挨个看自治会成员的脸。

赫士博士见多识广，很淡定地说："田中，你可以开枪，我们死了，你怎么向上交代？"

田中凉介说："生病而死，年龄太大，器官衰竭而死，理由太多了。怎么，赫士博士想试试吗？"

没等赫士博士开口，肖恩抢先说："长官，自治会和你们是合作关系，我们不能搞得这么僵，这样，以后的工作没法做。"

田中凉介转头看向肖恩，说："终于有人谈到工作，而不是反抗。肖恩，你是个冷静的人，我喜欢跟冷静的人打交道。"

肖恩说："长官，请放开赫士博士和琼斯太太，我们坐下好好谈谈。我保证，类似的反抗不会再发生了，我们会跟代源美长官配合，做好集中营的管理工作，请相信我们。"

田中凉介笑了，他对威尔逊说："威尔逊，你要多跟年轻人学习，不要时刻摆出你的贵族派头，这里是集中营，是监狱，不是你们上流社会的社交场。"

窗外传来一阵鸟儿的叫声，声音旖旎婉转，仿佛在合唱。田中凉介直起身子，瞥了一眼窗外。威尔逊左脸颊上的鞭痕肿胀，渗出的血珠越来越多。

田中凉介戏谑地对他说："你说，我放不放他们俩？你可以求我啊，说不定我就同意了。"

看着田中凉介愈加阴冷的眸子，威尔逊站起来说："田中中佐，求你放了赫士博士和琼斯太太。"说完，他朝田中凉介鞠了一躬。

田中凉介得意地笑起来，他朝两个宪兵挥了挥手，他们俩收起枪退出了会议室。

会议室内重新恢复秩序。威尔逊疲惫地坐在那里，一下苍老了十岁。代源美对眼前的局面很满意，在他的内心深处，最为惧怕的就是坐在这里的自治会成员。那天广场动乱时他也在，他深知，如果不打压下这些领头者的气焰，那么以后侨民们就反了。

威尔逊打开手边的笔记本。肖恩发现，他的手在颤抖，几次翻页都没成功。田中凉介也发现了他的不对劲，他倾过身子去说："威尔逊先生，你还在生气吗？如果撑不住，可以让你的手下代替你汇报。"

威尔逊没有理田中凉介，他戴上老花镜，看着手中的笔记，认真地说："我们对集中营原有条例，关于劳动一项有异议，希望能把全体人员必须劳动，改成八十岁以上的老人和七岁以下的儿童不必参加劳动。我们要对他们的健康负责。"

没等威尔逊说完，代源美说："不行的，不能改！"

田中凉介思忖片刻，说："同意。"

肖恩接过来威尔逊的笔记本，接着说："集中营的厕所太少，而且需要改造。"

毫无悬念，代源美又一次跳出来，尖着嗓子说："不行的！"

这是次艰难的会议，自治会所有的合理请求几乎都不被接纳，日方所有的无理条件，侨民必须遵守。自治会成员据理力争，商讨几次僵持住了，在肖恩的周旋下，又化解开来。

会议结束了，大家正要往外走，田中凉介叫住了肖恩。

"肖恩，你留下。"

肖恩回身看着田中凉介。

"你今天的表现很好，可是，我还是要警告你，私下别轻举妄动，这里不是北平，出了事，你逃不掉。"

"希望我们能相处愉快。"肖恩微笑着对田中凉介说。

开会回来，威尔逊就病倒了。由于缺乏医药，他脸颊上的鞭伤感染化脓，导致他发烧了几天。肖恩和艾瑟尔天天去照顾他，用白酒为他降温。

史密斯看到他脸上的鞭伤一直不好，又冲动起来，他要组织集中营全体侨民游行示威，甚至举行暴动。"太可恨了！居然拿我们当奴隶，当犯人！"

躺在床上的威尔逊急促地咳嗽，咳得满脸通红。史密斯赶紧闭上了嘴。

威尔逊从床上坐起来，倚在床头上气喘吁吁地说："史密斯，你记住，任何时候我们都不能煽动侨民暴动！在集中营里，反抗是极其困难的，肯定会遭到残酷的镇压，我们大多数侨民，缺乏组织经验，也不具备反抗的意识，如果硬碰硬，只能是带领他们往死路上奔。当前最主要的，是让大家看到生活的希望和秩序。"

肖恩安慰他说："威尔逊先生，您放心，我们这就把修正好的规划公布出去，让大家的心安顿下来。"

史密斯还想发表慷慨陈词，被肖恩制止了，史密斯不甘心地闭上嘴巴。

自治会在教堂前设立了一排布告栏，专门发布自治会的各项规定。只有在看布告的时候，侨民们才是和谐的。他们挤在一起看，一起讨论，似乎忘记了刚才还为床间的一寸土地而大打出手，为一块干面包的大小而恶语相向。

随着公布的自治会名单，后面有一张张布告贴出来，是劳动分配的布告，是纪律条例的布告，是学生开课的布告……这一切的后面落款是"侨民自治委员会"。侨民看后都很兴奋，这些兴奋没有具体的理由，也许是为秩序，也许是为全新的生活。总之，集中营开始正常运转了。

海莉也站在布告栏前，看完后，她在人群中张望，直到看到肖恩。

海莉挤过去，主动对肖恩说："我们可以聊聊吗？"

肖恩的心脏怦怦狂跳起来，自从上次跟田中凉介谈判后，他再也没有见过她。在食堂就餐的时候，他曾多次暗中寻她，可是一次也没遇见过。肖恩跟随海莉走出人群。

海莉停住脚步，回头对肖恩说："你能把卡米洛借给我吗？"

肖恩愣住了。借卡米洛？什么意思？海莉指了指布告栏内的住房管理条例。上面规定，带孩子的夫妻可以单独享受一间住房。肖恩笑了，原来海莉想住单间。

肖恩说："卡米洛是独立的人，怎么能借来借去？"

"多谢你的提醒，我自己去问卡米洛，愿意不愿意跟我同住。"

"海莉，你不能这样做，我是卡米洛的监护人，他未成年，很多事需要我的同意才可以。"

"我也可以是卡米洛的监护人。"海莉讥讽地看着肖恩，"集中营里的人都可以成为卡米洛的监护人，除非你跟他有血缘关系，你跟他有吗，肖恩先生？"

肖恩的脸色变了，海莉怎么知道他跟卡米洛没有血缘关系？肖恩脑海中出现了那天去废墟找卡米洛，海莉也在的情景。

"那天在废墟，卡米洛跟你说什么了？"肖恩说。

"卡米洛会同意跟我一起住的，再见。"海莉答非所问，转身走了。

第六章

　　侨民们托运的床陆续运抵集中营，本来就拥挤的宿舍，架上一张张规格不等的床，空间变得更狭小了。而且，同宿舍的人生活习惯差别很大，有些基督徒早晚都要在屋里祷告，诵读《圣经》，有些则是衣物多，占领了公共地盘……每间宿舍里面都会因争夺地盘而发生战争，尤其是女人的宿舍，每天吵得不可开交。

　　对于这么多投诉，肖恩的确无能为力。开始他还从口袋里掏出纸笔，对这些投诉做记录。当前来投诉的人越来越多时，他终于放弃纸笔，呆着脸站在那里听。投诉的问题五花八门，比如：床跟床之间太近了，没了隐私；某人偷用了某人的化妆品或是一块肥皂；某人晚上打呼噜，搞得人要崩溃了……这些问题，在选举自治会之前就存在，并且引起了不少内战，现在有了主持公道的人，个人权利当然变得更加神圣不可侵犯，他们要讨回公道。

　　这期间，"狼人"又爬了几次树，在上面"狼嚎"。最初两次，日军巡逻兵还喝令他下来，最后见怪不怪，听到他号叫根本不予理会。这下可苦了宿舍区的侨民，由于他每次爬的都是不同的大树，侨民们现在都希望自己宿舍门口没有树。

肖恩真正跟"狼人"面对面，还是在去做宿舍实地调查时。那次有人投诉说废弃的医院阁楼很宽敞，可是住的人却不多，希望安排人上去。肖恩有些疑惑，医院早就荒废了，里面根本没法住人，更别说阁楼了。肖恩决定去实地看看。

　　他到医院的时候，"狼人"正坐在阁楼的窗户上，长胳膊长腿地耷拉在窗外。肖恩从楼下看上去，仿佛看到上面挂了架风筝。等看清楚那是个人之后，肖恩快速朝楼上跑去。跑到一半，上面响起凄厉的"狼嚎"。声音在空旷荒芜的医院里回响，肖恩起了一身鸡皮疙瘩，太瘆人了。他加快脚步，生怕"狼人"伴随着"狼嚎"真像风筝那样飞下去。

　　"狼人"没有理会站在门口喘粗气的肖恩，甚至坐在窗台上都没有回头。他背对着肖恩问："刚刚送你的'狼嚎'还喜欢吗？"

　　肖恩被弄得哭笑不得，自己跑出一身汗上来救他，原来这是他的正常生活。顶楼虽然小，可里面被"狼人"整理得干干净净，足够住两三个人。肖恩跟"狼人"征求意见，安排两个人上来跟他同住。

　　"狼人"背对着他，笑了一声，说："你把人们想得太理想化了，没人愿意跟另类一起住，不信你试试。"

　　"你原先做什么工作？"肖恩试探着问道。

　　"狼人"后背上写满沉默。肖恩等了一会儿，看到他没有回答的意思，下楼走了。

　　果然，当肖恩宣布可以报名去医院阁楼跟"狼人"一起住时，连史密斯和安德森都摆手，他们说住大宿舍挺好，不奢望去那里住。就在众人跟肖恩打趣，让他带儿子去那里住时，代源美派人来找他。

　　代源美在办公室见到肖恩，开门见山地说："下个月中旬，有三百二十四名烟台芝罘学校的老师和学生，从烟台出发，到达这里，你提前为他们准备好房间。"

"三百二十四人？"肖恩吃惊地看着代源美，"我们现在已经住得非常拥挤，没有多余的房间可用。"

"没有房间，可以睡到院子里。"代源美面无表情地说。

肖恩蔫蔫地往回走，他觉得代源美的这个通知，对他来说是雪上加霜，本来集中营的侨民就对住房拥挤有意见，现在又要来三百多人。

代源美说的没有房间住院子里，不是随口说说，而是真的，如果腾不出房间来，不管哪个破屋子，把那些学生塞进去就行。

肖恩和威尔逊几次商议怎么解决住房问题，谈到最后总是陷入沮丧的沉默。

这天中午，肖恩刚吃完饭回到宿舍，就被几个女人喊出屋子，拉着他去她们宿舍解决问题。

女人们聒噪的声音飘远了，卡米洛出来，坐在房前的小板凳上，看西西在院子的草丛里蹿来蹿去。天气越来越热，午后的阳光热热地照在身上，卡米洛仰着脸，闭上了眼睛。他捏了捏宁婶缝在小褂子上的口袋，每个口袋里都装着钱。这些钱，他一分也没用。每次捏的时候，他都会想起宁婶。他睁开眼睛，不想让自己沉浸在思念中。

卡米洛坐在小凳子上朝远方出神，目光从破败的房舍投射出去，落在高高的灰色围墙上，落在围墙的岗楼上，落在岗楼里日军的刺刀尖上，落在晃动着的日军哨兵的背影上。

肖恩被女人簇拥着进了她们的宿舍，原来海莉也住在里面。纠纷就是她引发的。她托运来的床又宽又大，摆放在屋子中间，上面罩着紫色的天鹅绒床罩，床罩下面的流苏都垂到了地上。床前还摆放着一排各色高跟鞋。在简陋的集体宿舍里，这张床鹤立鸡群，简直像皇宫里的一样富丽堂皇。她的床头旁还放着一个宽大的衣架，上面挂着各色裙子，占据了邻床所有的空间。

海莉正在用卷发棒捣鼓头发，她边卷头发，边看了一眼肖恩，面无表情地说："谁敢动我的床，我绝对不跟她客气！"

肖恩身后的女人们听她这么说，上前就要掀翻她的床。肖恩赶紧安抚住了她们，让她们冷静一点，他会处理好这件事的。女人们站到了一边，冷眼看他怎么处理。

海莉的头发卷好了，她把卷发棒放回了箱子。她新卷的头发大波浪般垂下去，让她变得更加漂亮迷人。肖恩听到自己的心脏又在咚咚狂跳。他见艾瑟尔时，从来没有过这种体验。上次艾瑟尔邀请他去威尔逊房间喝咖啡，两人单独在一起，他也是很平静，他们谈论音乐，谈论文学，谈论政治，畅快淋漓，可他内心没有丝毫波澜。他能看懂艾瑟尔的心思，这个姑娘喜欢他，可他面对她，就像面对学校里的同事。而面对海莉，他不知道该如何形容内心的情愫，除了心脏会咚咚跳得厉害，里面还夹杂着对她身世的好奇以及对她狂妄的厌恶。这些掺和在一起，他就分辨不出来，自己对她的感情是怎样的了。

"海莉，我们出去聊聊？"肖恩站在一边，看着海莉照着镜子，给自己涂口红，车厘子颜色的口红瞬间让她面孔明艳起来，她用粉扑轻轻遮盖住了鼻梁上的几点雀斑。收拾完这一切，海莉看了一眼肖恩，又看了看他身后的女人们，拿起挂在衣架上的米色风衣，朝门外走去。女人们自动给他俩闪开一条道，他俩一前一后出了宿舍。

海莉的宿舍外面，紧挨的几排平房是家庭宿舍区，住在那里的都是有家庭的侨民。勤劳的主妇们正在各自门前的空地里种树栽花，播撒种子。看到肖恩和海莉并排走在路上，她们偷偷打量，互相交换只有她们才懂的眼神。有个男主人正在栽种小树，看到肖恩，直起腰大声跟他打招呼，问他要去哪里。他虽然嘴上问着肖恩，可是眼睛却看向海莉。肖恩朝他摆了摆手。

肖恩带着海莉在一处花墙前站住，从花墙望过去是医院废弃的仓库。那里现在也成了侨民的家庭宿舍，仓库不大，肖恩带人在里面做了隔断，间隔成一个个小房间，每个房间居住三口人。从花墙空隙中望过去，仓库前面的树上，拴着一根根绳子，上面晾晒着花花绿绿的衣服和被子。

海莉也从花墙的缝隙里望过去，没有额外的发现，她问肖恩："你带我来这里，难道为了看人家晾晒的衣服吗？"

肖恩说："当然不是。其实不只你们宿舍有纠纷，集中营内几乎所有的人都对宿舍分配不满意，自治会决定，近期要对宿舍重新分配。"

海莉说："我会找机会跟卡米洛谈谈，让他跟着我住。"

肖恩扭过头来看着她，说："海莉，你知道卡米洛的身世吗？"

海莉说："知道，那天在废墟他告诉我了。"

肖恩说："你不知道。"

海莉从没有想真正了解这个孩子，甚至她都不愿意接近他。她对美国人没有兴趣，尤其对方还是个孩子。她之所以三番五次要跟卡米洛住一起，完全是为了分到单间居住，她受够了大宿舍里的白眼和冷漠，那些女人们不管对她是熟悉还是陌生，对她是一律敬而远之。

"卡米洛的父母不光是伟大的父亲母亲，也是伟大的老师，他们在北平教授孩子学业的时候，被日军杀害了。从北平启程那天，他们家用人跪在路边，乞求我带他来潍县，照顾他，抚养他长大。那是个忠厚善良的中国女人，我向她承诺过，只要我活着，就不会丢下他。某种意义上讲，我是卡米洛的养父。"

海莉的脸上有了温度。她想起自己的天津房东，在她交不起房租的时候，不但没有把她和儿子赶出去，还经常接济他们。她很感激那位中国房东。

"所以，海莉，我不能把卡米洛交给你，我要一直把他带在身边，看着他长大成人。对于你的安排，我跟威尔逊先生也探讨过，他说，为了嘉奖你，要把你的宿舍调整成小宿舍，里面最多住七八个人。你看到前面用仓库改造的宿舍了吗？这次重新调整，你的宿舍很快就搬到这里。"

海莉漠然地说："我不要什么嘉奖。上次我不是为了帮你，也不是为了集中营的侨民，我没有那么伟大。我就是想跟田中凉介斗法。"

肖恩笑起来，阳光照在他灿烂的笑容上，是那么美好，一切像发生战争之前的样子。海莉想起第一次见卡特时，卡特也是这么朝她笑。那是在秋天的海边，卡特刚从舰船上下来，穿着一身海军制服，海风把他帽子上的飘带吹起来，他对着海莉笑，笑得阳光灿烂。

"肖恩，你在北平犯过事吗？田中凉介为什么要那样说你？"海莉忽然问肖恩。

肖恩想了想，决定告诉她实话。虽然这样做很冒险，可是海莉跟他一起去谈判，所表现出的机智和勇敢，让他放下了戒备，她值得信任。

"我在北平的时候，用大卫这个名字，写了一本书，叫《北平沦陷日记》。"

海莉惊讶地看着肖恩说："大卫是你？上面简介上不是说他是英国人吗？"

"那是为了迷惑敌人胡乱写的国籍。这么说，你读过我的书？"肖恩笑吟吟地说。

海莉长吁了一口气，想说什么，又咽下去了。两人一时无话，对视半天。

海莉打破了尴尬的沉默："那是段艰难的日子。"

"你是说，北平沦陷以后？"肖恩试探着问。

"你的书支撑着我度过了一段艰难的日子。当我活不下去的时候，我会拿出它。不管翻开哪一页，里面中国百姓所遭受的苦难，都让我为自己活不下去的念头而羞愧，他们的国家沦陷了，孩子们饿死了，可母亲们却还是那么执着于活着。因为他们心中都有信念，那就是他们的国家一定会安宁。而我却为了卡特的抛弃而想自杀。"

这是个难得静谧的午后，除了微风轻轻摇动着晾晒的衣服，不远处的教堂像镜框中的画那般存在。

肖恩轻声问："卡特是美国人？"

"对。"

"我明白了。"

"是的，所以我恨美国人，这是我唯一能报复他的方式了。其实，这很愚蠢，可是除了这样，我还能怎样呢？"海莉朝肖恩无奈地笑了笑。

海莉从口袋里拿出香烟，问肖恩："来一根？"

肖恩摇摇头。海莉从里面抽出一根，放在嘴边点燃了，淡青色的烟从她猩红的唇间冒出来，袅袅飘散。

"肖恩，你相信爱情吗？"

"我？难说。我恋爱过两次，都是在结婚前夕放弃了，我不喜欢结婚。"

"如果有孩子了呢？"

肖恩想了想，说："如果在我收养卡米洛之前你问我这个问题，我也许不知道该怎么回答。现在我可以告诉你，如果有了孩子，我会负责到底的。可是，我是不会允许自己有小孩并且去结婚的。"

天空中飘荡着几朵白云，变幻出各种各样的造型，像牛，像羊，像小白兔。肖恩在外公的农场时，经常躺在干草堆上，看蓝天白云，幻想没有战争的世界是怎样的。那时他还很小，可是已经对那个炮火连天的世界产生了厌恶，如果他的降生只为了承受战争的蹂躏，他情愿不出生。有一次他这么跟外公说完，然后像个大人那样总结说，我长大了决不结婚生孩子，我不想让我的孩子生在战火中。外公沉默得像块石头，只是往嘴里填硬面包。

海莉回到宿舍后，把床头的衣架撤掉放进了床底。宿舍里的女人们虽然低头干着活，可眼睛却瞟向她这边。看到她把衣架放在了床底，惊奇地面面相觑。她们互相使个眼色，猜不透海莉为什么忽然之间变得温顺。

正在缝制婴儿衣服的孕妇阿利齐，看了看海莉，犹豫片刻，走到她身边说："海莉，我能用你的衣架吗？"

"不能。"海莉冷漠地说。

"我想等孩子出生，用它来晾晒小被子和尿片。"阿利齐不甘心地说。

海莉把从衣架上拿下来的衣服装进行李箱，起身走了。阿利齐讪讪地回到自己的床上。

阿利齐的预产期是下个月，最近在宿舍里，她老是坐立不安。离预产期越近，她越是焦虑，医院一直没有开始启用，她怕到时候没人接生，怕这里的医疗条件达不到要求，自己会难产而死。想得越多，她越是睡不着。很多个夜晚，宿舍里的人都睡了，她靠着床头坐一夜。

海莉有几次从梦中醒来，看到她孤独地坐在那里，想起卡特走后的夜晚，自己也是这样，从黑夜坐到天亮。

这天，宿舍里的人去食堂吃午饭了。阿利齐没去，她坐在床上写信，准确地说，是在写遗嘱。在遗嘱中，她详尽地描述眼下自己的恐惧和担忧，她说，现在的集中营里不光没有医院，还没有助产士，她生宝宝的时候，肯定会死。这么简陋的地方怎么能生孩子呢？这份遗嘱是留给远在云南传教的老公的。信虽然寄不出去，可是总得留下点什么，总不至于沦落到死后也没人知道自己是谁。

想到宝宝还没有看这个世界一眼，就要死去，写着写着，她不禁悲从中来，趴在臂弯中哭得一塌糊涂。海莉从外面回来，看到哭成泪人的阿利齐，一声没吭，回床上躺下了。她也没有去食堂吃饭。去食堂的路上，代源美找到她，说田中中佐在办公室等她，想跟她谈谈。听到代源美这么说，周边的侨民朝海莉投来鄙夷的目光。

海莉没吭声，头也不回地回了宿舍。躺在那儿，听着阿利齐悲伤的抽噎，她感觉她们俩现在是一类人，都在为未来的不确定性而恐惧和哭泣。

海莉起身说："阿利齐，那个衣架你拿去用吧。"

"谢谢你，海莉，我跟宝宝用不到它了，我感觉我们很快就要死掉了。"

"……"

"我们没有医药，没有助产士，我们什么也没有，这样的条件，新生儿怎么能活下去？我就要陪着他一起去见上帝了。"

海莉重新躺在了床上。

宁婶缝的那件贴身小褂，卡米洛快穿不住了，气温越来越高，站在太阳底下，用不了几分钟，就浑身燥热。肖恩几次让卡米洛脱下来，换洗一下。都被卡米洛拒绝了，宁婶说里面有钱，不能随便脱。

今天，他蹲在废墟墙角，盯着一丛不知道名的花看了半天，那些星星般的花朵，让他心生羡慕。在花儿们眼中，没有废墟和繁荣，只有自由和辽阔，不管哪里，在它们眼中都是世界，它们都能努力地活着。

海莉经常坐的窗台今天是空的，她没有来。卡米洛跨过石板，抱着西西游荡了几间屋子，在一片瓦砾中，发现了一张照片。上面是个比他小的金发男孩，正朝他笑，照片的反面写着"太阳神阿波罗"。

卡米洛在废墟游荡半天，最后的收获就是这张照片。他喜欢照片上男孩的笑，他小时候拍的照片，都是这种无忧无虑的笑。他在心里对比照片，给男孩画了一张像。自从失去爸爸和妈妈，他就失去了画画的欲望。男孩的照片给了他一些鼓励。

卡米洛刚走到宿舍前，就被安德森逮住了。上次卡米洛藏在他床底下躲避"狼嚎"后，安德森见到他，就变得神神叨叨，总想拽住他问点什么。

不过他今天表现很好，上来就要给卡米洛讲故事。卡米洛摇摇头说，他要回去休息，今天在废墟玩累了。

安德森深陷在眼窝中的大眼珠骨碌几下，忽然说："我讲我工作过的坊子镇给你听，好不好？那可是个好地方，那里有很多孩子，年龄跟你差不多，他们最喜欢放风筝，每年的春天，天上的风筝多得不计其数，当然，我说得有点夸张，总之，只要你抬头，空中总是飘荡着风筝。"

卡米洛听懂了。在北平的时候，偶尔他也会看到天上飘荡着风筝，不过牵绳的都是大人。坊子镇的孩子居然能放风筝，太不可思议了。

看到卡米洛对他讲的这些感兴趣，安德森反倒不着急了，他把卡米洛拽到宿舍门口的榆树下面，故作漫不经心地说："讲故事之前，我们先做个问卷，我问你答，答对了，咱们开始。"

卡米洛懵懂地点点头，他搞不懂安德森要做什么。

安德森凑上前，小声问："那天，你在我床底看没看到过一双高筒皮靴？"

卡米洛点点头。

安德森又朝卡米洛跟前凑了凑，说："你看里面的东西了？"

卡米洛摇摇头，看到安德森近在眼前的大脸盘，紧张地后退两步，他刚想转身跑，被安德森一把抓住了。

安德森最终确定卡米洛真的没有动那双长筒皮靴后，他变得开朗起来。

他说："卡米洛，你想听风筝还是煤矿，或者坊子镇其他的故事？它们都在我的脑子里存着呢，晚上夜深人静的时候，这些故事就冒出来，搅和得我整夜睡不着。"

安德森声音忽然变得伤感起来，卡米洛看了看他，他却笑了。安德森对坊子镇做起演讲性的介绍，他说话极具煽动性，就像演说家那样情绪饱满。有几次，他的嘴巴都贴到卡米洛的耳朵上了。卡米洛被他嘴里喷出的气息撩拨得发痒，不得不挪动身子离他远一点。

卡米洛被童话般的坊子镇迷住了，更重要的是，卡米洛想去那里放风筝。安德森说坊子镇的小孩都会放风筝，放得又高又稳。卡米洛心想，如果自己也能去坊子镇，自然也会放风筝。

卡米洛在北平的天空见过风筝，但从来没放过风筝，也从来没想过要去放风筝。可是现在，当他只能抬头看高墙上面四四方方的天空时，风筝突然变成了他的向往。他甚至想自己能像风筝一样，飞越高墙，在蓝天上飞翔。这是件多么令人神往的事情啊！

"风筝能带我飞上天吗？"卡米洛崇拜地看着安德森。

安德森被卡米洛的样子搞得很兴奋，于是信口开河起来："卡米洛，你等着，早晚我会给你个大风筝，让它带你飞上天。"

肖恩从安德森身后走过来，看到卡米洛因他的话激动得脸都红了，不得不制止安德森："做不到的事情不要跟卡米洛讲。你去哪里弄风筝？"

安德森自信地说："我会有的，你们等着看，早晚有风筝飞出高墙，飞出这个鬼地方！"

卡米洛没有吭声，他盯着肖恩身后，原来是海莉来了。海莉走近前，没有跟往常那样无视卡米洛，而是停住脚步，跟卡米洛打招呼，并且问他在做什么。

卡米洛说："我们在谈风筝。"

卡米洛闻到熟悉的茉莉花香，看到海莉前所未有的温柔，心跳得咚咚响。妈妈以前也是这么弯着腰，微笑着跟他说话，海莉为什么也变成这样了？卡米洛紧张地抬头看肖恩和安德森，肖恩朝他微笑着点头。安德森却没有什么好脸色了，他看都不看海莉一眼，转身大步走了，留下一个不屑的背影。

"你去哪里玩了？"肖恩问。

卡米洛指了指废墟的方向。

肖恩担心地说："不要一个人去废墟，那样不安全。"

海莉说："除了卡米洛，谁还会去废墟，难道那里的小刺猬小虫子小鸟儿会伤害他？"

卡米洛不由自主地抿嘴笑了。自从父母遇害后，这是卡米洛第一次笑。以前做错事情，妈妈和爸爸批评他的时候，宁婶就会在旁边，时不时替他说上两句，就跟海莉现在一样。

肖恩说："对了，卡米洛，我告诉你一个好消息，我们集中营的学校要开课了，以后你就可以跟同学一起玩耍了。"

卡米洛可不想坐在教室里一动不动地听课。他以前跟爸妈去育英中学玩，看到学生们坐在位子上，一个个像呆头鹅那样，也不能随便进出，就替他们发愁。他说什么也不会去。

利迪尔走过来："肖恩，我找你半天了。"

"教室还不够用吗？"肖恩问。

"不不。现在青岛和天津的孩子合并到北平学校，五间教室勉强能用。我一直担心，烟台芝罘学校的孩子们来，没有教室。你这次重新分配住房，要给他们预留出教室。"

肖恩苦笑，说："利迪尔，别说教室了，现在连他们的住宿都没法解决。我刚要去找工程委员会主任伊维斯先生商量办法。"

利迪尔有些同情地说："难为你了，肖恩。但愿伊维斯先生有好主意。"利迪尔扭头看着卡米洛，说："让你爸爸明天送你去上学，那里有很多同学陪你玩。"

卡米洛仰脸盯着西西。西西蹲在榆树杈上，正用小爪子洗脸。海莉轻轻推了推他，他朝利迪尔摇摇头。

肖恩问道："你不喜欢读书？"

卡米洛说："不喜欢。"

利迪尔笑了，说："卡米洛，你去试一下就知道喜欢不喜欢了，学校里有很多有趣的课程，全部学完以后，你就变得比你爸爸厉害了。"

卡米洛对于比谁厉害不感兴趣，他目前唯一的乐趣就是跟西西玩，如果说希望跟谁待在一起，那么就是海莉。这么想着，他不由得看了海莉一眼，海莉也正在温柔地看着他。卡米洛感觉像做梦一样，海莉平时对谁都一副仇恨的样子，今天变了个人。

海莉看穿了卡米洛的心事，蹲下问他："卡米洛，你喜欢我吗？"

那股茉莉花的香气，一下包围了卡米洛。

在海莉的注视下，卡米洛老老实实地点头说："喜欢。"

海莉说："那你愿意听听我的建议吗？"

"你也想让我去上学？"

"是的，卡米洛。"

"为什么非得上学？"

肖恩也蹲在卡米洛身边，他说："卡米洛，只有上学，你才能记录当下的痛苦。让凶手得到惩罚，让逝者得以安息，让世人永远不敢忘却这段历史。"

卡米洛看着肖恩，他听不懂肖恩说的是什么，可是他听懂了"让凶手得到惩罚"。

"好，我去上学。"

"卡米洛，我发誓，我会经常来看你。"海莉扶着他的肩膀，玩笑着举起右手，竖起三根手指起誓。

妈妈以前也喜欢这样跟他玩笑，竖起三根手指说："卡米洛，我发誓……"

那时，妈妈每当下了课都会到广场上找他玩，用树枝在地上教他画画，教他认识植物，教他追逐七星瓢虫……也会这么扶着他的肩膀，温柔地跟他说话。卡米洛一时有些恍惚。

"走吧，卡米洛，我们去看看你的学校。"海莉打断他的回忆。

卡米洛顺从地让海莉牵着手，朝北平学校走去。

利迪尔诧异地看着他们的背影，对肖恩说："肖恩，发生了什么？海莉为什么对你儿子突然热情起来？"

肖恩耸了耸肩膀，说："无可奉告，利迪尔，我得去工作了。"

"你同意海莉接近你儿子？"

"如果卡米洛愿意，我尊重他的想法。"

"真是个好父亲，希望他们俩相处愉快。"

"卡米洛是个讨人喜欢的孩子，他们会相处得很好。"

利迪尔看着肖恩笑，肖恩莫名其妙地看着他。

利迪尔边笑边说："你会跟海莉在一起吗？我能看出来，艾瑟尔喜欢你。"

肖恩斟酌着说："艾瑟尔，是个好女孩……"

利迪尔说："对，艾瑟尔单纯热情，这一阵为学校的成立，付出了很多心血。"

肖恩说："利迪尔，我们的自治会得到日方的同意，单凭我一个人是办不到的，这里面有海莉的功劳。我们集中营里面的女性，勇敢而有智慧，我们为她们感到骄傲。"

利迪尔说："海莉？她帮我们谈判？"

肖恩讲完谈判的全过程，利迪尔神色严肃，他说："这让我刮目相看。她很伟大，不畏惧强权！"

"可我还是不能把海莉帮我们争取自主权的事情说出去，你知道，利迪尔，集中营里的人对海莉评价不好，如果我说她跟我一起去争取到谈判胜利，谁知道，又会有什么风言风语在等着她。我不想把她跟田中凉介扯到一起。"肖恩神色黯然。

利迪尔说："我理解你，肖恩，你想得很周到。我会让这件事烂在肚子里。"

第七章

烟台芝罘学校的师生快到了，宿舍的问题需要尽快解决。肖恩找到伊维斯谈修理房屋的事情，谈了很长时间，最后，他们商量出一个方案：招募木工、瓦工和锅炉工，修缮集中营里可利用的房屋，同时兼顾修理食堂的锅炉和桌椅板凳。他们把方案报到了威尔逊那里。

威尔逊脸上的鞭伤消肿了，有侨民把自己带来的消炎粉送给他敷脸，效果很好。退烧以后，他就起来了，他对艾瑟尔说："小日本想打垮我，简直是做白日梦，我的骨头还硬着呢。"

艾瑟尔小心翼翼地给他脸上敷药，顾不上接他的话。威尔逊唠叨着，说还是肖恩好，他在这里，不管自己说什么，他总能回应，不像艾瑟尔，除非见到肖恩，否则她不轻易开口说话。艾瑟尔脸一红，抿嘴笑起来。

敷完药，威尔逊让艾瑟尔通知大家来他房间开会。这几天，各委员会报上来很多提案。有些事情需要他协调几个部门共同完成。现在住房问题是头等大事，需要工程维修委员会和劳动委员会协调一致，把劳动力集中在修缮房屋和桌椅板凳上。

人员很快聚集到了威尔逊的房间。伊维斯把跟肖恩制订的方案详尽地阐述了一遍。艾瑟尔提出，要在集中营各处扩建浴室，现在的浴室不但少而且都是危房。安德森豪爽地表示，一定把有力气的侨民都派给伊维斯指挥，同时尽量发动侨民中的技术人员报名参加各个维修小组。

有侨民在门口叫肖恩，情绪颇为激动，嘴里不停说着什么，手上比比划划。肖恩跟他朝前排宿舍跑去。大家已经习惯肖恩开着会被叫走，几乎所有的侨民都对自己的住宿不满意，都需要肖恩前去解决。

威尔逊说："自治会刚开始运转，要尽快有个新面貌，取得侨民们的信任。艾瑟尔，你把自治会近期的工作计划，张贴到布告栏内，让大家知道工作进度。"

艾瑟尔心不在焉地答应着，目光落在肖恩的背影上。

开完会，大家习惯性地留在威尔逊房间里，谈谈天气，聊聊当下，怀念一下以前的日子。威尔逊说得最多的，是遗憾他在青岛的时候，没有多喝威士忌，酒窖里面那么多酒，自己居然不屑一顾，现在一想起这件事来，他就后悔得肠子都青了。琼斯太太最后悔的一件事，就是来集中营的火车上，自己居然嫌弃带的三明治味道不好，咬一口扔掉了，现在她恨不得回到那列火车上，捡起三明治，当宝贝一样揣到集中营来。众人笑起来。

艾瑟尔埋头整理着威尔逊桌上的文件，心思飘远了，她想肖恩会不会又被侨民们围堵在宿舍里，听他们提无理要求？自从主管住房以后，肖恩显而易见地憔悴下来，长此以往，谁知道身体会出现什么问题。这样想多了，她心里跟着烦躁，手里的文件不自觉地掀得唰唰作响。威尔逊扭头看了她一眼。这些文件里面，有肖恩报上来的住房分配方案，有侨民参加各项劳动的规定细则。艾瑟尔决定张贴完文件，就去宿舍解救肖恩，不能这样无休止地继续下去了。

威尔逊说："艾瑟尔，只张贴侨民参加劳动的细则文件，住房方案不要贴，我们还没有仔细研究，那只是初步意向。"

艾瑟尔答应一声，拿起文件匆匆出了房间。

艾瑟尔在布告栏贴完文件，侨民们很快围上来，艾瑟尔问几名侨民，看到肖恩先生了吗？有个高个男侨民说，路过5号宿舍时，看到他正在里面，可能处理棘手的问题吧。高个男侨民说着，朝艾瑟尔笑了笑，说："肖恩的工作量太大了，你们应该去帮助他。"

艾瑟尔挤出人群，朝5号宿舍跑去，身后忽然传出一片吵嚷声。布告栏里赫然贴有住房分配方案。艾瑟尔在忙乱中贴错了文件。在住房分配方案里面有一条，原先人口多、住大房子的家庭，集中营重新分配小房子。腾出来的大房子间隔开，做成更小的房间，让人口少的家庭搬进去。这样，烟台芝罘学校的师生来了勉强能有地方住……

等艾瑟尔知道错贴了住房分配方案以后，方案已经传遍集中营，很快威尔逊和肖恩就被侨民包围了，他们强烈抗议方案的不公平，并且找出多个理由表示不搬走。

开始肖恩还跟他们解释，说这只是初步意见，还没有经过委员会研究讨论。可是这样的解释让他们觉得肖恩理亏，闹腾得反而更加厉害。

侨民们对破败的房子据理力争的样子，让肖恩感觉心酸。如果放在以前，这种房子他们连看一眼都觉得浪费时间，更不用说抛弃身份和风度，一个个变成无理取闹的人。肖恩想起在燕京大学时，系里一位中国老教授说过一句话：仓廪实知礼仪。如今这句话用在集中营再合适不过了。

看到曾经的绅士和淑女们，面容憔悴，衣着破旧地围着他，为了相差几平方米的房子跟他争辩或者哀求，肖恩决定尽量通过修缮危房来解决住房困难，而不是像他原方案中写的那样，通过置换来解决，那样对所有人都不公平。可是修缮危房就要有技师，有材料，有资金，而自治会手中什么也没有，这是最令他头疼的事情。

卡米洛开学的第一天，是海莉送去的。肖恩现在谁也顾不上了，早上一睁眼，琐碎繁重的工作就等在那里。海莉在肖恩送卡米洛的水壶中灌满蜂蜜水，告诉卡米洛，渴了要记得喝，放学后要记得带回来。卡米洛点点头。当她牵着卡米洛的手走在黑煤渣路上时，路人疑惑地看着他们俩，肖恩的儿子为什么牵着海莉的手？海莉冷笑一声，带着卡米洛走得不紧不慢。

虽然没人为艾瑟尔贴错文件而责怪她，可是艾瑟尔却找威尔逊道歉，想要退出自治会。威尔逊脸颊上的鞭伤已经好了，只留下淡淡的一道疤痕。艾瑟尔把剩余的药给他送过去，并且上交了自己的辞职信。

威尔逊连看都没看辞职信就把它撕碎了，他说："艾瑟尔，你没有错，你是个认真负责的好秘书。错的是日本人，他们不给我们修缮房屋，才造成这些纠纷，我们会找到解决办法。"

艾瑟尔跟威尔逊说，她现在已经没有脸面去见肖恩了。看到艾瑟尔沮丧的样子，威尔逊笑了，他神秘地说，现在去跟肖恩并肩解决问题，能让两人的感情迅速加深。

艾瑟尔摇摇头说："威尔逊先生，不瞒您说，看到肖恩因我的错误被人围攻，我羞愧得挪不动步子，只能站在那里，看着他一遍遍跟人解释。"

威尔逊说："你想弥补自己的过错，唯有跟肖恩站在一起面对这一切。艾瑟尔，听我的，勇敢起来。"

可是，哪怕艾瑟尔挡在肖恩前面，跟侨民极力解释，侨民们也没人理她，他们绕过她直接跟肖恩对话。等到侨民散去以后，艾瑟尔跟肖恩道歉。

肖恩说的跟威尔逊一样，他说："艾瑟尔，这不是你的错误，我这几天通过实地考察，已经有了解决方案，我很快会去找威尔逊先生商讨，你放心吧。"

艾瑟尔以为肖恩在安慰自己，可她看到肖恩跟自己告别后，真的去了威尔逊房间。艾瑟尔跑回宿舍，拿出自己平时舍不得喝的咖啡，急匆匆去往威尔逊房间。拐弯的时候，她差点撞进海莉怀里。海莉看一眼她手中的咖啡，跟她擦肩而过。

艾瑟尔跑进威尔逊房间，房间里空无一人。肖恩和威尔逊都不在，邻居告诉她，他们检查危房去了。

到了午饭时间，威尔逊、肖恩和伊维斯结束了对危房的检查，他们谁也没有离开，而是坐在危房前面的空地上，肖恩把这几天重新做出的方案和实地考察记录，全部摊开在草地上。

肖恩说："目前有三个方案，一个是我们招募人马，把集中营内达到维修条件的危房，全部进行修缮，供即将到来的芝罘学校的师生居住。二是居住超标的家庭，把孩子居住的房间腾出位置，接纳其他家庭的孩子共同居住。为了解决空间不足的问题，孩子居住的床铺可以做高低床。做高低床的木料在集中营内到处可见，我去找代源美报备。那些抱怨空间小的家庭，在孩子挪出去后可以缓解这个问题。我做过统计，孩子集中起来居住，可为集中营腾出三十二间房子。这三十二间屋子，足够安置那些真正拥挤的家庭。三是单身宿舍里面的人，可以调换宿舍，通过自由组合，去跟自己合得来的人居住，这样也能减少他们相处时的很多纠纷。"

伊维斯赞赏地看着肖恩说："如果我们手头有啤酒和炸鸡就好了，我们完全可以在这里好好庆祝一下，肖恩，你很能干！"

威尔逊眯眼看向宿舍区，艾瑟尔正朝这边跑来，看样子，她寻他们很久了。她头上光滑的发髻也跑乱了，被太阳晒白的裙子随着她的奔跑飘来荡去。

威尔逊说："这曾是我们大英烟草公司最漂亮最能干的女孩子，谁能想到她有一天会穿着旧裙子，散着发髻奔跑在集中营里。"

三人沉默下来。艾瑟尔跑过来，气喘吁吁地一句话说不出来，扶着膝盖弯腰朝他们三人笑。铺天盖地的阳光下，艾瑟尔的笑明亮而又热烈，连她鼻梁上若隐若现的雀斑也显得活泼可爱。

艾瑟尔说："好久没有这么跑步了，以前在青岛的时候，每天清晨我会沿着海边跑五公里。"

肖恩说："艾瑟尔，我们已经解决好住房问题了。"

艾瑟尔说："我站在远处看到你们的时候，就意识到问题解决了，你们散发出的喜悦比天上的太阳更耀眼。"

新的住房分配方案公布后，布告栏前人山人海。艾瑟尔忐忑不安地站在人群里，想听取一些反对信息，提前为肖恩做准备。可是，人们看着方案，居然没有一点声息。连那些曾经闹腾得最厉害的女人，也保持了沉默。

果然如威尔逊所说，通过错贴房屋分配方案这件事，艾瑟尔和肖恩的关系变得轻松亲密起来。艾瑟尔现在站在肖恩宿舍外面，叫他出来时，叫得大方自然，再也没有以往的羞涩和紧张，仿佛他们是多年的老朋友。

相较于孩子搬家，单身宿舍调换则麻烦得多。自治会专门安排在周末搬家，那天除了食堂，包括学校在内的其他地方都跟着放假搬家。

这次单身宿舍调换，满足了多数人的需求。很多人重新找到自己喜欢合住的人，就跟浪淘沙一样，经过人们几轮的自愿调整组合，最后剩余在沙滩上的就是皮特、"狼人"和几个神父了。肖恩去问过"狼人"，愿意不愿意搬回宿舍区跟别人合住。"狼人"戏谑道："有人喜欢跟我一起住吗？"

没人喜欢跟皮特住一起，而神父们则是因为白天黑夜祈祷，对宿舍的其他人造成很大的困扰，被无声地排斥在外。

艾瑟尔给肖恩出主意说，可以让他们这几人一个宿舍，神父对皮特说不定还会有教化作用呢。听艾瑟尔这么说，肖恩玩笑着说，再让史密斯住进去看守着他们。说完，他跟艾瑟尔一同大笑，就像两个顽皮的孩子在琢磨去做坏事一样。虽然是玩笑话，可肖恩冷静下来一想，让史密斯跟皮特住一起，未尝不是一件好事，他可以盯着皮特，防止他乱来。

去找史密斯之前，肖恩考虑了很长时间，他怕史密斯不同意，毕竟他在大宿舍住得好好的，怎么会同意搬宿舍呢。可是艾瑟尔却笃定地说，他肯定会同意，你去试试。肖恩疑惑地看着艾瑟尔。

艾瑟尔说："如果史密斯跟皮特住在一起，那么史密斯就省心多了，早上一睁眼就能看到他，不用费劲盯梢了。"

肖恩想起史密斯不管是点名，还是吃饭回宿舍，都全程盯着皮特，生怕一眨眼的工夫，皮特变成风飞走了。人们只要看到皮特，五步之内必会看到史密斯，他们都变成集中营的风景线了。

虽是如此，肖恩找史密斯说的时候，内心还是七上八下，如果史密斯不同意，那么他没有理由说服他。想不到史密斯一听，满口答应。肖恩还站在旁边，他就开始动手收拾衣物，说周末会早早地搬过去。肖恩看得目瞪口呆，他搞不清楚史密斯是痛恨皮特还是爱上了皮特。

肖恩带着卡米洛也即将从大宿舍搬到单人宿舍。他搬出大宿舍，几乎是被大宿舍的舍友们赶走的。肖恩的工作导致天天有人找他，同宿舍的人也跟着受骚扰，他们不胜其烦。当听说可以调换宿舍，宿舍的人全体举手表决，要求他去住单间，不要再住在这里了，他们周末那天，肯定会欢天喜地把他送走。

周末吃完早饭，侨民们开始搬床的搬床，抬桌子的抬桌子，兴冲冲地搬往新宿舍。大家搬着东西刚走出各自的宿舍门口，宿舍区忽然拥进大群日本兵。在领头军官的指挥下，他们分别进入每排宿舍前，持枪严阵以待。侨民们吃惊地盯着他们，放下手中的东西，站在原地一动不敢动。

肖恩抱着铺盖从宿舍出来，遇见了代源美。代源美勒令所有侨民原地站好，接受检查。

肖恩愣住了，他问："我们为什么要接受检查？集中营发生什么事了吗？"

"例行检查有无违禁品！"代源美转头看到安德森从宿舍出来，手里拎着他的长筒皮靴，他用手里的皮鞭指着安德森呵斥道："原地站好！"

安德森一个激灵，从未这么听话过，把手中的长筒皮靴扔回屋子，直挺挺地站在门口。

日本兵兵分两路，一路进宿舍里面检查，一路检查院子里侨民手中的箱子。肖恩手中的铺盖被当面摊开，有个小个子日本兵对它进行细致的搜查，连被子角都捏遍了。

肖恩想起宿舍里的卡米洛，大声朝里面喊："卡米洛，不要怕，我在外面呢。"

代源美气急败坏地说："不行的，不行的，不能大呼小叫！"

不只卡米洛没有吭声，宿舍里的其他人也一言不发，他们看着日本兵把他们的行李拆开，胡乱翻腾。代源美走进来，一脚把安德森挡在门口的长筒皮靴踢飞到了卡米洛床边，卡米洛赶紧躲闪开了。

跟进来的皮特用眼睛示意代源美，床下哪个是史密斯的皮箱。代源美上前用脚踢了踢史密斯的皮箱，不等史密斯阻拦，过来两个日本兵把皮箱拖走了。

史密斯问皮特："皮特，你去告的密？"

皮特道："你不是要搬去跟我一个宿舍吗？这是给你的见面礼，以后这种见面礼多着呢，直到把你弄死为止。"

时间不长，日本兵从史密斯行李箱中翻出一副手铐。看到手铐，皮特脸上露出得意的笑。自从知道史密斯要跟着自己搬家后，皮特趁宿舍没人，把史密斯的行李箱打开，想偷几件值钱的东西泄愤，没成想在里面却看到了手铐。他对这玩意太熟悉了，戴在手腕上越挣扎越紧，直到戴它的人变得老老实实。

皮特对代源美大声说："报告！长官，手铐属于违禁品，带进来的人应该受到惩罚！"

代源美用手中的皮鞭扒拉着行李箱中其他东西："纪律委员会主任，这个头衔听起来不错。"

史密斯讥讽道："不行的，不行的，纪律委员会主任也不能有手铐！"

皮特道："侨民不能私藏手铐！不管他是不是自治会成员，必须没收！"

史密斯说："皮特，实话告诉你，这副手铐就是为你准备的。"

代源美很乐意看到他们两人争斗，他抱着胳膊站在一边看得饶有兴趣。很快，史密斯和皮特也意识到这点，他们俩对视一眼，一齐看向代源美。

这次代源美没有说"不行的"，而是思忖片刻，对史密斯说："你可以有手铐，你给他们中的谁戴上，我都不反对！"说完，他脸上露出得意的笑。

代源美话音刚落，史密斯从日本兵手中夺下手铐，扔进行李箱中，一脚把行李箱的盖子合上了。

皮特刚凑到史密斯跟前，还没说话，门外传来争吵声。史密斯一愣，跑了出去。隔壁宿舍门口，有个日本兵正在跟一名大胡子男侨民争夺行李箱。肖恩在旁边让他们放手。

看到代源美出来，日本兵说："报告，他不让我们检查箱子。"

代源美用皮鞭敲打着手心，朝男人走过去。史密斯快速上前拦住代源美。

史密斯说："如果你想用手中的皮鞭搞砸场面，你会如愿以偿。如果你愿意纪律委员会来解决这件事，我会给你个满意的答复。"

代源美盯着史密斯看了会儿，退到一边。

史密斯把大胡子叫到身旁，小声说了几句。大胡子蹲下把脚下的小行李箱打开，里面全是小女孩的衣物：粉色的小裙子，粉色的小皮鞋，粉色的布娃娃……

"这里面全是我女儿的东西，去年8月，在这群畜生对青岛的大轰炸中，她和妈妈遇难，我再也见不到她们了！"大胡子的眼睛红了，他合上箱子，站起来对代源美说，"这是她的遗物，如果也算违禁品，那就是你们罪恶的证据！你们这群双手沾满鲜血的刽子手！除了满世界进行掠夺，除了对手无寸铁的平民百姓进行屠杀，你们何曾做过一件于人类有益的事？"

愤怒让大胡子的牙龈出血了，血越出越多，他用手胡乱抹一把，朝代源美靠过来。代源美的脸色变了，手摸向腰间的枪套。肖恩上前搂住大胡子的肩膀，像老朋友那样，揽着他回到行李箱旁边。大胡子蹲在行李箱前，抱着头大哭起来。肖恩和史密斯神色黯然。

代源美指挥手下的日本兵继续检查，他扭头发现，站在门口的安德森偷偷溜回了宿舍，他大步跟在后面也进去了。安德森把长筒皮靴踢进床底，回头发现，代源美正站在他身后。

代源美拎着长筒皮靴去了院子里，后面跟着一脸生无可恋的安德森。代源美把皮靴扔到地上，示意日本兵检查。

肖恩紧盯着皮靴，看日本兵能从里面掏出什么东西，会让安德森如此紧张。不只肖恩，代源美也好奇地盯着靴子。

可是日本兵的手在两只靴子里面轮换掏了半天，什么也没掏出来。安德森长吁一口气，站直身子，又恢复了平日嬉皮笑脸的样子，不再理会皮靴和代源美。看到安德森一会儿阴一会儿阳的模样，代源美觉得他在设套戏弄自己，而自己居然上当了，被他戏耍一番，却又不能拿他怎么样。于是，代源美气急败坏地大声呵斥日本兵手脚麻利点。

接近中午的时候，日本兵撤离了宿舍区，他们没有搜查出什么东西，两手空空地离开了。当看不到他们的影子了，安德森第一个冲进宿舍。卡米洛坐在自己的小床上，抱着西西。安德森不知道该怎么表达此刻的心情，他丢了一件重要的东西，可是他不知道怎么丢的，对方是想帮助他还是要害他。肖恩拎着长筒靴子跟进来，奇怪地看着他说："安德森，你到底怎么了？"

安德森走到卡米洛跟前，小声说："卡米洛，你看到谁动我的靴子了？"

肖恩上前阻止安德森问卡米洛，可卡米洛却放下西西站了起来。肖恩和安德森发现，卡米洛的肚子鼓鼓的，仿佛衣服里面藏了什么东西。肖恩来不及阻拦，安德森已经把手伸了进去，从里面掏出一面卷成团的美国国旗。

肖恩大惊失色："你疯了，安德森，带国旗进来干吗？"

安德森说："它原先在我办公室抽屉里，来的时候，我突然觉得应该带上它。肖恩，你不觉得我做得很聪明吗？现在我很庆幸，在这个鬼地方，有这面美国国旗陪着我，至少我心里不那么孤单了。"

肖恩听了，心里一阵滚热，竟然愈加想念家乡。他突然对安德森说："把国旗交给我保管吧。"

"好吧。你可要藏好了，被日本人发现可就麻烦了。"安德森说着，转头瞅着卡米洛说，"肖恩，你儿子是个勇敢智慧的孩子，这简直超出了我的想象。"

安德森毫不吝啬地对卡米洛进行赞扬，夸他长得好看，夸他机灵聪明……这些赞美的语言让卡米洛浑身不舒服，甚至有些厌烦了。卡米洛正想走出屋子，海莉进来了，她过来帮卡米洛收拾衣物。

看着海莉收拾好东西带着卡米洛走了，安德森问肖恩："你放心让那个女人接近你儿子？"

肖恩说："他需要母爱。"

"不不，肖恩，是你需要吧？集中营那么多女人，你为什么选择她？这个女人的底细你知道吗？"

肖恩没吭声，扛起行李朝新宿舍走去。他跟卡米洛的新宿舍是一间狭小的储藏室，里面除了两张床和一张小桌子，放不进任何东西。可这个小屋子让卡米洛两眼放光，他喜欢狭小的地方，他觉得安全。

搬进来的这晚，肖恩伏身在瘸腿的书桌前，写下了进集中营的第一篇日记。白天，看到大胡子因愤怒而出血的牙龈，他就打定主意，要再写一本《潍县集中营日记》，把在这里的每一天都记录在案。即使以后走不出集中营，这也是日军犯罪的证据。

按照规定，侨民中七岁以下的儿童、八十岁以上的老人，可以免除劳动。其他人按照自己的特长，找自治会报名参加劳动。各个委员会对报名表进行筛选，重新制定了各个岗位的轮岗制度。一时间，集中营内清扫院落垃圾、清除厕所粪便、加固食堂的桌子和椅子、维修食堂锅炉、组织人员到食堂帮厨等活计，都被自治会安排上了人员。以前这些活侨民们连正眼都没看过，由用人去做，如今他们自己动手，反而干得很卖力。除海莉外，集中营里面几乎所有的人都有了工作。从这天起，集中营开始逐渐有了秩序和规则。

当下，自治会集中力量修葺危房，为烟台芝罘学校的师生的到来做准备。安德森用劳动委员会的名义贴出招募建筑技师、泥瓦匠和木匠的告示。安德森让艾瑟尔在告示的最后面写上："如果你没有什么技能，有力气，我们也需要你，可以来承担砍伐梁檩木料的工作。"

艾瑟尔看到安德森一副大干一场的模样，朝他竖起大拇指。

安德森晃动了下臂膀，豪迈地说："在坊子煤矿的时候，我下井挖煤，比工人出煤量都高。现在我这身力气又有地方用了。"

现在的布告栏里面，每天都有各个委员会张贴的告示，招募医生，招募锅炉工，招募厨师……威尔逊欣慰地看着眼前的一切，对肖恩说："肖恩，这才是我们不屈服的模样。我们要带领所有的侨民活下去，直到胜利来临那天。"

肖恩笑着对威尔逊说："您说现在集中营内谁最吃香?"

威尔逊想了想，犹豫着说："赫士博士? 那所废医院被他重新盘活了，我看用不了多久就可以开张了。肯定他最吃香。"

肖恩说："不是赫士博士。是皮特。"

威尔逊疑惑不解地说："恶棍皮特? 他怎么就吃香了呢?"

肖恩说："集中营缺木匠，皮特去马戏团之前，在乡下农庄当过木匠，这次安德森招募技师修葺危房，就把他招来了。现在他变成很多人崇拜的对象。"

威尔逊忍不住大笑。他脸颊上的鞭痕涨成紫红色，像一条蚯蚓伸展在那里。

动员皮特重新当木匠，安德森没有费多少力气。不管是在马戏团当魔术师，还是贩毒贩枪和偷盗诈骗，在皮特内心深处，最喜欢做的还是木匠活。而集中营最稀缺的恰恰是木匠。修缮房屋，加固桌椅板凳，制作孩子用的高低床，都需要他们。但营内这些平时养尊处优的侨民，别说做木匠活，就是真正的木匠他们都很少见过。

皮特参加修缮房屋的工程，在工地摆足了派头，对众人吆三喝四，对前来检查工地纪律的史密斯，他变得更加傲慢无礼。毕竟他做的木匠活，工地上所有的木匠都比不过，他的手艺在集中营内算是稀缺的。

上午，史密斯来的时候，皮特正好完成一架房屋主梁的框架。框架呈三角形，散发着新木的芳香，在阳光下熠熠闪光。最近，皮特主导设计施工的这种主梁，已经加固支撑了大部分危房，为修葺工程节省了一半的时间。按照目前的进度，危房修葺工程很快会结束。

史密斯围着主梁转了几圈，忍不住惊叹道："皮特，这是你做的？好家伙，怪不得最近他们都在夸赞你呢！"

木匠皮特正在用刨子刨光主梁，上面毛糙的地方被他三下五下刨光滑了。他直起腰，瞅史密斯一眼，从口袋里掏出一根香烟，没等点燃，史密斯制止他说："这里到处是木料，你吸烟引起火灾怎么办？"

皮特哧地划亮火柴，淡定地点燃香烟，吸了一口，吐出一串淡蓝色的烟圈，说："简单哪，你的手铐呢？拿出来给我铐上啊！"

皮特眯起眼睛，用牙齿咬着香烟，挑衅地把双手合拢递到史密斯跟前。周边看热闹的木匠和泥瓦匠们哄堂大笑。史密斯涨红着脸，强忍怒气。肖恩早就叮嘱过他，最近不能惹皮特，万一他甩手不干，那么工期会耽误。

看到史密斯站在那里不走，皮特仰头看了看天上的太阳，慵懒地招呼工匠们说："伙计们，你们想不想来一局？"

皮特仅此一句，工匠们像是得到某种神秘的召唤，把手中的活扔下，哗啦围到他身边。皮特斜眼看史密斯，脸上露出得意的笑。

皮特带领众人浩浩荡荡去了树荫下，席地而坐。他盘腿坐在中央，不知道从哪里摸出一副塔罗牌，沿着周身摆放了一圈，抬起头问："今天轮到谁了？"

有个鼻子上长瘩子的男人抢先说："我，到我了。"说着，男人退下手指上的戒指，恭恭敬敬地放在皮特身边。

史密斯懂了，皮特正扔下工地的活，在他的眼皮下用塔罗牌占卜骗钱。看他这副受拥戴的样子，平时没少骗这群人。他终于忍不住了，大步走上前，可没走两步，被人从后面按住了。肖恩不知什么时候来了。

肖恩按住史密斯，朝他摇摇头说："不要动他，眼下我们缺木匠，如果少了他，整个工地就得停工。芝罘学校的师生们来，真得要住露天了。"

史密斯把手里的木棍狠狠掰断了。

皮特抬头看到肖恩，朝他扬了扬手里的牌，就像在舞台上表演一样，热情夸张地打招呼道："亲爱的肖恩，你不会反对我为可怜的兄弟们占卜吧?"

肖恩微笑着配合说："怎么会呢，很荣幸看皮特先生表演。"

皮特又朝史密斯扬了扬手中的牌："史密斯局长，需要占卜师皮特为你算一下，命运之神什么时候眷顾你吗?"看到史密斯不吭声，他又笑嘻嘻地说："你是知道的，在天津，皮特可是双盛马戏团大名鼎鼎的占卜师，多少富贵人想让皮特占卜，皮特都不搭理他们呢。"

说完，皮特发出难听的笑声。他边笑边开始双手洗牌，那副牌如同长在他的掌心，随着他双手的舞动而变幻出各种造型。

史密斯转身走了，背影杀气腾腾。

皮特边洗牌边斜眼看史密斯，一直到他走远，才慢吞吞站起来，把地上的钞票等钱物捡起来塞进裤兜，朝众人挥挥手，懒洋洋地朝工地走去。肖恩也跟了上去。

为了加快工程进度，肖恩时常来工地为皮特打下手。有时看着他大汗淋漓地锯木头，认真细致地画图纸，内心五味杂陈。如果人只有一面该多好，那么皮特就是眼下的木匠皮特，认真，敬业，技艺精湛。可事实上，他还是个杀人犯和骗子。

第八章

肖恩一门心思在工地上，他不知道的是，卡米洛今天早饭后，没能走到学校，半路上被人"劫持"了。

北平学校的坏孩子古蒂，带领一帮手下，从开学那天起，就盯上了卡米洛。卡米洛所在的教室，是一年级和高年级两个班共用。古蒂在高年级班，当他看到教室里来了新面孔，忽然来了兴致。下课后，他摇摇晃晃走上前，拿起卡米洛的水壶晃了晃，然后拧开壶盖喝了一口水。他发现，里面居然是蜂蜜水。自从来到集中营，他都忘记蜂蜜是什么滋味了。他拿着水壶，再看卡米洛，眼神就变得贪婪了。卡米洛在他眼中变成一块乳糖，散发出香甜的气味，他想去吃一口。

这天早上，当卡米洛刚拐到黑煤渣路上，被早就等在那里的两个坏孩子，一把揽住脖子拖走了。卡米洛的脑袋一片空白，他怎么也想不到，大白天的会被人掳走。

卡米洛被人一路拖到小树林。小树林里的林木长得郁郁葱葱，今年雨水充足，青草疯长，都快长到与卡米洛齐腰深了。卡米洛被放下，他看到了站在松树下的古蒂和他的小兄弟们。没等卡米洛弄明白眼前的状况，古蒂二话没说，上前就把他拽到一棵树下，开始给他搜身。卡米洛的心提到了嗓子眼，他极力扭动身子，不让古蒂得逞，可越是如此，古蒂就越觉得他身上"有货"。

终于，古蒂摸到了卡米洛贴身的小褂子。小褂子早已被汗水浸透了。

"卡米洛少爷，你一会儿穿上它，我在这上面缝了几个口袋，每个里面都装着钱。你必须保守住这个秘密……"

这是宁婶的话。如今这些钱就要被抢走了。卡米洛张开嘴巴号啕大哭。他没有遵守宁婶的嘱托，把这些钱保护好，他为此深感自责。很快，古蒂就摸到了小褂子里面的钱，他兴奋地大声叫小弟们按住卡米洛，开始动手解小褂子上的扣子。卡米洛边哭边挣扎，当古蒂解开最后一枚扣子时，卡米洛终于挣脱开他们的束缚。

看到卡米洛跟他们对峙，古蒂毫不在意，他指着卡米洛身上被撕破的小褂子说："自己乖乖脱下来，免得遭罪。"

卡米洛从地上捡起一块石头，握在手中。

古蒂嘲弄地朝前走了两步，说："小白兔要反抗了？真稀奇，有本事朝我头砸。"

古蒂边说边朝卡米洛伸过头来。卡米洛眼睛里全是泪水，他惊慌失措地大声喊："不要过来，求求你，这是我的东西，是宁婶留给我的，你们没有权利拿走它。"

古蒂和他的小弟们放纵地大笑，古蒂学着卡米洛的声调重复他说的话。

"'这是宁婶留给我的。'宁婶算个屁啊！"

石头的棱角硌疼了卡米洛的手掌，他痛苦地发现，自己不敢用石头砸古蒂，他怕看到流血，他怕听到惨叫，这些对他来说，就是地狱。他手里的石头掉在地上。

卡米洛一个转身朝树林外跑去。耳边呼呼的风声增加了他的恐惧，是古蒂他们追上来了吗？卡米洛不敢回头看，可他还是被古蒂抓住，一个绊子摔在了地上。

古蒂没有再浪费时间，他把卡米洛身上的小褂子三两下撕扯下来。

卡米洛哭喊着："给我褂子，把褂子还给我，那是宁婶给我的！我不要钱了，把褂子还给我！"

小褂子在古蒂他们手中变成了碎片，口袋里的钱一分没剩，全部被掏空了。古蒂拿着这些钱，兴奋地狂喊。树林中环绕着他们稀奇古怪的声音，卡米洛的哭声在惊恐中更大了。古蒂没有理会卡米洛的哭喊，带领小弟们拿着钱兴冲冲地离开了小树林。

卡米洛哭够了，慢慢从地上爬起来。捡起变成碎片的小褂子，把脸紧紧贴在上面。炽热的阳光像碎金子，洒在小树林中，让小树林变得明明暗暗。有虫子在草丛中发出鸣叫，鸟儿不时飞落到树枝上……一切如同什么也没有发生。

卡米洛用树枝挖个坑，把小褂子埋了进去。这天上午，他没有去上课，守在埋小褂子的地方坐了一上午。中午吃饭的时候，他整理好自己的衣服，独自一人去了食堂。他知道，海莉或者肖恩，总有一个人会在食堂门口等着他。见他的第一面会问他，在学校过得开心不开心？他会装作什么也没有发生的样子。他不想跟他们说上午发生的事情。小褂子被撕碎了，他的心也碎了，他不想接二连三地掏出破碎的心给人看。

离芝罘学校的师生到来还有两周，危房修葺收尾了。肖恩暗自松了一口气。可没等他彻底放松，代源美派人通知他，后天下午，芝罘学校的师生提前到达集中营，他们烟台的学校被日军提前征用了。

吃过早饭，威尔逊带领自治会成员来验收房子。皮特作为木匠的头，也跟着来了。他扛着手锯，端详着眼前修补好的房子，神色庄重严肃。

这时，有个男生跑过来，告诉肖恩，卡米洛今天没有来上课，并且他最近经常迟到早退。"老师说，请您找到卡米洛后，把他送到学校，她要跟您谈谈。"男生说。

肖恩一听就朝海莉的宿舍跑去，卡米洛如果不在学校，多半是在海莉那里。可海莉的宿舍里只有阿利齐在，其他人都工作去了。现在集中营里面，除了年长年幼者以及孕妇病人之外，只有海莉还没有找到工作。难道海莉跟卡米洛在一起？

正在门口晒太阳的阿利齐说："海莉小姐一早就去了学校，她好像要去找利迪尔先生报名。"

"报名？当老师？"肖恩走出一段路了，回头问道。

阿利齐摇了摇头说："不知道，早上她走时，我问她，她只说了这么一句。"

肖恩又朝学校跑去。卡米洛不在学校会去哪里？他胆子很小，一个人不敢去陌生的地方。可集中营里那么多破房子没人住，如果有坏人……肖恩的脑海里冒出一连串卡米洛遇害的镜头，他的脸色变了。他恨不得打自己两拳，最近为了修葺房子，他忽视了卡米洛。

北平学校占据的地方很小，只用了教堂后面的五间平房，那是乐道院最好的房子。当初选这里当学校，就是看中了它房屋坚固，教室前面的空地宽阔，可以供学生们做操上体育课。学校里的老师们一人担任好几科的教学，比如利迪尔，不只教化学课，还教小学的数学课，这让他们常常不能及时吃饭休息。

肖恩跑到学校的时候，孩子们正在上课。教室前的空地上，有孩子们玩剩下的大小石子、干瘪的足球、用野花儿做的花环，还有一个军用水壶孤零零地待在榆树下……肖恩走过去拿起水壶，壶里有半壶水。他用手摸壶的底部，摸到了熟悉的L，那是肖恩外公名字的首字母。这个水壶是外公留给他的唯一遗物，他作为开学礼物送给了卡米洛。难道卡米洛来学校了？

肖恩站在榆树下，手持水壶等待学生们下课。下课铃响了，学生们跑出教室，在门前玩闹。肖恩没见到卡米洛的影子，反倒有个身材高大肥胖的男孩走到肖恩跟前，伸手把水壶夺走了。肖恩吃惊地看着他。

男孩上下打量肖恩，说道："这是我的水壶。"

肖恩明白了，看来卡米洛在学校的日子不好过。

"你叫什么？"肖恩冷静地问男孩。

几个男孩子围上来，众星捧月般把男孩围在中间，挑衅地看着肖恩。

男孩对旁边的男孩子们夸张地说："哎哟，我叫什么？我怎么忘了，你们谁告诉他！"

有个脸色青白、眼窝深陷的男孩说："这是我们老大古蒂，你是谁？"

有一个孩子认识肖恩，说道："他是卡米洛的爸爸。"

古蒂转头对肖恩说："喂，卡米洛回家告状了吧？可是，我们不怕你。"

古蒂带头哈哈大笑。肖恩把手搭在他的肩膀上，没有一秒钟，被古蒂甩掉了。古蒂警惕地看着他说："你想打架？"

"告诉我，卡米洛去了哪里？"肖恩说。

"他今天没来，真是个胆小鬼！"古蒂在手里把玩着水壶，对肖恩说，"回家告诉卡米洛，我们在学校等他。"

说完，古蒂带领男孩们走了。盯着他们的背影，肖恩劝自己冷静，当务之急是找到卡米洛。可是卡米洛会去哪里呢？难道回了他们俩的宿舍？肖恩转身朝自己宿舍跑去。没跑几步，他听到有人在身后叫他。是海莉，她刚从利迪尔的办公室出来。

肖恩说："卡米洛不见了。"

海莉疑惑地说："卡米洛？他不是来学校了吗？"

肖恩没有过多解释，朝宿舍跑去。海莉大声说，我们分头找。然后她转头朝废墟跑去。她想起安葬雅各以后，半夜睡不着，她就这么奔跑着去墓地看他。在路上奔跑时，她的脑海里一片空白，如同现在。

卡米洛果然在废墟。他蜷缩在海莉经常待的窗框下面，睡着了。海莉心疼地把他抱起来。睡梦中的卡米洛被茉莉花的香气包围了，他喃喃叫了声"妈妈"。

海莉的眼眶瞬间红了，她把卡米洛紧紧抱在怀里。

外面传来肖恩焦急的呼喊声。卡米洛醒了，他挣扎出海莉的怀抱。海莉站起来朝肖恩招了招手。肖恩跑进来，双手紧张地箍住卡米洛消瘦的身躯，上上下下检查了一遍。

"卡米洛，你是因为古蒂才不去学校的吗？他们欺负你多久了？"

听到肖恩这么说，海莉不敢相信地看向卡米洛，她的声音因愤怒变得纤细颤抖："卡米洛，学校里有人欺负你吗？你怎么不告诉我？他叫古蒂？"

看着海莉怒气冲冲的样子，卡米洛怯怯地朝肖恩身边躲了躲。

"海莉，别吓到卡米洛，我们回去想办法。"肖恩牵着卡米洛的手朝废墟外走去，"卡米洛，你记住，不管发生什么事，你都要告诉我，我永远站在你这边，我会帮助你。"

卡米洛沉默地走着，不管他们在他耳边说什么，他都没听见一般。长长的黑煤渣路上，只剩下鞋底摩擦路面的沙沙声。

"水壶被古蒂抢去了，对不起。"快到宿舍区时，卡米洛小声说。

"我知道，没事，卡米洛，他会还给你的。"肖恩安慰他说，"他们从什么时候开始欺负你的？"

"从很早。"

"所以你上学会迟到早退?"肖恩说,"今天也是因为他们逃学?"

"是。开学那天,海莉阿姨给我装了一壶蜂蜜水,被他们抢去喝了,从那以后,他们让我带蜂蜜给他们吃,可是,我没有蜂蜜。他们就找我麻烦。"

海莉一脸凶狠地说:"他们会付出代价的,我保证!"

"海莉,你不要乱来啊!"肖恩警告她说。

海莉没有吭声,阴沉着脸朝前走着。

肖恩对卡米洛说:"卡米洛,你今天保护好了自己,做得很棒,余下的事让我来处理。"

看到人们朝食堂走去,他们才意识到,午饭时间到了。进了食堂,肖恩让海莉带着卡米洛领饭,他站在门口等人。

午餐一如既往地糟糕,今天是高粱面做的饼子和咸菜汤,红色的饼子散发出一股苦涩的霉味。卡米洛一口没吃,他盯着站在门口的肖恩,心里忐忑不安。海莉也没有吃,她的眼睛也在搜寻,不知道找谁。

看到肖恩带着利迪尔和史密斯到了一个空闲桌前坐下,卡米洛的心提了起来。他也不知道自己为什么紧张,闹事的又不是他,可看到大人们坐在一起讨论的事与自己有关,他感觉自己变成汪洋中的小船,正在独自飘零,而旁边即将掀起滔天的浪头,这令他恐慌。

海莉劝说卡米洛吃点东西,卡米洛听话地掰下一点饼子放进嘴里。海莉站起来走了。她绕着各张桌子看来看去,像一条猎犬,在森林中寻找猎物。

看不到海莉的影子,卡米洛又看向肖恩那桌。有一阵,桌上三人都不说话,他们低着头,各自想着心事。利迪尔敲了敲桌子,不知道说了些什么,气氛又开始活跃,三人各抒己见。卡米洛面前的菜汤凉透了，他们三人还在激烈地讨论。

看到卡米洛盯着他们看，利迪尔走过来坐在他对面，说："卡米洛，今天的事情，是利迪尔叔叔失职，是教育委员会失职，我们会处理好这件事。你做得很好，能保护好自己不受到伤害。"

卡米洛的脑海里出现了那件破碎的小褂子，他情愿自己受到伤害，也不想失去宁婶缝的那件小褂子，他的眼泪簌簌地落下来，滴落到他面前的汤碗里。

食堂里的人越来越少，海莉不知道去了哪里。肖恩领着卡米洛往回走，一路上，肖恩讲了许多有趣的事，可卡米洛没有笑，也没有吭声。

快到宿舍区的时候，海莉和皮特带着古蒂等几个男孩等在路旁。那队男孩的眼睛无一例外全部哭得通红，身上的衣服，似乎是奔跑中被树枝划破了，衣衫褴褛地站在那里。而古蒂的头发全部竖在头顶，像是被人攥在手里揉过。卡米洛的眼睛落在他怀里抱着的水壶上，停住了脚步。

皮特推了一把古蒂，说："你爸爸在家怎么说的?"

古蒂走到卡米洛跟前，嘟囔了一堆话，卡米洛一句也没听明白，他想后退，可背后是肖恩的大手，那双手牢牢托住他的脊梁，让他倒退不得。

在皮特眼神的威逼下，其他几个男孩子也陆续上前道歉。道完歉，他们从口袋里掏出一把皱巴巴的钞票，先后过来放进卡米洛手里。很快，卡米洛的怀中堆满了钞票。

皮特弯腰拍了拍古蒂的脸颊，说："小伙子，你们以后还欺负卡米洛吗?"

古蒂把水壶塞进卡米洛怀里，惊恐地摇摇头，朝后退了几步。

皮特满意地说："很好，道歉了，该还的也还了，你们父母的态度也老实了，皮特就暂时放过你们！"

说完，皮特朝海莉耸了耸肩膀，说："任务完成！你放心，这单生意，皮特保证不会出现问题，以后他们几个胆敢再对卡米洛动粗，我不会跟他们父母打招呼了。我会立马拧断他们的脖子，把他们扔进日本人的狼狗窝。"

皮特阴狠地看着古蒂，古蒂把头缩回衣领里面，没敢抬头。

海莉转头问卡米洛："卡米洛，放他们走吗？"

卡米洛仰头看肖恩，肖恩朝他微笑，示意他自己拿主意。卡米洛又看向狼狈不堪的古蒂，他猜不透在他们身上发生了什么，导致他们变成现在这个样子。不管怎样，卡米洛想让他们赶紧离开，他们的存在让卡米洛感觉惶恐。他使劲点了点头。皮特朝肖恩打了个招呼，跟古蒂他们一起走了。现场安静下来。

肖恩看着海莉："你为什么要去找皮特？为什么不走正常渠道解决问题？"

"正常渠道？肖恩先生，这里是集中营，我们正在被非法拘押，你跟我谈正常渠道？你告诉我，正常渠道在哪里？你们有法律约束他们吗？你们能替卡米洛讨回公道吗？你们能治得了古蒂的无赖父母吗？我告诉你，不能！古蒂还会一直欺负卡米洛，他们根本不在乎你们所谓的规矩，更不在乎学校的那点纪律！可皮特能替卡米洛讨回公道！我只给了他两张钞票，他就给了我想要的结果。这群小无赖的家长，全部老老实实地凑钱还给了卡米洛。在乱世，靠讲道理是活不下去的。"

海莉的头发是凌乱的，有道淡淡的血痕从下巴一直延伸到脖子，她身上鹅黄色的裙子上尽是土，可是她的眼睛燃烧着狂热的火焰："只要有我在，我就不允许卡米洛受到伤害！我以太阳神阿波罗的名义发誓！"

看着几近癫狂的海莉，卡米洛想起在废墟中捡到的那张照片，反面写着"太阳神阿波罗"，照片上的男孩微笑地看着他。

肖恩一声没吭，他牵起卡米洛的手，绕过海莉，朝前走去。卡米洛回头看海莉，她站在原地，悲伤地望着他们。

代源美跟肖恩说的烟台三百多名师生，来自"苏伊士运河以东最著名的英语学校"——烟台芝罘国际学校。

一个多月前，在距离潍县二百多公里的烟台，日军包围了芝罘国际学校。那天，学生们下课后，跟往常一样，在校园里嬉闹，他们不知道危险即将降临。

芝罘学校的大门被敲响了。大门开了，大批日军开进校园，橐橐的皮靴声震耳欲聋。校园里的孩子们停止玩闹，好奇地看着全副武装的日本兵。十五岁的凯琳和九岁的妹妹凯美，刚从一楼教室出来，看到眼前的一幕，感到不可思议。这里又不是军营，怎么会进来这么多军人呢。

日本兵在教学楼前停下，整齐地列好队伍，他们手中的刺刀在太阳光下发出耀眼的光芒。日军军官看到凯琳，愣住了，这里居然有这么美的女孩子！金发碧眼、身材修长的凯琳在他眼中美得不可方物。他看呆了，当即决定要把凯琳带回军营。他对随行副官说了几句话，副官挥手叫来一名日本兵，二话不说，上前拉住凯琳就要带走。

从小到大，生活优越的凯琳何曾被人如此对待过。情急之下，她一口咬在抓她的日本兵手背上，日本兵没有松手，而是用另一只手拽住她的头发，想拖她走。凯美急了，她尖叫着上前拦住他们的去路。周围的学生们围上来，凯琳十二岁的弟弟约翰从人群后挤进来，他拦在日本兵面前，镇定地说："请你放开我姐姐！"

日本兵从来没有见过一个十多岁的孩子，能如此镇定地跟他说话。看着约翰碧蓝的大眼睛、高耸的鼻梁，日本兵邪恶地笑着，伸出手想捏他的脸蛋，被约翰闪了过去。

日本兵看了看把他围得密不透风的学生们，大声说："你们也想跟去吗？"

学生们高呼："放下凯琳，放下凯琳！"

日本兵抽出了腰间佩刀，刀散发着凛凛寒气，举在学生们的头顶。

凯琳喊道："约翰，带同学们离开。"

学生们说："决不走！放下凯琳！"

玛佩尔校长匆匆赶过来，她没有理会日本军官，而是从学生们中间挤到日本兵和凯琳面前，二话没说，朝着抓凯琳的日本兵就是一记耳光。

日本兵蒙了，他松开凯琳，朝玛佩尔校长挥起弯刀，被紧跟而来的日军副官喝住了。

玛佩尔校长愤怒地问副官："你们为什么出现在学校里？"

副官低声说："皇军要在学校挑选一些女生，去为军队服务，还得请您多多关照。"

玛佩尔校长看了看周围那些稚嫩的面孔，和虎视眈眈的日本兵，强忍怒气说："你们下通知，要我们学校全体师生去潍县侨民生活所，我们同意了，要我们一个月之内全部撤离，我们也同意了。今天，离约定搬校区的时间还有两周，你们就公然上门挑衅，你们以为，我们还会屈服吗？这里面全部是英美上流社会的孩子，敢动她们一根手指头，你们知道后果是什么！"

老师们挤进来，更多的学生围在了外面。

老师们高声叫道："除非从我们身上踏过去，否则你们休想带走一个孩子！"

学生们也开始愤怒地喊叫，楼上有学生朝下面的日军泼水……副官和日本兵窃窃私语了半天。

副官过来对玛佩尔校长说:"限你们明天天黑之前必须离开,否则后果自负!"

玛佩尔校长说:"我们会做到的,请你们马上离开学校!"

日本兵虽然撤出了学校,可他们没有离开,而是把学校团团围了起来。

玛佩尔校长就地给全校师生开了个简短的会议,她说:"老师们、孩子们,留给我们的时间不多了。现在去潍县侨民生活所的计划有变,请你们马上回教室和宿舍,只收拾自己的课本衣物,其他东西全部丢弃,明天早上八点,在教学楼前集合,我们离开这里去潍县。"

第二天一早,烟台芝罘国际学校的三百多名师生,被日本兵像运送牲口一样,装进货船底舱,运往青岛,从青岛再乘坐卡车去潍县。在拥挤的船舱舱底,学生们没有像玛佩尔校长想象的那样害怕,而是很兴奋地问东问西,对潍县侨民生活所充满了期待。

经过学校的变故,凯琳变得沉默和忧郁了许多,她坐在船舱的角落里,双手抱膝,一声不吭地看着面前热闹的同学们。守在她身边的凯美和约翰也跟她一样一声不吭。

玛佩尔校长看出了他们姐弟三人的紧张,高声喊她:"凯琳,你们能为大家唱首歌吗?"

船舱安静下来,所有的目光都投向凯琳姐弟三人。凯美和约翰看着凯琳,等待她表态。凯琳却依旧抱膝坐在那里,一动不动。就在所有人以为她不唱了时,昏暗的船舱里,却响起她清脆的歌声:

> 我们遭贬远方,
>
> 不知何时回归家乡。
>
> 现今受些龌龊,
>
> 无非因为暂时做了俘虏……

开始只有凯琳、凯美和约翰在唱，最后，整个船舱的学生们都唱起来。声音越来越激昂，里面没有惧怕，没有颓废。童稚的歌声在宽阔的大海上盘旋。远处，是阴沉的天空，暴风雨即将来临了。

第九章

　　烟台芝罘学校的师生到达乐道院时，天近黄昏。落日在天边摇摇
欲坠，昏黄的光慈悲地落下来，把一切镀上了金边，包括泥泞，包括
对面的虞河，包括从卡车上下来的师生，也包括眼前岗楼上架着机枪
的乐道院。

　　大批日本兵持枪站在门口，冷漠地看着卡车上的学生和老师。威
尔逊带领自治会成员，站在大门口里面的黑煤渣路上，等着迎接他
们。看着眼前的一切，肖恩想起自己刚来乐道院时，一切如同在重新
上演。

　　学生们从卡车车厢里有序地跳下来，整理好校服，队伍一眼望不
到头，在玛佩尔校长的带领下，跨进乐道院大门口。长长的队伍里鸦
雀无声，学生们没人理会大门口持枪的日本兵，他们保持着挺拔的腰
身，鱼贯而入，如同来参加宴会那样端庄。

　　史密斯伸长脖子在队伍中寻找着，当绾着精致发髻的玛佩尔校长
出现时，史密斯夸张地张开双臂迎上去，嘴里大声叫着："哦，老天
爷啊，玛佩尔，果然是你，想不到我们毕业后第一次见面，居然是在
中国，我们都老了。"

接下来的时间，不只卡米洛和肖恩，包括周围的侨民和芝罘学校的学生们，都看着史密斯和玛佩尔校长，热烈拥抱和迫不及待地交谈。他们两人仿佛是前线吃紧的两国外交官，在心急如焚地进行国事会晤。其实他们的话更多的是重叠在一起，里面中英文夹杂，别说围观者，即便是他们自己，也分辨不出这些混乱的句子在表达什么，只能凭感觉明白双方都为这次相见而兴奋。

终于，这场热情洋溢的会晤以史密斯介绍自治会成员作为了结束语。玛佩尔校长握着肖恩的手，立马判断出这个年轻小伙子是乐道院里面最帅的男人，称他都超过史密斯先生年轻时候的模样了。众人笑起来。

跟随肖恩一同前来的卡米洛往后缩了缩身子。卡米洛不喜欢众人一起笑，他觉得这种庞大的笑是种侵犯，令人惶恐。

自从发生古蒂欺凌事件后，卡米洛就拒绝去学校上学，不管谁劝他，他总是用水汪汪的大眼睛看着对方，直到对方觉得逼迫他太残忍而作罢。古蒂一伙孩子被利迪尔要求，放学后要去他的办公室接受课下教育，这些教育内容不固定，有时是课堂上学的内容，有时是文明礼仪。令古蒂等人苦不堪言，可是又不敢言声。

肖恩现在不管去哪里，都把卡米洛带在身边。利迪尔跟他商议过，等玛佩尔校长来了，让卡米洛申请去芝罘学校上学。今天肖恩带他来迎接芝罘学校的师生，是想让他提前看到芝罘学校的模样，消除他在北平学校留下的阴影。

队伍中的凯美兴奋地盯着卡米洛肩膀上蹲着的西西，暗暗拽了拽排在前面的同学，偷偷指给她看。前面的女生惊讶地捂住了嘴巴。很快，整支队伍的学生们都朝这边看过来。他们发现，路边有个长着蓝色大眼睛的瘦弱男孩，肩膀上蹲着一只雪白的猫咪。

凯美走过来跟卡米洛打招呼，要求抚摸一下西西。卡米洛一动不动，等女孩握了握西西的前爪。

凯美对卡米洛说："我叫凯美，你呢？"

卡米洛不想跟凯美交换名字，也不想去认识那么多人。

凯美不死心，指着西西继续问："它叫什么？"

卡米洛依旧没吭声。肖恩期待地看着他。卡米洛的脸憋红了，最终没有回答。

早在玛佩尔校长带领学生来之前，安德森就带人打扫好了宿舍，并且用修葺房屋剩余的木板搭建了床铺。

经过日军羞辱，海上漂泊，卡车颠簸，玛佩尔校长和学校的老师们，早就做好了来乐道院受辱的心理准备。他们做梦也没想到，在乐道院会有干净的房舍，热情迎接他们的侨民。

雨下了一夜，第二天一早也没有停。海莉点完名，就从肖恩旁边牵过卡米洛的手，替他撑着伞一起走向食堂。往食堂走的时候，肖恩忽然想起那天阿利齐说海莉去找利迪尔报名的事。

肖恩转头问旁边的利迪尔："海莉找过你想应聘老师吗？情况怎样？"

利迪尔犹豫片刻，说道："是应聘幼儿园老师，可是，教育委员会的老师们不同意。"

"为什么？"

"他们几乎都投了反对票……"利迪尔为难地说。

肖恩沉默了。

"或许你可以问一下赫士博士，医院快要筹建起来了，需要护工。"利迪尔说。

肖恩的眼睛亮了一下。

远远地，很多人从食堂里惊慌失措地跑出来。发生了什么事？肖恩和利迪尔撒腿朝食堂跑去。他们刚跑进食堂，就看到后厨冒出冲天的火光……

事情源于皮特的挑衅。皮特不满意今天的煮茄子，端着盘子去了后厨。他说，肯定后厨的人在偷肉，否则，怎么盘子里的肉越来越少呢？

皮特把盘子扔到厨师身上，如入无人之境，随意在后厨翻腾，试图找出肉来。厨师们只是后退，没人敢阻拦他。据传皮特身上常年带着匕首，还能随时空手变出毒蛇。看到没人敢阻拦自己，皮特更加张狂起来。

史密斯紧跟着进了后厨。没等皮特反应过来，史密斯拎起他的衣领。皮特双手胡乱划拉，试图挣脱开史密斯的臂膀，油瓶被他划拉到了炉灶上。火苗一下从锅边蹿出来，像女人散开的蓬蓬裙那样绕着铁锅旋转，灶台上面的油桶是第一个接受它舐舐的东西，继而是锅里的菜……很快，厨房变成了火海。

肖恩和利迪尔想都没想，冲进后厨。

正在吃饭的卡米洛惊呆了……燃烧的火苗发出毕剥的声音，像是怪兽在吞噬着人的生命。"卡米洛，快跑……"妈妈慌乱的声音在耳边响起。卡米洛一个激灵朝食堂外蹿去，海莉回头只看到了他的背影。

外面的雨点伴随着雷声越来越大，卡米洛狂奔在黑煤渣路上。他的脑海里全是燃烧的火焰，"卡米洛，快跑……"，漫长的黑煤渣路像帧冗长的镜头，记录着卡米洛风雨中狂乱的脚步。

海莉被雨水打得睁不开眼睛，闪电中，她看到卡米洛摔倒在前面的路上。全身湿透的卡米洛像一只瘦弱的小猫，倒在路边。海莉把他搂在怀里，声嘶力竭地呼唤他。

一股幽幽的茉莉香唤醒了卡米洛，朦胧中，他看到妈妈正在朝他含泪微笑。

"卡米洛，亲爱的，你不要吓唬我。"是妈妈温柔的声音。

那次他生病发高烧，妈妈半夜不睡觉，也是这样抱着他，温柔地呼唤他。卡米洛伏在妈妈的背上，昏昏沉沉中，他感觉妈妈把脚上的高跟鞋甩进雨中，他不知道她要背自己去哪里。

后厨的大火最终被肖恩等人扑灭了。不只现场一片狼藉，即使外面餐厅也是桌椅倒塌，盘碗碎了一地。

海莉冒雨背着卡米洛走了一半路，遇上押送皮特去威尔逊房间的肖恩等人。回宿舍的后半程路换作肖恩背卡米洛。肖恩看着海莉赤脚站在雨水中，于是脱下自己的鞋放在她脚边。海莉穿上肖恩的皮鞋，默默地跟在后面。他们都没带伞，铺天盖地的大雨迷蒙了他们的双眼，两人看不清彼此。

海莉看着肖恩背着卡米洛的背影，想起他说的那句话："如果在收养卡米洛之前你问我这个问题，我也许不知道该怎么回答。可是现在我可以告诉你，如果有了孩子，我会负责到底的。"海莉的泪水下来了。如果雅各的父亲是肖恩，不是卡特，那么他不会死，而是跟卡米洛一样，现在跟在自己身边。

卡特回美国之前，说好很快会随船回来接他们娘俩，这句应付的话被海莉当作了誓言。可等卡特走时留下的钱花光后，他彻底杳无音信了。海莉把孩子托付给房东大婶照看，她出去找工作。那段日子，她什么都做过，酒店前台，缝纫铺女工，卖过红酒，推销过毛毯……她不敢停下手中的工作，她怕雅各和自己饿死。雅各患猩红热时，她还在街头推销毛毯。她以为那是感冒，可等把雅各送进医院后，才知道一切都晚了。这一送，雅各再也没能走出医院。

看到医院下达的病危通知书，她去卡特的船运公司打听情况，发现他们已经搬空了，只有出纳还在料理公司尾款。他看到海莉，一点也不奇怪，他对海莉说，不要等了，卡特不会回来的，他在美国有老婆，还有两个儿子和两个女儿。海莉以为听错了，她让出纳再说一遍。出纳笑嘻嘻地说，海莉小姐，趁年轻，你还是重新找个人结婚吧，他以前说的那些承诺都是假的，我们这些人，到哪个国家，都会在当地找女人成立个临时家庭，只不过卡特做过火了，孩子都生出来了。

海莉分不清脸上是泪水还是雨水，她跌跌撞撞跟在肖恩身后，几次差点被肖恩的皮鞋绊倒。肖恩大声喊她，让她拽着自己的衣角。

回到宿舍，肖恩手忙脚乱地脱下卡米洛的湿衣服，用干毛巾把他包裹住，放在床上。海莉浑身往下滴水，像只落汤鸡那样瑟瑟发抖。肖恩拿出自己的干毛巾，裹住她的头替她擦拭。海莉安静地站在那里，任凭肖恩给她把头发擦干了。

外面的雨越下越大，肖恩在行李箱中翻腾半天，最后找出自己的一套冬装，递给海莉。海莉默默地接过去。肖恩站在门口，看着滂沱大雨发呆。

时间不长，海莉说："换好了。"

肖恩转身走进宿舍，看到海莉的样子，忍不住笑出了声。她被装在肖恩宽大的冬装里面，头像是安在衣服上似的。海莉跟着他一起笑。

这是肖恩第一次见海莉开怀大笑，肥大的衣服更加显示出她的娇弱。肖恩看着海莉，蔚蓝色的眼睛里充满着柔情，心中莫名产生出一股保护欲。在肖恩的注视下，海莉的笑声也慢慢停止了。两人对视着，忘记了周围的一切。直到头顶的炸雷响起，肖恩才慌乱地抓过毛巾擦自己的头发。

这天，肖恩穿着湿漉漉的衣服，坐在地板上，仰头跟海莉和卡米洛说话。外面大雨滂沱，雷声隆隆。室内欢声笑语，温馨甜蜜。有那么一瞬间，三人都感觉回到了来集中营之前的日子。

过后，肖恩想那天他们都说了什么，可是一句也没有想起来，只记得当时心情未曾有过地愉快。卡米洛坐累了，躺在床上看着他们俩。他喜欢看到肖恩和海莉和和气气地说话。以前爸爸妈妈在时，也是这样和和气气，柔情蜜意。这才是他心目中的家。外面不时传来隆隆的雷声，大雨打在屋顶上，发出啪啪的声音。屋子里的三个人沉浸在一种从未有过的甜蜜中。

琼斯太太作为主管食堂的委员会主任，向自治会提出了申诉，强烈要求处置皮特。史密斯附议说，要给集中营全体人员一个交代。

面对这些愤怒的人，皮特满不在乎地说："你们关我禁闭啊，正好我就不用去木工组修理那些床啊椅子啊……"

会议开得很艰难，所有人的意见都统一不起来，各人有各人的处理方法。有些意见是要关皮特禁闭，有些是罚他的款补上食堂的盘碗……最后在威尔逊的主持下，对皮特的惩处结果是，出钱赔偿2号食堂的所有损失，做完木工组的工作后，打扫一个礼拜的2号食堂卫生。

肖恩担心皮特反抗这个处罚，可是他满不在乎地说："现在让皮特交出现金去赔偿食堂，皮特是不会交的。不过，每个月，我们伟大的国家不是还给我们每人发一笔生活费嘛，你们可以扣除那个钱作为赔偿金。"

至于去食堂打扫卫生，皮特更没有拒绝，他很轻松地说，他愿意去食堂打扫卫生，尤其是后厨卫生，要是让他找到后厨敢私藏咸肉，那么他就放火把整个2号食堂烧掉。听到这些危险言论，威尔逊不得不叮嘱史密斯盯着皮特。史密斯很官方地说："威尔逊先生，我一定不辱使命，承担起一个警察局长应尽的责任！"

事实上，自从在集中营发现皮特后，史密斯每天都在盯梢皮特，希望能搜索到一些证据。史密斯相信自己总有一天会走出集中营，到了那时，他第一件事情就是把皮特带回警察局。

肖恩跟玛佩尔校长已商定，等芝罘学校开学后，就让卡米洛转学过去。在食堂吃完晚饭，往回走的路上，肖恩开始劝说卡米洛去烟台芝罘国际学校读书，不管肖恩怎么劝说，卡米洛都拒绝了。他的眼前出现了小树林中那件被撕破的小褂子。

他对肖恩坚定地说："我不去上学，哪里都不会去。"

这次海莉站在了卡米洛这边，她说，卡米洛不想去就不去呗，开心是最重要的。肖恩只好作罢。

为芝罘学校安置在哪里的问题，自治会伤透了脑筋。集中营里面已经没有可用的房子了，所有的房子里面都挤满了侨民。每天清晨，人们从那些低矮破败的平房里钻出来，穿着皱巴巴的与季节不符的衣衫去劳动。

肖恩和利迪尔带玛佩尔校长转遍了侨民居住区，最后，在月洞门以西，跟宿舍区接近的空地里，玛佩尔校长停住了脚步。

她看着眼前两棵粗壮的白果树，兴奋地说："这里，这里就是我们的芝罘学校。"

看到肖恩和利迪尔尴尬地望着她，玛佩尔校长说："现在集中营人满为患，我理解。我喜欢这里，孩子们也会喜欢的。如果天气不好，我们挪到男女生宿舍区授课，如果天气好就在这里，多好啊。让木工组为我们做几个架子挂黑板，我们就可以开学了。"玛佩尔校长转头看着利迪尔说："利迪尔，史密斯说你在天津时，是一名优秀的化学老师，我们今年多了化学课，还需要你来支援我们。"

利迪尔和玛佩尔开始讨论化学课本。玛佩尔说："化学课本肯定寄不过来了，昨天，我跟代源美提到过邮寄问题，他一开口就狂喊'不行的，不行的'。其实，不只课本寄不进来，我感觉信件也进不来。虽然，我们已经给在中国各地工作的学生家长，写信留了我们在

122

潍县的地址，可是我相信，他们的信件一封也寄不进来的。"

利迪尔说："玛佩尔校长，初中化学课本已经印在我脑子里了，如果课本真的来不了，我做手抄本让孩子们用。"

玛佩尔校长惊呼道："你太优秀了，冠军先生！我替孩子们谢谢你！"

肖恩用眼睛计算着白果树下周边的面积，三百多个孩子在这里上课是否能放得下。每个班一个支架，需要多少个支架。至于每班需要的桌椅，修葺完房屋后，木工组在肖恩的指派下，已经开工了。肖恩从口袋里拿出纸笔，在纸上为每个班级标注区域，利用太阳光的强弱设置学生们的座位。

肖恩走过去提醒玛佩尔校长说："这里离日本办公区太近了，不知道学生们会不会受影响。"

玛佩尔校长看了一眼月洞门东边的别墅区，笑了笑，说："没关系，肖恩，孩子们不怕他们。"

随着气温慢慢升高，大量的雨水降落，集中营里的草木开始疯长。黑煤渣路两边的杨树长出毛茸茸的叶子，迎着风经常发出拍巴掌的声响。起风的日子，孩子们放学路过这里，男生会配合"巴掌声"发出古怪的叫声，女生们跟着拍巴掌，然后一起大笑。好几次，他们正在笑着，代源美从旁边路过，立即喝令他们不许大声喧哗。学生们嘻嘻哈哈地围着他，学着他的口气大声喊："不行的，不行的。"被围在中间的代源美恼恨地看着这群疯玩的学生，拿他们一点办法也没有。

卡米洛经常趁人少的时候，站在黑煤渣路上遥望小树林。那天太慌乱了，他记不起把小褂子埋在哪棵树下了，可又不敢一个人进去寻找，只能远远站在路上，遥望小树林。

在赫士博士的主导下，自治会筹备组建的医院终于启用了，这在集中营是件大事。乐道院最早有一所颇具规模的教会医院，日本人占领这里之前，潍县的百姓经常过来寻医问药。可日本人占领以后，他们把医院里能拉走的医疗设备全部拉走了，拉不走的都损坏了，让医院变成了一个符号。

医院启用这天，集中营内除了正在工作的人，其他人全部来到医院门口参加庆贺仪式，包括北平学校和芝罘学校的师生们，他们排列着整齐的队伍，站在人群的最前面。皮特也来了，他在人群里晃来晃去，晃到谁跟前，谁就不由自主地离他远一些。

威尔逊和赫士博士两人先后发表了简短的讲话，表示要为集中营的侨民做好服务。皮特没有理会这些讲话，他的目光粘在了艾瑟尔婀娜多姿的身上，如痴如醉。

海莉穿着护工服装，站在护工队列中东张西望，看得出，她很兴奋，不时低头打量自己的制服。她做梦也想不到，医院会主动派人找她，问她愿不愿意来当一名护工。当时，她填写表格的手都在打战。她今天特意没有化妆，穿着医院发的护工服，头发梳成了马尾辫，脚蹬平底布鞋，照镜子的时候，她一时没有认出自己来。她为自己的装扮而兴奋。

海莉看到了肖恩和卡米洛，抿嘴朝他们笑，她的脸被太阳镀上了一层光，笑容金光闪闪的。卡米洛眼前浮现出出事的那天早晨，妈妈也是这么站在门口，等他从屋子里跑出来，朝他抿嘴笑。卡米洛用手揉了揉眼睛，眼前是破败的房舍、面色灰白的侨民，还有身穿护工服装的海莉。

医院成立仪式结束后，海莉跑到肖恩和卡米洛跟前，兴奋地说："肖恩，你能想到吗？医院居然主动找到我，问我愿意不愿意来当一名护工。这太匪夷所思了！"

肖恩微笑地看着海莉，没有说话。

海莉接着说："肖恩，我终于有工作了。我没有被抛弃。"

肖恩想起他找赫士博士商量让海莉来医院当护工时，赫士博士说过一句话："肖恩，战争给每个侨民的内心都留下了一个黑洞，我们竭尽所能照亮彼此，让黑洞得以安抚。"

肖恩说："海莉，你会做好的，我相信你。"

海莉看着肖恩，点了点头。

艾瑟尔过来给肖恩下通知，各委员会主任一会儿去威尔逊先生的房间召开会议。说着，她伸手替肖恩把翻起的衣领平整好了，从海莉身边走了过去。海莉不动声色地看着她。

肖恩来到威尔逊房间，主任们都到齐了。大家在谈论今天医院成立的情况，以及里面缺乏设备，怎样才能把设备筹备齐全。

威尔逊清了清嗓子，说道："各位，我接到通知，瑞士驻青岛领事馆领事艾格先生，明天代表英国政府和美国政府，还有国际红十字会来看望我们。让我们选出三位代表跟艾格先生见面。这可是一个意想不到的喜讯，说明美国政府和英国政府没有抛弃我们。现在，我们要想尽办法跟艾格先生建立联系，把我们的真实情况告诉他。"

艾格到集中营有两个目的，一个是看望集中营的侨民，传达美国政府和英国政府的声音，另一个是了解侨民们在集中营的生存状况。给威尔逊下通知的时候，代源美警告他，派出参加接待艾格的三名侨民代表，不能在艾格面前胡言乱语，否则会遭到重罚！

威尔逊冷笑一声，说："中士，我们什么也不会说，如果你们还不放心，大可以三个代表也不派了，你们跟他谈好了。"

代源美尖着嗓子说："不行的，不行的！可以让你们自治会那个女秘书陪伴，其他两人都离艾格远一点，我不相信你们！"说完转身走了。

听威尔逊说完，赫士博士说："我们一定要想办法，让艾格先生知道集中营的真实情况，眼下我们需要最基本的药品和医疗器材，希望得到国际红十字会的帮助。"

威尔逊说："是，这是集中营最主要的事情。集中营两千多名侨民的身家性命，都指望着它呢。"

肖恩说："田中凉介会让我们跟艾格近距离接触吗？"

威尔逊摇摇头说："事情难办就是在这里。田中凉介肯定全程陪同艾格，他是不会让我们有机会传递情报的。"

屋子里安静下来。

肖恩看了艾瑟尔一眼，说："只有艾瑟尔能近距离接触到艾格先生。我们可以把想说的话写在纸条上，写两份，我跟艾瑟尔一人揣一份，明天看现场情况，谁有机会谁塞给艾格先生。"

艾瑟尔惊喜地看着肖恩，心脏在胸腔里面狂跳。她居然能跟肖恩一起并肩作战，一起传递情报。这是她做梦都想干的事。

屋子里的气氛重新活跃起来，大部分人赞同这个主意，威尔逊担忧艾瑟尔和肖恩的人身安全。万一被田中凉介发现传递情报，他们俩会被剥层皮。

艾瑟尔站起来，说："威尔逊先生，你放心，肖恩会跟我商量出一个完美的方案。"

肖恩朝艾瑟尔赞赏地点头。艾瑟尔的脸涨红了，这是肖恩第一次主动跟她示意。兴奋让她的眼睛熠熠生辉，她整个人神采飞扬起来。可当她低头看到自己身上皱皱巴巴的厚裙子时，心情忽然变沮丧了。夏天来了，按照以往，她应该化着精致的妆容，穿着漂亮轻薄的夏装。而不是像现在，因为带来的行李有限，厚薄衣服只能混着穿。见心上人，也打扮成这副鬼模样。并且由于平时替换的衣服少，身上的这件厚裙子也磨损得很厉害。

后面，肖恩描述明天见艾格可能出现的状况，艾瑟尔从头到尾再也没有吭声。她一直在想海莉身上穿的那些漂亮衣服。海莉是集中营里为数不多没有听从日军的宣传，而选择带来了自己所有的衣服的人。她总是妆容精致，打扮得像好莱坞明星。

这个会议一直开到吃午饭才解散。解散之前，威尔逊询问艾瑟尔，还有需要跟肖恩沟通的问题吗？如果有的话，散会后他们俩可以单独聊。看着威尔逊意味深长的目光，如果换作以前，艾瑟尔早就一百二十个同意了，能跟肖恩在一起，是她的心愿。可是今天，一条陈旧的裙子破坏了她的心情，她不能忍受自己衣着破烂地坐在肖恩面前。她落寞地摇摇头，站起来第一个走出房间。

威尔逊疑惑地看着她的背影，无奈地跟肖恩说："你看，女人就是这么麻烦，前一分钟还像喜鹊那样开心地叽叽喳喳，后一分钟莫名其妙地就不理人了。"

肖恩笑起来，说："所以，我是个不婚主义者，因为我搞不定她们。"

威尔逊盯着肖恩，看了半晌。

肖恩提醒他说："威尔逊先生，我吓着您了吗？"

威尔逊回过神来，想说什么，又咽下去了。

肖恩回到宿舍，看到海莉站在宿舍门口等他。现在的集中营里面，只有海莉的打扮是正常和时尚的。除了在医院的时候，其余时间，她穿着轻便新潮的短裙和透亮的长筒袜，像只蝴蝶那样，从医院飞到宿舍，再从宿舍飞到食堂。

今天的海莉穿着明黄色的连衣裙，脚蹬奶油色皮凉鞋，头发松松地绾在脑后。这让肖恩想起在燕京大学的老师，老太太八十岁了，每天也是这么打扮得靓丽光鲜，戴着金色细边的眼镜，涂着大红色的口红，银色的头发松松地绾在脑后。日军侵占北平那年的冬天，她去世了。去世前，她对肖恩说："肖恩，当黑暗来临时，可以保持沉默，但是不能因为习惯黑暗而放弃斗争。"肖恩每次跟田中凉介斗争的时候，总觉得老师就站在身边。

海莉迎上前，开门见山地说："明天艾格来视察集中营？"

肖恩愣怔了一下，点点头。

海莉说："我明天要见他，我要跟他谈谈。"

"你？跟他谈什么？"

"谈我们在集中营的待遇，谈他们是怎么对待我们的，让外面人知道日本人拿着我们当牲口圈养。"海莉严肃地看着肖恩，"你帮我跟他见一面。"

肖恩盯着海莉光洁的面庞，心里对她肃然起敬，这个率真而勇敢的女人，总是做出出乎他意料的事情。"肖恩，当黑暗来临时，可以保持沉默，但是不能因为习惯黑暗而放弃斗争。"这是老师说的，海莉跟老师都是伟大勇敢的女人。

海莉被肖恩盯得发毛，她莫名其妙地低头看了看自己的裙子，又摸了摸自己的脸。

肖恩说："海莉，你不能见艾格。"

"为什么？我不配？因为我不是自治会成员，所以没有资格见他？"海莉的声调变得尖锐起来，她脸上又浮现出蛮横冷酷的样子。

"不是，海莉，那样很危险，我不会让你去那么做的。"

"危险？你以为我们现在很安全？"海莉鄙夷地瞅了肖恩一眼，"好吧，我会自己去找他的。你们明天的路线肯定得经过我们宿舍门口，我在门口等你们。"

"海莉，你会把事情给我们搞砸了的。"肖恩低声怒斥她。

"你跟艾瑟尔的事情吗？"海莉说完，转身就走。

肖恩一把拽住了海莉的胳膊，说："海莉，别闹，事情不是你想的那样。"

"我什么也没有想，我就想见艾格，为自己争取利益。"海莉盯着肖恩握住自己胳膊的手，冷笑了一声。

　　肖恩赶紧松开了手，他发现自己现在对海莉产生了一种莫名的情愫，在这种情愫的支配下，见到海莉，他的脑子会混乱和冲动，比如刚才，居然去拽她的胳膊，想跟她解释自己跟艾瑟尔的关系。

　　肖恩眼睁睁地看着海莉转身走了。他烦恼地用手使劲捶脑袋。这一刻，他极想狂野地呼喊，不管喊什么，只为心中的淤堵能散发出来。

第十章

艾格是独自一人进的集中营，他的车子和司机被留在了外面。按照集中营制度，无关人等不得进入。田中凉介和集中营高层军官以及侨民代表威尔逊、肖恩和艾瑟尔迎接他后，陪同他查看侨民的生活条件。艾瑟尔在前面为他们带路。

侨民们站在各自的宿舍门口和窗前，安静地看着这个被簇拥包围着的瑞士人从他们面前经过。没有人说话，连平时爱吵闹的孩子也觉察出与往日不同的气氛，老老实实地盯着眼前这群人。

艾格一路看下去，脸色逐渐凝重。他怎么也不敢相信，眼前这群衣着破败、面容枯槁如难民一样的人，曾经是体面的银行家、医生、教授、外企总裁……半年前，他们还在中国过着衣着光鲜、鲜衣怒马的贵族生活，一夜之间就失去了体面，失去了生活，甚至失去了作为人的基本权利。艾格的心情无比沉重，下台阶的时候，差点摔到自己，多亏艾瑟尔拽住了他。

快到2号食堂的时候，艾格远远看到前面有个高瘦的男人，抱着大扫帚正在扫地。一阵风把他堆起来的纸屑和树叶吹得四下散开，他没有着急，重新举着大扫帚从头再扫。远远看去，这个纤瘦的背影像个老人那样沧桑和迟缓。

男人发现了艾格一行人，显而易见地慌张起来，他的眼睛四下张望，想找地方躲起来。他穿着冬天的粗呢大衣，脚上却着一双皮凉鞋。这个怪异打扮让艾格多看了他几眼，就是这几眼，艾格惊住了。这不是在青岛红极一时的画家……诧异和焦急让艾格的脑子僵住，他记不起男人的名字了。

他在青岛开最后一场画展时，艾格曾受邀前去。在开展仪式上，他意气风发地跟台下的众人分享画展的主题和意义，最后举着红酒祝自己画展成功。台上的他在闪光灯的映照下，周身散发着成功人士的光芒。

艾格看到他握大扫帚的手伤痕累累。看到艾格等人走近了，画家拖着大扫帚转身就走。艾格朝他"哎"了一声，可是也仅此这一声呼喊，他不知道接下来该说什么，只能眼睁睁地看着画家拖着大扫帚惊慌失措地跑掉了。

艾格依旧盯着画家远去的背影，内心翻江倒海。

田中凉介朝前伸出胳膊，看似礼貌实则强硬地说："请，艾格先生，前面是2号食堂。"

进食堂的时候，肖恩和艾瑟尔相互对视一眼。他们用眼神提醒对方，寻找合适的时机，把情报传递给艾格，可进到食堂以后，肖恩就消失了。

后厨站满严阵以待的日本兵。田中凉介陪艾格站在面案前，看刚出炉的面包。那是些没有油没有糖的干面包，一个个硬得跟石头一样。即使这些，还是代源美因艾格要来视察，让食堂做了充门面用的。平时，集中营里面吃的多数是高粱面。

艾瑟尔用眼睛到处寻找肖恩。

终于，肖恩从仓库里出来了。他手里拎着一块肥猪肉，朝艾格和田中凉介走来。那是块臭肉,远远散发出一股腐烂的味道。艾格和田中凉介不由自主地捂住了鼻子。艾瑟尔暗暗松了一口气,她明白肖恩拎肉来的动机。她走上前,接过肖恩手中的猪肉,自然地插在艾格跟田中凉介中间,开始评判这块猪肉的新鲜程度。

田中凉介没有恼火艾瑟尔拎着臭肉给艾格看,而是转到艾格旁边,冷眼旁观。肖恩握在手里的纸条放回了口袋,他明白,艾瑟尔创造的这个机会废掉了。

转身朝食堂外走的时候,田中凉介阴险地笑了笑,小声跟威尔逊说:"你们最好别跟我耍花招,否则,谁都不好过。"

威尔逊说:"没人跟你耍花招,艾格先生很清楚,日方为我们提供的环境有多么糟糕。"

终于要参观单身宿舍区了,肖恩的心提起来。他知道海莉是个说到做到的女人,她现在说不定正在宿舍门口等着他们。

昨天,海莉走后,肖恩去找艾瑟尔,跟她商量参观宿舍区的时候,让她错开海莉的宿舍,把艾格等人引到另外一条路上去。艾瑟尔没有问为什么,只是点了点头。一直以来,她很想问肖恩,他跟海莉的关系是怎样的,为什么要让海莉带卡米洛。可是她不知道从何问起,只能先放在了心里。事情放在心上,再看他们俩,心中就产生了更多疑问。肖恩让她带众人避开海莉宿舍时,她心里就产生了烦恼,她猜不透其中原因,可是凭女人的直觉,她认为肖恩在保护海莉。

田中凉介发现,艾瑟尔正在放弃原先定好的路线,带领他们拐上另外一条路,那条路通往芝罘露天学校,他猜测这些狡猾的侨民又要耍花招!田中凉介喝令艾瑟尔站住,告诉她走错了路线。艾瑟尔扫了一眼威尔逊,威尔逊看似不经意地朝她摇摇头。艾瑟尔只得带领众人重新走回老路线。

肖恩边走边紧张地四下张望,威尔逊也跟着他张望。威尔逊捉摸不透肖恩想做什么，只能用警告的眼神看了他几次。肖恩装作若无其事的样子朝他笑笑。肖恩没有告诉任何人海莉要拦截艾格的行为，集中营里面对她的争议从来没有断过，他不想给她再增加上一条。今天海莉如果真的拦截了艾格，那么他也只能见招拆招，尽最大努力保护她不受伤害。

路边有几个女侨民朝他们招手，肖恩紧张地看过去，里面没有海莉。田中凉介用严厉的眼神示意代源美。代源美低声吩咐身边的日本兵，驱赶女侨民们回宿舍。

前面就是海莉的宿舍，肖恩在心里暗暗祈祷海莉不要出来。奇怪的是，她们宿舍的门窗紧闭，门口空荡荡的。海莉不在。这不符合海莉的性格，难道发生什么事了吗？肖恩既欣慰又担心地扫了几眼宿舍门口，跟随艾格走过去了。

可是没等走出多远，宿舍里忽然有个女人发出凄厉的叫喊声。田中凉介麻利地从腰间摸出手枪，接下来是代源美和日本兵，他们弯着腰，用极快的速度朝宿舍包抄过去。艾格和威尔逊面面相觑，不清楚里面发生了什么。

肖恩没有放过这个机会，他趁田中凉介盯着宿舍门口，赶紧挡在他身后，回头示意艾瑟尔。艾瑟尔迅速把纸条塞进艾格口袋里。

艾瑟尔的举动把艾格吓了一跳，他诧异地看向艾瑟尔，刚要开口，艾瑟尔紧张地朝他摇摇头。艾格把插进口袋里的手又抽出来。

肖恩来到宿舍门口，他听得出是阿利齐在喊叫，里面夹杂着海莉和其他女人的声音。

田中凉介举着枪说："打开门！"

肖恩赶紧制止代源美要踹门的行为："不不，里面有孕妇，请不要莽撞！"

代源美怀疑地看一眼肖恩，闪开了门口。肖恩上前轻轻敲了敲宿舍门。门打开一条缝，露出一张白净的脸，肖恩认识她，是海莉同宿舍的英国女孩。

她轻声对肖恩说："肖恩先生，阿利齐正在生产，请你们离开这里。"

肖恩后退一步，说："打扰了！有医生吗？"

"我们都不知道该怎么办，多亏海莉懂一点，她正在为阿利齐接生。"

田中凉介把手枪慢慢放回枪套，对身后的日本兵挥了挥手，带领众人继续往前走去。

走出没有多远，一声婴孩的啼哭在他们身后响起，像清晨第一缕阳光那样清澈和令人喜悦。潍县集中营第一个新生儿诞生了。威尔逊和艾格等人在胸前默默画了个十字。田中凉介不禁回头看了一眼，身后除了婴儿的啼哭声，空荡荡的。队伍的气氛就是从这时变得柔和了起来。

艾格问田中凉介："田中先生，你有孩子吗？"

田中凉介沉默片刻，说："有。是个漂亮的女孩。"

"多大了？"

田中凉介没有回答。肖恩看了他一眼，发现他脸上的肌肉耷拉下来，整张脸变成了灰色。他感叹造物主的神奇，一个人的心痛，可以在脸上清晰地表达出来。田中凉介现在不再是架战争机器，不再是刽子手，而是变回了人。没人知道他的女儿怎么了，可是他身上散发出来的气场，表明此刻他是压抑而痛苦的。路上除了沙沙的走路声，再无声息。

艾格打破沉默，他说："田中先生，我们今天的考察工作到此结束吧，余下的地方，留到下次继续。现在我们坐下来召开个小型会议，看看侨民们有什么需要我们帮助的。"

田中凉介用冷漠的眼神扫视威尔逊、肖恩和艾瑟尔一圈，说：
"他们没有什么需要你们帮助的，我们为侨民提供了最高规格的待
遇，他们非常满意和配合。"

　　这一刻，田中凉介恢复了他军人的身份，他又变成了那个傲慢残
忍的日军军官。

　　威尔逊说："田中，你能再无耻点吗？镇压和圈养就是你们的最
高规格？到如今，孩子们还在露天上学，小小年纪吃得猪狗不如。晚
上七点开始宵禁，早晨六点半起床点名。我们不是囚犯，也不是战
俘，我们是侨民！"

　　田中凉介不屑地说："威尔逊，别撑面子，你早已经不是贵族
了，你也不是总裁，你是我们大日本帝国的囚徒！"

　　艾格打断田中凉介说："田中先生，请注意你的措辞。我今天也
看到了，侨民在这里的居住条件出乎我意料，我希望你们改进，如果
需要帮助，你们尽管开口。"

　　田中凉介不屑地瞅一眼艾格，对伊豆说："伊豆少佐，带艾格先
生下去休息，今天的活动到此结束。"

　　伊豆上前对艾格做出了"请"的动作，示意他跟自己走。艾格看
了一眼威尔逊，他知道反抗毫无用处，无奈地跟他们走了。

　　望着他们远去的背影，威尔逊和肖恩同时看向艾瑟尔。

　　艾瑟尔顽皮地说："你们是不是很担心，我的任务没有完成啊？"

　　艾瑟尔今天穿着了一件浅蓝色套裙，黑色的平底鞋，金黄色的长
发瀑布般垂下来，从后面看，纤细的腰身盈盈一握。这是她在集中营
最好的衣服了，得体的装扮让她整个人变得精神起来。

　　威尔逊像慈父那样，笑着摇摇头说："不不，艾瑟尔的办事能
力，我们完全相信。是不是，肖恩？"

　　肖恩的思绪还停留在艾瑟尔身上。艾格在田中凉介面前，表现出来

的软弱令他失望。他能为集中营采办来那些药品和器械吗？肖恩说出了心中的忧虑，如果艾格也采办不来医疗器械怎么办？那医院岂不是组建了个空壳子？即使赫士博士和医生们的医术再高，没有设备和药品也是无济于事。艾瑟尔和威尔逊脸上的笑容慢慢退去，三人沉默了。

卡米洛在肖恩的指派下，去海莉宿舍看阿利齐。卡米洛见到了阿利齐刚出生的女儿。他惊奇地站在床边看着褓襁中的女婴，忍不住伸出一根手指头，轻轻戳了戳她露在外面的小拳头。

阿利齐说："卡米洛，你喜欢她吗？"

"我不知道。"卡米洛上前倾了倾身子，仔细观察着婴儿的脸。

"她会叫妈妈吗？"卡米洛问。

"她才刚出生呢，以后就会了。"阿利齐说。

海莉从外面回来，看到卡米洛在宿舍里，上前拥抱了他一下。

阿利齐从褥子底下摸出一个金手镯，走上前说："海莉，谢谢你为我接生，如果没有你，我过不去这关。按照我们老家的规矩，要给接生的人谢礼。"

海莉的眼睛瞟了一眼手镯，不屑地说："如果这个手镯能让艾格再来一次，我就收下。"

说完，她带着卡米洛回到自己床前。阿利齐跟着走过来，没等说话，海莉不耐烦地说："如果你再跟着我，孩子有什么事我不会帮你了。"

阿利齐赶紧收起手镯跟海莉道歉，那天也参与接生的英国女孩白了海莉一眼，对阿利齐说："阿利齐，你干吗自找难堪？回去照顾你的孩子吧。"

阿利齐双手合十，朝女孩拜了拜，乞求她不要攻击海莉。女孩的头转向一边。宿舍里的女孩们连头都没抬，低头做着自己的事。

"我妈妈说，我小时候可漂亮了。"卡米洛对海莉说。

海莉边收拾床头柜上的化妆品，边随口问道："你妈妈长什么样？"

卡米洛一下噤声了。海莉意识到自己说了错话，她赶忙回身看着卡米洛说："不是，卡米洛，我的意思是……对不起……"海莉不知道接下去该怎么说，才能不伤害到卡米洛。

"没关系。你想认识我妈妈吗？"卡米洛抬起头目不转睛地看着海莉。

看着卡米洛干净明亮的大眼睛，海莉使劲点着头说："很高兴认识你妈妈，我都有些迫不及待了，卡米洛。你有照片吗？"

卡米洛认真地说："我画给你看。我爸爸以前经常夸我妈妈美。"

"你会画画，卡米洛？"海莉惊喜地说。

"会，我妈妈教的。"

海莉急切地从床底拖出自己的行李箱，在里面扒拉半天，拿出一盒油画棒递给卡米洛。

卡米洛控制不住尖叫一声："油画棒！送给我的吗？"

海莉微笑着点点头，眼睛里蒙上了一层雾气。这盒油画棒曾是她送给雅各的生日礼物。雅各喜欢在家里的地板上画画。卡特在的时候，家里还能买得起油画棒，卡特走后，海莉就给他买各种颜色的粉笔在地上画。雅各拿到这盒油画棒，一根也没有舍得用，他放在桌子上，每天都会抽出来一支，闻一闻，看一看。

卡米洛捧着油画棒，小心翼翼地抽出一支，看了看，放在鼻子下面闻。海莉怔怔地盯着他，她分明看到雅各正背对着她，检查油画棒。海莉冲动地上前，把卡米洛抱在怀里，叫了一声："雅各。"

卡米洛沉浸在得到油画棒的快乐中，没有觉察到海莉的异样，只是轻微挣脱了一下海莉的束缚。不远处的阿利齐吃惊地看到，海莉搁在卡米洛肩膀上的脸，被泪水淹没了。阿利齐默默垂下了头。

卡米洛把油画棒放在鼻子下面闻，激动地闭上了眼睛。他有多久没有画画了，自从爸爸妈妈遇害以后，他心中画画的欲望就消失了。可如今，他是那么渴望画画，那么渴望把妈妈画下来。画出妈妈的笑脸，画出妈妈的茉莉香。他害怕有一天清晨醒来，再也记不起妈妈的模样了。

第二天是周末，卡米洛一天没有出屋子，他坐在桌前，画了一天画，连饭都是肖恩给他带回来的。他画的全是妈妈，妈妈在笑，妈妈在凝视，妈妈在大雨中背着他……整个本子都用尽了，最后连反面都画满了，他才停下来。他用掉了半根油画棒，一根铅笔。

海莉不在宿舍，没人知道她去了哪里，阿利齐说她经常不在宿舍。卡米洛站在宿舍门口，茫然四顾，最后他选择去废墟。他想起那张背面写着"太阳神阿波罗"的男孩照片。

雨后的废墟在阳光的照耀下，显得热烈而富有生机。绿色的小草从地缝里拔节长高，黄色的苦菜花零星地开放在断壁残垣，有只披着铠甲的小刺猬，蹒跚地爬进破旧的窗框……

海莉坐在窗框下吸烟。夏日的阳光，如同一张金色的网，铺满废墟。海莉大红色的长裙、忧郁的神情，在网中变成了一幅画，永久地留在了卡米洛的脑海中。

海莉扭头看到卡米洛，笑容霎时弥漫到了脸上，她像个高中女孩那样，麻利地跳下窗台，转眼跑到了他身边。

"亲爱的，这是你给我带的画？"

没等卡米洛开口，她抽走了他手中的本子。

海莉一张张翻开，那些画带着遥远的过去和残酷的现在，一一展现在她面前。看着看着，海莉的眼睛里升起了雾气。看完最后一张，她重新点燃一支香烟，边吸边看向远方。沐浴在阳光中的海莉，像朵盛开在雨后废墟中的大丽花，摇曳生姿，风情万种。

卡米洛不知道该怎么形容她，她有时像妈妈，有时又很陌生。他不喜欢这种感觉。

过了很久海莉才说："卡米洛，你妈妈也喜欢穿高跟鞋吗？"

卡米洛摇摇头："偶尔穿。"

"那为什么画中的妈妈全都穿着高跟鞋呀？"

卡米洛没有吭声。

雨后新鲜的太阳在慢慢移动，照耀着废墟中的万物。

芝罘学校的学生们被分配的工作，是给2号食堂洗碗，学生们分成三组，每一组完成一餐的洗碗工作。卡米洛虽然没有上学，可由于他刚好符合劳动的年龄，也跟约翰和十几个男孩子分到一组，负责食堂午餐后的扫地工作。

芝罘学校的孩子们穿着洁净的校服，梳着光滑的发型，熟练地在池边洗碗，擦干，摆放进橱柜。工作的同时，他们不时低声交谈，愉快地玩笑。就像这里并不是集中营，而是和平时期的芝罘学校，他们正在做义务劳动一样。不知道为什么，每当这时，卡米洛心中都会充满和煦的阳光，感觉战争离自己很遥远，文明和礼仪一直都在。

肖恩下午要去日军办公楼开会，他等卡米洛扫完地，问他愿不愿意去芝罘学校看学生们上课，他开完会再带他回宿舍。卡米洛摇摇头，他说，他要在办公楼下面等他出来。肖恩只好答应了。

肖恩一个人去了办公区，卡米洛站在办公楼外面的法桐树下，长时间凝望着月洞门。他喜欢它，曾经有个中国男孩告诉他，月洞门代表的是团圆和美满。那个男孩是宁婶的独生子，名字叫树。

卡米洛跟树见面是今年的大年初三。那天，北平的街头、树梢、房顶都覆盖着皑皑白雪；长长的冰凌挂在屋檐下，像武士的剑闪耀着刺眼的光芒；北风吹得人身上的肉飕飕地疼。即便如此寒冷，即便日军占据着北平，大街上依然很热闹。

大年夜里，听到外面噼啪的鞭炮声，卡米洛听到爸爸感叹，这个古老的国家，人人都有傲骨，他们是不会屈服于外力的。卡米洛虽然听不懂，可是他看爸爸和妈妈的表情就知道，他们敬重中国人。

大街上，走亲戚拜年的人穿着或新或旧的衣裳，手里拎着点心匣子，男孩的瓜皮帽后面拴着根红绳，女孩的发髻用刨花水抿得光溜溜，在巡逻的日本兵的注视下，他们互相鞠躬作揖，说着吉祥话。这样的日子里，黄包车夫跑得更加欢实，没有新衣服，新袜子总是要穿一双。他们用旧鞋套着新袜，踩在雪地里的脚印结结实实的。

跟随宁婶去她家走亲戚，是卡米洛跟爸妈早就讲好的，爸妈非常赞同，他们希望卡米洛能见识到真正的中国年。宁婶拎着卡米洛父母送的稻香村点心匣子，卡米洛举着一个蓝色的风车，让黄包车夫载着，在北平那些鸡肠子胡同里七拐八拐。蓝色的风车迎着北风和坚硬的雪霜转得呼呼响。

树比卡米洛大六岁，是宁婶唯一的孩子。他知道卡米洛要来，早早地等在了胡同口。他长得像小牛犊那样壮实，穿着带补丁的棉袄棉裤，脚蹬一双簇新的鞋子。卡米洛从黄包车上下来，朝他有礼貌地鞠了个躬，他赶紧双手抱拳举在胸口上回礼，兴奋让他的眼睛闪闪发亮。家中来的这个高鼻梁蓝眼睛的外国孩子，让他满怀欣喜，甚至超过了母亲回家。

宁婶家跨进大门，左拐是个磨旧的月洞门，那是卡米洛第一次见这种像画一样美的建筑。

树跟卡米洛解释说："月洞门代表着团圆和美满。"

卡米洛好奇地抚摸着它，对树说："我们俩正在团圆和美满。"

树笑了，又露出了嘴角的小虎牙。

卡米洛喜欢上了这个比他高的哥哥。

"你上几年级了？"

树摇摇头，眸子黯淡了下去。

那天，树带着卡米洛玩了一天，滑冰车，玩空竹，看皮影，抽陀螺……为了给卡米洛掰屋檐下的冰凌，手指都被刺破了，可他不在乎，只是把受伤的手指放在嘴里吸了吸，然后鼓励卡米洛吃那柄冰凌。他说"很甜"的时候，露出了嘴角的小虎牙。

吃完冰凌，树带他到宽街看鬼影表演。卡米洛看得很兴奋，演员们有些戴着牛头马面的面具，有些穿着黑白无常的衣服，在寒冷的街上跳啊跳啊，手中的摇铃把天上的雪花都摇碎了。那是些看似笨拙的舞蹈，可笨拙中透着轻盈，诡异中带着清醒。围观的人很多，里面包括日本女人和日本兵，他们看得兴致勃勃。当牛头马面做势要把绳索搭在他们的脖子上时，他们才退开。周围人暗暗替牛头马面捏把汗。卡米洛不明白，中国年不都是喜庆的吗？让鬼表演还吉庆吗？

树趴在他耳朵上说："这就是驱鬼舞，大年初三驱鬼，一年安宁。"

卡米洛不太懂这些舞蹈，可这不妨碍他看得兴致勃勃。

天快黑下去了，送卡米洛回家的黄包车等在门外。在那个磨旧了的月洞门下，卡米洛把蓝色的风车送给了树。

树举着蓝色风车说："以后每年的今天，我都在这里等你。"

卡米洛拥抱着这个热情的中国男孩，跟他说："我会来的，我们是兄弟！"

两个异国孩子拥抱在冬日的月洞门下，就像镜头下的照片，永远定格在了当下。当时他们谁都不会想到，这也许是最后的拥抱。

当集中营的月洞门出现的时候，那帧并不久远的照片出现在卡米洛的脑海里：树把受伤的手指放在嘴里吸，然后催促卡米洛吃冰凌，"很甜的。"他说，露出了嘴角的小虎牙。

卡米洛没能长时间沉浸在回忆中，因为皮特来了。他今天居然穿上了格子西装。卡米洛望了望天上热烈的大太阳，心里疑惑今天是什么重要的日子吗？

皮特也看到了卡米洛，他大老远就张开双臂惊呼："卡米洛，我的小天使，你身上的毛衣太厚了，都超过皮特的西装了。"

卡米洛想躲闪到法桐树后面，可是他站着没动。妈妈说过，对于不喜欢的人也要保持礼节。

皮特冲到卡米洛身边，忽然停住脚步，头迅速扭向一边。再回过头面朝卡米洛时，他的鼻尖扣上了一枚小丑的大红鼻子。皮特的脸在大鼻子的映衬下，显得滑稽可笑。

卡米洛笑了。当皮特又一次回身，再次转回来时，红鼻子消失了，他的嘴巴变成小丑夸张的大红唇，正朝卡米洛笑。卡米洛终于忍不住笑出了声。

肖恩、艾瑟尔、史密斯等人走出办公楼，看到皮特和卡米洛在玩乐。咧着大红唇的皮特，头上忽然冒出一顶蓝色尖顶帽子，速度之快，就像他的双手真被施了魔法一样。不等卡米洛眨眼，皮特手中多了一根魔法棒。他像个魔法师那样，仰脸祈祷，嘴里念念有词，让神赐予卡米洛力量，一夜之间智商超过皮特。卡米洛崇拜地盯着皮特的魔法棒。

皮特忽然神秘地问他："你想拥有它吗？月圆的时候，它最灵验哦。可以变出来糖果、美食，还有美女。"

皮特开始大笑起来，这次他的笑声像电锯在锯木头。

卡米洛从口袋里摸出一幅铅笔画对他说："我们交换。"

皮特展开画，上面画的是一只奔跑着的小刺猬。

皮特把魔法棒递给卡米洛，大方地说："成交。"

皮特的样子很可爱，说话和动作都像一个孩子。其实他不需要卡米洛的画作，他只是童心大发，逗卡米洛开心。卡米洛握着魔法棒，脸上有掩饰不住的喜悦。

皮特看到肖恩他们走过来，尤其艾瑟尔真的在里面，心里很兴奋，却故作不慌不忙地样子迎上去，摘下尖顶帽子，朝艾瑟尔优雅地弯腰致敬。艾瑟尔不经意地闪到肖恩身后。

史密斯上下打量皮特几眼，说："你又揣着什么坏心思？"

皮特连看都没看他一眼，只是彬彬有礼地对艾瑟尔说："艾瑟尔小姐，我今天特意来请你喝下午茶。"

艾瑟尔摇摇头，既像对皮特说，又像对众人说道："对不起，我还有事先走了。"

说完，她把手中的文件抱在胸前，低头匆匆朝外走去。

史密斯幸灾乐祸地看着皮特说："中国有句老话你想不想听？"

皮特说："我这里也有一句中国的老话，你要不要听？"

史密斯说："癞蛤蟆想吃天鹅肉。"

皮特说："狗嘴里吐不出象牙。"

两人冷漠对视几秒钟，同时往月洞门外走去，出了门口便分道扬镳。皮特跟随艾瑟尔的背影而去。

卡米洛一手拽着肖恩的衣角，一手举着魔法棒。

肖恩问他："你确定西西看到你爱上了魔法棒不伤心？"

卡米洛说："都爱。"

肖恩好奇地问："你想用它变糖果吗？"

卡米洛摇摇头。他想在月圆的时候举起它，让它把自己变回到今年的大年初三，那时所有的一切都在。虽然他也知道，这是幻想。

第十一章

艾格从集中营回去接近一个月了，可医疗器械的信息一直没有传进来。随着日期的延长，连威尔逊也跟着失望了。

食堂的伙食越来越差，日本人给侨民们提供的食物品种单一，而且数量一天比一天少，侨民们意见很大，都去威尔逊先生那里告状。威尔逊就单独把肖恩和负责供给的琼斯太太叫到自己宿舍，三个人围绕集中营越来越糟糕的伙食商量对策。琼斯太太很无奈，说自己这个供给委员会主任，其实就是个摆设，所有权力都在日本人那里，日本人给什么，侨民们就要吃什么，她能做的就是把这些物资分配下去。"我真不想担任供给委员会主任了，威尔逊先生，你最好找一个人替换我，食堂那一摊事，已经够我忙的了。"琼斯太太说得恳切。

肖恩很理解琼斯太太的心情，说道："琼斯太太确实辛苦，食堂有近千人吃饭，总要有东西下锅呀。"

威尔逊又想起了瑞士驻青岛领事艾格先生，说道："艾格先生怎么搞的？早该有消息了，他下次再来集中营，要让他想办法给我们搞些食品，白糖、奶油、咖啡，当然还有香烟。"

"威尔逊先生，你还没回答我的问题，我想辞去供给委员会主任，专职做2号食堂的厨房总管，厨房的事情已经够我忙的了。"

威尔逊不能装聋作哑了，他摊开双手，很无奈地说："琼斯太太，真的抱歉，我暂时真的找不到更合适的人选代替你，给我一些时间好吗？我跟自治委员会的各位商量一下。"

琼斯太太瞥了一眼肖恩，眼睛突然放光，说道："其实，肖恩先生就很合适。"

肖恩愣住了，有些结巴地说："别、别这样琼斯太太，我可以帮你，但我已经分管住房委员会，不能再……"

"你可以的，你可以兼顾起来。厨房这摊事，我还撑着，但需要你来掌舵，算我求你了，肖恩先生。"

威尔逊在一边拍巴掌，很开心地说："这个问题不需要我浪费脑子了，肖恩先生的确很合适。住房那边已经没什么大事了，你完全可以帮助琼斯太太。"

琼斯太太用真诚的目光看着肖恩，等待肖恩点头。肖恩叹了一口气，他没有别的选择了。

食堂是集中营每天最忙碌的地方，1号食堂和2号食堂都有近千人吃饭，几乎是吃了上顿做下顿的。肖恩兼职供给委员会主任后，大部分精力耗在食堂里，处理一些鸡毛蒜皮的小事，这些小事就像炸药的引信一样，一旦处理不好就会引爆。每天清晨，潍县人用驴车和小推车把日本人要的蔬菜、面粉等食品，送到大门口，供给委员会在大门口按照两个厨房的人数比例，把食物分开，然后组织侨民把驴车和小推车上的物资送到厨房。最初，侨民们不会推小推车，更不会赶驴车，经常弄得"人仰驴翻"。有几次，侨民赶着驴车朝厨房走，驴子不听指挥，脱缰后满院子奔跑，吓得院内的侨民四处躲闪，要费很大力气才能逮住驴子。

蔬菜送到蔬菜房，肉类送到肉类房，大多是老驴子肉，而且不新鲜。第二天当班的厨师，要根据食物的种类和数量，提前琢磨明天做什么，然后告诉蔬菜加工师和肉类加工师，让他们准备需要的生鲜食料。从当天下午，两位肉类加工师开始切片或切丁、绞肉馅，一直忙到第二天早晨。另外还需要十五到二十个妇女忙着切胡萝卜、刮土豆皮、切卷心菜……几个男人夹在女人中，在一个木澡盆里洗菜，场面热火朝天。

一切准备完毕，几个厨师和十几个帮厨的人，第二天早晨五点钟就要起床工作，准备早餐的稀粥。洗碗工应该将准备食物的容器洗干净，女服务员负责将饭菜分发给侨民，不间断地给大家倒茶水。

煤炭和木材，也是从门口整车送到厨房后院，后院专门有两人劈柴，还有一些人在用煤渣做煤球。

北平食堂有两层楼和地下一层，厨房占了两间房子，厨房外有一条宽阔的走廊，通着中间部位的食堂。食堂有桌子和大长条板凳，原来质量很差，维修委员会组织木匠们重新加固了。楼房东边和北边有一大片空地，空地的一角，绿树成荫。侨民就是在这里择菜、剁肉，以及排队领饭。

北平侨民算是幸运的，琼斯太太曾是北平一家大饭店的负责人，懂得食堂管理，2号食堂里有几位专业厨师，都曾经在各大饭店担任过主厨。除了这些人，劳动委员会主任安德森每天都派出七八十人到食堂帮厨，准备蔬菜、压水抬水、劈柴生火、端菜、洗盘子、擦桌子、擦地等等。

最初几个月，食堂每周能够分发鸡蛋和水果，但后来全停了。日方提供的食物，眼见地越来越少。随着天气的炎热，送来的肉和蔬菜，多数时候都是腐烂变质的。当班的侨民卸货的时候，都要掩着口鼻，暴烈的臭气让他们呕吐，可即便如此，谁又能保证第二天早晨起来，食堂的锅里面不会是空空的呢？

侨民们的蔬菜主要是土豆、圆葱、白萝卜、韭菜、茄子等，虽然食物有限，但厨房总是想办法把菜做丰富，用剩下的干面包熬成"面包粥"，作为早餐。午餐和晚餐主要是炖菜，或是一碗浓汤。由于刷碗麻烦，以及菜量越来越少，很多侨民开始共用一个大碗盛菜，这样也减少了很多人排长队。

一个大碗，盛着热气腾腾的食物，几个人早在桌子边各就各位，围成一圈吃饭。服务员分发面包，给大家倒茶水，擦桌子。第一轮吃完，第二轮的人才能上来。洗碗最麻烦。每个人吃完饭，把碗送到洗碗工那里排队，等他们洗好，自己拿走。如果有人觉得洗碗工没洗干净，那就自己再洗一遍。

每天最忙最累的是琼斯太太，很多人都可怜她了，担心她的腿跑肿了。事实上，她的腿确实肿了，每晚睡觉的时候，需要艰难地把两条腿搬上床。即便这么辛苦，很多人还是对琼斯太太有怨言，认为她做得不够好，甚至当面责问她，为什么饭菜质量一天不如一天，为什么饭菜分得不公平。其实，如果食物充足的话，没人在意自己碗里的菜量比别人少几筷子，但现在大多数人吃不饱，比别人少一口饭菜都会计较，分菜的时候稍有不均，就会有人抗议。琼斯太太有着很好的教养，尽管满肚子委屈，但总是微笑着面对怒气冲冲的人，耐心解疑他们的问题。

食堂的饭菜分配，确实是一个大问题，面对几大盆菜，九百人分摊，一勺子挖下去，舀出九百分之一，该舀出多少？谁都不可能做到绝对的精准。开始一勺子舀少了，就会剩下一些菜，需要二次分配，但不可能所有的人领了饭菜后，都站在那里等待第二次分配，很多占不到餐桌的人回宿舍用餐了，得知饭菜有二次分配，肯定心里不平衡。如果开始舀多了，后面的人就越分越少，更悲惨的，是很可能排在队伍后面的人端着个空碗一无所获，能不愤怒吗？

琼斯太太辞去供给委员会主任的几天后的中午，负责分菜的服务员出现重大失误，总共有四五十人没有分到菜，其中就有皮特，他带头围攻了服务员。琼斯太太出面道歉，竟然被侨民们推搡开，而且使用了非常粗鲁的语言，琼斯太太眼里的泪水再也憋不住了，成串儿流下来。

肖恩觉得事态变严重了，非常气愤地斥责闹事的人。"你们怎么能这样对待琼斯太太？难道一顿不吃菜能饿坏了吗？"肖恩说着，把琼斯太太拽到身后，说："您先回宿舍休息吧，这里的事情我来处理。"琼斯太太虽然走开，却并没有走远，站在一边看着肖恩，担心他被失去理智的人围攻。

皮特站在人群后面，嘲讽地说："你们都听到了吧？肖恩先生来处理这事，他会变魔术的，能给我们变出美味佳肴。"

肖恩狠狠地瞪了皮特一眼，说道："分菜是非常困难的差事，皮特，如果你们自己可以做好，明天中午你来分菜怎么样？"

一句话，把皮特问愣了，他吭哧了几声后，突然嚷道："分菜是食堂的事情，我有权利要求得到公平的待遇。"

肖恩点点头说道："是的，食堂应该尽量公平地对待每个人。我答应大家，从明天中午开始，食堂尽最大可能把菜分均匀。今天中午，就委屈你们了。明天中午给你们补上。"

皮特疑惑地问道："你有什么办法把菜分均匀？"

肖恩说："我肯定有办法。"

当天晚上，肖恩邀请侨民中的一位著名会计师，在厨房研究分菜的办法。会计师想了一个笨办法，就是把出锅的菜分成四份，侨民们领菜的时候排成四队，四个分菜员旁边各站一个帮厨的女人，统计已经领菜的人数，同时检查盆里剩余多少菜，提醒分菜员适量增加或是减少菜量，这样的微调，排在后面的人不会有明显的感觉。

肖恩觉着这个办法可行，第二天中午安排了比较机灵的分菜员，他亲自站在旁边统计人数，效果非常好，排在队伍最后的人领到的菜量，跟第一个领菜的人几乎一样。

分菜员和统计人数的人松了一口气，兴奋得相互拍手庆祝。

为了让食堂分菜合理均匀，肖恩动了很多脑子，比如原来分土豆，土豆不可能长得一样大，无论怎么分发，总会有人抱怨自己分到的土豆个头太小。肖恩就让到厨房帮工的人，把土豆去皮切片，这样就好分配了。

然而，巧妇难为无米之炊，尽管肖恩跟厨师动了很多脑筋，无奈日本人供给的食品越来越少，质量也差，侨民们的怨气越来越大，怀疑厨师和食堂工作人员偷盗本该属于他们的食品。后来谣传越来越多，竟然说厨房被盗走了三百多磅白糖。

的确，由于物资短缺，集中营的偷盗现象时有发生，而且是从供给品刚运到乐道院的大门口就开始了。有些人就浑水摸鱼，在把食品搬运回食堂的途中，将鸡蛋、白糖、面粉甚至煤炭，偷偷搬回自己宿舍。厨房帮工人员也有人趁混乱时，将一些调料和白糖塞进兜里。肖恩已经意识到这个问题的严重性，正准备跟史密斯商量，让纪律委员会出面整治这种乱象。

不过谣传厨房被盗三百磅白糖，显然太夸张了，而且说厨房的人是集体盗窃，厨师、仓库管理员、当天值班人员以及每天的女性志愿者，五六十人集体合作偷盗，很多侨民们听信了这种谣言。

带头闹事的是一个俄罗斯女人叶列娜，她身体肥胖，头上有不少白发，说话声音很粗，面相看起来就挺凶。她的男人跟她正好相反，长得比较瘦弱，说话声音很低，在她面前像个孩子一样缩手缩脚的。她曾经逼着男人在去大门口搬运物资的时候，往家里偷东西，因为男人没有照做，将男人摁在地上暴打一顿。

叶列娜趁着开饭的时间，带着几十个女人闯进了厨房，把厨房总管琼斯太太拉出来审问，逼着琼斯太太出面解释清楚。叶列娜心里清楚，这个时间，侨民们都在食堂排队领饭，只要闹起来，大家都会支持她。

肖恩出面保护琼斯太太，当场向大家保证，关于厨房偷盗的指控，他会邀请纪律委员会介入调查，让史密斯给大家一个调查结果。

史密斯很乐意介入北平食堂偷盗案的调查，总算找到了跟他业务有关的事情做了，当天下午就开始侦查。他搞得很专业，戴着白手套进入库房，像是勘查案发现场一样，很仔细地检查库房的每一个角落，寻找可能留下的痕迹。然后，他分别找厨房和服务员谈话，把他们列入怀疑对象。

第二天早晨，侨民们起床参加早点名的时候，琼斯太太慌慌张张跑去告诉肖恩，北平食堂的厨师和帮工集体辞职了，现在厨房没有一个人做早饭。肖恩听了很吃惊，忙跟负责点名的日本兵打了个招呼，去食堂解决问题，可他无论怎么动员，厨师们和帮工人员坚决不干了，说让他们做什么差事都行，就是不在食堂做事了。

北平食堂的侨民早点名后，呼呼啦啦跑去排队领早餐，却发现食堂并没有做饭。肖恩很诚实地告诉大家，厨房和食堂的五十多名工作人员因为不堪遭受盗窃的污蔑，集体辞职了，今天早餐只能每人领到两个煮土豆充饥。"我向你们保证，中午一切都会正常。"

早饭后，肖恩让史密斯带领纪律委员会的人来到食堂，专门邀请叶列娜和几个闹事的女人，一起参加听证会，厨房和食堂的几十名工作人员也都到了现场接受询问。肖恩问叶列娜，有什么证据证明厨房和食堂的工作人员集体盗窃了？叶列娜说她吃食堂的面包和所有点心，都没有甜味，而厨师却说他们在一百镑面粉里面放了二十五磅糖。"在我看来，我吃的面包，几乎吃不出糖味儿，糖和面粉的比例超过了一比九，根本达不到一比四，一百镑面粉他们至少贪污十几磅的糖。"叶列娜说着，挥动手里的一本书，"你们看看，这是范妮农民波士顿烹饪学校的烹饪书，里面介绍得很清楚。"

叶列娜说着，打开书指着一个"一杯糖两杯面粉的配方"给肖恩看，把肖恩看蒙了。肖恩并不懂做面包的配方，但他心里承认，现在食堂的面包，不及他在北平吃的面包含糖量的一半。按照叶列娜提供的证据，食堂的面包确实存在问题。

正当肖恩心里疑惑的时候，负责做面包的劳拉突然笑了，摇头说："可怜的叶列娜，我真为你感到悲哀。你书上一比二的配方，是一单位重的糖，加上两个单位重的面粉，而一份糖的重量相当于同体积的面粉的两倍，按照这个计算，我们食堂给九百人做的面包，应该使用一百镑糖比上一百镑的面粉，当然远比我们使用二十五磅的糖甜很多了。"

叶列娜愣怔了半天，不知道该怎么回答，突然发疯似的说："你们这是狡辩，我不管你们怎么说，反正我的味觉告诉我，我吃的面包没有糖。"

肖恩心里已经亮堂了，他说："眼看快中午了，我们先做午饭，这个问题，明天再讨论。"

晚上，肖恩召集食堂里的面包师，还有史密斯和纪律委员会的人，一起制作面包，他们特意提高了糖跟面粉的比例，使其达到了叶列娜的书本上的要求。第二天早晨，史密斯悄悄躲在一边，看着叶列娜吃完了面包，走过去询问她："你刚才吃的面包，对你来说甜吗？"

叶列娜不屑地说："一点不，我发誓一点儿没吃出里面有糖。"

史密斯高声对着吃早餐的侨民们喊道："关于你们厨房和食堂工作人员盗窃糖的案子，现在宣告破案，从今天开始，有谁再造谣诽谤，别怪我把他铐起来。"接下来，史密斯把事情的经过给大家讲述了一遍，很潇洒地对众人敬了个礼，转身离去。

　　大家都安静下来，开始专心吃饭了。卡米洛坐在餐桌前，什么也没吃，他感觉脊梁被汗水覆盖了，又痒又湿，黏糊糊的不舒服。海莉端着碗走过来，看到卡米洛的身子扭来扭去，再看他的脸上，红彤彤的脸蛋上全是汗水。

　　海莉放下碗，低声惊呼道："我的天，卡米洛，大热的天你穿毛衣，会生病的。你昨天不是穿着夏装吗？为什么今天穿毛衣了？"

　　卡米洛扭捏地说："夏衣洗了嘛。"

　　海莉忍不住笑，她说："你看看你们，穿得奇奇怪怪的。"

　　卡米洛很不自在地扭动了一下身子。随着天气越来越热，集中营里的人衣着也越来越奇怪。安德森把长裤膝盖以下剪掉了，变成了一条短裤，他说剪掉的部分冬天时再缝上。他天天穿着这条短裤在集中营里面走来走去。

　　海莉看出卡米洛脸上的羞涩，说道："没事，卡米洛，我会做衣服，我这几天就找布料给你做新衣服。"

　　"你去缝纫组做吗？"

　　海莉顿住了。火车上跟她吵架的大胡子的太太，就在缝纫组工作，她早就把海莉在火车上的所作所为在缝纫组宣传了一圈。导致缝纫组的女人们见到她，都是敬而远之。

　　"不会不会，我会找到缝纫机的。"海莉不自然地说。

　　肖恩端着自己的面包和茄子走过来，问海莉为什么找缝纫机。海莉朝卡米洛努嘴，示意卡米洛身上穿的衣服。

　　肖恩笑着对卡米洛说："没事，卡米洛，你看营内那么多年轻小伙子也是穿得五花八门。"

　　海莉打量着肖恩，他今天穿的倒是夏装，体体面面地坐在那里，虽然吃的是煮茄子和干面包，可依旧像吃大餐那样，刀叉用得温文尔雅，悄无声息。只是他的脸比在火车上初识他时憔悴了许多，脸颊消瘦了下去。盯着他，海莉的心里忽然涌起一些怜惜。

肖恩边吃边问海莉："你刚才说需要缝纫机吗？在医院的地下室还有一台，由于太烂，没有拉到缝纫组，如果你用，可以找人修理下，抬到我宿舍来用。"

海莉高兴得差点欢呼起来，她不止要给卡米洛做衣服，前几天阿利齐铰了一件旧裙子，想给孩子缝个小枕头，没有缝纫机没做成，如今宝宝还枕着阿利齐的旧衣服睡觉。

海莉拍拍肖恩的手背说："肖恩，你太伟大了，我一定要给你做件衬衣报答你。"

肖恩连连摆手，说自己有衣服。

卡米洛吃完饭，在旁边玩起魔法棒。海莉问他想让魔法棒替他做什么。

"回到过去。"卡米洛毫不犹豫地说。

海莉愣怔住了，她以为卡米洛会说去魔法世界看看，或者要学习魔法。可这些都不是，而是"回到过去"，这几个字像颗炸弹，轰然四裂，炸得她心里一片焦土。如果回到过去，她能改变一切吗？人死能复生吗？

卡米洛看了一眼海莉，倾过身子对她说："带你一起回到过去。"

卡米洛带着面包甜味的呼吸，拂过海莉的耳边，海莉的身子僵住了。曾经雅各也喜欢这样趴在她耳边说话。她往嘴里塞了块面包，胡乱点点头，说："卡米洛，你快点吃饭，要耽误去后院洗碗池打扫卫生了。"

听到海莉这么说，肖恩也点头称是，他说他早就看到凯美他们朝洗碗池去了。卡米洛赶紧把魔法棒托付给海莉，站起来跑向后门。卡米洛过去的时候，以凯琳为首的洗碗工们已经"上岗"了，他们等在洗碗池旁，一一接过那些用过的碗筷。洗完以后，由于没有消毒机，他们需要烧开水，用开水烫一遍碗筷，用洗碗布抹干才算完成洗碗的全部程序。卡米洛需要做的是在他们洗完后，打扫他们脚下的卫生。

看到卡米洛过来，凯美热情地跟他打招呼。约翰问卡米洛，你的猫还好吗？约翰每次遇见卡米洛，总会问起西西。卡米洛一次也没有回答过，他不喜欢跟不熟悉的人说话。可他在心里默默地说，它很好，它还在床上睡觉呢，它就喜欢白天睡，晚上跑出去爬树，掏鸟蛋，可顽皮了。

约翰看到卡米洛不吭声，拎着大扫帚东一下西一下扫起地来。

史密斯来时都快过午餐时间了，他来找凯美拿他的碗筷。

他说："我的肚子早就饿扁了，凯美，麻烦你快点把碗筷找出来。"

卡米洛发现，史密斯一进来，凯美和她的同学们就神秘地互相使眼色。时间不长，凯美强忍笑意，用托盘把史密斯的碗端过来。史密斯看到自己的被洗得锃亮的不锈钢碗，享受到这么高规格的待遇，非常开心。他边伸手拿它们边说，非常感谢孩子们。话音未落，他双手捧着碗就手舞足蹈起来，嘴里惊呼"烫死了，烫死了"。凯美和同学们笑得前俯后仰。

原来，凯美他们把史密斯的不锈钢碗浸在开水里，专等他来拿时，看他被烫受苦的样子。史密斯很享受这种玩笑，开始，他因碗烫不敢碰，把它抛到空中再接住。最后，他干脆拿着碗跳起了舞。

凯美他们在旁边给他的舞蹈配上了歌曲："嗨，铁匠先生，你今天过得好吗？嗨，铁匠先生，你现在感觉怎么样？"

史密斯拍着碗底，跳着踢踏舞，仰头唱道："嗨，孩子们，铁匠先生今天很开心；嗨，孩子们，铁匠先生今天很好奇，下一个被烫的倒霉蛋会是谁？"

凯美他们放下手里的碗筷，也过去跟着史密斯跳起了舞，洗碗池旁很快变成舞池。歌声越来越庞大，舞池里面的人越来越多。前来洗碗的人们，都把自己的不锈钢碗举过头顶，晃荡和拍打着，节拍出奇地一致。

卡米洛慌乱地退到墙根下，双手背在身后，倚着被太阳晒热的墙壁看着他们。他感觉眼前的一切那么不真实，像个梦境。他笃定，在这个炮火连天的世界上，欢乐背后紧跟而来的会是悲伤。爸爸和妈妈遇害前还在教村里的孩子认字，一派欢快，眨眼间，都变成了悲伤的往事。

好像为了验证卡米洛这种悲观的想法，一队巡逻的日军，闻声迅速赶来，包围了整个食堂后院。为首的是代源美，他大声喝令所有人："不行的，不行的！停止唱歌和跳舞！保持肃静！"

史密斯带头停下来，现场陷进一片死寂，空气鼓胀得一触即破。肖恩从餐厅过来看着眼前的对峙，着急地对史密斯挥手，让他带人去食堂，从前门离开。史密斯昂着头拒绝了。所有人的碗举在空中，看着代源美。肖恩挤到史密斯跟前，把他的手强行按压下来，举在空中的那些碗跟着陆续放下了。一个个碗摆放在洗碗池里。

在日军的枪口下，肖恩带领人们排着队往食堂走去，一路鸦雀无声。忽然，人群里有人嘶着嗓子怒吼一声，声音在空洞的食堂里打了个旋，消失了。

凯美们站在原地没动。他们镇定地盯着代源美，直到那些枪口朝下，他们才回到岗位洗起碗筷来。

卡米洛问凯美："你们不害怕吗？"

凯美回答："不怕，你就当他们是在玩游戏，你把他们当成空气，当成蟑螂和臭虫。"

卡米洛忧郁地说："我做不到。"

凯美问："你害怕吗？"

卡米洛说："……怕。"

看到一切恢复原先的状态，代源美命令士兵收起枪排队往外走去。忽然，凯丽的妹妹凯美抬起头高声喊道："不行的，不行的！"后面整个洗碗池的学生们，跟着凯美一起有节奏地喊起来："不行的，不行的。"边喊边跺脚打拍子。

代源美停住脚步，回头看过来。卡米洛紧张地看凯美，凯美带头喊得更加激烈了。卡米洛没有动弹，依旧贴着墙站在那里。偌大的洗碗池又一次变成欢乐的海洋，孩子们手脚并用打节拍，狂喊"不行的，不行的"。代源美的胸脯剧烈起伏，眼神由凶狠到无奈，没用多长时间，他带人走了。

看到日本兵消失在视线中，学生们欢呼雀跃地鼓起掌来。

肖恩过来看到卡米洛还贴墙站在那里，旁边是兴高采烈的孩子们。

肖恩上前牵起他的手，说："卡米洛，你怎么不跟他们一起欢呼庆祝啊？"

卡米洛说："我不敢。"

回去的时候，卡米洛带着魔法棒跑在前面。肖恩跟在后面，卡米洛比刚进集中营时更瘦了，纤细的身子像豆芽菜那样，在太阳底下晃来晃去。

下午，自治会召开会议，这个会开得很热闹。在会上，威尔逊首先宣布，日方同意侨民们跟外面的亲友通信，不过寄出去的信和寄回的信，必须由日方逐封开启检查。史密斯反对说，这是个人隐私，他们怎么能开封检查呢，我们不同意！现场静默下来，谁都想跟外面建立联系，让亲戚朋友知道自己在哪里，可是一想到自己的信件被不相干的人查验，又感觉跟吞了苍蝇一样。

肖恩说："我希望大家同意。为通信这件事，威尔逊先生多次跟日方沟通，受了很多屈辱。关键是，如果我们再跟外界没有联系，乐道院就变成一座孤岛了，我们不能保证这座'孤岛'上的人，心理会出现什么问题，会做出什么出乎意料的举动。这次可能是为一根茄子大打出手，下次很可能就会因为对方一个眼神，承受不了而去自杀，这绝对不是危言耸听。我们本来也不会在信件中掺杂情报，就让他们去检查，有什么可怕的呢？"

威尔逊也点头称是。屋子里的气氛才活跃起来。窗外忽然传来"狼人"的号叫声，琼斯太太吓得一个激灵，差点歪下凳子。最近，"狼人"的号叫声越来越密集。

琼斯太太说，阿利齐刚出生的孩子，被这个号叫声吓到过好几次，阿利齐找她诉苦，让自治会管一下"狼人"，不要让他这么捣乱。

利迪尔说："我还是更相信，他不是捣乱，他在通过号叫发泄内心的悲伤。一个人如果心理没有出现问题，是不会用这么极端的方式来扰乱大家的。"肖恩同意利迪尔的说法，他说见过"狼人"，虽然没有看清楚他长什么样子，可他说起话来，还是具备条理的，不像个浑人。

史密斯疑惑地问，谁知道"狼人"的底细？屋子里的人面面相觑。

威尔逊沉思半天，说："我问过来自青岛的侨民，没人见过他长什么样子，人们见他的时候，他几乎都是在树上。加上他的头发很长，都盖住了脸，除非去找田中凉介查档案。"

听到威尔逊谈到长头发，肖恩说，今天他还要提出一项议题，那就是集中营要开设理发馆，不只"狼人"的头发长，集中营里面的大人孩子，头发都长得可以梳辫子了。他说完摸着自己的长头发笑起来。屋子里的人除了琼斯太太自己修剪得当，男人们的头发都很长了，他们互相看着，跟肖恩一起笑。

安德森说不光要有理发馆，还要有修鞋铺，他们宿舍很多人的鞋子坏了，都找不到地方修。利迪尔则提出要创建一个图书室，集中营的大人孩子不能不读书。伊维斯觉得集中营应该有一个商店，侨民们来的时候带了不少钱，可以让他们买到生活用品。

大家越讨论越起劲，从这一刻起，大家才从内心深处，真正接纳了集中营，也接纳了自己将要在集中营里面生活下去的事实。

威尔逊让艾瑟尔把大家的建议记录下来，会后报给田中凉介和代源美。大家原以为日本人会百般刁难，没想到田中凉介审查后，基本上都同意了。田中凉介觉得这些建议并无坏处，尤其是在集中营设立商店，由日本人负责供应商品，是赚钱的好机会。至于修鞋铺和理发馆这些服务项目，日本人采购理发和修鞋工具，自治会找侨民凑钱购买。

会后，肖恩找人把那台破缝纫机抬到自己宿舍，他找缝纫组的修理工对缝纫机进行了大修。缝纫机的各处零件都被油污堵塞了，大修完毕，肖恩用镊子一点一点剔除零部件中的油污，擦拭干净后，又用油壶对各处灌油保养。

修理工赞叹地说："肖恩先生，您太细心了。"

肖恩的眼前一直浮现着海莉见到缝纫机时高兴的模样。这对他来说很重要。果然，当海莉看到虽然破旧可是干干净净的缝纫机时，惊呼了一声。她感激地看着肖恩，承诺一定给他做件衣服表示报答。肖恩没有拒绝，只是微笑着看她摆弄缝纫机。缝纫机在她的摆弄下，发出车车车的细密琐碎的声音，眼下如同是和平年代的一个普通午后。家庭主妇正在缝补衣服，男主人站在旁边看着。肖恩神情恍惚了。

卡米洛的红白相间的竖条衬衣在这车车车的声音中做好了。卡米洛不喜欢这件衬衣上的竖条，可是他拗不过海莉，只好穿在身上。海莉让他好好穿，别看竖条不好看，可是她毁掉一条床单做的，剩余的布料她要给阿利齐的女儿做个小枕头套。

自从海莉给阿利齐接生以后，阿利齐就视海莉为恩人，有事没事就凑上来跟她说话，抱孩子给她看，这几天又缠着她给孩子取名字。海莉本来不想管，可是看到宿舍里其他女人对阿利齐跟她说话表现出不忿的样子，反倒激起她的斗志。

海莉为阿利齐的女儿取名雅典娜，她说，雅典娜是希腊神话中的智慧女神、战争女神和胜利女神，集中营出生的孩子，都是按照神的旨意降生来拯救世界的。阿利齐乐呵呵地点头，说非常喜欢这个名字，替雅典娜谢谢海莉。

虽然海莉对阿利齐一而再的热情不胜其烦，可是对于雅典娜，她还是忍不住关注，她会跟着雅典娜的笑而低头抿嘴笑，为雅典娜的哭而嫌弃阿利齐不会哄孩子。她发现，每次"狼人"蹲在树上号叫，雅典娜不管是睡着还是醒着，接下来肯定会号啕大哭，她忍受不了这么凄厉的声音。可阿利齐不敢去找"狼人"，她只会抱着雅典娜在宿舍里走来走去进行安抚。

今天，当号叫声又开始时，雅典娜从睡梦中惊醒，脸色煞白，半晌发不出声音。阿利齐吓得手足无措，大声尖叫。海莉一个箭步蹿过去，抱起雅典娜轻拍她的后背，直到她缓过气来。阿利齐忘记道谢，抱着雅典娜瘫软在地。

海莉走出宿舍，循着号叫声四下寻找。没有费多少力气，她在离宿舍不远的白杨树上，看到了"狼人"。"狼人"坐在树杈上，长长的腿耷拉在半空中，像个灵猿那样。海莉抬头看了看他，在树底下找块石头坐下了。

"狼人"发现了坐在树下的海莉，他想等她离开再下去。可是海莉并没有要离开的样子，她甚至从口袋里掏出香烟，倚在树上惬意地吸起来。眼看着太阳慢慢下落，晚饭时间快到了。"狼人"几次欠身看树下，海莉坐在那里纹丝不动。树旁边的路上不断有人过往，虽然脚步没有停留，可是他们心里乐开了花。这两个集中营最难缠的人，看来今天要发生点事情。

"狼人"最终还是滑下树了，他觉得自己被个女人堵在树上，是一件很丢脸的事。海莉站起来堵住他的去路。"狼人"的整张脸埋在长发间，只露出若隐若现的眸子。

"明天你过来，我给你理理发。"海莉命令道。

"狼人"蒙了，有那么一瞬间，他以为眼前这个女人是个疯子。他想赶紧离开，可是这个女人显然不想放过他，挡在他前面。

"你叫什么名字？你知道不知道，你的号叫影响了我们？我给你个建议，你去月洞门东边的别墅区叫，那里的鬼们需要你的号叫。"

"狼人"像是被老师训斥的学生，两只胳膊规矩地垂在身体两侧，一声不吭。他从来没有遇见过这么霸道的女人，素不相识就这么敞亮地训斥别人。

"你叫什么？"海莉终于不耐烦了，她也从没有遇见过这么窝囊的男人，被人训斥不知道反抗。

"约瑟夫。""狼人"说。

"来集中营之前做过什么？"

"弹钢琴。"

海莉瞟了一眼他的双手，露出鄙夷的神色。爬树导致那双手伤痕累累，横七竖八的疤痕遍布在上面。

"就这么一双手居然还弹钢琴？笑话！"

"我这双手怎么了？混蛋！我这双手能弹莫扎特，弹肖邦，弹贝多芬，能弹世界名曲！"约瑟夫忽然勃然大怒，额头的青筋暴起，他朝海莉大吼道，"谁质疑我的手，谁就是混蛋！王八蛋！你去问问青岛来的侨民，谁不知道钢琴家约瑟夫？"

约瑟夫的眸子闪烁着痴狂的光芒，凑到海莉面前狂喊。路人停住脚步，吃惊地看着眼前这两个狂人。海莉站在原地一动不动，冷静地看着约瑟夫狂放的举动，哪怕他的手指几乎戳到她的额头。

约瑟夫被眼前这个女人的冷静打败了，他慢慢恢复平静，后退几步，朝海莉鞠了一躬，转身就走。

海莉在后面喊："约瑟夫，明天这个时间，你到这里来，我给你理发！"

约瑟夫跑的速度非常快，没等海莉的话说完，他就消失得无影无踪。

这晚，安顿卡米洛睡下后，肖恩在日记中写道：

>……白天，看到卡米洛站在洗碗池边，惊恐地看着芝罘学校的学生们笑，我很难过。我能看出来，他也想像学生们那样笑，可是他笑不出来。悲伤已经不知不觉融进了他的血液，不管多么开心的事情，到达他的心头，流淌出来的永远是悲伤。也许穷其一生，谁都医治不好这种战争带来的创伤，直到自己带着它走进坟墓……

第十二章

第二天下午，海莉带着剪刀和毛巾去了白杨树下，约瑟夫没有来。约瑟夫虽然没来找海莉理发，可是他的号叫声却再也没有响起。集中营内关于约瑟夫的传闻越来越多，海莉宿舍里的女孩子们也开始谈论他。海莉现在才知道，约瑟夫没有跟她撒谎，来集中营之前，他的确是世界级的钢琴家，在青岛赫赫有名。海莉的眼前出现了约瑟夫那双狂热的眸子。

消息终于传到威尔逊的耳朵里，"狼人"居然是约瑟夫？他大吃一惊。在青岛的时候，他跟约瑟夫吃过几次饭，也听过他的音乐会，他一直以为约瑟夫回国了，做梦也想不到，他居然也来了乐道院，并且把自己隐藏了起来。他问安德森，分配给约瑟夫的工作是什么？安德森想了想说，在1号食堂烧火。威尔逊心如刀绞。舞台上，那个穿着黑色燕尾服，戴着高高的礼帽，神采飞扬的钢琴家，居然在集中营食堂烧火。

威尔逊叫来肖恩，让他带着自己去跟约瑟夫见个面。

"肖恩，那是国宝级的人物啊，被关押在了这里！"威尔逊痛心地说，"这该死的战争！它摧毁了艺术，摧毁了人性，摧毁了人们存活于世的自信。"

"我陪您去找他，他现在还住在医院的阁楼上。医院启用后，他在那里很安静，赫士博士没有赶他走。"

"肖恩，我有个想法。我们应该组建个乐队，定期开展音乐会。你也知道，到这里来的时候，很多人带了乐器。我们去邀请约瑟夫加入乐队，这将会给集中营带来新的力量。"

"威尔逊先生，他们会没收我们的乐器。"艾瑟尔担忧地说。

"我们私下组建，艾瑟尔、肖恩，听我的，集中营里面不能没有音乐，艺术是杀不死的。"威尔逊信心满满地说。

想不到，威尔逊吃了闭门羹。不管肖恩和艾瑟尔在外面怎么敲门，门始终从里面插着，纹丝不动。威尔逊叹口气，朝两人招招手，带头往楼下走去。

一路上，三人谁也没有说话。

快到宿舍的时候，威尔逊才缓缓道："约瑟夫家是钢琴世家，他的父母都是英国顶级钢琴家。他母亲前些年去世，对约瑟夫打击很大，当时他在青岛有场音乐会，因为母亲的去世取消了，为此赔了很多钱。从那以后，我就没有他的消息了，有人说他回国了，有人说他去了天津。"

艾瑟尔说："恕我直言，威尔逊先生，他的心理或者说神经没有出问题吧？"

威尔逊停顿一下，看向肖恩。肖恩不知道该如何回答，他也看出约瑟夫的不对劲。来集中营的侨民有两千多名，里面不乏商业大鳄和政坛精英，但更多的是平民百姓和贩夫皂隶，没有谁跟他一样，一面想把自己掩藏起来，一面还跑到树上号叫，让整个集中营来关注他。

海莉迎面走来，看样子像是刚从医院回来。看到威尔逊等三人，她没有吭声，从旁边走了过去。肖恩叫住她。

"海莉，听说你要给约瑟夫理发，理了吗?"肖恩看着海莉，啼笑皆非。这个鲁莽且勇敢的女人，像个谜一样，谁也不知道，她下一刻会做出什么匪夷所思的事情，给自己惹出一堆麻烦。

海莉停住脚步，回头看他们一眼，冷冷地说:"你们这是去找他了?"

看到海莉一副嘲弄的模样，艾瑟尔的心里就来气，她跟威尔逊小声说了句抱歉，就头也不回地走了。

自从上次海莉跟肖恩去找田中凉介谈判，威尔逊就想找机会跟她道谢，今天正好遇见。他朝海莉伸出大手说:"海莉小姐，上次谈判，我代表自治会感谢你。"

海莉没有理会威尔逊伸出的手，说:"我跟肖恩说过，我不是为帮你们。所以，你不必谢我。"

威尔逊讪讪地把手放下，说:"听说海莉小姐跟约瑟夫见过面?"

"是的，我去教训过他，他太吵了，搞得我脑子里一团糟。"

肖恩说:"我们今天去没有见到他。"

"如果是我，也不会见你们，你们这样浩浩荡荡地去，是为了羞辱他吗?"

威尔逊恍然大悟:"我明白了，谢谢你，海莉小姐。"

"没什么好谢的，这种被人羞辱的心理我还是有所体会的。"说完，海莉转身朝宿舍走去。

暮色降临，暑热和黏稠夹杂，让人窒息。侨民们端着从食堂领回的晚餐，陆续回宿舍。西西一溜烟儿爬上了门口的榆树，卡米洛站在宿舍门口盯着他们看，整个宿舍区笼罩在一股烟火和颓废交织的氛围中。

肖恩过来带卡米洛去吃晚饭，走在路上，卡米洛几次看向肖恩。肖恩一脸的失落。

"你们没有见到钢琴家吗?"卡米洛本想说"狼人",可话到嘴边又咽下去。

在他的脑海里,实在不能把钢琴家和那可怕的"狼嚎"联系起来。在北平的时候,他们一家三口经常周末会去听音乐会,卡米洛虽然听不懂钢琴曲,可是他喜欢钢琴奏响的那种气氛,让他感觉到在这个世界上,不只画画让人心情愉悦,听钢琴曲一样让人感觉美好。

肖恩摇摇头,他的脑海里老是出现海莉的身影。"没什么好谢的,这种被人羞辱的心理我还是有所体会的。"这句话令肖恩内心隐隐作痛。

卡米洛还想接着问,可是看到肖恩落寞的样子,他也跟着沉默了。就是从这时起,他对约瑟夫起了好奇心。

不止卡米洛对约瑟夫起了好奇心,自从知道"狼人"是约瑟夫后,皮特激动得心都快跳出胸腔了。约瑟夫曾在天津开过一次音乐会,音乐会结束时都半夜了,他派人把皮特叫去宾馆,要求皮特为他跟故去的母亲通灵。他在后台化妆时,听化妆师说,双盛马戏团的占卜师皮特,通灵术特别厉害,可以跟死去的人对话,以完成阴阳两界人的心愿。当时他差点扔下音乐会就去找皮特,但被人按住了。

那是皮特第一次见约瑟夫。在富丽堂皇的酒店房间里,穿着高档礼服的约瑟夫像个不谙世事的男孩,催促皮特赶紧跟母亲通灵。皮特告诉他,通灵需要合适的时间。约瑟夫又催促他赶紧定时间。看着他澄明干净的眸子,皮特第一次感觉到自己的无耻和肮脏。可他还是定下了时间,他知道约瑟夫有很多钱。

通灵之前,皮特通过收买约瑟夫身边的助手,知道了他和母亲所有的情况。所以那次通灵大获成功。虽然他们只见过那一次,可皮特却记住了他,因为他出手阔绰大方,对钱财根本不屑一顾。在皮特的眼里,他是一只肥鹅。

皮特终于在1号厨房的食堂后厨见到了约瑟夫。他棕色的长发乱糟糟的像个鸡窝，灶下被他弄得除了浓烟滚滚，没有一点火苗。掌锅的是个红头发的比利时人，因为锅不热，正一个劲儿数落他，他被烟熏得咳嗽成一团。

皮特没有敢上前相认，这个长胳膊长腿的烧火工，样子像约瑟夫，可除此以外，哪儿都不像。皮特试探着上前叫了他一声。约瑟夫抬头看他，眼神冷漠而又羞涩。他没有认出皮特。

皮特上前做自我介绍，约瑟夫对他没有一点印象，直到皮特说出那次通灵，约瑟夫双手猛地把盖在脸上的长发扒拉到两边，定睛看着皮特，眼睛里一点点跳跃出火花。

约瑟夫喃喃自语："皮特。"

皮特趁机抓住他的手，承诺说可以再为他通灵。这本是皮特的外交辞令，可是约瑟夫却当真了，他惊喜地说："什么时候，今晚？现在？"

皮特只得含糊地说："你知道，通灵需要日期的，不能随便。"

放开皮特的手，约瑟夫在胸前画下无数个十字，感谢妈妈在冥冥之中的关照，把皮特先生又一次送到他跟前。

皮特等约瑟夫下工，一起去了他的阁楼。他要去看看约瑟夫带来多少家底。

在约瑟夫居住的阁楼上，皮特的眼睛像是扫描仪，在屋里的各处扫射，以便给约瑟夫的东西标出价码，好定义自己走时是否带上它们。墙角站立的几个行李箱是他最关心的，可是眼下他没有打开它们的理由。

很快，皮特又被约瑟夫枕头边的手表吸引住了，那是昂贵的瑞士表，皮特明白，单凭自己，这辈子也戴不起这样的名表。他上前拿起手表，把表盘放在耳边听了听。约瑟夫说，如果他喜欢可以拿走。

皮特惊喜地说："真的？你送给皮特了？"

约瑟夫说："你看屋子里有什么喜欢的，都可以拿走。你尽早定个日期，跟我妈妈通灵。"

皮特没有客气，他把手表戴在手腕上，开始动手打开行李箱。里面除了照片皮特没有动，西装他试穿一下尺码不合适又放下之外，其余值钱的东西几乎被他洗劫一空。他的手腕上戴了三块腕表，每个手指上都戴上了宝石戒指，兜里揣满钞票……约瑟夫没有管皮特，他习惯地坐在阁楼的小窗户上望向远方，长胳膊长腿地耷拉在下面。

"约瑟夫，你想不想弹钢琴？如果你想，皮特可以为你安排，毕竟皮特拿了你这么多东西。"皮特走到门口，又回头问约瑟夫。

约瑟夫一个回身，差点从窗户上掉下来，皮特赶紧上前接住他。

"皮特，你是认真的？"约瑟夫严肃地问。

"我刚来的时候，在教堂的地下室找到一架钢琴，如果送出去，能卖很多钱，可惜送不出去，那就送给你吧。"

约瑟夫激动地说："我要，皮特，我们现在可以去把它抬上来吗？"

皮特乐了："那是架钢琴，不是小提琴，抬上来哪有地方放？我听说集中营正在组建乐队，我带你去找艾瑟尔报名吧，她负责这件事。"

约瑟夫慢慢坐到椅子上，摇摇头说："我不想见到他们。"

皮特关上门，回到约瑟夫身边，好奇地说："为什么？"

约瑟夫没有吭声。

"那你不要钢琴了？"

"要钢琴必须见他们吗？"

约瑟夫被皮特带到威尔逊房间的时候，像个做了错事的孩子，站在那里等着大人训斥。看到他瑟缩的样子，威尔逊禁不住热泪盈眶，上前紧紧把他搂在了怀里。

乐队在威尔逊亲自主导下成立了，取名"救世军乐队"。组建乐队的时候，集中营里的音乐家们才浮出水面，他们的行李箱中没有带过多的衣物，而是带来了心爱的小提琴、长号、短笛……

皮特找人把钢琴从地下室抬到教堂一楼，四下找调音师为钢琴调音。约瑟夫做梦也想不到，居然在集中营里面还能触碰到钢琴，他站在钢琴边，看着调音师调音，一刻也不舍得离开。

皮特请海莉到阁楼为约瑟夫理发，他希望约瑟夫登台那天，还是跟自己第一次见到时那样，高雅整洁。约瑟夫不知道海莉是谁，皮特让他回阁楼等，不要粘在钢琴边上。

约瑟夫回阁楼不多久，海莉上来了。她刚下班，还没换下护工服。约瑟夫一眼认出，她正是那天把自己堵在树上的女人。那天他没有理会她，如今再看，才发现她身材高挑，脸庞美丽，天使一样。约瑟夫的心里一动。这是进集中营以来，他第一次因为美丽而心动。

约瑟夫安静地坐在凳子上，披着一块毛巾，任凭海莉用废弃的医用剪刀给他剪头发。在海莉大胆的操作下，约瑟夫浓密的胡子和头发被修理掉了。眨眼，约瑟夫变成一个面色苍白阴郁的年轻钢琴师。海莉端详着约瑟夫，对自己的手艺赞不绝口，并且强迫约瑟夫也夸赞自己。

约瑟夫第一次接触这种类型的女人，既抑郁又大胆，既傲慢又奔放，她身上所有的特点，都是自己曾经遇到过的女人身上所没有的。她就像肖邦的《黑键练习曲》那样特别。约瑟夫坐在凳子上，抚摸着自己利索的短发、干净的下巴，心里涌起要好好活下去的欲望。

在进行充分准备后，集中营里第一场音乐会开始了。这天上午，所有的乐队成员穿上自己最好的衣服，隆重地出现在教堂。约瑟夫头上打着发蜡，脚蹬锃亮的皮鞋，身穿燕尾服，按在琴键上的手指微微颤抖。

利迪尔带领学生们在教堂门口发放音乐会海报。海报是他们利用课余时间绘制的，由利迪尔油印而成。人们穿戴整洁大方，握着海报依次进场，跟战前参加音乐会那样，一丝不苟地履行着看音乐会该有的礼仪。

海莉穿了一条后背镂空的小黑裙，脚蹬金色的高跟鞋，拎着口金包，绾起长发，如罗马公主般出现在教堂。女人们的目光落在她身上，转瞬即逝，不肯为她多停留一秒钟。对于她的打扮，更是流露出鄙夷的神色，虽然她们大多穿着磨损严重的衣服，可没人羡慕她。唯有肖恩，全程盯着她，直到她在卡米洛身边坐下，看了他一眼。两人对视片刻，抿嘴笑了。

海报上写着第一支曲子是贝多芬的《命运交响曲》。这么短的时间内，要练习弹奏这支交响曲，何况乐器也不是那么充足，谁都为之捏着一把汗。可台下的观众还是兴致勃勃地期待着。

从舞台上飘出第一个音符开始，全场就肃静下来。随着演奏的深入，一种巨大的紧张感攥紧整个教堂，宏大的交响曲把每个人带进自己的人生。经过几小节急速的跳进之后，强有力的胜利进行曲像一道阳光照亮一切，盛大的胜利游行开始了。进行曲的声调、英雄的号召让位于庆祝胜利的轮舞……

毫无疑问，这是一场成功的演奏。当最后一个音符落地时，教堂内依旧肃静，指挥保持着最后一个手势，乐队保持着最后的姿态，观众保持着最后的惊艳表情。一切是那么完美无缺。外面草长莺飞万物生，如同没有战争，没有炮火，没有屠杀。

卡米洛激动得身子微微颤抖，音乐唤起他内心那些美好的记忆：爸爸和妈妈带他在郊外野餐，树跟他相拥在月洞门下，宁婵跪在寒冷的北平街头，只为完成对他的托付……这些再一次升起在教堂，他觉得这是世界上最美好最残酷的时刻，他年幼的生命承受不起这样的沉重，可他不得不承受，他不得不面对。他不能屈服于跟命运的对峙，否则他对不起生命中这些不能承受之重。

美好的时光总是短暂的，就在热烈的掌声响起时，教堂的大门被粗暴地推开了。田中凉介带着一队士兵走进来，他们的皮靴踩在地板上，发出橐橐的声响。卡米洛心里一震，喘息声逐渐粗重。肖恩伸手揽过他的身子，无声地安抚他。

人们站起来，朝田中凉介和日本兵鞠躬。

田中凉介四处打量，似乎在寻找这场音乐会的"始作俑者"。威尔逊起身走到田中凉介跟前说："中佐，欢迎来参加我们的音乐会。"

田中凉介盯着威尔逊看了半天，说："威尔逊，谁批准你们举办音乐会？"

威尔逊说："自治会批准的，侨民进行娱乐活动不违法吧？"

"这里是集中营，你们是被看押在这里囚犯，你们没有权利寻欢作乐！战争都进入了白热化，而你们却在这里听音乐会！"田中凉介凶狠地说。

"我们做错了什么不能听音乐会？战争是我们平民发起的吗？你们在别国的国土进行掠夺和杀戮，摧毁珍贵的文化和艺术，把无辜的平民关押起来，再跟他们谈战争进入白热化，所有的人必须保持哀愁。你以为你们是拯救人类的英雄吗？你们只不过是一群贪婪的投机者和嗜血的刽子手而已！"威尔逊语调平静，讥讽地望着田中凉介和他身后的日本兵。

田中凉介的脸色难看起来，他扬起手中的皮鞭，朝挡在旁边的男侨民狠狠抽下去。侨民背上的衣服破了，稀碎的布屑在阳光下飞舞。男侨民脸色铁青，死死盯着田中凉介，似乎那一皮鞭抽在了墙壁上。肖恩把卡米洛的手放进海莉手心里，刚想动身，胳膊被海莉按住了。

海莉轻声说："谁都可以跟他们对抗，你不可以，他们一直想抓住你的把柄，把你送回北平监狱。"

肖恩挣脱开海莉的手掌，轻轻握了握她的手，朝前面挤过去。

田中凉介用皮鞭指向舞台，对士兵们说："乐器全部没收！"

士兵们凶猛地扑向舞台，舞台上响起怒斥声和争夺声。当这些声音消失时，舞台上出现了两派，乐队的人抱着自己的乐器，士兵们的枪口朝向他们，两边怒目对峙。

肖恩对田中凉介说："长官，乐器是他们的私有财产，你们没有权力没收，如果要有人为这次的音乐会承担责任，那么我可以承担。"

看到肖恩自投罗网，田中凉介开心地笑了，他用皮鞭敲打着手心，围着肖恩转了两圈，打量着他。

威尔逊把肖恩推到一边，他说："田中，这次音乐会从策划到开始，都是我一手操办的，与任何人没有关系。任何惩罚可以朝我来。"

"当然，你以为你能逃脱得了？"田中凉介话音刚落，台上忽然响起磅礴的钢琴曲，是约瑟夫奏响了瓦格纳《众神的黄昏》的终曲。激愤昂扬的钢琴曲让田中凉介怔住了。教堂里陷入一种前所未有的肃穆。连手持钢枪的日本兵也不由自主地把枪口垂了下去。

虽然才交手几次，可是肖恩了解田中凉介，他知道约瑟夫在劫难逃。这样的挑战是田中凉介所不能容忍的。果然，田中凉介用鞭子指着台上的约瑟夫，让日本兵把他抓过来。

钢琴曲停止了，约瑟夫从容不迫地跳下台子，朝他们走来。

田中凉介强忍怒气，僵硬地站在那里，看着由远及近的约瑟夫，像看笼中的猎物那样。

约瑟夫走近前冷笑着说："田中，这么多年过去了，你一点没变，还是那样无礼傲慢，冷血无情。"

田中凉介的嘴角上挑，指着台上的钢琴，冷笑一声，说："这是你送给我的见面礼？"

约瑟夫微笑着说："你喜欢吗？"

田中凉介面无表情地看着他，点点头说："很好！"

约瑟夫说:"乐器留下,我跟你走。"

田中凉介阴沉地看着约瑟夫说:"你还是那么自以为是!"

在现场惊讶的目光中,约瑟夫和田中凉介见面了。约瑟夫是田中凉介留学时的大学同学,在学校时,两人性情孤傲,互不搭腔,想不到会在这里用这种身份再次相遇。

田中凉介朝舞台上的士兵挥手,皮鞭指向威尔逊和约瑟夫。士兵们跳下舞台,冲破肖恩和史密斯等人的阻拦,把他们俩人押了起来。孩子们扒开大人捂在他们眼睛上的手,安静地看着眼前的一切,脸上没有一丝表情。

田中凉介带人走了,橐橐的皮靴声回荡在空旷的教堂里。

威尔逊和约瑟夫暂时被羁押在离芝罘学校不远的破旧平房里,门口派了一个卫兵把守,威尔逊站在窗前看着外面,不远处,是芝罘学校一排排空荡荡的课桌椅,树上挂着的钟,在阳光下熠熠生辉。

教堂的争斗似乎消耗掉了约瑟夫的所有精力。他盘坐在角落,头倚在墙上,黯然失神。

威尔逊说:"约瑟夫,别担心,一切都会过去的。"

约瑟夫闭着眼说:"威尔逊先生,你太乐观了,不管外面的战争输赢如何,我们都是牺牲品,他们不会让我们活着离开的。我了解田中凉介,他是个心狠手辣的刽子手,战争早就摧毁了他的人性,他现在就是个畜生。"

屋子里安静下。如果是刚进集中营时,威尔逊或许还会对约瑟夫进行说教,可现在,威尔逊无力反驳。对于集中营缥缈的前途,谁也没有信心,谁也不知道明天会发生什么。也许眼下的存活只是个幻境。

午饭是汉娜送来的,每人一碗菜汤,里面没有肉,除此什么也没有。

汉娜为难地说:"威尔逊先生,他们只允许我们一天送一碗菜汤，其他什么也不许送进来。"

威尔逊说："汉娜，听他们的，不要担心，我们有办法。"

汉娜哭丧着脸说："可是这样用不了一周，你跟约瑟夫先生就饿死了。"

约瑟夫把碗连同汤都撒到门口，菜叶粘到门上，往下滴着汤水。汉娜上前默默地把碗捡起来，走出了门口。约瑟夫把头埋在双臂间，一直没有抬起来。

忽然，屋子里一暗，窗玻璃贴上来一张脸，是肖恩。继而，又一张脸贴上来，脸颊和鼻子都被玻璃压扁了，是卡米洛。由于窗户太高，他正用双手把自己支撑在窗台上，转动着大眼睛，紧张地朝屋子里寻找。当他的眼睛碰到威尔逊的笑脸时，他落回到地上。威尔逊和约瑟夫相继跑到窗前。肖恩看了一眼威尔逊，继而看向约瑟夫。约瑟夫脸色灰白，双眼无神，完全不是在教堂里桀骜不驯的样子了，肖恩担忧地盯着他。

卡米洛正在往窗户下搬砖，他踩着砖第二次趴到窗台上时，四个人的脸贴在玻璃上相遇了。卡米洛的眼神落到约瑟夫脸上，约瑟夫木然盯着卡米洛，两人对视片刻，卡米洛忽然把右手手掌贴在玻璃上，上面是用油画棒画的一朵红色的小花。约瑟夫怔住了，他终于控制不住捂嘴哭了。

威尔逊用嘴型告诉肖恩："在外面不要轻举妄动！"

肖恩没有吭声。

这天晚上，禁闭室的方向传出"狼嚎"，凄厉的声音响彻整个集中营。侨民们站在窗前，望着外面漆黑的夜，没有人再抱怨声音扰民。

雅典娜也哭了一夜，整个宿舍的人都没有睡好。最后是海莉把她从阿利齐的怀中抱过来，轻声哄着，她的啼哭声才逐渐止住。海莉抱着她，倚着床头坐了一夜。

第十三章

　　从禁闭室回来，卡米洛一个人躺在床上等待天黑。在他的心目中，钢琴家不应因弹钢琴而被关禁闭，而是应该坐在钢琴边接受掌声。

　　肖恩也没有去吃晚饭，他坐在床上想心事。窗外，黄昏正在降临，夜幕即将拉开。

　　"他们要关押几天？"卡米洛问。

　　"我不知道，需要审问后才能定。"

　　"他们会死吗？"

　　卡米洛眼巴巴地看着肖恩，自从看着威尔逊和约瑟夫被带走，他的内心就充满惶恐。他想起爸爸妈妈，他们就是这么被日军带走，活活烧死了。卡米洛期待肖恩的回答。

　　"不不，不会的，卡米洛，你放心！"肖恩否定了这个问题。可他显然在思忖什么，说完这句后，坐在桌前再无声息。

　　宵禁的号声响了很久，肖恩才躺下。以前的夜晚，卡米洛睡得无知无觉。今晚他才知道，夜晚是如此可怕。屋里每个角落都会发出窸窸窣窣的声音，可认真听时，声音又消失了。

　　肖恩的床铺上没有一点声音，也许他睡着了。卡米洛的眼睛依旧明亮，他乞求神灵让自己赶紧进入睡眠。可越是如此，他的脑子越是清醒。外面的树上不知传来什么鸟的叫声，拖着长长的调子，叫声像笑又像哭。忽然，隔壁的窗户被人轻轻敲响了，怪叫声跟着倏忽停了。卡米洛的手心里往外冒汗，他支棱起耳朵，心脏狂跳。这么晚了谁还敢在外面，被巡逻兵抓到，可以现场击毙的。就在卡米洛以为自己听错的时候，隔壁的门吱呀一声轻轻打开了，他听到两人蹑手蹑脚的脚步声走远了。

卡米洛蜷在被窝里的四肢麻木酸痛，身上的汗珠纷纷滚落下来。夜越来越深，猫头鹰的叫声再也没有响起。在西西软糯的叫声中，卡米洛进入了睡眠。在梦里，他看到前面有两个人影相伴穿越黑夜，变成两架七彩风筝，朝着太阳升起的方向飞走了。他用手搭着凉棚，在底下羡慕地看着他们飞翔的影子。

第二天早上，去点名的路上，肖恩问卡米洛睡得好不好。他摇摇头，他也不知道自己睡得好不好。一整晚，他似乎睡着了又似乎醒着。他抬头看了看肖恩，肖恩的脸色发青，神情萎靡不振。

到了广场，卡米洛才知道，昨晚的敲窗声是真实存在的，因为那两个蹑手蹑脚从宿舍跑出去的人，被巡逻兵逮住了。他们是一对恋人，每天深夜，都会躲过巡逻兵，跑出去约会。巡逻兵押着他们俩，在各个方队前游街示众。

然而，这对年轻男女并没有因示众而惧怕或者自卑，相反，被押着走在每个方队前，他们都面带笑容，朝所有人点头示意，仿佛正在举行盛大的婚礼。

押送的士兵对他们的态度很恼火，行动变得更加粗鲁，胡乱推搡着，让他们的脚步快一点，不许跟方队里的人微笑和打招呼。最终，在卡米洛担忧的目光中，他们被押走了。

点完名后，肖恩和史密斯就被侨民包围了。他们询问威尔逊和约瑟夫被关押的事情。其实，史密斯和肖恩也是一筹莫展。两人挣脱了侨民的围堵，发现海莉牵着卡米洛的手，在前面等待很久了。

史密斯和肖恩边走边讨论，怎样说服田中凉介释放威尔逊和约瑟夫。一直沉默不语的海莉忽然说："据说他们在里面没有东西吃，等你们筹划完，我估计他们也就饿死了。今天周末，田中凉介肯定在家休息，你们直接去找他摸一下底，总比在这里揣测他有收获。"

肖恩和史密斯面面相觑，史密斯本想反驳海莉，可是思忖片刻，他忽然对这个莽撞的主意产生了兴趣。这个女人说得对，与其在这里揣测，不如去跟田中凉介面对面较量。

肖恩停住脚步，说："史密斯，我现在就去找田中，你们去食堂吃饭，照顾好卡米洛。"

史密斯说："不，肖恩，作为纪律委员会主任，我应该去。"

"我怕你受不了田中凉介的骄横，到时候，他们没有救出来，把你又折进去了。"肖恩虽然用的是说笑话的口吻，可是他脸上没有丝毫笑容，说着，他大步朝别墅区走去。

在田中凉介居住的别墅前，守门的士兵举起手中的枪，喝令肖恩站住。肖恩大声说他是来见田中凉介长官的。吵嚷间，二楼的窗帘掀开了，有个人站在窗口，朝门口的卫兵挥了挥手。卫兵替肖恩推开了大门。

田中凉介站在推拉门里面，盯着近前来的肖恩。他今天没有穿军装，而是穿着和服微微弯着腰，像个等待客人到来的男主人。

肖恩看到门口摆着田中凉介的军靴，他也脱下鞋子，挨着军靴放好，赤脚走进屋子。屋里的摆设非常温馨，全是日式居家布置。田中凉介朝肖恩做了个"请"的姿势。肖恩朝他微微躬了躬身，像个有礼貌的客人那样，在榻榻米上的方桌前盘腿坐好。田中凉介坐到了方桌对面。方桌上摆着一幅全家福，是田中凉介和一对穿和服的母女。母亲怀中的小女孩笑起来嘴角有一对梨涡，眼睛弯弯的很温柔。

"全家福"上面挂着一根丝线，正垂在女孩笑着的眼睛上，让女孩的笑看起来多了份滑稽。肖恩伸手拿下丝线。田中凉介端坐在方桌一侧，看着肖恩的动作。

田中凉介盯着肖恩，全程一句话没说，等着他开口。

"田中中佐，我今天来，是代表自治会来跟您谈谈羁押威尔逊和约瑟夫的事情。"

田中凉介没有看肖恩，而是开始洗茶、泡茶，为肖恩前面的小杯子里续茶，他像个茶道老手那样有条不紊。

"肖恩，我来中国后，深深喜欢上了中国茶道，你看我是不是很熟练？刚到潍县的时候，我遍访茶馆，就是为了学习茶道。"

"茶馆配合你吗？"肖恩微微笑着说。

田中凉介的脸色变了一下。他端起杯子放在鼻子下面闻了闻，说："我有办法让他们配合，当然也不乏不识时务的人，他们以为跟我们作对就是爱国，其实那很愚蠢，那样只会失去生命。"

"听说为了学习茶道，阁下掠夺了潍县所有的茶馆据为己有，并且杀了三个不配合你的掌柜。"

"对，我尊崇丛林法则，这个世界就应该弱肉强食。"田中凉介坦然地说，"就像你在北平写的《北平沦陷日记》，那一局，你就是强者，你赢了。我佩服你。所以你来集中营，我没用任何借口把你抓起来送去北平。我喜欢公平竞争，哪怕其间不择手段，但只要能赢就是强者。"

微风阵阵，不时从窗户袭来阵阵花香。肖恩被花香熏得有点恶心。

"不过，如果你哪天落到我手里，我绝不会心软。"

"一本书，一场音乐会，就能把你们吓个半死，你们还号称是强者。"肖恩笑起来，仿佛自己刚才说了个笑话，"其实，那本书只是记录了你们在中国所犯下的罪行，大卫不记录，还有其他人记录。总有一天，这些资料会传遍全世界。"

"混蛋！"

肖恩和田中凉介两人互相对视着，不同的是，肖恩的脸上还带着隐隐笑意，而田中凉介是真正的暴怒。

门被敲响了，田中凉介起身去门口。是电报员，他把文件递到田中凉介手中，说："明天上午艾格先生会亲自押车来集中营，送物资后，按照他的要求，完成上次未走完的考察路线，请您过目。"

田中凉介扫了一眼，拿起笔在上面签了字。电报员朝他敬个礼，拿着文件走了。

风掀起方桌上的书页，不远处的樱花树上，还留有几朵粉色的小花。田中凉介的神情在慢慢恢复，他跟着肖恩的眼睛看向窗外，盯着那棵樱花，眼神散了。他看到了漫山遍野盛开的樱花，在樱花雨中，有个嘴角长梨涡的女孩正在快乐地奔跑。

肖恩说："田中先生，希望你们能尽快释放他们，这样关押侨民是不合法的，集中营的规则里面，没有写明不许召开音乐会。"

田中凉介没有看肖恩，甚至他的头都没有从窗外的樱花树上扭过来，说："不只不能释放他们，你们还必须把乐队解散，否则，下一步我们还要没收乐器！这件事到此为止，你可以回去了！"

肖恩站起来朝门外走去。田中凉介没有动弹，他看着肖恩的身影消失在樱花树外。

海莉和史密斯等在月洞门外，看到肖恩出来，他们迎上前，肖恩说："跟田中凉介谈不通，我有办法救他们出来。"

看到肖恩笃定的样子，史密斯疑惑地说："什么办法？"

肖恩问："你会弹钢琴吗？"

史密斯和海莉相互看了一眼，摇了摇头。

"我知道谁会弹钢琴。"忽然，史密斯说。

史密斯带领肖恩和海莉，从宿舍到食堂，从食堂到仓库，几乎转遍了集中营，最后终于在浴室门口找到了。是皮特。皮特端着脸盆用毛巾擦着湿漉漉的头发，刚从浴室走出来，就被史密斯叫住了。

"皮特，肖恩有桩生意，你敢不敢去做?"史密斯单刀直入地说。

皮特警惕地打量着他，然后又看了看肖恩，说："我当然相信肖恩，能挣多少?"

"你陪我演一场戏。"肖恩说。

"报酬多少?"

"我用纪律委员会的名义征用你，你少跟我谈钱。"史密斯火了，没等他继续发火，海莉赶紧叫住了他。海莉害怕事情还没开始谈，又变成了一场摔跤运动，那样，肖恩的计划就搁浅了，虽然到目前为止，没人知道那是什么计划。

"我们要把威尔逊先生和约瑟夫救出来，"肖恩说，"希望你能帮我们。"

皮特说："得了，肖恩，别拿皮特寻开心了，日子这么难，我们还是想想怎么多弄点钱吧，他们的死活与皮特没有关系。"

说完，他打算离开，被史密斯一把拽住了胳膊。

海莉赶紧上前分开他们俩，对皮特说："钻戒给你。"

说着，她把钻戒从手指上退下来，递到皮特面前。皮特犹豫一下，最终抵挡不住诱惑，还是伸手接了过来。

肖恩上前试图阻止，被海莉挡住了。海莉说："我早就想扔了它，能让它做点事情，对它也是救赎。"

"海莉，你真舍得?"皮特问。

海莉说："舍得，只要你听肖恩指挥。"

今天是浴室开门的日子，通往浴室的路上人来人往，很多人看到肖恩、史密斯和皮特站在路边嘀嘀咕咕，一副亲密的样子，而海莉则站在不远不近的地方耐心等待着，这个奇特的组合引发了他们的揣测。

皮特犹豫一下，郑重其事地说："肖恩，皮特不怕死，可是不能死得不明不白。为集中营做事，凭什么是我们俩人暗地里做？万一失败了，被抓走的也是我们，说不定到时候我们比他们俩都惨。"

海莉说："我也会去。"

肖恩说："皮特，你现在退出还来得及，因为我也不确定能不能成功，可是只要有这种可能，我就要去做。"

史密斯轻蔑地看着皮特说："皮特，你如果害怕就赶紧走，我们一样可以把这场戏演好！"

皮特思忖半天，抬头对肖恩说："成交，皮特乐意为钻戒效劳。"

第二天，肖恩、海莉和史密斯先后到的教堂。皮特和他新找的助手戈麦斯早就到了。戈麦斯是名身高两米多的大个子，虽然个子高大，可是却由于小时候生过病，大脑受到伤害，智商有些问题。自从皮特为他和母亲通灵过一次后，他就粘上了皮特，不管皮特去哪里，他都跟在身边。皮特灵活地跳上阔大的舞台，在钢琴边走来走去。戈麦斯也跟着笨拙地往舞台上爬。

皮特说："戈麦斯，你会弹钢琴吗？"

"妈妈说我什么都会，说我是个聪明无比的孩子。"

海莉不放心地问："皮特，你真的会弹钢琴吗？"

皮特刚在琴凳上坐下，伸手按琴键，听到海莉这么说，他又把手缩了回去，大笑起来。

他说："海莉，你是个聪明的女人。"他看着台下的史密斯又说："史密斯局长，我会弹琴吗？"

史密斯怒斥道："赶紧开始，皮特！上次我去双盛抓你，你不正在台上弹《欢乐颂》嘛。"

皮特嘚瑟道："告诉你吧，你们这次算是找对合伙人了！皮特在马戏团并不是只会变魔术，还经常为救场而去展示其他才艺，其中不乏多次在现场演奏钢琴曲。事实证明，皮特就是个天才，什么场都能救。比如今天这个场，离了皮特，谁演谁砸。"

"得了吧，皮特。"史密斯鄙夷地看着他，忍不住说，"今天我之所以找你，是因为怕找别人，被田中抓走了有危险。如果你被抓走了，无所谓，你死了，我更开心。"

史密斯耸了耸肩膀，完全不在意皮特已经气得冒烟了，得意地看着他。肖恩忍不住笑了。

皮特强忍怒气说："你不怕我现在走了？"

"不怕！"史密斯说，"你走了，钻戒你就得不到了。"

史密斯双臂抱在怀里，戏谑地看着皮特。皮特碧绿的眼珠子来回骨碌了几圈，重新坐回琴凳上。

史密斯说："开始吧，皮特先生。你也可以伴唱，反正声音大到能让外面听到就行。"

皮特的手刚要落到琴键上，听史密斯这么说，他又缩回去了，他像想起什么似的，快步走到舞台边，严肃地问道："肖恩，你跟我说实话，你确定艾格今天来吗？你确定他今天来了会走这条路吗？如果这两个条件不成立，反倒把巡逻兵引来，那么你以后在集中营就再也见不到皮特了。皮特今天真就死在你手里了。"

肖恩诚实地说："说实话，皮特，我也不确定艾格会走哪条路线，只有日本人知道，我现在是在赌，赌艾格和田中凉介走教堂这条路线。如果你反悔，现在还来得及，在巡逻兵抓你之前离开这里。"

皮特愣怔住了。他盯着从破窗照进来的一束光，歪头看了半天，无奈地说："想不到你也不靠谱，也凭感觉做事，皮特这次算是栽了。"皮特停顿一下，说："不过皮特生平最愿意做的事就是赌，就赌一把！戈麦斯，你赶紧滚下台子，皮特弹琴不喜欢有人站在旁边。"

戈麦斯被皮特赶下舞台，坐在肖恩身边。皮特在钢琴前坐好，挺直身子，双手按上琴弦，一串欢快的音符从他手下流出来，是《欢乐颂》。肖恩目不转睛地看着舞台上神采飞扬的皮特。连戈麦斯也张大了嘴巴，他不相信这么好听的曲子是皮特弹出来的。

一曲完毕，皮特看了看敞开的教堂门口，除了白花花的太阳光一点点拱进来，连一个人影也没有。皮特又看了看台下坐着的四个忠实观众，没用史密斯开口。他重新开始新一轮的《欢乐颂》。

这天上午，当皮特弹到第二十遍《欢乐颂》时，台下的几人也明白了，皮特只会弹这一首曲子。

汗珠顺着皮特的脸颊滚落，他身上为弹钢琴所穿的礼服变成了蒸笼，快把他蒸熟了。琴凳上也被汗水浸湿了，像泼上了水一样。

就在他们对艾格的到来感觉无望的时候，忽然，礼堂门口一暗，无数条黑色的影子堵在那里。他们来了。肖恩脸上露出不易觉察的微笑。皮特偷瞄了一眼台下，心里既紧张又欢乐。他的手指早就麻木了，他多么期望现在能停下来，把火炉般的礼服扒掉扔在台上，然后找个凉快的地方搓搓手指。可实际上，他弹奏得更加起劲热烈了。那群黑色的影子在田中凉介的带领下，在舞台前停住了。

田中凉介的脸上挂着一层冰霜，碍于艾格在场，没有发作。破败空旷的教堂里，每一寸空气中，都充满《欢乐颂》的音符。这时的皮特完全不像个唯利是图的商人，也不像个专心致志的木匠，而变成了一个摇头晃脑欢快的钢琴家。当最后一个音符消失后，皮特的脸上才露出惊讶惧怕的模样，他跟跟跄跄地跳下舞台。谁也不清楚，他从舞台上跳下来跌倒在地上，是演戏还是真被绊倒了，只看到他从地上爬起来，脸颊上都沾着尘土，一瘸一拐地跑到田中凉介跟前，殷勤地鞠躬。

田中凉介没有理会皮特，他的眼睛盯上了肖恩，眼神越来越犀利。他明白，眼前这些，都是肖恩在捣鬼。田中凉介的嘴角抽动了几下。

肖恩朝田中凉介鞠了一躬，说："田中长官，皮特先生的心理出现了问题，这次弹琴，是为他医治病症，请不要再关押我们。也希望艾格先生为我们求情。"

艾格疑惑地说："集中营里面不能弹琴吗？"

肖恩说："不能，上次因为我们召开了音乐会，田中长官抓捕了威尔逊先生和钢琴家约瑟夫，现在他们还被关押在禁闭室。"

田中凉介恼怒至极，昨天的电报员该死，居然当着外人的面，说出了文件内容！田中凉介恼羞成怒，他不想忍了，即使艾格在这里，他也一样抓人！田中凉介朝后挥了挥手，日军窜上来。

田中凉介恶狠狠地说："你们不是想演戏吗？我配合你们！统统抓起来。"

皮特走到田中凉介跟前，谦卑地说："别生气，田中长官，皮特这次是因为治病，不会有下次了，请您原谅。"

皮特越谦卑，田中凉介越恼火，他觉得自己正在被眼前这几个囚犯戏弄。怒火让他顾不上艾格就在身边，他朝皮特吼道："不会有下次了，抓起来！"

艾格激动得满脸通红，他挥舞着双手阻止说："不不，你们不能这么做，他们不是战犯。如果你们敢这么做，我就去投诉，向国联投诉你们日本军方，田中先生，如果你想把事情搞大，我奉陪！"

田中凉介的牙齿都快被他自己咬碎了，他盯着肖恩等人，像是要生吞了他们一样："上学时，我就讨厌你们这些美国佬，倨傲，自大！如今到了集中营，依旧如此，别以为我不知道，你们私下联系艾格先生要医疗器械！总有一天，我会让你们死得很难看。"

皮特慌忙说："不不，长官，我们不敢，请不要为难我们！"

艾格对田中凉介说："田中先生，我再重申一遍，今天拉来的医疗器械，完全是我们无条件捐助给集中营医院的，与他们中的任何人没有关系！现在当务之急不是抓他们，而是我们需要协商一下。"他转身朝教堂外走去，边走边说："通知你们侨民自治会成员，我们召开个紧急会议！"

田中凉介站在原地一动不动，铁青着脸盯着他们几人。他从来没有吃过这种哑巴亏，这令他颜面尽失。士兵们持枪包围了肖恩等人。

戈麦斯对田中凉介说："皮特弹琴弹得好，妈妈说皮特是好人。"

田中凉介拿过旁边士兵的长枪，用枪托捅向戈麦斯。戈麦斯惨叫一声，捂住肚子倒在地上。艾格转回来，看到戈麦斯的样子，彻底怒了。

"原来侨民在集中营是这样生活的！原来你们让我看到的一切都是假象，作为中立国的一名领事，我有权把自己看到的一切真实地汇报上去！"

教堂里的空气一触即发，代源美伏在田中凉介耳边说了几句，田中凉介闭眼长长吁了一口气，走到艾格身边，双脚并拢，颔首敬礼道："艾格先生，原谅我的失礼，我们可以去会议室谈。请！"

艾格和日军消失在门口。海莉上前扶起戈麦斯。

戈麦斯晃动双手，悲伤地说："里面的肠子都快断掉了。"

海莉说："戈麦斯，你很勇敢。"

戈麦斯脸上散发出羞涩的神色。

肖恩转头对皮特说："皮特，你令我刮目相看，你很勇敢。"

皮特伸了个懒腰，说："这有什么，只要钻戒不是假货就行。"

教堂的土腥味越来越重，史密斯对肖恩说："我们走吧，去参加艾格主持的会议。"

他们几人朝教堂外走去。天色越来越昏黄,钢琴孤零零地站在舞台上,台下空无一人。

威尔逊和约瑟夫从禁闭室被放出来了,由于缺少食物,约瑟夫先倒下了,他是被抬出的禁闭室。放他们出来的代价是,以后集中营内不许召开音乐会,不许弹奏乐曲。对于召开音乐会,田中凉介寸步不让,他强硬地说,不能忍受战争期间还有人寻欢作乐,这是他的底线。自治会没有坚持,同意了这个交换条件,因为他们深知,威尔逊和约瑟夫的身体在里面支撑不了多久。

约瑟夫被送进了医院,赫士博士对他进行了详尽的检查后,脸色很难看。他叮嘱护士好好照顾约瑟夫,带着肖恩朝院子走去,他边走边说:"肖恩,很遗憾,我不得不告诉你个坏消息。"

肖恩盯着赫士博士,期待他的下文。

"约瑟夫得了帕金森。现在是初期,所以他会出现手抖、头昏、头晕和心慌出汗的症状,随着病情的进展,他会陆续出现双下肢震颤无力、行走缓慢等症状,可是,我们医院里没有治疗帕金森的药物,目前在中国,这种药都很难采购到。"

"赫士博士,如果没有药物治疗,进入晚期,会出现什么症状?"

"会出现长期卧床,明显的认知功能障碍、智力下降,自主进食困难等典型症状,我希望约瑟夫会躲过命运的责难,可你知道,肖恩,那很难。"

两人一路无话,谁也不知道该说什么,那种无力感又一次侵蚀了肖恩,他觉得每一步走得都很僵硬。走在旁边的赫士博士,身体也是每况愈下。肖恩第一次见他的时候,他笑呵呵地跟每个人打招呼,挺直的腰身让肖恩羡慕了很久,可现在他已然变成了个干瘦驼背的老人。

约瑟夫在病房待了两天，又回了阁楼。肖恩带卡米洛来看他，他微笑着对卡米洛说："卡米洛，谢谢你在禁闭室送我的小花朵，我很喜欢。你要常来看我，否则我一个人死掉了也没人知道。"

卡米洛没有质疑约瑟夫的话，对于死亡会突然降临，他深信不疑。他周围那些死去的人，在死亡来临之前，脸上都带着笑，带着对未来的规划。可下一秒，死神就毫无征兆地把他们的咽喉掐断了。比如爸爸和妈妈，所以如果死亡真要带走约瑟夫，也不是什么难事。

卡米洛对约瑟夫点了点头。

"您还会去弹琴吗?"卡米洛问。

约瑟夫摇摇头："我手抖得越来越厉害，卡米洛，我现在已经变成一无是处的废物了。"

肖恩岔开话题，跟约瑟夫谈起天气，谈起战争。直到约瑟夫昏昏沉沉睡过去，他才带着卡米洛离开。

从这天起，阁楼成了卡米洛的据点，他在这里不仅能跟钢琴家说话，还能遇见海莉。海莉和皮特主动承担起照顾约瑟夫的任务。

这天，海莉帮约瑟夫送饭上来，没等站稳脚跟，响起敲门声，声音怯懦和犹豫。皮特来的时候从不敲门，约瑟夫还没想好会是谁时，海莉上前拉开了木门。

门口站着一个日本兵。准确地说，是个童子兵。他满脸的稚气在军装的裹挟下，显得尴尬和别扭。看到屋子里的海莉，他愣怔一下，脸上显出羞涩的神情。

海莉没有按照规矩朝他鞠躬，而是毫不客气地问他："你来有什么指示吗?"

童子兵赶紧鞠了一躬，说："打扰了，我叫小野健男，刚来这里不久，请多多关照。"

屋子里静悄悄的，海莉思忖着小野健男的年龄。看样子应该上中学。海莉怜悯地看着他："你多大了？"

"十六岁。"

约瑟夫问他："你来有什么事吗？"

小野健男伸手从怀里摸出一瓶牛奶，放在门口旁边的桌子上。海莉和约瑟夫面面相觑，都不知道他要做什么。

小野健男迟疑一下，说："我、我想用这瓶牛奶作为交换，请钢琴家先生为我弹一曲门德尔松的《春之歌》。"

海莉诧异地看着小野健男，居然有人用瓶牛奶换支曲子。

"你以前听过《春之歌》？"约瑟夫问。

"欢送我们上战场时，学校乐队演奏过，我以前是学校乐队的小提琴手。"

"同意交换。"谁也没想到，约瑟夫这么干脆地就答应了。这令海莉喜出望外。

推开教堂沉重的大门，传出一股尘土的腥味。从窗户透进来的光，跟尘埃形成一股光柱，把教堂的舞台劈成了两半，把舞台上的钢琴也劈成了两半。

坐在被光柱劈开的钢琴前，《春之歌》从约瑟夫的指缝里流出来，像幅画卷缓缓在遍布尘埃的教堂展开。欢快轻柔的流水滑过大地，滑过天空，滑过山川，草儿随之绿了，飞鸟长出了翅膀，春雷震震……

小野健男哭了，他用拳头堵住嘴，哽咽得全身发抖。海莉上前拍了拍他的肩膀。

曲子快结尾的时候，约瑟夫还是出现了心慌，他极力控制住自己的手指，在心里祈祷能完整地弹完它，也许这是自己最后一支钢琴曲了。

约瑟夫努力弹完最后一个音符，悲伤地说："这双手很快就跟钢琴无缘了。"

小野健男说："我听说您得了帕金森，请您照顾好自己！"

说完，小野健男朝约瑟夫恭敬地鞠了一躬。

约瑟夫站起来朝小野健男鞠了一躬。几人相顾无言。

从教堂回来，约瑟夫的精神状态转变了很多，他变得开始注重自己的容貌，每天头发梳得整齐，衣服搭配得当。当他一个人躺在阁楼上时，脑海里时常出现小野健男朝他鞠躬的场景："我在总务主任那里看过您的病历，上面说您得了帕金森，请您照顾好自己！"

约瑟夫鼻子一酸，他甚至觉得，战争并没有泯灭他们所有人的人性，小野健男对艺术的追求，让约瑟夫看到了曙光。

第十四章

　　进入夏天以后，集中营的厕所几乎不能进人了。里面大量的苍蝇臭虫和散发出的味道，让整个集中营深受其害。虽然雇佣了一名叫老韩的淘粪工，每个月进来淘几次粪，可根本解决不了实质问题。最后连驻扎在集中营里面的日本人也受不了了，尤其那些军官太太们，她们集体找田中凉介，请求他改善居住环境，说长此以往，会影响身体健康。日方只能找来一批当地的苦力为旱厕改造挖埋管道。

　　中午，卡米洛轮值在食堂门口扫地，看到几个中国苦力扛着铁锹等工具，在日本兵的押解下，朝旱厕方向去了。里面有个比他高的男孩，穿着对襟衫和短裤，打着赤脚，理着平头，扛着铁镐，走得飞快。卡米洛想起宁婶的儿子树。

　　中国苦力进集中营干活，都是经过筛选后，又进行了严格培训。培训要求他们不跟集中营里面的人说话，除了工地，其他地方不许随意走动，不允许里外传递消息等，如果有违反，当场击毙。老韩对这些规定嗤之以鼻，小日本在中国不就是害怕嘛，这也不行，那也不行，几个中国农民，至于把你们吓成这样？

　　他这次进来干活带上了儿子韩小亮，多一双手就能多挣点钱，有手有脚总不能饿死。卡米洛看到的那个扛铁镐的男孩背影，就是韩小亮。卡米洛第二次见到他，还是在食堂门口。去厕所一带，食堂是必走之路。当时，正在扫地的卡米洛直起腰，看到韩小亮朝自己笑，笑起来的韩小亮嘴角也露出一颗小虎牙。卡米洛手中的扫帚就歪倒在地了。他被韩小亮的笑牵去了魂，跟在他身后朝工地走去。

工地在旱厕的后面，那里乱石遍地。工头分工，老韩跟其他苦力挖沟，韩小亮打头阵捡石头，给挖沟腾地方。卡米洛过去的时候，韩小亮正挎起装满石头的篮子往独轮车里倒。他一回头，发现卡米洛站在他身后。韩小亮笑了，卡米洛也笑了。

韩小亮主动问："叫什么？"

"卡米洛。我哥叫树，在北平。"

卡米洛对韩小亮有一种天然的亲近感，也许是因为他跟树都是中国男孩，也许是因为他们都有颗一样的小虎牙，笑起来像泉水那样清澈。卡米洛变成了韩小亮的小尾巴，韩小亮捡石头，他跟着捡石头；韩小亮去上厕所，他跟着上厕所；韩小亮的鞋后跟踩倒了，趿拉着鞋走路，他也跟着踩倒鞋后跟，趿拉着鞋走路……韩小亮停下手里的活，过去给他把鞋子提上。卡米洛看着蹲在脚边给他提鞋子的韩小亮，想跟他说一说树的事，可是田中凉介来了。田中凉介带着一队日本兵从远处走来。

韩小亮低声催促卡米洛赶紧走。他边弯腰捡石头，边从腿缝里朝后看。卡米洛看到，韩小亮拿着石头几次通过双腿缝隙，偷偷瞄准那队日本兵，等他们走近了，他才蹲下装作捡石头的样子。

卡米洛看着近前的日本兵，开始慌张起来。他不敢跑，可是更怕留在原地，他渴望自己手中握有魔法棒，就可以跟皮特那样，挥舞一下，把自己变没了。再挥舞一下，把韩小亮也变没了，把两人变到一个日本人找不到的地方，一起玩空竹，一起滑冰车，一起去月洞门下拥抱。

田中凉介走近的时候，卡米洛还沉浸在幻想中。伊豆刚要上前呵斥他，被田中凉介制止了。卡米洛仰头望着这个喜怒无常的中年男人，看着他阴郁的眼睛，两人对视几秒。卡米洛方醒悟过来，转身往食堂的方向跑去。

田中凉介没有对卡米洛的越界做出惩罚指示，而是大步朝苦力做工的地方走去，他对这些中国苦力并不信任。他来中国多年，跟中国人作战多年，深谙中国人的性格：骄傲倔强，坚韧不拔。对此，他既佩服又痛恨。

卡米洛跑回食堂时，看到笤帚竖在食堂门口，地面已经清扫干净了。他双手扶着膝盖，大口大口地喘着粗气。

凯琳路过这里，看到他的样子，好奇地上前问他："卡米洛，你怎么了？脸色这么难看。"

卡米洛说："我没事，我今天见到一个中国男孩，他跟树一样喜欢笑。"

凯琳说："树是谁？你跟我去我们学校玩吧，利迪尔叔叔下午给我们上体育课。"

凯琳比刚来集中营时更瘦了，穿在身上的校服裙子显得空空荡荡。她那头浓密的亚麻色长发，被她编织成两条麻花长辫，垂在胸前，随着她说话，麻花辫摆来摆去。卡米洛想起肖恩几次跟自己夸赞这所学校。犹豫片刻，他决定跟她去学校看看。

凯琳一路上跟卡米洛讲学校里有多好玩，利迪尔叔叔的体育课多么有趣，尤其他们用的化学课本，是利迪尔叔叔凭着记忆写下来的。看得出，凯琳对利迪尔叔叔非常崇拜，她比刚来时显而易见地开朗了许多。听着她的话，卡米洛在心中很快描绘出一座学校，里面有童话般漂亮的尖顶房子，绿草茵茵的宽阔广场，高大英俊的利迪尔叔叔……这些想象直到他走到学校前才停止下来。

凯琳嘴里的芝罘学校只是两棵大白果树。围绕白果树，在它的周围划分出好多区域，每个区域里面都有一排排整齐有序的桌凳、活动黑板以及旁边正在开心玩闹的男生女生们。现在还没有到上课时间，学生们在互相聊天和打闹追逐。凯琳的高年级班离白果树很远，她带着卡米洛过去，跟班里同学介绍他，同学们友好地过来跟他打招呼，很快就把他围在了中央。

面对这么多好奇和热情的面孔，卡米洛有些紧张，手和脚都不知道该怎么放了，更不知道该如何接他们的话。同学们看出了他的紧张，他们询问西西过得怎样，它怎么吃饭怎么喝水，甚至问它怎么上厕所。看得出，同学们对眼前这个沉默寡言的漂亮男孩产生了浓厚的兴趣。

利迪尔过来了，他穿着一身灰色运动衫，胸前挂着一只蓝色的哨子。看到卡米洛，他惊喜地上前拥抱他。

利迪尔说："卡米洛，欢迎你，你想不想留在这里？今天我们有体育课，你参加吧。"

凯琳他们也纷纷邀请卡米洛来这里上学，可卡米洛不想留在这里，他的心思还是在韩小亮身上。

卡米洛朝利迪尔鞠了一躬，说："我得回去了。"

利迪尔说："欢迎你尽快加入我们。"

卡米洛转身跑了。

跑出很远了，他回身看利迪尔正带着高年级学生跑步，绕着大树前那片开阔的草地。蓝色的校服，高到膝盖的白棉袜子，整齐划一的口号，还有利迪尔叔叔挂在胸前不时响起的哨子，给灰暗的集中营画上了一道色彩。卡米洛站在那里看了很久，他心中有些羡慕那些学生。不过才短短几个月，古蒂和他的小兄弟们欺负他，已经变成很遥远的事了。

卡米洛想把眼前的一切画下来，边走边想，直到回宿舍，他的脑海里还是只有利迪尔胸前挂的那个哨子。卡米洛这天画的就是哨子，一只深蓝色的哨子躺在底色灰白的纸上，流浪一般。

肖恩问他："为什么画的是哨子？"

卡米洛说："这是利迪尔叔叔上体育课的哨子。"

"你去芝罘学校玩了？"肖恩惊喜地问。

卡米洛点点头。

第二天，卡米洛早饭后就去了工地。卡米洛到工地的时候，韩小亮他们早就开始干活了。

工地上的石头已经捡完了，韩小亮今天跟大人们一样，用铁镐在沟里刨土，再用铁锹把土一锹一锹铲到沟外。昨天一天的工夫，他们挖的沟深得已经赶上卡米洛高了。卡米洛蹲在沟沿上看着韩小亮在沟底干活。卡米洛蹲的位置随着韩小亮的工作进程而前移。开始两人谁都没说话，就像有一根绳由沟底到沟外，牵引着他们，一点点挪移。

随着太阳的升高，地上就像喷了烈火一样热。韩小亮的头发和衣服被汗水浸湿了，他干脆脱下粗布小褂子，露出瘦骨嶙峋的腰身。

他抬头问卡米洛："你热不热？"

卡米洛的脸和身子早泡在汗水里了，他用手遮在眉前，试图挡住太阳的光芒。韩小亮招呼他蹲到沟底，就不那么晒了。卡米洛摇摇头，他不想耽误韩小亮的工作。

他忽然问韩小亮："去过坊子吗？"

"我们家就是坊子呀。"韩小亮饶有兴趣地问，"你怎么知道那里？"

听到韩小亮这么说，卡米洛内心一时涌上无数问话，都是关于坊子的。安德森跟他说的那些美丽神话，说的那些地下宝藏，他都想知道。

卡米洛说："见过风筝吗？"

韩小亮说："见过呀，不只见过，我还会做风筝呢。"

卡米洛的眼睛瞪大了，他怎么也想不到，眼前这个比树大不了几岁的中国男孩，居然会做风筝。

他急切地说："我想要个风筝，可以吗？"

韩小亮毫不在意地说："那还不简单，家里有的是材料，我今晚就回去给你做，明天带来。"

巨大惊喜造成的焦灼，让卡米洛失语了，他不知道该如何表达此刻的心情，只能一遍遍地点头。

太阳移到头顶，苦力们停下手中的活，开始从袋子里往外拿自带的吃食。卡米洛意识到午饭时间到了，可是他不舍得走。

老韩递给韩小亮一个破旧的书包，说："你问问这个外国小孩，吃不吃我们的饭？"

韩小亮犹豫了一下，问卡米洛："你吃不吃？"

韩小亮不确定卡米洛吃得惯吃不惯红薯面饼子。卡米洛点了点头。

韩小亮从书包里面掏出一个黑亮瓷实的饼子，掰开一块递给卡米洛。卡米洛第一次见这个颜色的食物，看到韩小亮大口咀嚼，吃得很香的样子，他也跟着咬下一块，一股酸坏味传遍口腔，这比食堂里做的高粱面饼子还难吃。卡米洛皱着眉头把饼子还给了韩小亮。

韩小亮咬了一口卡米洛还回来的饼子，说："弟，你快回吧，大人找不到你，会着急的。"

卡米洛站起来跟韩小亮道别说："我下午还来。"

韩小亮毫不犹豫地点点头说："快回吧，走路看着脚底，这里到处是坑。"

卡米洛没有去食堂，直接回了宿舍，他知道肖恩会给自己带饭回来。他不能平白要韩小亮的风筝，他要画幅画跟他交换。

卡米洛从抽屉里拿出肖恩上次送他的卡纸，在上面画韩小亮的头发，韩小亮的鼻子……最后一笔，他画的是韩小亮嘴角的小虎牙。卡米洛看着这幅画像，不太确定上面的人到底是树还是韩小亮。也许中国男孩的模样都差不多吧。

　　肖恩带着饭回来了，是两块硬面包，咬一下掉渣。卡米洛想起韩小亮大口吃着已经坏掉的饼子。在肖恩惊讶的目光中，他第一次认真仔细地吃饭，双手捧着干面包，最后把手掌里的渣也吃掉了。

　　卡米洛忽然想起，按照集中营里面的纪律，韩小亮不能从外面带进来任何东西。集中营大门口的日军，会对他们进行严格搜身，哪怕是他们的呼吸，日军都是惧怕的，不希望他们拥有。

　　卡米洛沮丧地坐在桌边，看着西西躺在床尾啃魔法棒。魔法棒从拿回来那天起，在西西眼里，就变成了一个可以啃食可以磨爪的小伙伴。

　　卡米洛的眼睛死死盯着魔法棒，忽然说："它是真的就好了。"

　　肖恩问他："如果是真的，你希望它送给你什么？"

　　卡米洛说："风筝。"

　　肖恩沉默了。

　　卡米洛说："我希望能飞走，像风筝那样。"

　　肖恩拿起韩小亮的画像，问："他是谁？"

　　卡米洛说："一个中国男孩，在工地上做苦力。他长得像我北平的哥哥树。"

　　"上午你去工地找他玩了吗？"

　　"下午还去，给他送画。"

　　"下午要早回来吃晚饭，别忘了纪律。"

　　卡米洛拿着韩小亮的画像，跟肖恩挥了挥手，开门走了。

　　卡米洛在工地找了韩小亮好久。午饭后，韩小亮被调去给推土车拉绳。他们负责把沟底铲出来的土，拉到集中营北面的废墟。

卡米洛蹲在土堆前等韩小亮回来。在他等得快要睡着时，韩小亮回来了。韩小亮上身打着赤膊，汗珠顺着他的条条可见的肋骨滚落，下身的短裤早就被汗水湿透了。看到卡米洛，他把肩上的绳子扔进独轮车的车斗中，跑了过来。

看到卡米洛手里的画，他把双手在裤子上蹭了又蹭，手心蹭红了才把画小心翼翼地接过去。

他边低头看画，边惊喜地问卡米洛："这是送我的吗？这画的是我吗？我也被画纸上了？"

韩小亮的肩膀被绳子磨出了血痕，卡米洛看着都疼，他赶紧把眼睛挪开了。他想告诉韩小亮，今晚回去不要做风筝了，做了，明天也拿不进来。想到这里，他就感觉委屈。韩小亮没有注意卡米洛的情绪，他盯着手中的画爱不释手，几乎忘记了卡米洛的存在。

旁边独轮车的车斗里很快铲满了土，装车的汉子喊韩小亮拉车。

韩小亮小心翼翼地过去把画放进书包里，美滋滋地对卡米洛说："今晚拿回家，明天全村的人都得去看画。"

说着，他笑起来。他的笑融在太阳的光线里，雪亮雪亮的。

韩小亮跟随独轮车走出很远了，卡米洛从后面追上来。

他挡在车子前说："你明天带不进来风筝。"

说完这几个字，卡米洛哭了。大颗大颗的眼泪破碎在他的脚下坚硬的地上。

"我太失望了，我的心都碎了。"

韩小亮想伸手去给卡米洛擦掉眼泪，看了看自己两手泥，他又放弃了。

韩小亮说："弟，你别哭，我知道带不进来，我们每天早上进来，检查可严格了，连鞋子都得脱下来看。不过你放心，我有办法。"

卡米洛不敢相信地盯着韩小亮。

韩小亮凑到他耳边说："今早我来时就看过了，西墙和北墙拐弯的地方没有岗哨，我从那里把风筝扔进来。"

卡米洛双手捂住了嘴，这么说，明天自己就能有一架风筝了？他不知道该如何告诉韩小亮他此时的快乐。他湿润的眸子里闪过一架巨大的风筝，上面坐着韩小亮，坐在风筝上的韩小亮朝他喊："弟，你上来，我带你一起飞。"

卡米洛激动得语无伦次，他紧紧抓着韩小亮的手腕说，明早会去那里等着，他要看着那架风筝飞进集中营，飞进他的怀抱。

韩小亮笑嘻嘻地看着他，宠溺地说："我去干活了，你不许哭了啊。以后在这里缺什么，跟哥说，哥有的是办法。"

卡米洛使劲点着头。韩小亮把绳子重新放在肩头，身子前倾，吃力地拉着独轮车走了一段路。忽然，他想起什么，回身招呼卡米洛。

卡米洛跑过去，韩小亮趴在他耳朵上说："我还有两颗玻璃珠，一颗蓝色的，一颗绿色的，我表叔给我的，明天我带着，我们一人一颗玩。"

卡米洛从未有过地高兴，他崇拜地看着韩小亮，感觉自己除了点头什么也不会做了。

卡米洛一晚上没有睡好，刚要睡着时，他的脑海里会忽然冒出韩小亮说的，"我从那里把风筝扔过来"，于是，他整个人又精神起来了。天快亮时，卡米洛才带着期待和喜悦，抱着魔法棒进入短暂的睡眠。

去点名的路上，肖恩看到卡米洛心事重重，问道："卡米洛，你不开心吗？"

卡米洛摇摇头，他不想告诉肖恩风筝的事，他怕会被阻拦。他担心今早点名有人迟到，全体人员跟着罚站，那么他去南墙边接风筝的事，就会化为泡影，只能凭运气赌一下了。

这个早上，卡米洛的运气非常好，他们方队没有人迟到，是一个非常圆满的早晨。卡米洛把这看作好的预兆，想到今天就可以看到风筝，早饭他也没有心思吃。为了怕肖恩起疑心，他还是跟着去了餐厅，勉强吃了点不知道什么做的糊糊，味道很冲，他差点吐了。

周围的大人们纷纷议论，说日方提供的伙食越来越差，现在都到了不能下咽的地步。他们跟肖恩抱怨，让自治委员会去找日方谈判，要粮食，要蔬菜，要鸡蛋。食堂好久没有见到过鸡蛋了，家里的孩子都停止发育了。

卡米洛远远看到皮特，赶紧走过去。他想问问，魔法棒有没有咒语，或者别的能激发出它能量的东西。

这个问题让皮特笑喷了，他边笑边说："卡米洛，纯洁的孩子，看到你让皮特想起小时候，那时的皮特跟你一样，纯洁、明亮，像一块透明的水晶。如果有咒语，皮特就念着咒语回到童年，回到过去，那样，皮特就是个新皮特啦。"

卡米洛听得晕头转向，他感觉皮特在忏悔，或者在发泄对现实的不满，反正卡米洛没有听懂。他多么希望魔法棒能被激发出真正的能量，帮助韩小亮让风筝平安飞过高墙。虽然他心里早有准备，可是皮特的回答还是让他很失落。

卡米洛坐在西墙和北墙交会处的草丛里，等着韩小亮。随着太阳的升起，卡米洛屁股底下的青草越来越湿热，他感觉自己坐在蒸锅里，全身上下被蒸得汗津津湿漉漉的。即便如此，他还是紧紧盯着墙头，生怕有什么风吹草动自己错过了。

来这边的人很少，荒草的长势格外旺盛。卡米洛半掩其中，影影绰绰，远远望去，像是一头小羊卧在那里。日本兵巡逻到这里时，发现了草中的端倪，他们两人端着枪，悄悄地包抄上来。

卡米洛听到墙外传来石头敲墙的声音，然后是韩小亮的喊声：

"弟，你在不？"

卡米洛激动得要飞起来了，他从草丛中一跃而起，扑上灰色的高墙，用早就握在手里的石头，拼命扑打墙壁。

韩小亮说："听见了，听见了，我现在把风筝放过去，你等会儿。"

卡米洛赶紧后退回去，仰起头，期待乘风而来的风筝飞向他。

巡逻兵即将接近草丛中的"目标"，可"目标"却忽然跳了出来，原来是个男孩。没有丝毫迟疑，两只黑洞洞的枪口同时对准了他的后脑勺。而对身后的这一切，卡米洛一无所知。他怀着神圣的心情仰望蓝天。

卡米洛觉得时间过去了一个世纪。终于，他看到墙那边升起了一只七彩的风筝，它像一段彩虹，冉冉升起在布满电网的集中营高墙上，迎着风妖娆地飞舞。卡米洛觉得自己下一秒要哭了，他实在想象不到生命中会发生这么美好的事。他想喊肖恩，喊海莉，喊集中营里所有的人都来见证这个美丽的时刻。有个中国孩子，在墙外为他升起一只七彩的风筝。这只风筝在蓝天白云下，翩翩起舞，像一个美好的祝福，正飞向他。

可没等韩小亮把风筝线和转轴扔进来，风筝下摆的飘带被高墙上的电网缠住了。看着风筝拼命挣扎在蓝天和电网之间，卡米洛着急地朝墙边飞奔而去。

后面响起了拉枪栓的声音和巡逻兵的大喊："站住！"

卡米洛的脚步定在了原地，他惊恐地回头看巡逻兵，又回头看墙头之上的风筝。风筝已经软软地耷拉在墙头的电网上了。

接下去的时间，墙头上一寸一寸露出了黑头发、黑眼睛、黄皮肤、高鼻梁、小虎牙……这些组成了韩小亮的笑脸。卡米洛想象不出，他是怎样徒手爬上的高墙。

笑吟吟的韩小亮不知道高墙之上是电网，他也不知道，两只黑洞洞的枪口已经在墙这边瞄准了他。

看到韩小亮的手伸向电网上的风筝，卡米洛满眼恐惧，声嘶力竭地喊："不要！"伴随而来的是两声清脆的枪响……

烈焰在燃烧，像绸缎，像晚霞，像失火的天堂……烈焰中，妈妈和爸爸的面容被耀红了，闪闪发光。

妈妈说："卡米洛，快跑。"

紧接着，有架七彩的风筝从天边飞来，像中国古老传说中的神鸟，自由而空灵。韩小亮坐在上面，对卡米洛大声喊："弟，上来，我带你一起飞。"卡米洛一路奔跑，追逐着七彩风筝。风筝在烈焰之上停住了，火苗舔舐着它飞舞的飘带……

卡米洛晕倒在地。

第十五章

韩小亮跟那架七彩风筝一起挂在了电网上。

至于卡米洛，在韩小亮挂上电网以后，他就被那两个巡逻兵拖进了禁闭室。当时，肖恩正在统计集中营里面破损的房子，看能否修缮好，以便给芝罘学校当作教室。两个士兵前来，要带他去问话。肖恩以为自己听错了，卡米洛里外勾结？这真是个笑话。他收起本子跟着卫兵匆匆走了。

关押卡米洛的禁闭室，在日军办公楼一楼楼梯下面的小屋子，里面常年不见阳光。卫兵请示代源美后，给肖恩打开门。门框大小的光跟着肖恩进到屋子，劈开了室内的黑暗。一股霉味迎面扑来，肖恩不由自主地捂住鼻子。室内狭窄逼仄，阴冷刺骨，不知道哪里传来的滴水声，给屋子增加了一些诡异。

肖恩的眼睛适应室内的光线后，他看到卡米洛的头埋进双臂间，蜷缩在墙角落里。肖恩心疼地想上前抱他。手刚触碰到他的身子，卡米洛嘴里发出震耳欲聋的尖叫，伴随着尖叫声，他把身子使劲往墙角蜷缩，恨不得把自己镶嵌进墙壁里。

肖恩柔声道："卡米洛，是我。"

卡米洛抬起头，看到肖恩背着光朝他伸出双手。

"他死了。"卡米洛湛蓝的眸子里全是泪水，"小亮哥哥死了。"

"卡米洛，我听说了。那不是你的错，日本军方该承担责任，与你没有关系。"

肖恩的双手依旧朝卡米洛伸着。可卡米洛木然看向肖恩身后的光，眼睛里毫无光彩。

"卡米洛，我会尽快救你出去。你不要怕。"

卡米洛的头重新埋进双臂间，他愿意待在这里，他甘愿受到任何惩罚，是他害了韩小亮。

肖恩被带到楼上时，海莉来了。她挽着衣袖，头发用一块手绢扎着，来之前，她正在洗衣服。她把正在锁门的卫兵一把推开，闯进小黑屋。

肖恩刚踏上二楼，听到楼下又传来卡米洛的尖叫，他知道海莉也碰钉子了。田中凉介的办公室门紧闭着，代源美要带肖恩去审讯室，肖恩拒绝了。他要求见田中凉介，除了田中凉介，他是不会跟其他人废话的。代源美说："不行的，不行的！我们有理由怀疑，是你指示孩子这么做的，等我们查明真相，自会有结果给你。"

关押卡米洛触碰到了肖恩的底线，让他彻底失去了理智。他没有理代源美，而是朝田中凉介的门口大吼："你们有什么权力把一个儿童羁押起来，他不是战犯，他没有杀人放火，杀人放火的是你们这帮刽子手！你们杀了那个中国孩子，又想杀了卡米洛！你们这帮畜生。"

代源美指挥两名卫兵上来把肖恩架走，肖恩挣脱开束缚，刚想上前推门，门开了，田中凉介出现在门口，他示意士兵放开肖恩。

田中凉介说："肖恩先生说的这些话，是在破坏我们的大东亚共荣圈。我们什么时候杀了中国孩子？反倒是你，来这里之前，一次次捏造事实，出版非法书籍，拍摄阴暗照片，在国际社会上给我们造成了极其坏的影响。"

肖恩活动了一下被捏疼的胳膊，嘲讽说："大东亚共荣圈？来中国后，你们杀害了多少无辜的平民？这段历史和你们的恶行，需要昭告全世界！我告诉你，中国现在依旧有无数地下印刷厂在加印《北平沦陷日记》。这本书的版权，早已经无偿捐给了纽约的出版社。除了中文，这本书现在正用英、日、法、德文在全世界发行。"

田中凉介细长的眼睛里冒出了凶光，额头上的青筋一根根暴起。他努力克制着自己的怒火。

"很好，很好！肖恩先生是个勇敢的人，我就喜欢跟勇敢的人打交道。这本书染上你的血会更有价值！"

"我奉陪！如果你们不放了卡米洛，我会跟你们死磕到底！我要让全世界知道你们对侨民，对中国平民所犯下的罪行！"

"混蛋！"田中凉介终于爆发了，整栋楼都回响着他的怒吼。"把他抓起来，我要亲手宰了他！"

乱七八糟的脚步声响彻走廊和楼梯，跑上来的不只有士兵，里面还夹杂着海莉的奶白色高跟鞋。海莉试图掰开卫兵的手解救肖恩，被卫兵一脚踢翻在地。海莉起身扑向卫兵，愤怒地厮打在一起……

混战结束，肖恩被士兵押走了。空荡荡的走廊只剩下披头散发的海莉和铁青着脸的田中凉介。海莉的手腕被攥出了一块淤青，田中凉介看了一眼那块淤青，转身朝办公室走去。

海莉想跟进去，被田中凉介堵在门外。

田中凉介居高临下地看着她，嘴角挂着嘲讽的笑："看海莉小姐这拼命的样子，似乎羁押的这俩人对你很重要。"

眼睁睁看着肖恩被架走，海莉已然失去了强硬蛮横，她看着田中凉介，软弱地说："怎样才能释放他们俩？"

"海莉小姐不是硬骨头吗？我不喜欢啃硬骨头。等我把他们俩的尸体，跟那个中国孩子挂在一起，看你能不能变软一点儿。"田中凉介停顿一下，"我只是看你长得像她的分上，才给你点好颜色，这反倒让你变得凛然不可侵犯！"

"我听你的！放了他们！"海莉脸上全是眼泪，嘴唇裂开了一道细小的口子，渗出来星星点点的血珠，她拼命地点着头，"不要毁了他们！"

"这么说，你答应了？"田中凉介的嘴角挂上了一丝邪恶的笑，他伸手慢慢抹掉海莉嘴唇上的血珠。

"请不要毁了他们！"这一瞬间，海莉的脑子里掀起滔天巨浪。她觉得自己在一叶扁舟上，正随着风暴跌宕起伏，也许下一秒她就会被抛进大海中，眼下田中凉介是她唯一的稻草。雅各离开她的那段时日，她天天被这种孤苦漂泊的感觉包围着。如今，这种悲凉的感觉又一次浮现出来，淹没她。

"不不，海莉小姐，这样不好，我要的是初恋约会的感觉。"田中凉介笑得意味深长，看着哀求自己的海莉，如同看跳进陷阱中的猎物那般自得。他伸手给海莉把头发掖在耳后，说："回去好好想想，我不逼你。"

海莉麻木地站在那里，任凭田中凉介冰冷的手在她脸颊上摩挲，一动不敢动。那只手很快拿下去。门关上了。

海莉回到宿舍就躺下了，她头痛欲裂，尤其是有淤青的手腕，当天晚上就肿成了馒头。半夜，海莉挣扎着起来，从箱子里摸出一粒药片填进嘴里，干咽了下去。正在给孩子换尿布的阿利齐担忧地看着她，换好尿布，上前轻声问她是不是病了。海莉没有吭声，闭上了眼睛。

有人在离海莉不远的地方起夜，有人在呓语，有人在打呼噜。屋子里用来熏蚊子和臭虫的"火绳"燃尽了，散发出遥远清淡的药香。

海莉想起跟卡特和雅各在一起的日子，那时她很幸福，她从没有想过，有一天这幸福的日子会消失，卡特和雅各会弃她而去。眼下的境遇跟当年他们的离去何其相似，雅各俨然化身成关在小黑屋里的卡米洛，孤独地等待救援。月光透过窗帘照进来，海莉脸上明晃晃一片。

不管是在食堂吃饭，还是点名的路上，侨民们谈论最多的是日方会对肖恩和卡米洛怎么处理，依照肖恩的性格，在里面会不会挨打。里斯神父边走边揭田中凉介的老底，说他是关东军老牌刽子手，不只军人，许多中国平民也死在他的手上。他枪法特别准，如果不是失去一个脚，他还会留在前线杀人，而不是回到后方集中营看押侨民。有人插话说，田中凉介手里有一些肖恩反日的"罪证"，不知道这次他会不会用这些"罪证"把肖恩……那人说着，用手在自己脖子下面划了一道。海莉停下脚步。她感觉气短憋闷，冷汗都下来了。

田中凉介下令对韩小亮暴尸五天，并且让集中营的侨民全部来这里集合，让他们观看电网上的韩小亮和那架带着弹孔的风筝，告诫他们这就是违反纪律的下场！

首先被击溃的是女人和孩子。训诫结束后，女人们牵着孩子的手，拖着沉重的身体回到宿舍，齐齐躺在床上。食堂的饭出现了剩余，吃饭的人很少，餐厅变得空空荡荡。集中营里面第一次安静下来，孩子们不哭了，女人们不吵了，男人们也不再发牢骚了。所有人的情绪一夜之间被剥离掉了，剩余的就是悲伤到极致的麻木。

威尔逊带领自治会成员一起去找田中凉介，要求他们释放肖恩和卡米洛，把韩小亮的尸体从电网上拿下来，交给老韩。天气炎热，尸体开始腐烂，隔着很远就能闻到味道。据说老韩崩溃了，他被看押在另外的屋子里，白天晚上跪在地上号啕大哭，让日本人放下他的儿子，他上去替代他。因此他挨了日本人很多打。

威尔逊用自治会的名义写了无数次申请，最后，田中凉介同意跟他见一面。威尔逊带着史密斯刚走进田中的办公室，田中就开口说，如果为肖恩求情，那么他们会被立即驱逐出去！威尔逊和史密斯对视一眼，沉默片刻，威尔逊决定要求他们归还韩小亮的尸体，让老韩带回去。

田中凉介斜靠在办公室的窗台上，听威尔逊陈述放韩小亮下来的理由，脸上没有丝毫表情。威尔逊和史密斯尽量心平气和地跟他求情。威尔逊说，对于中国人来说，讲究的是死者为大，入土为安，日方不能这样触碰人的底线，事情搞大了，会不好收拾。

"威尔逊，你们是不是觉得自己运气特别好，可以在集中营为所欲为？不是的！"田中凉介说着，用右手的食指在他面前轻轻摆动了几下，"你们总要为自己的行为付出代价。肖恩教唆卡米洛跟外面勾结，这次事件当中的任何人，我都不会轻易放过！"

威尔逊想告诉田中凉介，卡米洛这件事情跟肖恩没有任何关系，刚要开口说话，田中凉介朝威尔逊神秘地勾勾手指，朝楼下指了指。威尔逊和史密斯走到窗前，倾身看过去，衣衫褴褛的老韩正被两个日军押着，站在月洞门下。

田中凉介对威尔逊说："如果，现在拿下他儿子的尸体，他就得挂上去，补足五天。你们想想划算不？这个方法是下面那位勇敢的父亲提出来的，我钦佩他爱子心切，打算成全他。"

史密斯的眼睛红了，他嘴里怒骂着朝田中凉介冲过去，被威尔逊按住了。

史密斯怒吼道："放手！"

威尔逊攥得更紧了，他朝史密斯摇摇头，满眼无奈和悲凉。田中凉介饶有兴趣地看着他们俩。史密斯回身一拳头砸在旁边的办公桌上，桌面随即裂开了一道缝隙。

田中凉介瞥着桌面，没有吭声，谁也不知道他在想什么。

威尔逊对田中凉介说:"田中,明天早上,必须把孩子的尸体交还给他的家人,多一分钟都不行。这是我们自治委员会所能做出的最大让步!否则,集中营里面会起乱子,这个乱子你绝对安抚不下!我保证!"

威尔逊盯着田中凉介的眼睛,等待他的回答。田中凉介拿出一盒烟,没事人一样,挨个问威尔逊和史密斯吸不吸。被两人拒绝后,开始给他们讲这种烟的珍贵。他说由于战争的原因,这种烟现在在日本也很难买,他一直省着抽,不敢有丝毫挥霍。

威尔逊和史密斯都有没讲话,也没有看田中凉介手中的香烟,只是盯着他。

田中凉介把分香烟的手缩回来,说:"你们美国、英国、加拿大,你们所有这些盟国,天天呼吁遵守秩序,今天,居然为破坏秩序的人来跟我对峙!来支持破坏秩序!"

田中凉介把手中的香烟用力捏碎了,香烟末从他的指缝瑟瑟地漏到地上。烟末发出一股刺鼻的香精味道,萦绕在三人间。

"不过,我不想为一具腐烂的尸体跟你们争执。好吧,明天上午,让下面那个中国农民领回去安葬。"

威尔逊说:"肖恩和卡米洛呢?你们打算什么时候释放?"

田中凉介看了一眼楼下,老韩还站在月洞门下,像尊雕像。

"如果你们继续得寸进尺,楼下那个中国农民很可能就没有好果子吃了!"

威尔逊给史密斯使了个眼色,两人离开田中凉介办公室,回去商讨救援卡米洛和肖恩的办法。

挂在电网上的韩小亮的尸体,给集中营的孩子带来巨大的恐惧。玛佩尔校长和利迪尔给学生们开了一次会,玛佩尔校长开始还是延续以前的说法,说来潍县乐道院,他们的任务就是学习,其他那是大人的游戏，孩子们不必理会，那个中国孩子韩小亮……只此一句，她就不知道该如何编下去了，只好停下了。

她第一次在学生们面前失态，她控制不住眼中的泪水。她无法告诉学生们，继续忽视眼前的世界，继续待在幻想出的美好里面。这是对学生们的不负责任，可告诉他们残酷的现实，她不确定对他们是不是种更大的伤害。利迪尔赶紧走上去，拥抱住玛佩尔校长。

凯琳站起来，对利迪尔和玛佩尔校长说："玛佩尔校长，利迪尔叔叔，我们知道，这是战争，这不是游戏。你们为了让我们正常成长，一再抚慰我们，掩饰战争的真相。可这些没用的，即便是卡米洛，也明白战争的真谛，也想跟随风筝一起飞出去。我们遇见黑暗，我们待在里面，我们适应它，可我们不会相信它，不会融入它，我们在等待时机。"

大树下所有班级的孩子们都站起来，他们把手放在左胸心脏处，没有人说一句话。玛佩尔校长和利迪尔也把手放在了左胸心脏处。他们用自己的方式表达着对光明到来的信心。这一刻，大树下无风无雨，无飞虫无鸟雀，像个巨大的水晶球，安放着一颗颗滚烫的心。

老韩一夜之间老了，须发全白，整个人变成了薄薄的纸片。在墙根下，他打来水，慈爱地给韩小亮洗脸，用毛巾轻轻擦拭他破损的身体。整理衣服时，一颗绿色的玻璃珠从韩小亮的裤兜里掉出来，蹦蹦跳跳一路滚进草丛。老韩捡起来又放回韩小亮的裤兜。他坐在地上，脱下自己的鞋子，磕了磕里面的尘土，穿在韩小亮的赤脚上。过大的鞋壳里很快积满血水，老韩薅来几把蒲草，把鞋子紧紧绑在韩小亮的脚上。

从出事那天起，老韩的一举一动都是被日本兵看押着的。他机械地走在集中营里，远远看去，像一辆即将散架的独轮车，踽踽独行。威尔逊想跟他谈谈，直到运送韩小亮出集中营那天上午，老韩去厕所，他才找到机会。

威尔逊跟在老韩身后闪进厕所，没有过多寒暄。他拿出自治会捐的一摞美元，塞进老韩的口袋。老韩吃惊地看着眼前这个蓝眼睛大鼻子的外国老人，赶紧把钱掏出来。

"请收下，这是我们的歉意！对不起！因为我们，孩子遭遇不幸……"

威尔逊朝老韩深深鞠了一躬。老韩几乎是手足无措，他不由分说地把钱硬塞回威尔逊的手里。

"这怨不得你们，怨不得你们！"老韩说，"我知道你们的好意，这不是钱的事，不要这样。"

威尔逊想把钱塞回去，被老韩按住了。

"现在那个孩子跟他的父亲肖恩，被日军羁押着，我们正在想办法救他们出来。到时候，让肖恩亲自来找你，向你道歉。"

老韩在威尔逊耳边悄悄说："我这次出了乐道院就进不来了。如果以后你们缺啥，写下来往北墙根外扔，隔不了一天两天我就去那里转转。"

"谢谢你！到时候让肖恩跟你联系！"威尔逊握住老韩的大手。

老韩蹒跚地走出厕所。在日军的看押下，他把身上的褂子脱下来，铺进独轮车的车斗里，把韩小亮的尸体小心翼翼地抱进去。他推着独轮车，走出了集中营大门，越走越远，背影逐渐消失在潍县广袤的黄土地上。

集中营里的人彻底跟肖恩和卡米洛失去了联系，没人知道他们在里面过得怎样，更没人知道他们是否还真的在集中营里……自治会成员整天开会，商讨怎样援救他俩出来，可是各种方案最后都行不通。心力交瘁下，威尔逊病倒了，被赫士博士诊断说是急性肺炎，住进了集中营医院。

史密斯和利迪尔去日军办公楼前，要求给肖恩送衣物，卫兵说里面没有关押叫肖恩和卡米洛的。史密斯急了，上前就要对卫兵动手，被利迪尔按住了。面对利迪尔的质询，卫兵目不斜视地站在哨位上，仿佛没有听到。

史密斯和利迪尔来医院跟威尔逊汇报时，威尔逊也紧张了。

史密斯说："他们不会把肖恩送去北平了吧？"

威尔逊迟疑着摇摇头，可随即又说："我实在拿不准，我有些乱了方寸。"

赫士博士说："如果已经送去北平，他们不会阻止我们进办公楼，我感觉他们现在还在集中营里。"

利迪尔忧虑地说："田中凉介一直找借口想把肖恩关押起来，现在终于如愿了，我毫不怀疑，他会想尽一切办法送他回北平接受审查。"

史密斯说："我建议，我们自治会成员去办公楼静坐，要求公开审理肖恩，我们要见到他，而不是这样不明不白地消失了。"

这虽然不是最好的方法，可由于没有其他主意，威尔逊只能同意。可没想到，以史密斯为首的自治会成员，在办公楼前静坐不到一天，代源美就通知说，白天所有侨民们除吃饭劳动，其余时间全部到教堂集中接受训话，任何人不能缺席。史密斯拒绝去教堂参加集训，他对自治会其他成员说，这次如果肖恩和卡米洛消失了，那么很快下次就轮到你我了。

海莉得了失眠症，她白天黑夜睡不着，哪怕赫士博士给她开了镇静剂，她吃后也毫无疗效。看到她越来越苍白虚弱的样子，赫士博士在医院办公室，轻声问她，是不是遇到了什么问题？看到赫士博士慈祥的面孔，海莉终于忍不住哭起来。她感觉又回到了失去雅各和卡特的那些可怕的日子。

自从被卡特抛弃、雅各故去以后，这是海莉第一次在外人面前号啕大哭。赫士博士不禁动容。

哭够了，海莉临出门时说："赫士博士，我要去救肖恩和卡米洛，这几天我想好了，我不能失去他们。"

赫士博士说："海莉，保护好自己。集中营那么多人，都在想办法救他们。我相信，肖恩和卡米洛会平安出来的。"

静坐的人很快挺不住了。赫士博士是第一个倒下的人，接下来是琼斯太太。众人把赫士博士和琼斯太太送往医院。

海莉终于拿定了主意，悄然走进田中凉介的办公楼。

赫士博士和琼斯太太都住院了，病症是营养不良加上疲劳过度。威尔逊悲伤地跟史密斯说，你们不能继续去静坐，集中营里本来就缺吃少喝，继续静坐，我们会全军覆没的。史密斯怔怔地坐在威尔逊病床前，再无往日的神采。

谁也没想到，肖恩和卡米洛居然被放出来了。第二天中午，当肖恩背着卡米洛出现在医院时，所有人都不敢相信自己的眼睛。正在病房接受检查的威尔逊听到侨民说，肖恩和卡米洛回来了。威尔逊以为听错了，田中凉介怎么会放肖恩出来呢？就因为赫士博士和琼斯太太静坐晕倒了，怕集中营出乱子？绝对不会这么简单。他推开替他做检查的医生，不顾阻拦，蹒跚地朝外走去，只有真正见到肖恩，他才能相信一切是真的。

卡米洛躺在病床上，双眼紧闭，面色憔悴，头发乱糟糟地贴在头皮上。而肖恩脸色苍白，虚弱地坐在床边。背着卡米洛回来的这一路，他耗尽了所有的力气。威尔逊推开病房门，看到屋子里的肖恩和卡米洛，眼泪下来了，从未有过的脆弱和悲伤在这一刻得到了释放。肖恩赶紧上前拥抱他。威尔逊发现，肖恩的耳朵后全是淤血，他快速扒拉开肖恩的衣领，大片大片淤血出现在眼前。

"他们打你了？"威尔逊悲愤交加，声音颤抖着说。

肖恩没有回答，只是轻轻拥抱了一下眼前的老人，刚进集中营时，他是那么意气风发，这才多久，他就变成一个颤颤巍巍的老人了。

肖恩把威尔逊带到卡米洛病床前，威尔逊上前看了看在床上昏睡的卡米洛。

肖恩轻声说："医生已经检查过了，建议他先好好睡上一觉，醒了以后再做检查。"

威尔逊点点头，打手势招呼肖恩到门外。肖恩扶着威尔逊，倚着院子里的榆树席地而坐。

威尔逊说："肖恩，他们为什么打你？"

"他们想让我交出《北平沦陷日记》的地下印刷厂厂址，我拒绝了。这都是小伤，您不要担心。"肖恩边说边握住威尔逊的手说，"威尔逊先生，谢谢你们救我们出来，如果继续待在里面，我不能保证我跟卡米洛是否能活着离开。"

"肖恩，你坐下，事情绝对不会这么简单。"威尔逊脸色凝重，"我读过你那本书。你是个勇敢的男人！老威尔逊佩服你！田中对你恨之入骨，他不会这么轻易地放过你，你的《北平沦陷日记》打破了他英雄主义的神话，这让他恼羞成怒，他不会轻易放你出来。我似乎什么都没做，这里面肯定有我们不知道的真相。"

肖恩也挨着威尔逊坐在了榆树下，他脊梁上被鞭子抽打的地方，散发出带着寒意的刺痛。到底发生了什么事情让田中凉介改变了主意？

突然间，肖恩想到了海莉。

肖恩去宿舍找海莉的时候，被海莉拒绝了。阿利齐告诉肖恩，海莉说自己最近心情不好，谁都不想见。"过两天，她的心情好一些，你再来吧。"阿利齐有些歉意地说，看那样子，似乎海莉不见肖恩，倒是她阿利齐的错了。

卡米洛出院这天，肖恩装作开心的样子逗他说话。可是他一声不吭地扭头看着窗外。自从韩小亮遇害后，卡米洛就再也没开口说过一句话。卡米洛透过窗玻璃，看着外面明亮的阳光，虚弱的脸上露出透明的平静。赫士博士跟肖恩说过，卡米洛的身体太虚弱了，一直这样下去，不光会随时晕厥，也会停止发育。可肖恩不知道该用什么给他补充营养，集中营里什么也没有，除了仓库里那些腐烂的蔬菜和定量面包。

威尔逊跟卡米洛前后脚出的院。他和卡米洛的医嘱相同，都需要补充营养，否则谁也保证不了他的身体健康。赫士博士跟威尔逊说这些的时候，神色悲伤，他说："老伙计，来这里的人，有营养不良引发的病症，更多的还是想自愿结束生命。生活继续这样下去，我们全部都完了。"

威尔逊虚弱地握了握他的手，在艾瑟尔的搀扶下离开医院。

肖恩去食堂给卡米洛领回来午餐，可是卡米洛不在宿舍里了。肖恩找遍邻近的各个宿舍，没人见过他。肖恩找到海莉宿舍的时候，阿利齐终于忍不住了，告诉肖恩，海莉病了，每天几乎都是躺在床上昏睡。大热的天，被子一直盖到下巴，把自己包裹得严严实实，只露出白得接近透明的脸。即使这样，她看上去还是一副怕冷的样子。阿利齐去食堂给她领回来饭，乞求她吃一点，她虚弱地闭着眼睛，仿佛没有听到。

"怎么不去医院？"肖恩有些焦急地说。

阿利齐欲言又止："有件事我不知道该不该跟你说。"

"你说。"

昨天是女浴室开门的日子。阿利齐是浴室里面最后一个离开的，走到门口的时候，她遇见了海莉。这是海莉生病以来第一次出宿舍门。阿利齐问她需要不需要帮助，她摇了摇头。阿利齐走出一段路，才想起钥匙忘在浴室的长条凳上了。当阿利齐再次进浴室的时候，海莉正弯腰在蓬蓬头下洗头发，整个身体裸露在阿利齐眼前。阿利齐惊恐地捂住了嘴巴。这具年轻纤弱的身体上，到处密布着新鲜的伤痕，这些伤痕有些是鞭伤，有些是大块大块的淤青。天啊，这是被人虐待了吗？阿利齐忍不住叫了一声海莉，眼泪下来了。海莉回头看是阿利齐，她没吭声，回头继续洗头发。

"肖恩，我不知道海莉遭遇了什么，她身上全是伤。"阿利齐眼睛里溢满泪水。

肖恩惊骇地说："你确定是新伤？"

"确定。"

"谢谢你，阿利齐，希望你能照顾她，我现在要去找卡米洛。"

"我会的。"

肖恩在废墟那些破败的房子里，一间一间寻找，可哪里都不见卡米洛的影子。肖恩大声呼喊他的名字，湿热的废墟没有一点回声。在一面断墙上，有卡米洛用铅笔新画的韩小亮的头像。韩小亮的嘴角上扬，漆黑的眼睛熠熠生辉。肖恩想起一个地方。

当肖恩气喘吁吁地跑到韩小亮遇害处时，远远地看到卡米洛坐在墙根下，仰头看着电网上那架千疮百孔的风筝。头顶的太阳光白花花地打在他身上，他脊梁上的褂子被汗水浸透了。在他的旁边摆放着一束束野花，是侨民们采来悼念韩小亮的。肖恩轻轻靠过去，手刚落到他的肩膀上，卡米洛就发出了惊恐的尖叫声，肖恩赶紧把手拿开了。

太阳的暴晒早就让风筝失去了颜色，破碎的边角随着微风飘荡。卡米洛痴痴地盯着它。杂草在强烈的太阳光下，蒸腾起白茫茫的水汽。卡米洛的小褂子像是从水里打捞出来的，贴在他瘦骨嶙峋的身上。肖恩不知道陪卡米洛坐了多久，直到卡米洛起身默默往回走，他赶紧跟了上去。

第二天上午，卡米洛又自顾自去了那架风筝下面，盘腿坐在墙根下，这里是离韩小亮最近的地方。忽然，他的眼睛被身边草丛里一颗玻璃珠吸引住了。

"我还有两颗玻璃珠，一颗蓝色的，一颗绿色的，我表叔给我的，明天我带着，我们一人一颗玩。"

那颗蓝色的玻璃珠，晶莹剔透，在太阳光下闪烁着大海的光芒。卡米洛捧在手心里，痴痴看着。

天边传来隆隆的雷声，肖恩走过去说："卡米洛，要下雨了，我们回去吧，明天再来。"

卡米洛托着那颗蓝色的玻璃珠，听话地朝宿舍走去。刚回宿舍没多久，大雨从天上倾盆而降，天地间白茫茫一片。卡米洛把玻璃珠无比神圣地放在枕头旁。西西跳上去用鼻子闻来闻去，被他推开了。西西委屈地叫了一声，跳上肖恩的床。

听着外面的狂风大雨，卡米洛脑海里浮现出挂在电网上的风筝。这一晚，卡米洛躺在床上，歪头看着旁边的玻璃珠，睡得懵懵懂懂，昏昏沉沉。半夜的时候，他看到玻璃珠幻化成韩小亮的笑脸，趴在他床前说："你不许哭了啊。以后在这里缺什么，跟哥说，哥有的是办法。"

卡米洛尖叫一声，惊醒过来。外面，闪电劈开黑夜，伴随着隆隆雷声，照亮了集中营。肖恩赶紧上前搂住了他。

第十六章

　　暴雨过后，电网上的风筝消失了，地上悼念韩小亮的花束也被大雨浇烂在地里，一切就像什么都没发生过一样。第二天一早，卡米洛站在下面仰头看着空荡荡的电网，心口一戳一戳地痛，他插在裤兜里的手紧紧攥着那颗蓝色玻璃珠。如果他没有去渴望一架风筝，如果韩小亮没有认识他，那么现在他还好好地在工地上，当一名推土车的小工，当一名拥有玻璃珠的男孩。可他的出现，让韩小亮从这个世界上消失了。现在连韩小亮最后一点影子也没有了。他不能原谅自己。

　　肖恩去把威尔逊的消炎粉要来，交给阿利齐，嘱咐她按时给海莉敷药，并且不要说是自己送去的。

　　阿利齐说："放心吧，肖恩，我会处理好的。"

　　半上午，肖恩又去了海莉宿舍，他实在不放心她。阿利齐正在宿舍前的榆树下走来走去哄雅典娜。可是雅典娜不是那么好糊弄的，不管阿利齐怎么摇晃她，柔声哄她，她只知道闭着眼睛哭。

　　看到肖恩过来，阿利齐尴尬地道歉："太抱歉了，肖恩，雅典娜一直哭，打扰你们了。"

　　肖恩看到哭红了脸的雅典娜："她怎么了？是不是身体不舒服？"

阿利齐的眼眶红了，她说："奶水不够吃，这里又没有奶粉，她是饿的。"

现在集中营里面粗茶淡饭都吃不饱，更别说奶粉了。什么安慰的话都是多余的，肖恩除了沉默，不知说什么好。

阿利齐说："你来是找海莉吗？她已经从床上爬起来了。"

肖恩说："不要说我找她，你就说卡米洛找她。"

阿利齐点点头说："我明白。"

时间不长，海莉出现在宿舍门口。她穿着一件绿色长袖高领裙子，脸色苍白，虚弱地扶着门框朝这边张望。看到肖恩，她想转身回宿舍，被身后的阿利齐阻止了。阿利齐把她推出宿舍。

肖恩迎上去，海莉明显地想躲开，不知所措地看着肖恩。肖恩心里被阴影笼罩了，海莉是蛮横和强硬的，甚至是无理取闹的，什么时候变得如此恍惚和怯懦？肖恩的心里痛了一下。

"海莉，发生了什么？你告诉我。"肖恩哀求道。

海莉摇摇头说："我很好。"

"你身体还好吗？"肖恩问。

海莉眼眶红了，忽然悲苦地说："肖恩，我们存活于世的意义在哪里？"

"海莉。我相信，胜利终归会到来的，这个世界不会是刽子手的世界，它总有一天会和平，会正常。"

海莉强忍泪水，摇了摇头说："我已经失去信心了，太累了。"

没等肖恩开口，她擦了擦脸上的泪水，转移了话题："卡米洛还好吗？"

"自从那个中国孩子遇害后，他就沉默了，精神状态很差。"

"我去看看他。"海莉说完，不等肖恩说话，就朝他们宿舍走去，肖恩看得出，她是在躲避跟自己独处。

卡米洛坐在床上，拿着玻璃珠放在眼睛上，透过玻璃珠看外面的世界。海莉和肖恩在蓝色的玻璃珠中，走进屋子，这是个变形的世界，不光海莉和肖恩，所有的一切在玻璃珠中都被无限拉长了，在卡米洛眼中变得慌慌张张和光怪陆离。

海莉在卡米洛身边坐下，把他眼睛上的玻璃珠拿下来。卡米洛怔怔地看着海莉，抬手轻轻抚摸着她枯瘦的脸颊，把脸贴在了她散发着茉莉香的怀里。海莉抱着他泪流满面。

这晚，肖恩在日记中写道：

> ……那个中国孩子离开我们二十七天了，这二十七天是卡米洛的炼狱，他沉浸在自责中不能自拔。我帮不了他，劝说对他来说毫无用处，只能依靠时间的治愈。

> 今天我看到海莉了，疾病让她变得消瘦而又木然，完全不是过去的海莉。这令我悲伤。我不知道自己对她究竟是一种什么样的感情驱使，会去心疼她挂念她，为她的欢乐而欢乐，为她的落寞而揪心。不喜欢眼下自己的这种感情，这是危险的。我明知道自己是不婚主义者……

食堂里的食物很多都发霉了，而且数量越来越少。现在侨民们再也不敢把难以下咽的食物扔掉，即使霉变的面包和饼子，他们也会晒干，饿了时用水泡着吃。

不只是卡米洛身体虚弱，威尔逊出院以后也一直躺在床上，还有彻夜哭泣的雅典娜，他们如果再不补充营养，那么真会像赫士博士说的那样失去生命。

肖恩想起了老韩的话，在纸上画了十个鸡蛋，连同钱放在空罐头瓶子里，按照老韩说的，从集中营北墙扔了出去。他想试探一下，如果真能从外面投递进来食物，那么集中营的日子会发生翻天覆地的变化。不知道老韩会不会捡到这只罐子，只有等，除此，别无他法。

北墙边去的人少，荒草疯长。肖恩去的时候，小心翼翼地踮着脚，专挑荒草稀疏的地方走。他生怕踩到荒草，被巡逻兵发现，大祸临头。自从把瓶子扔出去，他多次悄悄潜过去，在草丛中仔细搜寻。看是不是有老韩扔过来的情报，他把需要的食物称之为"情报"。

这天中午肖恩过去的时候，远远地看到有一处草丛在晃动。他用最快的速度到达草丛边。原来是一只绑着双腿的活母鸡，母鸡的旁边是个用破布层层裹的袋子，肖恩打开袋子，里面是他扔出去的钱和不少于十个鸡蛋，他画的那张画也在里面，画的下端添加上了一只鸡。

肖恩搞不明白鸡蛋是怎么丢进围墙内的，他的目光沿着北墙一直延伸，脑海里疯狂计算这段墙与岗楼的距离，与大门口哨兵的距离，巡逻兵走完这段墙需要的时间。他心里隐隐升起振奋，虽然他一时没有想好具体的方案，可他知道，老韩的这个包裹，划过高墙从外面飞进来，实际上已经变成劈开集中营黑暗的一道光，是他们被关押的人暗夜中的一盏微弱灯火，他要做的就是，保护好它，利用好它。

肖恩怀揣着那只活鸡和鸡蛋，兴奋地朝宿舍走去。一路走来，虽然他装作若无其事的样子跟人打招呼，可那只鸡剧烈地反抗，让他不能不惊慌失措。集中营里很多人看到，平时英俊潇洒的肖恩，这天中午捂着肚子走得很诡异，鬼鬼祟祟如窃贼那样。

安德森尾随肖恩一直到宿舍。卡米洛坐在门口，正把一颗蓝色玻璃珠放在眼睛上照太阳。安德森看到卡米洛的脸小了一圈，脖子更长了，鼻子上青筋可见。他伸手想抚摸一下他的头，卡米洛躲开了。他的眼睛没有从玻璃珠上拿开。

安德森从裂开的木门缝看过去。肖恩先从兜里掏出十几个鸡蛋，然后从怀里掏出一只母鸡。那只母鸡一经落地，就极力想摆脱脚上的绳索，并且发出一阵阵挨刀前的哀鸣。安德森看得目瞪口呆，他实在弄不懂，肖恩去哪里弄来的母鸡和鸡蛋。如果是皮特从怀里变魔术掏出这些东西，他还能接受，可这是风度翩翩的肖恩哪。他平时的衣着干净到了洁癖的程度，居然让一只鸡和十几只蛋藏在里面。

耿直的安德森待在门口的时间不长，就忍不住伸手推门。如果不问清楚，他感觉自己会憋死。门从里面顶死了。随着安德森推门，母鸡的哀嚎戛然而止。安德森从门缝里看到，肖恩掐住母鸡的脖子，又一次把它揣进怀里，警惕地盯着门口。

安德森四下看了看，对着门里面小声说："我是安德森，开门。"

门开了，肖恩伸出头也朝四下张望一圈，把安德森让进屋子里，门又从里面关上了。

肖恩再一次把鸡从怀里掏出来，那只可怜的母鸡经过几次三番的折腾，半闭着眼睛，已经奄奄一息了。肖恩使劲晃动它耷拉的脖子，没几下，母鸡彻底死透了。看到母鸡死了，肖恩才松下一口气。他问安德森："你会拔毛吗？我们该怎么弄它？"

安德森一把拎过母鸡，说："我在坊子煤矿的时候，经常在后厨宰鸡吃。"

肖恩叮嘱他说："我们不能吃，这是给卡米洛和威尔逊还有海莉他们的，很多人需要煮汤补身体。"

安德森鄙夷道："我还不会愚蠢到不知道它的用途。不过你得先告诉我，它怎么来的？别说你也会变魔术，有一个皮特就够乱的了。"

肖恩没有回答他，只是把门用木棍顶起来，嘱咐安德森赶紧收拾母鸡。安德森把鸡放在盆里用热水烫了以后，开始快速拔毛。他的利索劲让肖恩惊叹，他在坊子煤矿到底吃了多少只鸡。安德森从鸡的胸腔里，掏出好多未成形的鸡蛋，和一枚刚成形的软皮蛋。

安德森看着这些蛋，可惜地说："这只鸡刚到产卵期就被宰了，真可惜。"

肖恩把炉子捅得一塌糊涂，冒出许多青烟，熏得两人直流泪，可是他们不敢开门。

安德森端着收拾好的母鸡担忧地说："这个东西煮起来可是很香的，如果被人闻到，我们可就完蛋了。"

肖恩有些着急，对于生活中的这些琐事，他不如安德森有经验。他急于让威尔逊和卡米洛今晚喝上鸡汤，现在看，这样做存在着许多危险和不确定性。

安德森把鸡炖在炉子上，指挥肖恩把床单被单往门上堵，往窗缝里塞。忙完这些，两人身上的衣服被汗水浸透了。尤其肖恩，感觉头晕目眩。安德森让他把衣服赶紧脱掉，都是男人，不用那么讲究。大汗淋漓的肖恩不为所动，依旧衣冠整齐地坐在那里瞅着炉子。

接下来的时间，在这间蒸笼里，安德森跟肖恩讲煤矿工人这个季节下井穿什么。他说，就穿着自己身上的皮肤，除此没有一丝布缕。安德森说这些的时候，没有笑，讲得面无表情。

他说："虽然那时很苦，可是再也回不去了，我热爱矿井，我喜欢跟中国矿工打交道，他们是世界上最正直最勤劳的工人。"

肖恩安静地坐在床沿上，汗流浃背地听安德森回忆过去。等鸡在锅里冒热气的时候，他走到门前，隔着门轻声问外面的卡米洛，能不能闻到味道，外面没人回应。

安德森的嘴巴终于安静下来，鸡汤的味道让他非常不安。最后，他指了指门口，说："肖恩，这个味道太鲜美了，让我感觉心惊肉跳。谁知道这扇门外面等待我们的会是什么，我得出去看看。"

被子和床单从门上卸了下来，两人轻轻打开门，把头伸了出去。两人伸出头的瞬间僵住了……

皮特、史密斯、艾瑟尔、玛佩尔校长还有肖恩宿舍的几个舍友，都站在门口，静静地盯着他们，眼睛里闪耀出饥饿的绿光。卡米洛和他的木凳子早就被挪到远处的树下了。肖恩赶紧带上门出来解释，可是他不知道如何解释，他不擅长撒谎。所有饥饿的目光盯上他，他无处逃遁。他硬着头皮想了半天，最后结结巴巴地说："天太热了。"

众人没说话，他们迫切地想知道，哪里能弄来肉。这么鲜美的味道，他们已经好几个世纪没有闻到了。

肖恩明白，如果眼下不赶紧把这只鸡解释清楚，那么随着时间的延长，聚集到这里的人会越来越多，到时候，他想解释也不能开口了。可是实话实说，会不会引来什么不必要的后果，他的脑海浮现出韩小亮挂在电网上的尸体。

皮特仿佛看透了他的心思，他难得一本正经地靠上前说："肖恩，这没有什么好纠结的，在这座孤岛上，我们必须同舟共济才能活下去，多一条渠道，多一条生路，仅此而已。"

卡米洛从远处的树底下站起来，这么多人包围着肖恩，在他看来很危险。肖恩朝他笑笑，示意他坐着，自己没事。卡米洛没有坐下，而是走了过来。

肖恩干脆把身后的门推开了，鸡汤鲜香的味道抱成团冲出来，劈头盖脸扑上众人。没人再说话，他们闭上眼睛开始大口大口呼吸。女人们哭了。

肖恩下决心，要把这条路拓宽。皮特说得对，在这座孤岛上，多一条渠道，多一条生路。哪怕这条路是冒险的，甚至已经搭上了一个鲜活的少年，可为了活着，也必须要带领他们走下去。

肖恩让他们明天中午到这里开会，他今晚筹划几条路线，做个详尽的方案。肖恩说完，示意众人解散，长时间这样聚集，让日军巡逻兵发现，会惹上大麻烦。

皮特阻止说："不要走，皮特还有两句话要告诉大家。"

史密斯第一个转过身子，警惕地盯着他，大有他捣乱就立马会拘押他的架势。皮特没有理会史密斯，他挨个盯着人看，看着看着，脸色阴狠起来。

　　他说："鸡汤的事谁敢说出去，断了集中营的活路，断了皮特的财路，皮特会弄死他！"

　　现场一时静下来，只有屋子里咕噜咕噜炖鸡汤的声音。史密斯第一次没有反对皮特，相反，也跟着他看众人的脸。他担心起锅里鸡汤和肖恩的安全。肖恩摆摆手，让众人解散。

　　肖恩说："我信任大家，我们没人会去告密。当然，这也不是谁的财路，谁指望用它发财，自治委员会也不会答应。"

　　皮特的脸转了过来，笑嘻嘻地说："当然，当然。"仿佛他刚才只不过是开了个玩笑。

　　这天的晚餐，在威尔逊的房间，卡米洛、阿利齐和海莉喝到了久违的鸡汤。阿利齐激动地捧着鸡汤，发颤的手几次不能把碗送到嘴边。海莉没有动那些鸡汤，她全部倒进了卡米洛的碗里。肖恩担忧地看着她苍白到几乎透明的脸庞，涌起了想把她拥入怀中的冲动。

　　第二天一早点名时，肖恩看到海莉终于脱下那件绿色长裙，换上了一件碎花连衣裙。她已经瘦得连这件裙子都撑不起来了，裙子在她身上空荡荡的，像个初中生偷穿了大人的衣服。肖恩想过去问问她，带她去医院做检查，可看到她冷漠的神色，他又退缩了。他发现，海莉把自己罩在了一个看不见的罩子里，拒绝外界进入。

　　吃过早饭，肖恩刚回宿舍，皮特就进来了，接着是史密斯。他们俩不管到哪里，总会成双成对，似乎是兄弟。时间不长，昨天下午在门口闻鸡汤的人，都到齐了。他们从肖恩的房间一直站到了门外，眼巴巴地盯着他。谁都想知道，从哪里弄来的鸡，这个问题已经让他们想了一夜。尤其是皮特，他直言不讳地说，他昨晚一夜没睡，翻来覆去想的就是那只肥鸡。

肖恩昨天下午给威尔逊送鸡汤的时候，跟他商量过跟外界交易的合法性和安全性。威尔逊赞同肖恩的想法，他说："为了全体侨民的身体健康，我们要把黑市搞起来。我们不能让日本人把我们饿死在这里。"

肖恩给威尔逊看自己画的图，上面是高墙上的岗楼和各处的移动岗哨，包括每班换岗时间都做了标注。威尔逊用放大镜仔细地看地图，最后，鸡汤都凉了。

今天，屋子里的人跟威尔逊一样，对这张手绘地图发出了赞叹。肖恩详细地告诉他们，哪里交易是安全的，哪里是不能触碰的，所有人都要互相帮助，不许哄抬价格，浑水摸鱼。皮特盯着地图，试图把它印在脑海里。

听到肖恩这么说，皮特大声笑起来，边笑边说："肖恩，你是在警告皮特吗？如果黑市开始，也不是谁能掌控得了的，这是双方的交易，你们自治会能控制得住吗？"

史密斯上前夺下他手里的地图，说："你可以试试，皮特，如果你敢搅和，我就敢把你抓起来关进破屋里，饿死你。你信不信没人救你？"

皮特习惯性地把右手比划成手枪状，用嘴巴配音，朝着史密斯太阳穴开了一枪，然后用嘴巴吹了吹"枪管"，转身出去了。等在门口的戈麦斯紧跟他的步伐，一起走了。

集中营的日子表面风平浪静，实则暗潮涌动。侨民们化身机警的侦察员。他们根据巡逻兵的脚程，计算出时间，然后往墙外扔五花八门的瓶子、罐子等器皿，里面盛放着写着他们需要的东西的纸条和钱。

安德森没有在人多的地方往外扔瓶子，而是找了个僻静的北墙根。那个地方肖恩在手绘地图上标注的是，墙上没有岗楼，地上没有巡逻岗哨，估计墙外是深沟，不会有人经过。安德森不信邪，他偏要试一试，他说这里最安全，他在原地等一天也不会被巡逻兵抓。肖恩被他这个想法搞得哭笑不得。

早饭后，安德森把瓶子扔出去后，盘腿坐在了围墙下，不时仰头看上面，像是在等什么人骑上墙头来救他一样。太阳慢慢向西移动，都快挂到西墙边那棵又粗又直的法桐树梢上了。安德森还保持着打坐的姿势。

肖恩过来站在他身后，看到他的样子，怀疑他是不是中邪了。

就在肖恩要离开的时候，忽然从墙那边扔过来一包东西。

咕咚声让他一惊。安德森一骨碌爬起来，顾不上平日的体面，几乎扑上前抱起那包东西。

肖恩道："安德森？"

安德森惊悚地回头，看是肖恩，他放松下来。

安德森抱着那包东西凑到肖恩跟前，四下张望几眼，神秘地说："我心绞痛的药今早没有了，医院也没有现货。我把药名和我的名字写在纸条上，连同钱一起包在里面，扔出去。我坐在这里整整等了一天啊！"

安德森说着，把手中的包裹拆开，里面除了两瓶心绞痛的药，还有剩余的零钱。

安德森惊呼："老天爷，墙外面都没有要小费？白给我去城里跑了一趟腿，我都不知道他是谁！"

其实，集中营里往外扔瓶子的人，没人知道为他们跑腿买东西的人是谁，是老人还是孩子，是男人还是女人，可有一点是肯定的，他们是中国的百姓。他们或许在自家地里干活时捡到了瓶子，或许在背着干草回家的路上捡到了瓶子，总之，他们都以各种形式完成瓶中交代的任务，无一缺漏。

海莉的身体一天比一天好起来，她重新回到医院工作，下班后会来看卡米洛，帮助肖恩给卡米洛煮鸡蛋。鸡蛋是肖恩通过老韩从外面弄进来的。

　　肖恩跟老韩的联络愈加频繁，他在屋外隐蔽处搭了个简易炉灶，用不锈钢碗煮鸡蛋给卡米洛吃。多数时候，卡米洛奉命守在小炉灶前看着煮鸡蛋，他把玻璃珠堵在眼睛上，透过玻璃珠观察火炉。有时碗里的水溢出来，浇灭了炉灶里的火，他毫无觉察，还是用玻璃珠堵在眼睛上呢。

　　老韩给肖恩的鸡蛋，都是通过北墙上的洞传进来的。这个洞是老韩提议开通的。那天，他和肖恩商量，在离地一尺的地方，从墙上扒下几块砖，打开里外通道，这样不管说话还是传递东西，都会很方便。于是，这项工程以老韩为主导，用了三天的时间，打通出一块砖的洞。每次他们两人说完话，都把砖头再塞回去，让墙面恢复原样。由于洞口很小，日本巡逻兵很难发现破绽。

　　这天，老韩从墙上的洞里塞进来一张纸，居然是卡米洛给韩小亮画的那幅画像。画像中的韩小亮微笑着，嘴角露出一颗小虎牙，眼睛明亮有神。上一次见面，肖恩跟他说过，自从韩小亮遇害，卡米洛一直不说话，精神很差。看到手中的画，肖恩明白，老韩在用儿子留在这个世上最后的一点念想，来安慰卡米洛。

　　回到宿舍，肖恩看着手中韩小亮的画像，犹豫了一下，他不确定卡米洛看到这幅画会怎样。卡米洛抬头看了看肖恩。肖恩把画像递给了他。卡米洛狐疑地接过来，打开一看，脸刷地变白了。

　　"你不许哭了啊。以后在这里缺什么，跟哥说，哥有的是办法。"韩小亮用只有卡米洛自己能听到的声音，在他耳边说。

　　卡米洛拿着画，来到宿舍前面的榆树下。空中有些他不认识的鸟儿飞过，落在树枝上，欢快地叫着。风儿吹来，带来一些炊烟和村庄的气息。远处，一架七彩风筝朝他飞来。他赶紧闭上双眼，泪水从眼角慢慢渗出来，越来越多，无声的哭泣让他的身子因隐忍而颤抖。他的胸腔里充满愤恨和悲伤，对一架风筝的渴望，葬送了少年韩小亮鲜活的生命。这是他一生中挥之不去的创伤和阴影。这些日子，他闭上眼睛就是韩小亮趴在墙头上露出的笑脸。正如手中的画像，韩小亮一如既往地朝他笑，随时对他说："你不许哭了啊。以后在这里缺什么，跟哥说，哥有的是办法。"卡米洛再也抑制不住，他蹲在树下，脸埋进双臂间，哭得满脸泪水。

从旁边路过的人看看他，再看看站在门口的肖恩，悄无声息地过去了。侨民们早已习惯有人随时随地地号啕大哭。可是集中营里的孩子，除了吃不饱会哭闹，其他时候都是没心没肺地玩闹。像卡米洛这样哭得如此伤心的孩子很少见。

回到宿舍，卡米洛神色平静下来。如果不是他的眼睛红肿，看不出他曾经哭过。他把韩小亮的画像和玻璃珠放进肖恩的手中。那颗蓝色玻璃珠，映照出韩小亮的笑脸。

肖恩问："还给小亮爸爸吗？"

卡米洛点点头。

"玻璃珠你留着吧。"

卡米洛不说话，摇摇头。

肖恩叹息一声，把画像和玻璃珠放在了抽屉里。

第十七章

　　集中营的日子在跟墙外的交易中平静度过着。

　　卡米洛再次去废墟的时候，树叶开始飘落。秋天来了。沿着那条
黑煤渣路，可以一直走到废墟。路两边的枫树上，金黄色的叶子荡荡
悠悠从树头降落，落到卡米洛的肩头和脚边。卡米洛弯腰捡起一片，
吻了吻它。他喜欢自然，喜欢万物。可是眼下他只配有废墟。

　　卡米洛看到他画在断墙上的画，多数被雨水冲刷掉了，而那些
画在有屋顶的墙壁上的画，保存得很完整。卡米洛打算以后找带有
屋顶的房屋画画。他一间间寻找，秋风打透他的外套，撩起他金黄
色的卷发。

　　有那么一会儿，韩小亮在耳边喊他："弟，你在吗？"

　　继而是树跟他拥抱在月洞门下，说："我们永远是兄弟。"

　　当这一切消失了的时候，卡米洛的眼前是秋天的废墟。

　　卡米洛走到废墟中间的屋子时，听到有人在争吵。他后退几步，
刚想离开。可他听到了海莉的声音。

　　"你胡说，我没有！"海莉的声音在空旷的破屋中，变成一根颤抖
的丝线，随时有支离破碎的危险。

"装什么呀，那天去办公楼修理水井，我啥都看到了。放心，我会为你保密！"说完，男人开心地大笑起来。这声音，卡米洛既熟悉又陌生，他听不懂话里的内容，可他听懂了男人的得意和威逼。

卡米洛看到一个宽大的背影，穿着件棕红色的西装外套，正在一步步朝海莉走去。卡米洛认出来了，这是日本兵军服。

海莉被这个日本人的背影堵在墙角，动弹不得。屋子里到处是晃来晃去的树影，显得阴暗叵测。卡米洛身子发紧，脊背僵硬，他极力屏住呼吸，可还是听到自己牙齿上下磕碰的声音。他看到自己呼出来的哈气，变成了冬天那样的白雾，他大口大口地往外喷，像条缺水的鱼，如果不这样做，他感觉氧气就进不到他的喉管里。棕红色的西装外套从里面甩了出来。海莉沉默地站在外套男对面，什么也没说。

"卡米洛，快跑……"妈妈的声音从大脑中钻出来，回响在他耳朵里，他慌不择路地朝外跑去。风声在耳边飕飕而过，脚下的碎石几次差点绊倒他。他没有顾上这些。

等他跑出废墟，跑过黑煤渣路，跑过小树林，来到食堂时，眼前全是破屋内晃动的树影，他听到了自己的耳鸣。正是午饭的时候，人们从卡米洛眼前走过去，像是重重叠叠的幻影。

海莉会被他杀死吗？卡米洛为自己感到羞耻，居然逃跑了。他发现手里攥着一块碎石，是从破屋的墙壁上掰下来的吗？他的掌心扎破了。有血沾在青色的碎石上，血变成了黑色。

卡米洛回身盯着黑煤渣路，那里一个人也没有出现。他攥紧碎石，又跑回黑煤渣路，朝废墟跑去。他不该把海莉一个人留在那里。

黑煤渣路在卡米洛脚下迅速后退。等他气喘吁吁地跑到废墟时，太阳变成一个橙色的盘子，圆圆地挂在集中营钟楼顶上，没有温度和光彩。卡米洛慌张地发现，自己不记得是哪间屋子了。停顿没有多长时间，他开始一间间寻找，当橙色的盘子挂到树梢的时候，那间露着天空的屋子出现在卡米洛跟前。可是里面除了青色的碎石、倒塌的梁檩、墙角枯萎的青草，其他什么也没有。卡米洛把手中的青石像扔一条毒蛇那样，扔在地上，转身跑了。

卡米洛气喘吁吁地站在食堂门口，从他眼前已经过去上百双鞋子，海莉还是没有出现。

海莉没有吃晚饭，她躺在床上，把被子严严实实地从脚盖到下巴，只露出一张苍白的脸。卡米洛也没有吃晚饭，在肖恩的陪伴下，他去了海莉的宿舍。

卡米洛站在海莉床前，安静地看着她。海莉紧闭双眼，呼吸均匀。卡米洛猜不透她是不是睡着了。看着她光洁冷峻的脸，卡米洛在心里对她道歉，求她原谅自己的懦弱。

卡米洛出来的时候，肖恩问他："发生什么事了，卡米洛？"

卡米洛没有回答。他手心里火辣辣地痛，他紧紧攥着伤口，挤压它，弄痛它，试图让它来惩罚自己的懦弱。虽然看到海莉好好地躺在床上，可是一想到那满屋子摇曳的树影，那个宽大的穿着棕红色条纹衣服的背影，他心里还是恐惧。快到宿舍的时候，肖恩看了他一眼，马上蹲下扶住他的双肩。

"卡米洛，告诉我，发生什么事了？"肖恩被他紧抿的嘴唇、满脸的汗珠、哀伤的眼神吓住了。

卡米洛从他手下挣脱出去。回到宿舍，他蜷缩在床上，像个蚕茧。

肖恩蹲在卡米洛床前，发现他右掌心的伤，伤口很深，并且不止一处，看起来更像经过反复踩踏，已经血肉模糊。肖恩的眉头皱紧了。他没有问这些伤口是怎么弄的，而是从抽屉里拿出来医疗包，用棉签蘸着碘酒一点点擦拭伤口。卡米洛闭着眼睛，一声没吭。肖恩确定发生了什么事，可是他不知道该如何从卡米洛嘴里撬出这件事。

第二天一早，卡米洛点名的时候见到了海莉。海莉又穿上了那件绿色的高领长袖裙子，把自己包裹得像个修女。看到卡米洛，她居然没有认出他来，只是木然地跟随人群站队，脸上没有一点表情。卡米洛上前拽拽她，塞进她手里一个熟鸡蛋。鸡蛋上，卡米洛用铅笔画了一张笑脸，嘴巴咧到耳根。海莉沉默地看着鸡蛋。卡米洛想跟她说句话，可是他什么也说不出来。海莉朝他疲惫地笑笑，把手搭在他的后脖子上，一下一下轻轻揉捏着。她每捏一下，卡米洛的眼眶就酸一下。他希望海莉还能像以前那样，打扮得花枝招展，涂抹得像要登台演出。可是眨眼间，原先的海莉消失了，随之而来的是苍白木然的海莉。为什么？

肖恩想跟海莉谈谈，可是他找不到机会。食堂里见不到她的影子。去医院找她时，护士长不满意地说："她这个月只上了半个月的班。"护士长说到这里，似乎想说什么，又咽回去了。

肖恩从医院出来，不知不觉地来到海莉宿舍外的花池旁。他在花池旁站了很久，直到艾瑟尔过来。肖恩抬头看到她，略微尴尬地笑了笑。

艾瑟尔说："我进去帮你叫她？"

肖恩赶紧朝艾瑟尔摆了摆手，说："不不，我、我只是路过这里。"

说完，不等艾瑟尔说话，他匆匆离开了。走了一半路，他才想起，艾瑟尔也没说进去叫谁，自己就狼狈地拒绝了。肖恩不喜欢这种被人看穿了心事的感觉。

肖恩回到宿舍，卡米洛正在往右手心里涂紫药水，搞得身上到处是紫色，像个重伤员。

肖恩接过药棉，给他上药，问他疼不疼，卡米洛指了指无名指，那里裂开了一道小口，像小鱼张开的嘴巴。肖恩把药棉轻轻按了上去。

"你的伤与海莉有关？"

卡米洛没有抬头看肖恩，只是点了点头。

"发生什么事了?"

卡米洛低头看着肖恩给自己搽药,一声没吭。

"你告诉我,我才能帮助她。"

卡米洛轻轻吹着搽了药的手心,药水在慢慢变干,手心里的纹路在紫色中显现出来。

肖恩沉思了片刻,觉得还是应该去看望海莉,他想知道海莉身上到底发生了什么事情。这一次,他看到海莉站在宿舍门口,她的长发在脑后绾了一个松松垮垮的髻,她倚着门框,痴痴望向远处灰色的高墙,烟卷在她修长的指间燃烧,她一口也没有吸。

看着这个剪影,酸楚吞噬了肖恩。他想上前抱住这个女人,让她安心地待在自己身边,自己会保护她,爱她。可是,他做不到。在这里,他甚至连自己的命都保不住。就像他用大卫的笔名接收到的一封匿名信,那是个不知名的读者在读完《北平沦陷日记》后,写给他的:

> 昨晚我这边下了一场史无前例的大雪。今天大街上除了能没到人膝盖的积雪,空荡荡的一个人也没有。吃午饭的时候,一队日本兵从我的窗下走过去,他们每人手中拎着一个新鲜滴血的猪头,兴冲冲地往回走,也许刚去屠宰场抢来的吧。自从他们来以后,多数店铺都关门了,连树上的麻雀都变得格外少。
>
> 今天凌晨,我终于读完了《北平沦陷日记》。跟着这本书,我也活过来了。连北平这座东方的佛罗伦萨都满目疮痍,何况我一个命如草芥的异乡人。在战争面前,每个人,每座城,都是孤儿,这是逃脱不掉的命运。我终于翻过了心中的那座大山。谢谢你!大卫!

肖恩曾反复读这封信。"在战争面前，每个人，每座城，都是孤儿。"今天又想起这句话，他忽然感觉无限悲凉。

海莉看到肖恩后，立即转身进了宿舍，显然，她不想跟肖恩说话。肖恩站在宿舍门口迟疑良久，终于走开了。

在这个混乱的年代，每个人心中都有个不能对外描述的黑洞，一个女人的生存比男人更为艰难，黑洞也会更加深切。肖恩觉察到了自己的浅薄，他不能那么无礼地去探究海莉，逼迫她告诉自己发生了什么。那样，除了给她伤口撒盐，毫无用处。

肖恩拐个弯，去了威尔逊宿舍。威尔逊的身体硬朗了许多，看上去心情也不错，缠住肖恩聊了半天。

肖恩从威尔逊那里返回自己宿舍的时候吃了一惊，万万没想到海莉坐在卡米洛床前的椅子上，在等待卡米洛醒来。看样子，他去威尔逊宿舍的时候，海莉就过来了。肖恩和海莉对视片刻，两人不约而同地把眼神挪开了。这一瞬间，肖恩明白了，一切都过去了，他跟海莉的情感旅途尚未开始就已经结束，从未拥有就已经失去了。

听到动静，卡米洛睁开眼睛，看到海莉在，他拘谨地坐起来。

海莉把手里的油画棒递过去，说："这是从我们商店里买来的，最后一盒。"

卡米洛把油画棒接过来，轻轻说了声谢谢，拿过枕头边的纸盒，把油画棒放进去。海莉像是感觉冷，抱了抱自己的胳膊，说："我得回去了，最近我老是感觉冷。"

海莉转身的瞬间，瞥见卡米洛纸盒里的一张照片，顿时愣住了。她返回身子，伸手去纸盒里拿起照片，瞅着背面写的"太阳神阿波罗"字样，激动的泪水涌出眼窝。

"卡米洛，照片你从哪儿得来的?"海莉急切地问。

卡米洛说："废墟。"

海莉把照片贴在自己胸前，梦呓般地自语："雅各，我的孩子，终于找到你了。"

卡米洛和肖恩都一脸惊讶。

海莉稍微平复了一下心情，看到肖恩和卡米洛疑惑的目光，就索性把雅各的故事讲给他们听了。卡米洛听后，忙从海莉手里拽过照片，特意地仔细打量了一番。这时候，他心里生出一个强烈的念头，他要把雅各画下来。海莉一定会很高兴看到雅各的画像。

卡米洛费了不少周折，终于在废墟深处发现了一间满意的屋子，两面的墙壁虽然坍塌了，有一面墙却是完整的，屋顶和另一面墙壁都在。卡米洛在心里把这间屋子称为"密室"。在"密室"完整的墙上，他用铅笔打草稿，用油画棒清晰地画下了雅各。他想，这样，海莉来废墟吸烟，就能看到他了。

墙上的雅各表情惊奇中带着微笑，盯着眼前破败的屋子。这个秋天，除了雅各，卡米洛把树和韩小亮，也依次搬进这间屋子的墙壁。他们都跟雅各一样，惊奇而又微笑地面对着眼前的废墟。在韩小亮的旁边，卡米洛画了架缺失翅膀的七彩风筝，因为卡米洛的油画棒用尽了。

卡米洛买不到油画棒，其实不只买不到油画棒，就是食堂的粮食和蔬菜，也开始出现了缩水。煮茄子消失了，每顿饭只提供给每人两片面包。于是，更多的人开始把目光转向了高墙外。

高墙外的田野光秃秃的，一阵阵北风掠过，卷起纷乱的枯叶漫天飞舞。几场寒风过后，虞河的水结冰了。

集中营的冬天来临了。墙两边的交易安全度过初级阶段，随之发展到了高级阶段。现在已不再局限于高墙内外扔瓶子，而是可以隔着墙头面对面交流。以皮特为首的懂中文的人，避开日本兵巡逻时间，在集中营后院缺失电网的那段墙上，趴在墙头告诉外面的中国百姓，他们需要什么，集中营里面需要什么，让他们尽快去弄来，否则里面就要死人了。

那些中国百姓听到"死人"就慌神。死在异国他乡而不是自家炕头，对中国百姓来说，是件最悲惨的事情。他们竭尽全力地帮助这些外国人。墙内人说，里面现在最需要鸡蛋，他们就把一篮一篮新鲜的鸡蛋拎来，在墙内人的指引下，再把鸡蛋一个个从墙角的下水道口滚进来，然后领取几张薄票子。有时他们交易的时候，肖恩会前来查看。卡米洛沉默地跟在他身边。卡米洛对这些交易没有兴趣，可是当鸡蛋从下水道滚进来的时候，他还是惊讶地蹲守在那里，原来海莉送给自己的鸡蛋是这么来的。

皮特的中文最流利，他从百姓手里低价买来鸡蛋，囤在宿舍的床下，然后高价卖给侨民和食堂。如果谁敢提出来异议，他并不辩驳，而是此人从此以后休想从他手里买到一丁点东西，彻底封杀掉此人在他这里的购物渠道。如此，对他提出异议的人越来越少，史密斯代表自治委员会做调查的时候，没有一个人对他的买卖有意见，相反，都感激他的辛苦付出。因为并不是所有的人都跟他一样，有智慧跟日军巡逻兵斗智斗勇。

日军很长时间没有发现集中营跟外面的黑市交易，不得不说，皮特起到了很好的指挥作用。为了保护好这个渠道，那些不听话一意孤行的人，皮特会让戈麦斯把他们拖下墙头警告，这使得皮特的黑市工作开展得有声有色。他的行李箱里面，很快积攒了一批金表、戒指、项链、貂皮大衣，还有无数副假牙。这些都是手头没钱的侨民，用来跟他交换物品的。

不交易的时候，皮特最喜欢在宿舍翻腾这些财宝。翻腾到最后，他就拎起一两件首饰，去艾瑟尔的宿舍找她。艾瑟尔对他这些行为开始还保持着礼节，礼貌地推掉。可随着他频繁地来找，宿舍里的人也开始拿他们开玩笑。

这天中午饭后，艾瑟尔跟室友们回宿舍的路上，皮特从后面追上来，跟艾瑟尔同行的女孩们看到皮特后笑起来。她们笑得越响，艾瑟尔就会越窘迫，而皮特则会越兴奋。他从口袋里掏出一方带花边的手绢，在空中随手一甩，手绢忽然变成一枝玫瑰。人群里一阵惊呼。

皮特走到艾瑟尔身前，做了一个优雅的半蹲礼，把玫瑰花举到她跟前，说："美丽的艾瑟尔小姐，请接受来自皮特的真情。"

除了笑声，周边也跟着响起掌声。

有个胖女孩催促艾瑟尔接过来玫瑰花，她说："天啊，自从来乐道院，我还从来没有收到过玫瑰花呢。"

艾瑟尔绕过皮特，急匆匆地朝宿舍走去，走着走着，她开始奔跑。皮特丝毫不在意艾瑟尔的冷落，更不去追赶，一切就像他事先排演好的魔术表演。他笑嘻嘻地把玫瑰花在半空中一甩，玫瑰花很快变回带花边的手绢，周围又响起热烈的掌声。没人理会艾瑟尔受到的伤害，或者在他们心里，一个男人对一个女人示好，是件天经地义的事情。

皮特在人群里开始新一轮表演。他把头上的高顶帽子摘下来，手在里面抓了几下，居然抓出一只展翅欲飞的白鸽。就在人们想上前看个究竟的时候，白鸽忽然消失了，他们眼前仍旧是空空的帽子。

皮特把帽子扣在胸前，朝周围围观的人鞠躬说："今天的表演就不收费了，算是我跟艾瑟尔小姐送给诸位的礼物。"

热烈的掌声随之响起。枯燥的集中营生活，让人们变得喜形于色，把一切当作庆祝的理由。人群散了，海莉叫住皮特，问他油画棒什么时候到。旁边的卡米洛也期待地望向他。皮特很满意海莉对他的态度，这让自己看起来很重要。随之他又遗憾艾瑟尔不在跟前，应该让艾瑟尔看到自己在集中营里的重要性，那样她说不定就不那么排斥自己了。想到这些，皮特脸上浮现出笑容。

海莉不满地对皮特说："嗨，皮特，你的舌头被鹰叼走了吗？"

皮特赶紧把脸上堆满笑容，看着卡米洛说："海莉，这个可爱的小天使跟你有什么关系吗？"

"这是我儿子。"

皮特大笑起来，边笑边问卡米洛："她是你的妈妈吗？"

卡米洛看了一眼海莉，点头说："是。"

海莉的眼眶一下子红了，她做梦也想不到卡米洛会这么回答。

皮特说，他已经托了个可靠的人，到省城购买油画棒了。外面的人听说集中营里面的孩子需要，都很踊跃地去想办法。

不过，皮特对海莉说："我先告诉你，海莉，现今的油画棒很贵，你先做好准备。"

没等海莉说话，卡米洛就把手伸进兜里掏钱，这才想起钱已经让肖恩保管起来了。卡米洛的手停在了兜里，可他的目光盯着皮特，很坚定。

皮特拍了拍他说："我告诉你，小可爱，不能这么快就暴露出自己的财富，会被人盯上的。"

说完，皮特没有发出他习惯性的大笑，而是悄然离开了。

冬季的集中营灰蒙蒙的，路上几乎没有行人，只有每个宿舍伸出的烟囱，冒出一股股黑烟，跟干冷的空气一起交融盘旋，显出一点萧瑟的烟火气。北墙根下，更是荒凉凋敝，大片大片的枯草带着霜雪伏倒在地，梧桐树的叶子掉光了，光秃秃的枝丫伸向天空，像水墨画中的线条。上面偶尔会站上几只寒鸦，清冷的叫声让整片天空也跟着变得干瘦枯黄。

肖恩晚上经常来北墙根转几圈，希望能遇到老韩。每次碰头的时候，老韩会从墙上抽掉方砖，从细窄的缝隙往里塞吃的。上次塞进来的，是用鸡蛋白糖面粉烙的两个糖饼。

老韩说："这是我家老婆子给卡米洛做的。小亮在时，每年过生日，他娘就给他烙两个，他不舍得一下吃完，两个糖饼能吃一个月呢。今年的这两个就让卡米洛替他吃了吧。"

听老韩这么说，肖恩就知道韩小亮的生日到了。他不知道该送什么表达自己对韩小亮的怀念，思忖半天，最后从洞里往外塞了一卷钱，想让老韩买件礼物送到韩小亮墓前。很快，钱被塞了回来，并且伴随着老韩生气的话："我拿你们当自己家人，你们拿我当外人！再这样，我不来了！"

肖恩赶紧把钱收起来，他不敢伤了老韩的心。多年的中国生活，让他明白中国人重感情，讲义气。这些吃食代表的就是老韩一家人的感情，你拿钱买他一家人的感情，无异于在侮辱他们。

这天，肖恩跟老韩说，集中营里面的侨民没人知道外面的战争是什么样了，他们被关押在这里，到最后的命运如何？说到最后，肖恩悲伤地说："很多人已经失去活着的希望了。"

月亮悬挂在他们头顶，像一个圆圆的蛋黄贴在天空。日军围墙上的探照灯不间断地扫射过来，他们必须不断地躲闪着。

老韩说："乱世能活着，就是老天爷照应。老天爷造了这么多人出来，难保里面不混进坏人。遇到事，心要变大，心里能放进去事，人就能活下去了。"

听到墙这边没有动静，老韩接着压低嗓音说："我表弟在潍县抗日游击队，我去找他打听现在外面的风声，明天晚上我们还在这里见面。别灰心，好日子会来的。"

肖恩的心狂跳起来，他赶紧答应。

老韩代表大多数中国人，不善于表达自己的感情，只会把感情放在心里，用行动去告诉你，我在乎你，我重视你，我希望你好好的。即便他知道，往集中营内传递情报，万一暴露会被杀头，可他还是无所畏惧。

临告别时，老韩说："差点忘了，杀了一只大鹅，给卡米洛补补身子。"

话音未落，一只褪好毛收拾干净的白条鹅从墙外飞进来，重重摔在地上。肖恩赶紧上前把它揣在怀里。

第二天上午，肖恩把大鹅带到食堂交给汉娜，让她加一些别的食料，午餐炖汤。现在集中营里的人，对肖恩屋子里飘出的肉味已经不惊奇了。可是当他们看到那只大鹅时，还是发出了惊呼声。帮厨的汉娜找遍食堂的角角落落，什么吃食都没有。她沮丧地说："现在我非常想念那些茄子，虽然当时我恨死它们了。"

最后，整个食堂剩下的干面包片都被汉娜扔进了鹅汤里面。这天午餐，浓稠的汤汁，美味的肉丝，鲜香的气味，让人们想起过去的日子。跟这样美味的食物标配的，应是洁白的餐巾和温文尔雅的用餐礼仪。在这碗浓汤面前，失去的礼仪又回来了。喝汤的时候，他们用餐勺一点点填进嘴里，尽量不发出声音，每个人都举止高雅，脸上散发出绅士淑女的微笑。

整个餐厅除了餐具轻微的碰撞声，没有其他丁点声音。汉娜举着长勺站在汤桶前，既惊讶又兴奋。一只鹅就让秩序恢复了，对她来说有些匪夷所思。

卡米洛一勺一勺往嘴里送浓汤，不时抬头看周围，他喜欢这样的午餐，喜欢现在彬彬有礼的人们。他们安静文雅，像爸爸和妈妈活着时的样子。碗里的浓汤也是他喜欢的，在这样寒冷的傍晚，能喝到一碗滚烫的肉汤，是一件多么温暖的事情啊，这真要感谢围墙内外的黑市生意。

不过黑市生意也不是什么人都可以做的，大多被皮特几个人掌控了。里斯神父是中途加入的，按说皮特会极力刁难他，却没想到皮特很大方地同意神父跟外界接头，并且划给里斯神父一段围墙。

里斯神父身材高大，有一只脚踝是坏的，常年跛着脚走路。进集中营以来，由于缺乏每天维持生命的最基本的卡路里，他骨架上的肉已经所剩无几了，导致他走起路来，宽大的神父袍在身上晃荡，远远看去，就像飘在风中的一件袍子。

第一次成功后，里斯神父尝到了甜头。从这天起，他像皮特一样开始了疯狂地囤食物，除了鸡蛋，还有白糖、果酱、果脯、烟卷，季节合适的时候，也会有草莓。英美大使馆通过瑞士驻青岛办事处，给侨民每月发的那点钱，都被里斯神父用在囤食物上了。他跟皮特不同，囤了以后会很勤奋地吃，饿了吃，不饿还吃，只要有食物，他就不停地往嘴里填。

他自己也知道，这样狂吃是病态的，可是他控制不住自己。当空闲下来没东西吃时，他就被恐惧死死缠绕住了，脑海里有个声音反复告诉他，没东西吃了，没东西吃了。

好几次，他在巡逻兵面前差点露出马脚，幸亏都掩饰了过去。被抓的这个傍晚，里斯神父在墙根下放了一个木箱，木箱的开口对着下水道口，这样外面的鸡蛋就可以不动声色地滚落进来，而旁人毫无觉察。早上他跟外面的村民谈好了，天黑之前，对方给他带来五十个鸡蛋。一想到这个数量，他就心脏狂跳，为之激动。他不敢对这么多鸡蛋放任不管，万一他不在，被别人抢去那就完蛋了。

夜色已深，北风刮得更猛烈了。当第一枚鸡蛋滚落进木箱里时，日军的巡逻兵也到了。这让坐在木箱上的里斯神父惊喜交集。他能觉察到，一枚又一枚鸡蛋正从容不迫地滚进他身下的木箱里。

巡逻兵看到身材高大的里斯神父坐在木箱上，上下牙齿冻得咯嘣响。他们怀疑地围着他转来转去，却又百思不得其解。里斯神父捧着《圣经》借着月光诵读，巡逻兵用手中的刺刀尖戳了戳他，让他站起来解释为什么夜里读《圣经》，他能看清书上那些蚂蚁般的字吗？里斯神父拒绝站起来，他说诵读经书时，挪动身体有违神的旨意。不等巡逻兵问，他又补充说，寒冷的傍晚在墙根下祷告，更能显示出他的虔诚和真挚。他一直是这么做的。

有几个鸡蛋滚落的幅度有点大，能听到撞击木箱的啪啪声。里斯神父赶紧提高朗诵音调。忽然，巡逻兵惊奇地看到，里斯神父袍子边沿冒出一颗鸡蛋，接着，又一颗……有个巡逻兵弯腰捡起一颗，借着月光看了看，又放在眼前晃了晃，没错，是鸡蛋。难道这是一个会下蛋的神父？

最后里斯神父自己也忍不住了，只好站起来。因为他黑袍子周围被白皮鸡蛋围住了，他坐在其中就像要孵化它们一样尴尬。

里斯神父被抓走了，走路的时候，里斯神父的脚跛得更厉害，不时被巡逻兵狠狠拽上一把，防止他过于偏离方向。

里斯神父边走边仰望天空的星星，大声喊道："我要进去吃牢饭啰，当然，我本来吃的也是牢饭。"

巡逻兵听了里斯神父疯疯癫癫的喊叫，有些胆怯地跟里斯神父拉开距离。日本兵一直对这些留着长胡须、一年四季穿黑色长袍的神父们，抱有敬畏之心。

看到日本巡逻兵慌张的样子，里斯神父觉得很有趣，不由得哈哈大笑起来。

第十八章

第二天早餐，很多人在议论里斯神父被抓的事，侨民们担心里斯神父的安全，更担心黑市暴露后，日本人以后对侨民们管控得更加严格。

肖恩对利迪尔说："利迪尔，我倒是不担心里斯神父的安全，因为日本人不会太难为神父。我担心的是黑市暴露了，大家面临的是饥饿。这可能是个严酷的冬天。"

利迪尔看了看手中薄薄的面包片，神色悲戚，他说："是的，肖恩，饥饿会把我们逼疯的。我们跟外面没有任何联系，谁又能知道这样的日子还要熬多久？我们要想办法，再这样下去，大家的精神就崩溃了。"

海莉在卡米洛面前放了一个鸡蛋，示意他吃了它。卡米洛默默地敲碎鸡蛋壳，小心地扒开蛋白，把里面的蛋黄托在手心里，送到海莉嘴边。海莉轻轻推开卡米洛的手，示意他自己吃。

海莉正在用最快的速度变瘦，不只变瘦，她也变得更加沉默。卡米洛原以为，海莉会变回原来的样子，可是随着时间的流逝，他发现原先的海莉永远消失了。海莉变得沉默，行踪也很神秘，卡米洛经常找不到她，哪怕翻遍废墟也不见她的影子。谁也不知道她去了哪里。

卡米洛手心里托着蛋黄，一时不知该怎么办了。肖恩劝说卡米洛："你吃了它，海莉阿姨的钱才没有白花。"

海莉神色严肃地盯着卡米洛，如同托在他掌心的不是一粒蛋黄，而是成长所需的灵丹妙药，卡米洛只要吃下去，就能一夜之间长大。在肖恩和海莉的注视下，卡米洛只好把那粒珍贵的蛋黄全部填到嘴里。

早饭快吃完的时候，代源美突然出现在食堂里，他专门来宣布一个重要的决定，里斯神父关禁闭两周，禁闭期间，餐饭减半。听到这个结果，那些担心里斯神父会被枪毙的人，不禁热烈鼓掌。

代源美看向掌声响起的地方，他有些疑惑，不明白侨民们为什么鼓掌，难道他们憎恨里斯神父，巴不得他关禁闭吗？

里斯神父被关押在日本人办公区的禁闭室内，他没日没夜地在里面大声祷告，诵读经书。最初，办公楼里面的日本军官很好奇，他们想知道这个愚笨不堪的英国神父到底能坚持多久。可当他们发现，一天、两天……这种对他们来说聒噪的声音，昼夜没有间断，他们开始心烦了，别说关押两周，就是一周也无法忍受。

他们去禁闭室门口让里斯神父闭嘴，威胁他再这样下去，将被关押更久。里斯神父根本不在乎这些威胁，他开始以上帝的名义谴责他们。最后他们不得不用禁食的方法逼迫他安静下来，可是没用，他仿佛有用不完的力气。月洞门里面到处是里斯神父的嘹亮的诵经声。

里斯神父被禁闭一周就被释放了，日本人实在受不了他诵经的声音，那简直是一种折磨。

虽然只一周的时间，但是里斯神父变化很大，除了脸色灰白，套在身上的衣服变得更加空荡宽大之外，走起路来他的跛脚变成了瘸腿。许多人怀疑他挨打了，可是他不承认，他说他是上帝派来的，连魔鬼都不敢碰他。人们逗他说，日本兵连魔鬼都不如，怎么不能碰你？里斯神父眨巴几下眼睛，嘴里骂出一句粗话。他踩着咯吱咯吱的雪，一瘸一拐地朝自己宿舍走去。偶尔他也会停下来，声音嘹亮地跟男人们寒暄上几句，逗逗人家怀里的小孩。所有人都为他出禁闭室而高兴，他大声宣告，他还得去买墙外的东西，没人能阻止他，他就是要吃饱！其他人跟着他一起大笑，笑着笑着，脸上就显现出愁苦的模样。

墙内外的黑市因里斯神父的暴露而陷入了危机，日本人使用了各种手段，加大了巡查力度。外面的电网和横沟是阻断交易的最大障碍，加上大雪封门，往集中营送货的卡车开不进来，食堂的一日三餐变成了一日两餐，早上提供的高粱粥，实际上只有浑汤，看不到一粒高粱米。集中营里面的生活几近瘫痪。

皮特抬高了手头存货的价格，一个鸡蛋快要卖出黄金的价格了，一块毛毯更是卖出了天价。整个集中营的商店和物品交换店也瘫痪了，里面什么也没有，只有皮特的手中还有御寒物品和充饥的食物。

海莉的脖子变得更加细长，纤瘦的腰身几乎能双手握住。天冷以后，她依旧在大衣里面穿着那件绿色长裙，谁也猜不透那件裙子对她来说意味着什么。肖恩几次把自己的面包片放到她的盘子里，都被她强行还了回来。

威尔逊召开了几次自治会成员会议，可是大家对眼前的状况一筹莫展。他们去找过田中凉介，要求增加食品的供应，最后的结果是，不但食品供应没有增加，日方反而增加了巡逻哨兵，怕黑市一夜之间再起来。

整个集中营在大雪覆盖中奄奄一息，很多人觉得自己熬不过这个冬天了。

卡米洛在通往废墟的路上遇见了海莉，他看见她的右眼下面出现一块淤青，像一只壁虎趴在那里。开始，卡米洛以为是她化的这种妆容，走近却发现不是化的妆，于是盯着她脸上的"壁虎"看，眼神里流露出一种恐惧。

海莉略微侧转身，避开卡米洛的目光，说："看什么看？你是不是以为我这是被人打了？不不，这是我刚才碰到墙角上了。"

海莉解释着，还干巴巴地笑了几声，她试图让自己看起来很开心和正常，可越是这样，卡米洛越觉得她的脸是被人打了。

就在这时候，叶列娜带领一群女人，也从废墟方向走过来。她的老公是美国人，他们共有六个孩子，五男一女，从十五岁到三岁。进集中营没超过三天，侨民们就发现，这六个孩子、一个老公，早已把叶列娜的脾气打磨成了一把锋利的匕首，她随时随地会把它亮出来，作为她的护体神器。

叶列娜和女人们看到了海莉，竟然都哄笑起来，并在海莉前面站立几秒钟，离开的时候，叶列娜朝海莉鄙夷地看了一眼，恨恨地说："已经便宜你了，下次再犯贱，打断你的腿！"

说完，趾高气扬地过去了。

卡米洛盯着她们的背影看了一会儿，转头看向海莉。

海莉的脸上写满了愤怒，但发现卡米洛在看她，忙做出很无奈的样子，说："莫名其妙，她们在说什么？一群神经病，不要在乎她们。"

卡米洛转身朝宿舍区走去。卡米洛不知道该怎么表达内心的伤感。

卡米洛回到宿舍，肖恩正兴冲冲往外走，看到卡米洛，兴奋地把他举起来，说："卡米洛，意大利投降了！墨索里尼下台了！"

卡米洛听不懂这个信息，不管是意大利还是墨索里尼失败，在他心中，都不如海莉脸上的淤青更重要。肖恩没有觉察出卡米洛的失落，还在他耳边一遍遍说着。肖恩知道，这个消息能赶走集中营的颓唐和消极，能让集中营重新焕发出一种生的力量。

盟军7月份在西西里岛登陆，这是盟军第一次登上敌国领土作战。盟军统帅艾森豪威尔称这次占领行动是"解救欧洲大陆的第一页"。9月3日，意大利在投降书上签了字，五日后，正式宣布投降。

这个消息是老韩的表弟送来的，由于老韩不懂世界战局，而这些消息写成文字带在身上会很危险，于是老韩的表弟亲自来到集中营的北墙根下，通过那一块灰砖的空隙，拣这些重要事件跟肖恩说了一遍。

肖恩很激动，一再跟老韩的表弟表示感谢，老韩表弟说："肖恩，不要言谢，我们的命运是相同的，我们要并肩作战。"

肖恩说："谢谢你！你说的这些，对我们太重要，可以延续我们的生命，让我们有理由活下去！"

"对，你们要活下去，我们应该联合起来，打败法西斯，让人们过上安生日子。"

"从进集中营以来，我一直在写《潍县集中营日记》，希望你能帮我送去报社，让外面的人知道日军在集中营里对侨民的野蛮行为。"

"没问题。我只是担心登报以后，你会遭到虐待。"

"不要为我担心，只有把他们的罪行大白于天下，他们才会有所顾忌，我们集中营侨民的生活处境才会得到改善。"

"好吧，以后你有事情，就让表哥联系我，我们游击队尽力帮助你们。"

肖恩和老韩表弟虽然彼此看不到模样，却是相见恨晚。最后在老韩一再催促下，他们才结束了彼此的交流。

肖恩把举起的卡米洛放到地上，说道："快走，卡米洛，我们去找威尔逊先生，告诉他这些好消息！"

卡米洛摇摇头，去哪里都不能缓解他内心的悲伤。卡米洛独自坐在火炉旁，炉火散发出的温度很低，几乎可以用奄奄一息来形容。烧的煤饼是肖恩自己做的。进入冬季以来，侨民们学会了做煤饼，并且都把自己比喻成煤饼大师，说自己做的煤饼是集中营里面热量最高的煤饼。可事实证明，没有谁比谁更厉害。日军提供的煤灰本身热量就低，掺进去土做成的煤饼，发出的热量在寒风面前显得微不足道。

集中营里面最热闹的景象，是中午的时候，太阳光惨淡地照耀着宿舍区，男人们脱掉外套，穿着棉背心毛衣，蹲在地上做煤饼。他们耐心的样子，就像手中的技艺能拯救全人类一样。有些讲究的男人，会用空罐头盒扣煤饼，那样做出来的煤饼大小一样，规格统一，整齐地晒在空地上，看起来赏心悦目。

北风把门吹得来回撞，好几次卡米洛以为肖恩回来了。外面降雪了，开始是零散的雪爽子，打在玻璃上唰唰响，很快就变成了雪花，飘飘荡荡落下，把地面铺满了。卡米洛想着海莉脸上的伤，坐在炉旁慢慢陷入了昏睡。

肖恩回来时，带回一身风霜。开门声让卡米洛以为又是风在吹门。很快，他就感觉有人把他抱到了床上，给他脱掉了鞋子，盖上了被子。

这一觉卡米洛直睡到吃晚饭时才醒，是肖恩把他叫醒的。海莉没有来食堂吃饭，卡米洛在排队和吃饭的人群里，没有找到她。卡米洛感觉到今天餐厅不一样的气氛，每个人的脸上都有着抑制不住的笑意，互相之间说着一些暗语，然后心照不宣地点点头。仿佛他们是世界局势观察者一样。这种暗暗的兴奋，跟肖恩下午张扬的兴奋，味道是一样的。而且，每个人晚饭时都领到了一片面包。

肖恩也注意到海莉没到食堂，他寻找海莉，想把一些好消息告诉她。

肖恩为海莉领了一片面包，带着卡米洛去宿舍找海莉。

海莉在宿舍里穿上大衣，脸用围巾仔细地遮掩一番。刚走到门口，她就看到肖恩和卡米洛，虽然有些不自在，可她还是强装镇定地等他们近前。

肖恩走近海莉，低声兴奋地说："我们胜利了，海莉，艾森豪威尔将军，还有我们的巴顿将军在7月份就登上了西西里岛！你知道这意味着什么吗？"

海莉脸上也绽放出笑容。"我知道，肖恩，宿舍里都传开了，所有人都很兴奋。"

"所有人里面包括你吗，海莉？"肖恩问。

看着肖恩深情的眼神，海莉脸上的笑黯淡下去。她从口袋里掏出油画棒递给卡米洛。

"我从皮特那里搞到的。"

海莉不小心让脸上的围巾滑落，"壁虎"露出来了。卡米洛默默接过油画笔，没有勇气抬头看她。肖恩疑惑地盯着"壁虎"，黄昏的光软软地照在海莉身上，照在她脸上的"壁虎"上。海莉打算退回宿舍，被肖恩一把拉住了。

"谁干的？"

"我自己碰的。"

"谁干的？"

"不要你管！"

雪下大了，肖恩拽着海莉朝史密斯的宿舍走去，他要查出来是谁向海莉动手的，他要对方付出更大的代价！海莉拼命挣扎，捶打肖恩的手臂，让他放手。

"肖恩，求求你，放开我。"海莉的声音里全是泪水。

肖恩回头看了她一眼，停住了脚步，说道："行，不去找史密斯也行，你告诉我是谁干的。"

大雪中，集中营陷进了无尽的迷蒙，房屋和树木都变模糊了。

肖恩盯着海莉脸上的"壁虎"，等她回答。

海莉擦掉脸颊上的泪水，冷冷地说："我的事不要你插手。"

"我如果非得管呢？"

"你凭什么管？你以为你是谁啊？"海莉朝着肖恩狂喊，脸上的"壁虎"在怒喊中变红了，"一直以来，我在大家眼里只不过是个蛮横无理、肮脏不堪的女人！"

肖恩拉海莉的手松开了，他的眼眶红了。

"不是你想的那样，海莉，你是个好姑娘，你善良、热情、开朗。你身上具备很多男人也不具备的勇敢。"

"我勇敢？你真想知道我的脸怎么了吗？不用纪律委员会出面，我告诉你，是她们打的我！我睡了她们男人，她们打我，这是理所当然的！"说完，海莉仰脸大笑起来，"以后还会有人打我，我保证。我愿意被她们打，当然她们也会付出相同的代价。其实，进了集中营我才明白，身体算什么？活着就是件无聊的事情！"

肖恩惊骇地看着海莉，两人对视片刻，肖恩摇摇头，他不相信海莉说的这些，她在开玩笑，她在惹他生气。他走上前替海莉轻轻拂掉头上和肩上的雪。

"海莉，别说这些作践自己的话，我知道，你不是那样的人，你……如果你愿意，你告诉我所有发生在你身上的事，我愿意帮你。"

"肖恩，我没有作践自己！这里是集中营，这里面什么都有：纯洁的爱、肮脏的交易，拯救人类的雄心、无耻贪婪的掠夺……它们是并存的。你要相信一切都会发生，也要相信一切都是欺骗。"

海莉转身朝宿舍走去，地上的雪很厚，留下深深的脚印。站在远处的卡米洛看到海莉走了，才慢慢走过来。

沮丧地走回宿舍门口，肖恩没有进去，他倚在门旁的墙壁上，被一种无力感包围了。海莉的话一遍遍在他耳边响起，他捂住耳朵蹲在了地上。她说的不是真的，都是假的！海莉怎么会去做那些事！肖恩想朝天空大喊，把胸腔中的悲伤和愤怒呼喊出来。可他张大嘴巴，什么声音也没有发出来，只有雪和冷气迅速钻进了他的口腔。他剧烈咳嗽起来。

卡米洛回到宿舍，拿出新得的油画棒，趴在桌前画画。他画的是大雪中的集中营。红瓦灰砖的平房，婉约的月洞门，灰色的高墙，这些都在弥漫的大雪中，显得缥缈迷离。

熄灯前，肖恩带着一股寒气走进来。他晃晃荡荡地走到床前，呆呆坐在床上。卡米洛没有管他。爸爸和妈妈在世时，他们藏在自己房间里吵架，卡米洛总是装作不知道的样子。大人的事，大人自己解决。

熄灯了，肖恩还是坐在床沿发呆。卡米洛就有些担心了。外面的雪光照进来，屋子里白亮亮的。他走到肖恩跟前，一声不吭地看着他。

卡米洛蹲下想替他脱鞋子，被肖恩拉住了。

肖恩说："睡吧，卡米洛。晚安。"

卡米洛回到自己的小床上。屋子静得可怕，可以听到外面落雪的簌簌声。卡米洛蜷缩在被子里，一动不敢动。炉子里的炭火熄灭后，寒冷逐渐包围过来，整间屋子沦陷其中。肖恩坐在床边，直到天放亮。

海莉自动远离了肖恩。肖恩不知道该怎么办才能挽回一切，只能眼睁睁地看着海莉越走越远。一个人的时候，他经常回想以前的海莉，在火车上蛮横无理地对抗一车厢人，在田中凉介办公室里，时软时硬地对付田中凉介。还有，那个大雨天，她在他们的宿舍里，那么温柔似水地跟他和卡米洛说话……想多了，肖恩就感觉心累。整个集中营在挨饿，卡米洛需要照顾，威尔逊身体一直很虚弱，自己还有这么多事要去做，他真的有些扛不住了。

肖恩正为海莉的事情伤脑筋时，跟她一个宿舍的阿利齐又病倒了。那天早晨，阿利齐起来刚要弯腰抱孩子，忽然晕倒在床边。开始谁也没当回事，集中营里经常有这种突如其来的晕倒，多数是饿晕的，哪怕喝上一碗白糖水，人立马就会精神起来。所以宿舍的人预测她躺两天就好了。事实证明，他们都错了。第二天，阿利齐就发起高烧，虚弱地躺在床上一动不动。宿舍的人把她送去医院。医生诊断她是急性肺炎，可医院里的抗生素早就用尽了，赫士博士一直给日方打报告，要求从外面为他们购买药品，可没人理会他们的要求。

海莉找到赫士博士，跟他说阿利齐还有个孩子需要照顾，她不能死。赫士博士说，他理解海莉的心情，可是作为医生来说，不管病人是一名母亲还是谁，都不该死，他们一直在尽力，给她物理降温，给她集中营里目前最有营养的病号餐，可除此之外他们真的无能为力。

"已经来不及了，海莉。"赫士博士说，"她现在呼吸都很困难，又没有可用的药，想要救活她太难了。"

海莉去找皮特，希望他能联系外面的人买点抗生素。皮特说："海莉，别说抗生素，就是一块红薯，皮特现在都买不来，黑市这条路被堵死了。再说，现在外面对抗生素控制得非常严格，就算还有黑市，也不可能买到的。"

海莉彻底绝望了，她看着躺在床上不时大声啼哭的雅典娜，一筹莫展。

这些事情，肖恩都看在眼里，他不想放弃阿利齐，如果阿利齐死了，她的孩子雅典娜也不可能活下来。

这天，肖恩在约定的跟老韩碰头的时间，把阿利齐的事情告诉了老韩，希望老韩想办法搞到抗生素。老韩对肖恩说："我上次去找我表弟的时候，他就跟组织汇报过集中营的情况，组织说，不管你们遇到什么困难，他们都会尽力帮忙。我去问一下，看他们能不能帮上忙。我估摸今天后半夜就回来了，我们还在这里碰头。"

墙那边很快安静下来，肖恩能想象到，老韩一定飞快地离去了。

肖恩这天下午做什么都心神不宁，他不时走到窗前，看太阳什么时候落山。尽管卡米洛不知道肖恩为什么总看天空，但知道肖恩心里一定有事，而且跟天空有关系。于是，卡米洛也频繁地抬头看天空。

寒冬黑天早，才五点多钟，太阳就落山了。肖恩去给卡米洛领回晚餐，看着他吃完，打发他睡下了。夜越来越深，集中营终于安静下来，一切陷入黑暗中。肖恩换上自己的一套深色衣服，朝集中营北墙走去。他耳边只有自己脚步的沙沙声。他尽量放轻脚步，挨着平房的墙壁走，雪亮的探照灯照过来的时候，他紧紧贴在墙壁上一动不敢动。如果被巡逻兵发现，后果不堪设想。

在拐弯的树下，影影绰绰地有人影晃动，他机警地停住脚步，躲到屋后。对方似乎也发现了他，等在树下一动不动。猫头鹰在树上发出一连串的怪叫，听了让人头皮发麻。

肖恩思忖是不是继续往北墙根走，如果被跟踪了，那么首先倒霉的是老韩，甚至他们整个村子都会遭到屠杀。可今晚如果不去，老韩会一直等下去。他想了想，索性大步朝树下走去，很坦然很放松的样子，给人一种感觉他是在散步。如果树林里的人是巡逻兵，受到惩罚的是自己，不会连累别人，总比这样僵持着好。

树下居然是两个热恋中的年轻侨民。肖恩的忽然出现，让他们大惊失色。当他们发现对方不是巡逻兵，而是肖恩时，忍不住捂嘴笑起来，同时心中涌起了一股温暖。在集中营这样的环境下，年轻人还有爱情，有对美好事物的追求，真是太难得了。肖恩提醒他们，晚上不要出来，太危险了，万一被巡逻兵抓到，会受到严惩。

男孩用手捋了捋垂到额头的长发，说："不怕严惩，恋爱不自由，不如死。"

他近距离盯着肖恩，眼睛熠熠生辉，肖恩跟他握了握手，说：

"祝你们好运！"

肖恩跟他们俩告别，匆匆朝北墙走去。

老韩搞来了抗生素，不是一支，而是整整十盒。老韩把墙上的砖头抽出来，一盒一盒地递进来。老韩说，这是抗日游击队所有的家底，全给他带来了。肖恩顾不上道谢，他要赶紧去医院救阿利齐。

捧着这些珍贵的抗生素，肖恩机警地躲闪着探照灯和巡逻兵，往医院奔去。路过拐弯的大树时，肖恩特意瞅了一眼，树下空荡荡的，那对恋爱的青年人已经走开了。

阿利齐没有用上抗生素，肖恩到达医院时，她已经咽气了，一名护工正用白床单把她从头到脚覆盖住。肖恩朝阿利齐的遗体深深鞠了一躬，他呆望着这具瘦干的遗体，内心涌起潮水般的悲伤。

护工告诉肖恩，赫士博士最近一直在办公室休息，因为医院里缺乏抗生素，越来越多的病人病情恶化，赫士博士也快累垮了。

肖恩去了赫士博士的办公室。赫士博士看了看他手中的抗生素，老泪纵横。

"肖恩，替我谢谢他们，这些药会救很多人的命。"赫士博士说，"我老了，最近越来越感觉力不从心，真不知道还能坚持几天。"

肖恩上前轻轻拥抱着赫士博士瘦弱的躯体，黯然泪下。

外面，天光微亮，皑皑白雪铺天盖地地压下来，耀得集中营惨白一片。阿利齐被埋在了废墟旁边，那里已经隆起了十几座新坟，有些人是饥饿生病而亡，有些人是自杀身亡。海莉抱着雅典娜为阿利齐送葬，雅典娜看着眼前陌生的环境，反倒开心地咧嘴笑。

阿利齐去世后，海莉收养了雅典娜，她变得像阿利齐那样，天天抱着雅典娜走来走去，这令本身就虚弱的海莉疲惫不堪。

海莉去找皮特，看他的库存里有什么适合雅典娜吃的东西。

皮特看着海莉怀中瘦得皮包骨头的雅典娜，嘴里发出啧啧声：

"这还能养活吗？海莉，别怪皮特恶毒，你养她就是浪费钱。她在集中营里养不活的，总有一天，她会去天堂找妈妈。"

"混蛋，皮特！"海莉暴怒了，皮特说的这些正是她内心深处最为恐惧的。这一刻，她想起雅各。自从雅各去世后，她就远离了孩子，她不想让那些回忆涌来，不管是美好的还是刻骨铭心的，对她来说都很残忍。然而进了集中营，她却偏偏遇到了卡米洛和雅典娜，想躲都躲不开。

她怀中的雅典娜哭起来，哭得惊天动地。皮特以为暴怒后的海莉会离开，可是没有，她把雅典娜哄好后，蹲下从那些货物中开始寻找婴儿辅食。

皮特在旁边提醒她说，这些东西都很贵，尤其孩子吃的食物，价格高到离谱。海莉转头瞅他一眼，皮特赶紧闭上了嘴巴。

海莉拎起两袋羊奶粉，站起来把钱递给皮特。

盯着钞票，皮特咧嘴笑起来。他伸手接过钱，从第一张数到最后一张才开口说话。

"海莉，原谅皮特这个既贪财又好奇的人，我想知道，你一个加拿大人去养一个美国人的孩子，图什么？难道战争结束，会给你颁发美国母亲勋章？"

"什么也不图，就是讨厌这些肮脏的金钱。"

皮特愣怔住了。

第十九章

　　大雪覆盖下的集中营，一片白色世界。大雪抹去了过去的痕迹——房屋和房屋之间的痕迹，煤渣路和废墟之间的痕迹，月洞门和办公楼之间的痕迹，天空和树枝之间的痕迹，飞鸟和集中营上空之间的痕迹，外界和集中营之间的痕迹……一切在大雪中失去了边界，集中营变成了一个巨大的无痕世界。外面的进不来，里面的出不去，集中营如同孤岛。

　　老韩很久没有跟肖恩联系了，一方面是日方在围墙内外增派了巡逻兵，另一方面是因为雪地上留下脚印，很容易暴露目标。墙内墙外的雪地上，只有几行小动物的足迹。

　　肖恩和老韩都在熬，熬到地面上的雪融化。半个多月后，雪地上融化了一些雪，裸露出一块块草皮和地皮。肖恩有些迫不及待了，为了不在雪地上留下痕迹，他就像踩着石头过河一样，踩着那些裸露出来的地皮，闪躲腾挪，费力地接近围墙，去约定的地方等老韩，并在砖缝留下信号，一连好几天，都没有等到老韩。肖恩并不死心，他相信老韩一定惦记着卡米洛和乐道院里的孩子，不会从此隐身。肖恩每天下午去一次围墙，偷偷打开那块隐秘的砖头，朝外看一眼。

这天下午，肖恩打开砖头的时候，惊喜地发现墙缝里塞了一张纸条，上面画了一个月亮。老韩不识字，肖恩明白了他的意思。

当晚夜深人静时，肖恩躲开日本巡逻兵和围墙哨楼的探照灯，来到围墙下跟老韩碰面了。肖恩把集中营里的严峻形势告诉了老韩，请求他寻找围墙四周最安全的地方，重新启动围墙内外的黑市交易。

最终，肖恩和老韩分别在围墙内外侦察，确定了一个相对安全的交易区域，这段围墙就是安德森第一次买药的地方，那里是探照灯的盲区，而且墙外的壕沟很深，日本巡逻兵很少走过去。

不过，外面的人给围墙里面的人送物品，必须跨越壕沟，翻越一道铁丝网和一道电网，非常危险。老韩对肖恩说，这点不算困难，谁家还没有个梯子，电网上面搭一块木板就可以爬过去的。

在老韩的多方联系下，附近村庄的百姓有组织有次序地开展黑市交易，将面粉、南瓜、土豆、鸡蛋紧缺物品送进了集中营。很多次交易，围墙内递出来的钞票跟外面市场上的价格并不匹配。现在外面食物稀缺，物价飞涨，一天一个价格。相同的价格，今天或许能买到十斤面粉，到明天就只能买三五斤了。战乱和干旱，尤其日伪的统治，让整个国家早就陷入饥荒。即便如此，也没人计较钞票多少。冒着生命危险跟围墙内的人交易，可不是为这几张票子。潍县百姓相互议论说，这些外国人太可怜了，跟家里隔山隔海的，被关在这里受罪，我们好歹还在自己家里，一家人能团聚，这就知足了。

肖恩知道这当中，老韩付出了很多，一次跟老韩碰面时，问老韩该怎么感谢他。老韩淡淡地说："感谢啥，我们吃糠咽菜都能吃得下，你们不行，你们的胃天生是吃面包的，换了口味会出毛病。放心吧，只要有我们吃的，就饿不着你们！告诉大家，都要活下去，没有什么比活着更值钱的东西了。"

老韩不会说大道理，但老韩的话让肖恩泪流满面。

大雪皑皑的这段日子，几乎每间宿舍里，都会飘荡着火炉烤地瓜或者土豆的香气。这是墙外的中国农民教的他们。把地瓜和土豆埋在滚烫的煤灰里，很快就会变成美食。这些香甜的美食让集中营里的冬天温暖了些。

肖恩的日记，已经记录了厚厚的三本。这晚，他一夜未睡，抄录下重要章节，把抄录下的这些章节通过老韩交给中国抗日游击队，让游击队帮他邮寄到北平《时报》和天津的《益世报》，这两家报纸都有国际背景，日本人不敢对两家报社采取暴力行动。

毫无疑问，《潍县集中营日记》会像《北平沦陷日记》一样，让日本侵略者丑恶残暴的行径暴露在阳光之下。

路上的积雪融化后，黑煤渣路显得湿润油亮，踩在脚底硌人。卡米洛想去废墟看看自己的那些画，自从下雪以后，他就再也没有去过那里。

大雪覆盖下的废墟，既臃肿又消瘦，如同一幅颓废的油画展现在卡米洛眼前。卡米洛抱着西西朝废墟深处走去，寻找自己画画的那间屋子。突然间，他听到有争吵声，顺着声音走过去，在一处垮塌的屋子里，看到海莉正跟一个瘦高个男人发脾气。海莉穿着她那件绿色的长袖高领裙子，外罩一件米色粗呢大衣，正拽住男人胳膊不让他离开，男人挣脱开她的手，厌烦地把一盒香烟扔在她身上，扬长而去。香烟掉到了地上。海莉追出垮塌的屋子，看到卡米洛站在不远处，她愣怔住了，没有想到天这么冷，卡米洛会来这里。

她慌乱地叫了声："卡米洛。"

卡米洛有些恐惧地看着她。

海莉从口袋里掏出香烟，想了想又放了回去。

"别怕，卡米洛，我们谈件事没有谈好，所以……"海莉继续解释说。

卡米洛望了望海莉身后男人扔下的香烟，他搞不懂眼前的状况，可是他隐隐觉得男人在欺负海莉，他的眼前又出现那个穿棕红色西装的后背。卡米洛的心突突跳，人也跟着慌乱，没头苍蝇似的朝废墟里面走去。

卡米洛找了好久，他的脑子里乱极了，已然忘记"密室"在哪里。卡米洛蹲在地上，把头伏在双臂间。他需要让自己的情绪稳定下来。海莉一直默不作声地跟在他身后，当卡米洛蹲下后，她俯身抚摸他的脖颈上，轻声说："你跟我来。"

海莉带他来到"密室"，那面墙上的树、韩小亮、雅各和断翅膀的风筝展现在眼前。"我早就发现这些画了，卡米洛，谢谢你留下雅各。"海莉伸手轻轻抚摸着墙壁上的雅各，"他是我的太阳神，从他走后，我所度过的每一天都是多余的，都是对自己的惩罚。"

卡米洛听不懂海莉的话，也没问。大人说话，小孩总是有听不懂的时候。

海莉说："卡米洛，你想听听雅各的故事吗？"

卡米洛点了点头。

"你永远不知道他有多么聪明。他刚会说话时，就会英文和中文分开使用，每次我回家晚了，卡特就抱着他，站在路边等我。有时，路灯亮了，看到他们在昏黄的路灯下，拖着长长的影子等我，我的心都要融化了。他会甜甜地叫我妈妈，他会给我捶腿，帮我往屋子里拿红酒。那时，我的红酒生意做得不错，那是我最幸福的时光。"海莉的声音低沉了下去。

"他死了是吗？"卡米洛哀伤地问。

"没有，卡米洛，他一直在陪着我们，在天上，在画中。"海莉嗓音沙哑地说。

起风了，大风把废墟的残雪刮起来，扬得满世界都是。站在寒冷的废墟中，海莉看着挂在集中营墙头的落日，内心一片茫然，活着的意义在哪里，在于怀念死去的亲人吗？

海莉拉着卡米洛的手，把他送到宿舍门口，转身离去时，肖恩从宿舍走出来，他正要出去寻找卡米洛。

看到海莉，肖恩愣怔了一下，问道："海莉，你身体好些了吗？"

"我一直很好。"海莉把目光放到远处，看着集中营围墙上的哨楼说，"身体好不好都一样，迟早要倒下去。眼下的生活正在摧残我们，打垮我们，最后，他们不费一枪一弹就可以给我们收尸。等着看吧，肖恩。"

肖恩的神情严肃起来，他的喉结上下动几下，艰难地说："海莉，别气馁，我们以后会好起来的，世界不会永远这样！"

海莉把垂到脸颊上的长发别到耳后，笑道："你居然跟我谈以后？从我们进来的那天起，每个人都注定没有以后了。"

"不能这么颓废，海莉。战争虽然残酷，可总有一些勇敢的人，在为重建秩序而奋斗，为光明而奋斗，我们不能拒绝明天到来。"

海莉看了一眼肖恩，默默地转身走开。黄昏的微弱光芒，打在她的后背上。很快，那一丝稀薄的光从她的后背上滑落了。

第二天早上点名的时候，所有的方队忽然被留在了原地。代源美指挥全副武装的日本兵，又一次对侨民宿舍进行大搜查。众人吃惊地看着一队队日本兵走进宿舍区，谁也不知道发生了什么事。

田中凉介手里拿着一张报纸，怒气冲冲地走到肖恩所在方队。他没有说话，只是站在那里长时间盯着肖恩看。肖恩看到田中凉介手里的报纸，心里已经明白了几分。看样子，中国的游击队已经帮他完成了心愿。

早饭时间已经过去了，太阳挪动到头顶，点名的队伍依旧没有解散。侨民在前后左右悄悄打探消息，日军在搜查什么？

终于，搜查的日本兵回来了，手里拿着一些学生作文、家庭记账本、自治委员会工作日志等等。田中凉介一页一页检查这些纸张，最后全部摔在地上，用日语训斥带队搜查的代源美。之后，田中凉介冲着队伍喊道："肖恩，出列！"

肖恩淡定地走出队列，站到田中凉介对面。田中凉介挥舞着手中的报纸朝他叫嚷，中日英文夹杂在一起。肖恩听不懂他说的什么，看到他如此暴怒，心里很痛快，看样子，《潍县集中营日记》戳到了他的痛处。

站在队列里的侨民瞪大眼睛看着肖恩，猜测肖恩用什么办法把田中凉介激怒成了疯狗。

肖恩故作不解地说："田中长官，到底发生了什么事情？需要我做什么？"

田中凉介突然狞笑，用力撕碎了手里的报纸。"你以为写几篇日记发在报纸上，就能吓唬住大日本皇军？该关你们还得关，该杀你们还得杀！"

"田中长官，我不知道你所说的日记是什么，不过你们公然违背国际法，虐待侨民，如果我们这里糟糕的现状真在报纸上公布于众，可能对你们不利。如果你们继续虐待侨民，报纸上还会公布你们的罪行，不信，你可以试试。"

"这么说，日记是你写的了?!"田中凉介的手摸向腰间的手枪，队伍里一阵紧张。

肖恩不屑一顾地说："你们搜到证据了吗？"

田中凉介暴怒，朝天连开了三枪。清脆的枪声划破蓝天，惊起了树上的麻雀，残雪纷纷落下。让田中暴怒的不是肖恩或者什么人写了集中营的日记，而是通过什么渠道传递出去的。这是他们管理的疏漏，也是他的耻辱。

他盯着肖恩，恨不得当即杀了他。站在旁边的日军少佐伊豆，暗暗地给田中凉介使眼色，提醒他不要冲动，他们的上司已经打来电话，命令妥善处理这件事，不要激化出更大的矛盾，以免引起国际社会的愤怒。而且，留着肖恩，可以暗中顺藤摸瓜，找到肖恩跟外界联系的渠道。这条跟外面的联络线不尽快掐断，要出大问题。

田中凉介使劲儿咽下一口唾液，命令队伍解散，他扫了一眼肖恩，拂袖而去！

寒冷中站立了两个多小时的侨民，身子冻僵了，走路都走不稳了，立即原地活动手脚。

回到宿舍，看着一地狼藉，卡米洛问肖恩："他们在找你的日记吗？"

"对，他们是痴心妄想！"

"你的日记本放在了哪里？"他昨天还看到肖恩趴在桌子上写过日记，今天忽然就消失了。

"从我抄录日记送出去那天，我就做好了他们搜查的准备。"肖恩胸有成竹地说。

这时候，海莉走进来，怀里抱着雅典娜和一床紫红色的毛毯。肖恩疑惑地看着她，不知她要做什么。海莉把毛毯和雅典娜一起放在卡米洛床上，对肖恩说："这是准备给卡米洛做大衣的料子。"

"用毛毯做大衣？"肖恩惊愕地问，可随之涌上心头的是喜悦，海莉很长时间没有来做衣服了。他把这看作一个美好的征兆。

卡米洛奇怪地翻看这床紫红色毛毯，他不想要这样颜色的大衣，穿出去会被人笑话。可是他知道自己说了不算，海莉在料理他生活的事情上独断专行，连肖恩说了都不算。这点很像妈妈。

雅典娜一个人躺在卡米洛床上吃手玩，把卡米洛的注意力吸引了过去。雅典娜的眉眼长得跟阿利齐很像，淡淡的眉毛，阔阔的嘴巴，笑起来一副没心没肺的样子。

卡米洛小心地戳了戳雅典娜的手腕，雅典娜大眼睛看向他，朝他咧嘴笑。卡米洛兴奋地又戳戳她，雅典娜咯咯笑出了声。一时，两人玩得不亦乐乎。

房间里的那台破缝纫机又吱吱响起来，在海莉的忙碌下，屋子里一派热闹。床上、地上还有椅子背上，横七竖八搭着裁剪开的毛毯片。

海莉的心情很好，她踩着缝纫机，脸上几次露出笑容。似乎给卡米洛做衣服，是件让她如释重负的事情。她今天没有穿绿色长袖裙子，而是换了一件掐腰的海蓝色羊毛大衣，长发绾成了发髻，脸颊上的"壁虎"的淡痕几乎看不出来了，整个人显得俏丽可爱。

肖恩看了一会儿卡米洛跟雅典娜玩，问海莉："你打算收养这个孩子吗？"

"也不算收养。她太小了，幼儿园没法照顾她。我跟宿舍的女孩们讲好了，我去医院工作时，她们照看，其余的时间，我照看，她的所有花费由我承担。"海莉停下手里的活，回头看了一眼床上的小人儿，"其实我也不想养她，可是没办法，她又不是娃娃玩具，总不能扔了。"

卡米洛伏身在床上，托着腮看着雅典娜独自在那里手舞足蹈。

外面的风激烈起来，在空中互相厮杀，发出猎猎的吼叫。海莉踩着缝纫机走走停停，大理石般光洁的侧脸，在肖恩的眼里变成了神话。

做卡米洛的毛毯外套，海莉折腾了两天。卡米洛和肖恩都习惯了她踩缝纫机发出的车车声。卡米洛在这些车车声中画画，跟雅典娜玩。肖恩更多的是蹲在炉子边，让炉火散发出最大的热量。

今天傍晚，海莉来卡米洛宿舍，为外套做最后一道工序。她在大衣里面又穿上了那件绿色长袖裙，卡米洛画着画，看了几眼她的裙子。肖恩也看了几眼她的裙子。她没有抱雅典娜来，卡米洛问她，她说雅典娜睡了，已经托付给宿舍的其他人了。

天空阴沉沉的，让人心里发堵。卡米洛站到窗前看着外面。路上没有人，只有干巴巴的树枝在寒风中摇曳。肖恩从炉火中掏出滚烫的小土豆，震掉上面的煤灰，放在一只不锈钢盘子里。空气中立刻弥散开一股浓郁的香气。海莉喜欢吃土豆泥，平时她会把这些土豆用勺子按压成泥，然后从食堂要一点盐撒在上面，她跟卡米洛说，撒上黑胡椒更好，可惜我们没有。今天她连看都没有看盘子一眼，只是匆匆在缝纫机上缝衣服。肖恩小心地扒土豆上的皮，打算用勺子按压成土豆泥，撒上盐。

外面的风越来越大，肖恩把土豆泥递给卡米洛和海莉。两人都摇头拒绝了。海莉手中的外套正式完工了，她从缝纫机上把它断线拿下来，急不可待地给卡米洛试穿。

"卡米洛，你穿这件大衣太帅了。"海莉惊叹道。这件外套穿在卡米洛身上，将他转眼变成了风度翩翩的少年。

肖恩也对着卡米洛啧啧称赞，想不到海莉真的用毛毯给卡米洛做了一件大衣。

海莉匆忙站起来，在绿长裙外面套上了大衣，拿起缝纫机上的包说："我得走了。"

转眼间，海莉一阵风地消失在风雪中。肖恩跟出去，风刮起地上的雪，抛撒得白茫茫一片。迷离的风雪中，只有海莉在孤独地前行，谁也不知道她要去哪里。卡米洛和肖恩站在门口，看着海莉的背影。

肖恩突然感觉心窝憋闷，他似乎感觉到海莉要去哪里。"以后还会有人打我，我保证。我愿意被她们打，当然她们也会付出同等代价的。"海莉的声音回响在肖恩耳边。

肖恩一拳头打在墙壁上，刺骨的疼痛让他痛苦。他不相信海莉会像她自己说的那样。卡米洛快速拉开了房门，看了一眼肖恩，用手指了指门外。肖恩明白了。是呀，为什么不跟去把她拉回来呢？不管她要去做什么，总是要问清楚的。

肖恩跑出宿舍，卡米洛站在门口看着肖恩消失在远处。

太阳落山了，晚饭时间到了，卡米洛多次去路上张望，一直没有看到肖恩的影子。路上去食堂吃饭的人多起来，他们跟卡米洛打招呼，要带他去吃饭，有些人问肖恩去了哪里。卡米洛沉默地摇头。

晚饭后，肖恩回来了，他什么也没说，上床倒头就睡。卡米洛看到肖恩脸色很难看，一句话没敢多说，也小心地上床躺着。西西想跟他玩耍，不停地用爪子挠他，他不敢出声，一把将西西抱在怀里。西西挣扎着叫了两声，表达它的不满。

第二天早餐后，肖恩牵着卡米洛的手走回宿舍，半路上遇到艾瑟尔。她有些迟疑地停下脚步，等到肖恩走上来时，小声对肖恩说："有空你去找海莉谈谈，我听到很多人都在议论她。"

"谈什么？谁在背后谈论她？"肖恩莫名其妙地激动起来，瞪眼看着艾瑟尔。

艾瑟尔有些不高兴，赌气说："你跟我瞪什么眼？最近很多女人去找威尔逊先生，要求委员会出面惩罚她。算我多嘴，随她怎么样呢！"

说完，艾瑟尔甩开肖恩朝前走去。

肖恩跟艾瑟尔瞪眼的时候，安德森站在一边，他跟艾瑟尔是老朋友，看到肖恩为了海莉跟艾瑟尔耍横，心里很不爽，艾瑟尔走开后，安德森拽住了肖恩，气恼地说："你是疯了吗，肖恩？昨天傍晚你干什么啦？为了海莉那种女人，你值得去跟人动手吗？整个集中营都把这件事当成了笑料，你知不知道？"

安德森刚说完，肖恩对安德森挥动拳头。卡米洛没想到肖恩会揍安德森，安德森自己也没有想到肖恩这么暴躁，他的脸颊上猝不及防地挨了肖恩一拳头，整个人蒙住了。

安德森捂住腮帮子，惊讶地盯着肖恩。

肖恩说："去他妈的整个集中营，值得不值得那是我的事情！全集中营的人都嘲笑我又能怎样！"

肖恩甩开安德森，带着卡米洛大步朝宿舍走去。路上，卡米洛几次偷看肖恩，他发现肖恩突然老了，甚至比他的爸爸还要苍老。北平学校正组织学生在路上扫雪，一些女孩被卡米洛穿的大衣吸引住了，显然这件衣服是在集中营临时制作的。她们凑到他跟前，跟他打听是谁帮他做的大衣，能不能也帮她们做一件。卡米洛告诉她们是海莉，她们兴奋地叫起来。

半上午的时候，海莉就抱着几床花色各异的毛毯来到肖恩宿舍，神色宁静，看不出昨天傍晚发生了什么。她自然地跟卡米洛打招呼，用略带责备的口气说："卡米洛，北平学校的女学生们缠着我，让我给她们缝制大衣，肯定是你跟她们说的吧？害死我了。"

海莉说这些话的时候，并没有生气，脸上透出一种前所未有的光芒。在集中营里，这是海莉第一次被人需要。肖恩暗暗打量了堆在床上的几条毛毯一眼，知道这些毛毯一定是海莉从别人手里收购来的，心里估算海莉需要花费多少钱。

卡米洛帮她把毛毯摊开，拿出自己画画的尺子给她用。从头到尾，肖恩没有说话，只是在燃炉下面埋上小土豆。西西穿梭在各色毛毯中，伸出前脚抓挠那些毛毯，玩得不亦乐乎。

卡米洛心存疑惑，他不知道这么多毛毯都是从哪里来的，难道海莉早就知道要来集中营挨冻，所以带来这么多毛毯？

外面响起敲门声。肖恩打开门，是群女孩子站在门口。领头的是脸上长雀斑的胖女孩贝拉，她礼貌地问海莉女士在不在这里，她让她们来这里等她。肖恩赶紧闪开身子，邀请她们进屋。

海莉热情地招呼："姑娘们，赶紧进来，先挑选你们喜欢的花色，然后再量身子。"

女孩子们依次进到屋里。卡米洛抱着西西，跟在肖恩身后，从女孩堆里挤出屋子。

肖恩去了威尔逊的宿舍，卡米洛则抱着西西朝废墟走去。废墟旁那截黑煤渣路上的雪融成水后，被冷空气又冻住了，变成了条明晃晃的冰路。卡米洛想起正月初三的时候，树带他玩的冰车。眼下虽然没有冰车，他可以自己滑下去啊。卡米洛抱紧西西，助跑一段路，无师自通地站直身子，在冰路上滑行起来。

耳边的风飕飕地吹过去，脚下的路迅速后退。卡米洛感觉到前所未有的惊恐和兴奋。西西在怀里叫了一声。卡米洛也张大嘴巴，跟着叫了一声、两声……紧接着是他突如其来的狂喊。一种彻底放弃或者永久拥有的分裂，从卡米洛喉咙宣泄而出。

不知什么时候，田中凉介站在黑煤渣路尽头，阴郁地看着滑翔而来的卡米洛。田中凉介站的位置距离废墟只有一百多米。卡米洛沉迷在了滑冰中，并没有理睬田中凉介，滑过来又返回去，玩得兴高采烈。他自己并没有意识到，不知道从什么时候，他见到日本兵没有恐惧了。等到卡米洛再想起田中凉介的时候，抬头看前方，早没了田中凉介的身影。

吃晚饭的时候，卡米洛和海莉都很兴奋。两人的脸蛋红扑扑的，眼睛亮晶晶的。肖恩迷惑地看向他俩，海莉的表情他能理解，毕竟有这么多女孩子需要她，围绕着她，这是一件令人愉快的事。可卡米洛是为了什么，他没有搞懂。

熄灯前，卡米洛终于完成了手中的画。画中的男孩双脚并拢，双臂打开，变成一只大鸟在空中飞翔，大朵的云彩在他身边飘荡。

"画的你自己吗？卡米洛。"

卡米洛说："对，我下午去废墟滑冰了。"

说着，他做了个滑冰的姿势，眼睛里亮晶晶的。

从这天开始，每天空闲时间，海莉都在肖恩宿舍的缝纫机前忙碌，她的中餐和晚餐都是卡米洛帮她带回来的。好多次，她踩着缝纫机跟卡米洛讨论，女孩们看到这么漂亮的衣服，是不是会高兴得发狂？她说自己跟姑娘们这么大的时候，新衣服天天不重样，她理解女孩子们对漂亮衣服的渴望，发誓要做出集中营里面最漂亮的服装，让女孩子们穿在身上，招摇过市。

卡米洛对衣服没有兴趣，海莉跟他说这些的时候，他听得心不在焉。

海莉辛苦了半个多月，缝制了六件毛毯大衣，分发给女孩子们，然后等待他们穿出去显摆，博得无数的赞美。她甚至担心会有更多的人堵在她宿舍门口，央求缝制毛毯大衣。她不怕劳累，只是去哪儿收购毛毯啊？

事情的结果出乎意料，确实有许多人堵在了海莉的宿舍门口，却不是来央求她缝制衣服的，而是把她缝制的毛毯大衣送回来了。脸上长雀斑的胖女孩贝拉，其实很喜欢海莉给她缝制的毛毯大衣，但她的母亲叶列娜却强行拽她去了海莉宿舍，把那件毛毯大衣摔在宿舍门前，故意在看热闹的人面前高声羞辱海莉，说道："收回你的烂衣服，别脏了我女儿，我们即使冻死，也不会要你的脏衣服。"

海莉极力地保持身子平衡，面带微笑地弯腰捡起毛毯大衣，拍了拍上面的土，问旁边的女孩贝拉："你喜欢这件大衣吗？"

贝拉诚实地点头说："太喜欢了。"

"好吧，我先给你保存着，如果有一天你妈妈同意你穿，再找我拿走。"

贝拉使劲儿点点头。

叶列娜的羞辱，似乎对海莉没有任何伤害，仿佛一拳打在软棉花上，让叶列娜很生气，于是恶毒地指着海莉脸颊上的"壁虎"，对周围人说："你们仔细看看这是什么？海莉你敢说吗？"

叶列娜鄙夷地看着海莉，眼睛里散发出凌厉的光芒。海莉满不在乎转过头，把正脸展示给围观的人，指着脸上已经很淡了的"壁虎"说："都看到了？就这儿，是被她们用拳头打出来的，因为她们的男人喜欢我。"

海莉说着，朝叶列娜身边走了几步："你有本事，回家打你的男人，他不喜欢你，是他找我的，整天跟在我屁股后面转，还把你们的钱偷给我，你管得住他吗？"

叶列娜想恶心海莉，却被海莉羞辱了，气得像疯狗一样扑向海莉，抓住海莉的头发，疯狂地把她往墙上碰。贝拉吓得号啕大哭，边哭边拽母亲，求她放过海莉，被叶列娜踢翻在地。

海莉没有反抗，似乎心甘情愿地让叶列娜把自己的头往墙上撞，当头碰到墙壁的那刻，尖锐的疼痛刺进她的神经，她闭着眼睛笑了。

海莉想起卡特乘船离开烟台的时候，她追到海边，船已经起航了，她跑进海水里大声呼喊，被浪头打翻在水里，她一次次爬起来，一次次被浪头撞翻，她被撞得恶心呕吐，可海浪攥住她不松手。就像此时。

在跟墙的撞击中，海莉失去了知觉，软软地倒在地上。围观的女人们吓傻了。

肖恩闻讯赶来，朝叶列娜大吼一声，顾不上跟叶列娜愤怒，抱起海莉朝医院跑去。

海水托着海莉起起伏伏，卡特的轮船已经驶出她的视线，除了蔚蓝的大海，她周围什么也没有。海莉放任自己慢慢下沉，沉到海底，沉到大地深处，沉到一个没有抛弃没有痛苦的地方。温暖包围了海莉，她感觉很幸福。她全身松懈下来，陷入无尽的幸福。忽然，她的耳边传来呼喊声，童稚的、恐惧的、软弱的男孩子的声音。有双软软的小手抱着她的脖子，泪水一滴一滴落在她的脸颊上。

海莉慢慢睁开眼，是卡米洛。病床边还有肖恩和赫上博士以及护士。看到她醒了，卡米洛哭得更厉害了。海莉想安慰卡米洛，可是她的嘴巴张不开。赫士博士给海莉做了检查，她断了两根肋骨，软组织受伤，鼻梁骨骨折。旁边的护工是海莉在医院的同事，她对海莉说："放心吧，海莉，我会好好护理你，让你早日出院。"

肖恩握住海莉的手，想给她力量，海莉却轻轻抽了出来。

海莉住院的这段日子，卡米洛寸步不离地跟着她。为她去医院食堂打饭，为她端洗脸水。中午太阳好的时候，他会趴在海莉身边睡一会儿。皮特来病房，送给海莉二十个鸡蛋作为慰问。为了让海莉开心，皮特拿出手绢问她，需不需要给她表演一段魔术？海莉摇摇头。

这时候，肖恩走进来，不管海莉欢不欢迎，他每天都要来看她。皮特就上前把他拽到一边，低声问："那个白俄娘们要怎么处理？如果自治委员会没办法惩罚她，皮特去处理了她。"

肖恩看了一眼皮特，皮特瘦长的脸上露出凶狠的模样。"肖恩，皮特可是很欣赏海莉，她是个真实的人，不虚伪不贪婪，当然不了，她还是我的大客户，我们俩的合作一直很好，谁让她不痛快，皮特弄死谁！"

肖恩从皮特的眼神里看出来，皮特是认真的。肖恩说："自治会当然要管，史密斯已经找叶列娜谈过几次了，让她来给海莉道歉，并在研究给她什么样的惩罚，可你知道皮特，委员会没有执法权，你经常偷食堂的白糖，纪律委员会也没办法惩罚你。"

皮特一听话题扯到了自己身上，很不高兴，再次强调他偷的是日本人的食品。"肖恩先生，请你不要诽谤我，皮特现在是集中营最能干最守规矩的商人。"

海莉说："肖恩，不要惩罚叶列娜，这些伤是我自己弄的，与她无关。以后不要提惩罚她的事了，这件事已经过去了。你们都走吧，我累了，需要休息。"

海莉闭上了眼睛。

第二十章

　　海莉在医院住了半个月，出院那天，她一大早就起来梳洗打扮，给头发烫卷，涂睫毛膏，画郁金香色的嘴唇，穿紫色的大衣。卡米洛耐心地在旁边听候海莉吩咐。

　　"卡米洛，我的睫毛夹呢？"

　　"卡米洛，我的眼影呢？"

　　"卡米洛，我另一只高跟鞋呢？"

　　卡米洛像个圣诞老人那样，为海莉分发这些礼物。当一切收拾停当，海莉上前把卡米洛搂在了怀里。那股茉莉的清香又一次萦绕在卡米洛周围。

　　"卡米洛，我这么使唤你，你不烦吗？"

　　"不。"

　　"你害怕我死吗？"

　　"怕。"

　　"如果哪天，你发现我死了，也不要难过，那是我有了更好的去处。"

　　门口传来敲门声。卡米洛过去开门，他们都以为是肖恩来了。可是门口站着的不只有肖恩，还有玛佩尔校长。

海莉不知道玛佩尔校长为什么要来，她看了一眼后面的肖恩。

玛佩尔校长在她跟前站定，开门见山地说："海莉小姐，我今天来是跟你商量那些女孩子们的大衣套装。"

海莉警惕地盯着玛佩尔校长。住院的这段日子，每当想起这些大衣，她的指尖就会控制不住地痉挛。医生说是前段时间劳累造成的神经性条件反射，没事的时候，要多进行按摩。

肖恩赶紧上前对海莉说："海莉，玛佩尔校长想跟你商量一下，把那些大衣买下来，芝罘学校还有几个女孩子没有御寒的衣服。"

海莉的指尖又开始抽动，她赶紧两手交叉揉搓。可是没用，疼痛迅速扩散，她的双手僵在那里。卡米洛赶紧上前为她揉搓手指，他没有慌乱，而是一寸寸捏手指的骨节，从上到下反反复复，直到海莉的双手重新变得灵活柔软。

"海莉，你的伤还没有好吗？我们再做个检查吧。"肖恩担心地说。

海莉摇摇头，她不想谈自己的伤，更不想谈那些衣服。她回身拿起包，牵着卡米洛朝外走去。

"海莉，把那些衣服卖给玛佩尔校长，那是你对女孩们的热情，不要辜负了自己的热情。"肖恩在她身后说。

海莉停住脚步。过了良久，海莉回过头来，强装欢笑对玛佩尔校长说："谢谢你，玛佩尔校长，我知道你的好意，可是我不能给学校的女孩子们穿，我不能脏了她们。"

玛佩尔校长走上前说："孩子们会以你的手艺为荣的，这么寒冷的天气，我们需要这些衣服！虽然我们资金不足，但我们还是会支付一些钱的。"

海莉的眼眶红了："我不要钱，玛佩尔校长，这些衣服算是我捐赠给学校的。"

海莉把六件大衣送到了凯琳的女生宿舍，海莉才知道，原来利迪尔、玛佩尔校长还有肖恩，早就安排好了一切。女生们等在那里，海莉刚进门，屋内就响起了热烈的掌声。

"凯琳，招呼你们班那几个女生，排队来海莉小姐这里领衣服。"

凯琳招呼几个女生排好队，她按照女孩的身材发放外套。每个领取到外套的女生，都走到海莉跟前，面带笑容，给她行一个屈膝礼，轻声道谢。她们捧着外套，就像捧着一件珍贵无比的宝贝。

凯琳是最后一个领取的，她走到海莉跟前，行了个屈膝礼，说："海莉小姐，谢谢你的漂亮衣服，我们给你唱一首歌好吗？"

海莉激动地捂住了嘴巴，点点头。

凯琳和几个女学生穿上毛毯缝制的外套，在狭窄的过道里站成长一排，开始了歌唱：

> 人们说，你就要离开村庄，我们将怀念你的微笑。
> 你的眼睛比太阳更明亮，照耀在我们的心上。
> 走过来坐在我的身旁，不要离别得这样匆忙；
> 要记住红河谷你的故乡，还有那热爱你的姑娘。
> ……

孩子们的歌声清澈透亮，回忆重新浮现。海莉的眼泪下来了。歌曲是她的祖国加拿大的民歌《红河谷》，她在妈妈背上的时候，就听这首歌了。

海莉第一次唱这首歌的时候，还是在高中毕业典礼上。她穿着蓝裙白袜和黑色的托福鞋，站在学校的毕业典礼台上，歌声婉转，笑容甜美。可转眼间，一切都变了，她来到遥远古老的中国，被关押在集中营。那些年少时的梦都化为了乌有。

显然，这是玛佩尔校长精心设计的。海莉、利迪尔、肖恩和玛佩尔一起加入了合唱。

自从衣服送出去后，海莉的手指痉挛好了。她无数次在脑海里想这些毛毯制作的大衣，不但手指没有痉挛，反而心里暖洋洋的。海莉从悲伤中走出来，她不能一直留在悲伤里，因为幼小的雅典娜还需要她的呵护。

事实上，海莉已经对雅典娜承担起母亲的使命。

早在圣诞节之前，自治委员会就给日方打申请，要求圣诞夜给集中营的孩子们送礼物。在报告中，威尔逊把送圣诞礼物在孩子们成长路上的意义，做了大量描述，恳切地希望日方批准。

代源美派人来通知威尔逊，圣诞夜可以派出四个大人给孩子们送礼物，不过十二点之前必须结束，否则作为违反集中营纪律处置。当然，这一切必须在日军巡逻兵的监视下进行。

史密斯刚想上前争辩，就被威尔逊用眼神制止了。过后，威尔逊告诉他，永远不要去为不必要的小事惹怒日本兵，那样只会给侨民们带来灾难，他们经不起任何风吹草动了。

史密斯刚进集中营时圆滚滚的大肚子早就消失了，消瘦让他整个人缩小了许多，再也不复以前的威风。听到威尔逊的话，他坐回到椅子上，一声不吭了。

圣诞节终于降临了。这个节日在集中营里被激发出了它最大的欢乐。利用老韩和肖恩开辟出的新的"黑市通道"，皮特挣了一大笔钱。贺卡、彩色棉袜、拴着彩带的小铃铛，包括高度白酒和香烟，甚至还有肥皂、婴儿帽子、跌打药……皮特的床上堆满了东西，人们大开眼界，连连惊叹皮特跟外面的沟通能力。皮特和戈麦斯头戴用红白纸叠的圣诞帽，背着手站在旁边看人们挑选礼物。

皮特得意地说："你们都承认吧，皮特现在是这里最大的商人。"

皮特为自己的成功而陶醉。在来集中营之前，他可是一个被人瞧不起的小人物，甚至是史密斯黑名单上的人。"现在有一半的潍县人在为我皮特服务，只要我说出里面缺什么，他们就想尽办法给我弄来。"

皮特并不知道，这其实不是他的本事。潍县百姓跟皮特做生意，看重的不是钱，而是对集中营的牵挂。他们为皮特跑腿从来不要小费，很多物品并不收钱，免费送给皮特，但皮特却以高价卖给了侨民。

"皮特，跌打药跟圣诞节有什么关系吗？"史密斯在一堆圣诞礼物中发现了跌打药，好奇地问皮特。

皮特笑起来。其实，跌打药不在皮特的这次购买清单中，不过围墙外跟皮特做交易的潍县人，说前些天集中营里有人托他买这种药，那个人的手臂吊在胸前，叫什么名字已经忘记了，希望皮特找到这个人，把跌打药转交给他。皮特根本不想费力气去寻找那个吊着胳膊的人，他觉得这种药在集中营很紧俏，先买下来再说。皮特问小伙多少钱，并且警告说，如果太贵，他是不会帮忙寻找那个手臂吊在胸前的人。围墙外的潍县人忙说不要钱，就是麻烦皮特寻找到那个人转交过去。皮特心里乐了。

皮特看着一脸好奇的史密斯，就想戏弄他一下，说道："局长先生，跌打药跟圣诞节有关系，如果我们在圣诞节这天打一架的话，这盒药就变成最好的圣诞礼物了。"

说完，皮特笑了。屋子里正在挑拣礼物的人也跟着一同笑起来。

史密斯发现药盒上写着"北平同仁堂制"，他知道那是北平最好的药房。看到史密斯盯着药盒看，皮特把药从他手里抽走了。皮特说："局长先生，如果你现在不买走它，皮特今晚就让圣诞老人送给别人了。"

屋里的人都以为史密斯不会理皮特，想不到他却问："多少钱？

我买了。"

皮特本来想调戏史密斯取乐，没想到他居然要把药买下来。皮特毫不心软地报了高价，可没等史密斯掏钱，这个价格就遭到售货员戈麦斯揭底。

戈麦斯说："没花钱。"

史密斯说："跌打药吗？"

戈麦斯说："没花钱。"

这次轮到史密斯笑了，在史密斯和众人的欢笑中，皮特对戈麦斯无情吼叫，骂他狼心狗肺，吃里爬外。他边骂边把史密斯手中的钱狠狠夺过来。想不到，戈麦斯把钱又从他手里夺回来，还给了史密斯。皮特彻底怒了，他拿起鸡毛掸子就要打戈麦斯，却被床脚绊倒在地，圣诞帽滚到一边，他坐在地上捂着腰大声呼疼。

史密斯递给他跌打药，说："要不要现在试试？"

皮特捂着腰挣扎着站起来，一把从史密斯手中夺下了跌打药。他真的自己留下了。

屋子里的笑声达到了顶峰，震得墙壁嗡嗡回声。戈麦斯发现有些人脸上笑出了眼泪，笑声越大，眼泪流得越多。他跟着也笑，鼓着掌笑，笑着笑着也流下了泪水。

毫无疑问，圣诞节前，皮特宿舍是最热闹和快乐的地方，人来人往，笑声不断。皮特巧舌如簧，把每一件商品都夸得天花乱坠，都是为圣诞节配备的最好的礼物，如果缺少了它，这个圣诞节过得不会痛快。于是，商品就这么体面地被打发走了。看到自己堆满床的钱，皮特因跌打药对戈麦斯产生的怨恨很快消失了，他从口袋里掏出一个铜铃铛递给戈麦斯。

"戈麦斯，这是皮特送你的圣诞礼物，希望你的脑子以后跟这个铃铛一样剔透响亮。"

戈麦斯接过来摇了一下，铃铛在他手里发出清脆的叮当声。

"门铃响了，妈妈回来了。"戈麦斯说。

屋子里安静下来，大家侧耳倾听，戈麦斯摇了一次、两次……铃铛声真的像家中的门铃声。接下来，铜铃被戈麦斯无休止地摇晃。他希望大家开心地大笑，那样才是过圣诞节该有的样子。可是没有一个人再笑。他们低头默默做起自己的事情。

肖恩一大早就出去了，走之前在炉火下埋了小土豆。他叮嘱卡米洛，用煤饼夹子戳戳小土豆，感觉到软就是熟了。卡米洛坐在炉前等着土豆熟。外面的风吹得窗玻璃打战，发出阵阵口哨声。偶尔有人从门前匆匆路过，也许是去工作。否则，这么冷的日子，谁会出门啊？

集中营里的人，手脚几乎都冻坏了。现在人们凑到一起，谈论最多的就是怎么治疗手脚还有脸上的冻疮，用什么草药最有疗效。

土豆终于熟了。卡米洛小心翼翼地用夹子把它们夹出来，放在盘子里。他打算吃土豆泥。卡米洛第一次吃土豆泥，是四岁那年的圣诞节。宁婶请假回家了，妈妈不会做饭，就把家里的土豆煮熟，捣成泥，撒上很多调料，端给他和爸爸吃。爸爸边吃边赞美这是世上少有的美味，卡米洛也跟着赞美。在他的记忆库中，对那个圣诞节怎样庆祝的没有记住多少，记住更多的是爸爸对妈妈的赞美和妈妈开心的笑。

坐在这个用饼干桶做成的铁炉子跟前，卡米洛把嘴唇靠近盛放土豆泥的盘子，低头吻了吻盘沿。做完这些，卡米洛继续吃土豆泥，他没有哭。他不想当集中营里爱哭的小孩。他要跟韩小亮学习，他穿那么破烂的衣裳，干那么沉重的活，还对他笑，还对他说："我去干活了，你不许哭了啊。以后在这里缺什么，跟哥说，哥有的是办法。"如果是韩小亮住在集中营，他肯定不会哭。卡米洛想。

半上午，肖恩扛着一棵小松树回来了，身上早就冻透了，他感觉胸腔里都结冰了。他急需用炉火暖和一下。手上虽然戴着手套，可右手背冻伤的地方正在溃烂流水。挖树的时候，冻疮上面那层薄皮被震破，流了很多血。

卡米洛不知道几次开门张望，终于看到扛着小松树回来的肖恩。肖恩带着一股寒气进屋子，把小松树放到房门后面，坐在小木凳上张开双手烤火。"打扮一下这棵树，让它今晚陪着我们过圣诞节。"肖恩对卡米洛说。

接下来的时间，卡米洛开始认真地装扮那棵树。他很满足，他没有想到，自己会有一棵圣诞树。

海莉下午过来，送给卡米洛一袋当地农民晒的红薯脯，当作圣诞礼物。她说："这是潍县小孩吃的零食，非常甜，你尝尝。"

卡米洛接过零食，捡起一根放在嘴里。海莉的话让他想起韩小亮，他也会吃红薯脯吗？坐在炉火旁，卡米洛安静地撕咬干硬的红薯脯。大风把门窗刮得咚咚响，天色阴暗下来。肖恩和海莉在打扮那棵树，卡米洛一直在安静地吃红薯脯。

看到海莉和肖恩打扮完那棵树，卡米洛从抽屉里拿出一幅画，在胸前展开给他们俩看。上面是一只色彩斑斓的蝴蝶，全身的绒毛闪耀着天鹅绒般的光芒，颤抖着翅膀，停在绿草坪上。

"送你的圣诞礼物。"卡米洛对海莉说。

海莉惊讶地接过来画："太漂亮了，卡米洛，这是哪里的蝴蝶？"

"废墟里的蝴蝶，夏天时见过的。"卡米洛说。

肖恩接过画，端详着里面的蝴蝶："这是美凤蝶，你确定在集中营见过？"

卡米洛点点头，他觉得见过。当时看到它的时候，它停留在海莉经常吸烟的旧窗框上，转眼就消失了。

"这种蝴蝶多数生活在中国的长江以南，能在潍县见到，你很幸运，卡米洛。"

卡米洛望着画中的蝴蝶，难道是自己梦到的它？他不确定起来，可不管怎样，当他画下它的时候，他就觉得它应该属于海莉，毕竟它这么美丽。

"在中国，蝴蝶被誉为爱情的象征，有个神话故事《梁祝》，说的就是两个年轻人相爱，得不到祝福，最后变成了蝴蝶……"肖恩说到这里，心里涌起一丝不祥。

门前过去一队日军巡逻兵，坚硬的鞋底混杂在寒风中，发出整齐划一的咔咔声。还没到天黑，这已经是第五次巡逻了。今天圣诞节，日军加强了对集中营的巡逻，他们怕侨民借机生事。

晚饭的时候，有传令兵拿着扩音器在食堂里对侨民喊话，饭后回房间必须关闭门窗，不经申请，任何人不许以圣诞节的名义，踏出房门半步，更不许搞串联。"安静地度过平安夜。"这是传令兵说的最后一句话。

侨民们每人领了一碗用剩面包煮的糊糊，坐在餐厅用汤勺默默地搅动。外面除了打着尖利呼哨的风，就是巡逻兵们咔咔的走路声了。糊糊冷得很快，侨民们抢在糊糊变冷前喝完，他们受够半夜饥饿的滋味了。学生们由于缺钙停止了发育，医生建议老师们给他们吃鸡蛋壳粉。于是，每天饭后，学生们在食堂吃鸡蛋壳粉成了一景。学生们仰着头张大嘴巴，让老师把蛋壳粉磕在他们喉咙深处，强忍着不呕吐用水送下去。当碗筷也被洗净烫好放在架子上时，食堂彻底安静下来。

圣诞晚餐结束了。

夜一点点加深，这个圣诞夜没有雪橇，没有圣诞老人的铃声，连雪都没有下。孩子们隔着窗玻璃往外看，外面除了岗楼上不时亮起的探照灯，用雪亮的光扫视整个集中营，其他时候是安静的。

肖恩、利迪尔、安德森和史密斯，在日本兵的看押下，分头给集中营的孩子们投送礼物——在他们的家门口挂一只袜子，里面有几块果脯，或是一个煮鸡蛋，大点的孩子会是一张贺卡。

道路被冻得硬邦邦的，肖恩的鞋底即将磨穿，踩在冰冷的地面上，脚底很快变麻木了，冻伤的手一阵阵地肿胀着疼。

看管他的日本兵命令他赶紧走，用蹩脚的中文说，不许故意拖延，不许耍花招。肖恩送完自己的那一片宿舍区的礼物后，朝月洞门走去。日本兵紧张地摘下肩膀上的长枪，问他想去哪里。

肖恩的手刚伸进口袋，士兵把枪管朝他跟前送了送，说："别耍花招！举起手来！"

士兵声音里带着阴冷，对于跟高大的肖恩单独夜行，他一直是警惕和忐忑的。肖恩从口袋里掏出贺卡，慢慢举起双手，回转身子。

士兵的眼睛在肖恩手里的贺卡和脸上轮流看。

"不要这么紧张，我们可以好好说话。"

"别耍花招！"士兵厉声说。

肖恩把贺卡举到士兵跟前："圣诞快乐！"

士兵愣怔一下，他犹豫着要不要伸手拿。在肖恩的一再示意下，他接过贺卡，在手中反复看着，神态也变得柔软起来。

"谢谢！"四目相对，士兵轻轻吐出来一句。

"你多大了？"

"……三十岁，先生。"

"比我大两岁。"

"我有孩子了，先生，您呢？我太太在日本带孩子，他是个勇敢的男孩，今年四岁，我来中国那年他刚出生。"

"我还没有结婚呢。"肖恩笑起来，"不过，我也有个男孩，七岁了。"

"祝贺你，先生。"士兵也跟着笑起来。

肖恩和士兵同时看到了月洞门前站着一个人，是田中凉介，他正朝这边看。

从别墅区传来欢歌笑语，有女人在唱歌，有人打着节拍，中间夹杂着男人的狂笑。女人唱的是首日本歌，曲调细腻，委婉阴柔，肖恩听不懂歌词，可是这首歌让他想起和外公在农庄里的日子。夕阳斜斜地照在田埂上，他赤着脚跟在外公身后，两边是大片的甜菜地，延伸到天边。

田中凉介朝这边大步走过来，他早就认出了肖恩，边走边心里揣测他来这里的目的。这个帝国的反对者，他的《北平沦陷日记》就是攻击帝国的一杆枪，尤其里面刊登的大量照片，全部是日军正在杀人放火行凶作恶时拍的，已经对日本皇军的形象造成了严重伤害。

看到田中凉介近前，士兵赶紧双脚并拢朝他敬礼。田中凉介从士兵手中抽走贺卡。士兵紧张地看着他。

肖恩拿出口袋里最后一张贺卡，递给田中凉介："圣诞快乐！"

田中凉介看了他一眼，把贺卡接过去。这时岗楼上的探照灯雪白的光打过来，照在贺卡上。贺卡是利迪尔带着学生们课余时间手绘的。田中凉介的贺卡上，画了一座大教堂，里面灯火通明，外面大雪纷飞，一种祥和、安静和温暖的气息跃然纸上。探照灯的光线转走了，贺卡在灰暗中熄灭了。

田中凉介把两张贺卡撕得粉碎，扬手把碎片散进黑夜。肖恩一动不动地看着他。

田中凉介忽然朝士兵大声吼叫："下等兵！"

"到！"士兵把自己的身体绷得笔直。

"押送他回宿舍区！"

"是！"

肖恩和士兵一前一后往回走。快到肖恩宿舍的时候，士兵轻声在肖恩身后说了一句："圣诞快乐！"转身走了。

　　肖恩回到宿舍的时候，卡米洛已经搂着西西躺下了。看到肖恩回来，他指指小松树上挂的袜子，然后把头缩进了被窝。时间不长，他的双眼悄悄从被子下面露出来，看向肖恩。肖恩正在看从袜子里抽出的画。画中，是圣诞夜的晚餐。点燃的壁炉，丰盛的晚餐，挂满礼物的圣诞树，还有桌前酷似肖恩和海莉的一男一女。肖恩笑了。

　　他蹲在卡米洛床前轻声说："谢谢你，卡米洛，圣诞快乐。"

　　这晚，肖恩没有睡好，寒气透进被子里，他感觉周身发冷，他几次起身看窗外。卡米洛睡得也不安稳，蜷缩在被子里，很冷的样子。肖恩把自己的长绒毛毯搭在他的被子上。房间内的温度越来越低，寒气从四面八方渗透进来，侵蚀着屋子里的一切。肖恩干脆把毛衣、毛背心和大衣全部套在身上，穿戴得体地回到床上，披着被子坐在那里打盹。

　　当肖恩又一次睁开眼睛的时候，屋子里一片雪亮。不知从什么时候开始，外面下雪了。肖恩惊喜地喊醒了卡米洛。地上的雪已经积了白白一层，黑乎乎的屋顶也戴上了白帽。卡米洛把整张脸贴在窗玻璃上。雪花从夜空中轻盈地飘落，无声无息。

　　大雪飘飘，集中营陷入了既温暖又寒冷、既沉默又热闹的温柔中。每间黑洞洞的屋子里，都有热切的眼睛望向雪地。

　　肖恩想起小时候，跟外公在圣诞夜的大雪中，唱《圣诞之夜》。卡米洛和肖恩一同唱起这首歌，这也是他曾经跟爸爸和妈妈在圣诞夜唱过的歌：

　　　圣洁的夜啊，雪已经轻轻地飘了，孩子们等在炉火前，
　　期待雪橇的铃声在门口停止……

突然间，窗外传来西西的惨叫和狼狗的嘶吼。卡米洛紧张地侧耳细听，惶恐地对肖恩喊："西西，西西！"

卡米洛跳下床朝屋外跑，却被肖恩一把抱住了。

窗外，一队日本巡逻兵走过，皮靴声伴随着笑声。肖恩心里明白，在这个看似美好的圣诞夜，西西不幸遇到了巡逻兵的狼狗，他心里祈祷西西能躲过一劫。

日本兵走远了，肖恩和卡米洛冒险跑出屋子寻找西西，发现西西躺在雪地上，身边有一摊血。肖恩一直心存侥幸，以为西西逃脱了。现在看，一切都是幻想。

卡米洛抱起西西，哭着说："它死了，它死了。"

卡米洛把脸伏在西西身上，像它活着时那样。肖恩看着卡米洛和他怀中死去的西西，不知道该怎么安慰卡米洛。当这些亲爱的生命从卡米洛身边一个个消失，必定在他幼小的心灵留下无尽的伤痛。卡米洛还能承受多少？

天微微亮，肖恩带着卡米洛把西西埋葬在废墟旁边。卡米洛用自己的毛巾裹住它，吻了吻它的额头，轻轻放进了坑里。

卡米洛的眼窝里没有泪水，他似乎一夜之间长大了，不想用哭来表达对西西逝去的难过，也不想用任何显而易见的方式来表达，他要做的就是去接受，因为一切都回不来了，如同爸爸和妈妈的死、韩小亮的死。

卡米洛把自己圣诞夜得到的礼物，跟西西一同埋葬起来，在他的人生中，再也不会怀念圣诞夜了。

第二十一章

来年的春天很短，那些春天里的花朵没来得及完全绽放，夏天就来到了。

这时候，有消息从侨民中间传出，先是美国海军在太平洋上所向披靡，继而美国空军又轰炸了柏林，然后是盟军攻占了罗马……真假消息在集中营里满天飞。

侨民们最关心的消息，是说日军因为连连败退，将会对集中营断粮。本来日军给集中营提供的食物就很少，没人能知道下一顿饭是否还有吃的。每天开饭的时候，食堂里总会有人吵架，领饭的人盯着打饭人的勺子，看每勺舀出的分量是否相同，稍有差别，他们便要求重新分配。琼斯太太几乎成了纠纷调解员，天天调解矛盾，改动食品分发制度，可依旧都不满意。

肖恩在日记中写道：

> 集中营里自杀的人越来越多，这些人刚进来的时候，还保留着天性中的乐观和幽默，可是随着时间的流逝，当高压下的日子里看不到未来时，他们失去了继续保持这些美好品

性的能力。自杀像传染病那样，正在传遍整个集中营。医院里大量的止痛药用在了自杀者身上，真正的患者反而没有了药物，这些恶性循环让医务人员身心疲惫。

生活物资也越来越匮乏，营养的缺失让孩子们正在停止发育，卡米洛的体重比刚进集中营时减轻了三磅。没人知道，应该怎么扭转这个局面。自治会在这些困难面前，也是束手无策。

海莉那次在路上曾经跟我说过："哪怕我们申请侨民自治，哪怕我们自立自强，也只是让自己活得体面点而已。从我们进来的那天起，每个人都注定没有以后了。"虽然很颓废，可是不能不承认，哪怕集中营落下的一粒尘埃，也足以压垮自治委员会。自治会的作用在现实面前是极其微小的。

卡米洛的身体也停止发育了，他像一根豆芽一样走路摇摇摆摆的。尽管身体停止了发育，但他的思想却加速成熟，变成了一个小大人。他很少会有恐惧，更多的时候选择忍耐和沉默。很多事情，他只是用眼睛去看，很少使用嘴巴。

这天晚上，卡米洛半睡半梦间，感觉有两个人走进宿舍，跟肖恩悄悄说话，搞得很神秘。他以为自己在做梦，晚上实行宵禁以后，日本人不允许侨民随便走动。隐隐约约，他听到几个人的片言碎语，他们在跟肖恩商量如何逃出集中营。那么高的围墙，还有日本兵巡逻队和狼狗，围墙上的岗楼和探照灯……怎么可能逃出去？后来，几个人说话的声音大起来，似乎发生了争吵，卡米洛完全清醒了，发现自己不是做梦，确实有两个人在黑暗里跟肖恩说话。说话的人声音沙哑，卡米洛好像很熟悉，却不知道他是谁。沙哑的声音说："肖恩，你不要犹豫了，我们在这里，跟外面没有任何联系，必须要逃出集中营，不能在这里等死。出去后，可以想办法联系大使馆，把集中营的情况传递出去，只有这样，大家才可能得救。"

卡米洛内心极度紧张，害怕肖恩跟着他们走，他努力睁开眼睛，眼前一团漆黑，仿佛那些声音是从梦境中发出的。肖恩开口了，他的声音压得很低，那些话几乎全在嗓子眼里咕噜。"我自己不能走，要留在这里跟威尔逊先生一起管理好集中营，要等着跟侨民们一起活着出去。我赞成你们逃出去，我可以帮你们。老韩的表弟在抗日游击队，我想办法联系老韩，联系潍县抗日游击队接应你们。"

三个人说话的声音越来越小，卡米洛完全听不清了，在寂静中又进入了梦乡。

卡米洛第二天一早醒来后，立即想起昨晚的事情。那些支离破碎的对话，在他脑海里跳进来跳出去。他打了个激灵，懵懂地看向肖恩，想问他昨晚是不是有人来过。可看到肖恩平静的脸，他又有些迷惑。难道真是个梦？

从西西的死到夜晚神秘客人出现在宿舍，卡米洛的心事越来越沉重。除了去食堂扫地，他喜欢去废墟那边，坐在埋西西的榆树下，一坐就是半天。过去没事的时候，他喜欢往约瑟夫的阁楼跑，现在连楼阁也懒得去了，每当肖恩问他要不要一起去照顾约瑟夫时，他总是摇头。他害怕哪一天，羸弱的约瑟夫跟西西一样，从自己眼前消失。

肖恩等待了很久，终于跟老韩取得了联系。肖恩把自己的想法跟老韩说了，希望得到游击队的帮助。老韩觉得这件事挺冒险的，犹豫了一下，说他尽快跟表弟联系，听听游击队那边的想法。两个人约好了下次晚上碰面的时间，老韩连家也没回，趁着夜色去找游击队里的表弟了。

到了碰头的日子，肖恩躲过了日本巡逻兵，去了北墙根下，把半拉子脸贴在围墙上听了听，墙外没有动静。肖恩有些着急，他用石头轻声拍打墙壁，这是他跟老韩的暗号。当拍打第三次的时候，墙那边响起小声的问话。

那是个既熟悉又陌生的声音，小心翼翼地问："是肖恩吗？"

"是我，你是谁？"

"我是老韩的表弟，我们上次接过头。老韩去找我的时候崴了脚，他托我过来跟你碰头。老韩跟我说，你们有两个人想出来。组织同意由我们游击队在外面接应，这是营救方案。"

肖恩忙把墙上的青砖抽掉，一张泛黄的纸慢慢递进来。

肖恩急切地展开方案。时间不长，他又把方案从砖缝递了出去。

"我都记住了，就按照你们的方案进行。我们立即做准备。"

"肖恩，这里我不能常来。集中营的淘粪工老张，可以信任，有事你找他，我们会安排好的。"

"老张？"肖恩想起那个穿着补丁衣服，赶着驴车来集中营淘粪的老头。他是唯一一个能进出集中营的中国人，但他从来不跟里面的侨民说话。日本人对他有严格限制，如果违反规定，他很可能丧命。

老韩的表弟说："这个人可靠，放心吧，他跟我表哥老韩一个村的。"

青砖被重新塞回原来的地方，墙那边一点声音也没有了。肖恩心里一阵感动，觉得中国人太善良太伟大了，他不知道对方长什么样子，甚至可能永远见不到彼此，但他们却冒着生命危险帮助集中营的侨民。

天亮后，吃过早饭，肖恩正准备去跟几个人通报与游击队碰头的情况，艾瑟尔告诉他，威尔逊找他有事。肖恩去了威尔逊的宿舍，原来威尔逊要跟他商量如何向外面传递情报，希望能在潍县筹措一批粮食。

威尔逊担忧地说："肖恩，现在战场上日军连连败退，顾不上我们了，根本不管我们的死活，赫士博士找我几次了，说医院几乎所有的药品都快用光了，而且急需几台医疗器材。"

肖恩说："现在外面的药品和医疗器材都很紧缺，日本人不可能给我们这些东西。"

"那当然，这些东西，日本人是不会给我们的，我们必须自己想办法。"

肖恩疑惑地看着威尔逊先说，问道："我们会有什么办法？只有让艾格先生跟国际红十字会联系帮我们，可我们根本见不到艾格先生。"

"远水解不了近渴。潍县广文中学的黄乐德校长是我的老朋友，他是一位德高望重的教育家。只要能有办法把情报送给他，他一定会帮我们的。"

肖恩陷入了沉思，老韩的脚踝近期肯定好不了，那么这么重要的事，还能找谁去做呢？他想起淘粪工老张。

"威尔逊先生，您一定见过淘粪工老张吧？就是给我们集中营厕所淘粪的老头。"

威尔逊点了点头，然后看着肖恩，等待肖恩说下去。

"你觉得……他可靠吗？"

"看上去，他是个忠厚老实的中国人。"威尔逊有些惊讶地看着肖恩，"怎么，你跟他有联系？"

肖恩摇头，又点头："正在跟他联系，是老韩推荐的，很可靠。"

威尔逊一阵惊喜，忙说道："太好了，他确实是一个很好的人选，我写封信请他转交给黄校长。"

"口述不行吗？带情报出去太危险了，老张进出集中营，哨兵都对他严格搜身。"

"不行，他说不清楚，我必须给黄乐德校长写封信，详细列出我们需要的药品和医疗器材。"

肖恩想到出逃的事，思忖着要不要把"出逃方案"告诉威尔逊。如果出逃成功，黄校长那边的事情也就好办了。犹豫再三，他还是决定不告诉威尔逊。

离开威尔逊宿舍后，肖恩就琢磨如何接触淘粪工老张。他觉得这件事要尽快，如果恒安石和狄兰出逃后，再做这件事难度就更大了，日本人肯定会对集中营严格管控。而且，老张是否愿意帮忙给黄校长传递信件？肖恩心里没有底，毕竟这是掉脑袋的事情，一个无辜的中国普通农民，会不会为了一群陌生的外国人，去牺牲自己呢？这不符合常理。可是他想起了老韩，老韩从没有得到他的回报，却把脑袋别在腰带上帮助他。

过去，淘粪工老张每天进出集中营好几次，自从日本人让老韩他们铺设了排污管道，大量粪便通过管道排到了围墙外的粪池里，厕所积压的粪便不多了，老张隔几天到集中营清理一次就行了，大多是早晨天蒙蒙亮时来，侨民们起床的时候，厕所已经打扫干净了。

肖恩连续三天蹲在厕所等候老张，天边微亮时，肖恩就跑进厕所蹲着，终于等到了老张。显然，老韩已经跟老张打过招呼，所以肖恩很隐秘地跟老张打了个招呼，老张就明白了，表示愿意替肖恩跑腿，只是他一口浓重的潍县口音，让肖恩听起来很费力。"你们在这里不容易，撇家舍业的，俺会尽心尽力去办，放心吧。"说完，老张憨厚地笑了笑。

肖恩心里非常激动，他慌忙掏出来用油纸包好的一封信，说："请您务必亲手交给黄校长，拜托给您了。"

看到肖恩给自己鞠躬，老张慌张得不知道该怎么办好，连连摆手，从肖恩手里接过油纸包，朝肖恩挥手，让肖恩赶紧离开。肖恩犹豫地站在那里，他很不放心，想知道老张用什么办法把这封信带出去。老张看到肖恩疑问的脸，明白了他的担忧，轻描淡写地说："你甭管了，俺们有办法对付这些小日本。"

肖恩走了。老张围着粪车转了两圈，确实费了一番脑子，最终决定把情报塞在了粪桶底下。他使劲儿抬起来粪桶，将油纸包压在下面，然后将粪桶装满了粪便，推着车子往外走，心里一遍遍告诫自己，一定要沉住气，脸色要正常，不要怕，有什么好怕的？

老张走到集中营大门口时，主动停下来接受检查，心里叮嘱自己沉住气，可腿肚子不争气，竟然打哆嗦了。为了掩饰自己的紧张，他使劲儿踩了几下脚，双手搓揉了几下。

肖恩离开厕所后，心里不踏实，躲在一棵树后偷偷张望，看到老张被日本士兵拦下检查，心里怦怦跳，忍不住双手抱住了树干。

士兵给老张搜身，全身上下，鞋子都得脱下来。检查完了身体，又检查粪车，捂住鼻子绕粪桶转了几圈，最终，目光落在粪桶上，示意老张把粪桶抬起来。老张心里纳闷，往常日本兵从来不检查粪桶底部，今天怎么突然……他装出若无其事地走到粪桶旁，仔细一看才明白了，原来他挪动粪桶后，并没有完全恢复到原位，粪桶底部明显留下一圈痕迹。老张有些慌，脊背立即流出了汗水。他抓住粪桶，装出用力挪动的样子，在粪车的掩护下，趁日本哨兵不注意，用脚狠狠地踢了一下驴腿，毛驴受了刺激，拉着粪车朝前蹿，一颠一颠的，粪水四溅。士兵吓得连连后退，捂住鼻子使劲儿挥手，让他赶紧走开。

驴车走出大门，老张坐上驴车，才发觉后背早已湿透。他没有停歇，赶着驴车一路跑远了。

看到老张赶着驴车出了集中营大门，肖恩才松下一口气，直接去了威尔逊先生宿舍，汇报了跟老张接触的过程。威尔逊先生仰头喘了一口粗气，像是对天祈祷。肖恩忧虑地问："你确定黄校长能帮我们？"

"你在中国也生活很多年了，应该了解中国人，他们最讲仁义，讲诚信。只要黄校长能收到这封信，一定会帮我们。我确信。"威尔逊坚定地说。

"我们现在的困难太多太大了，即便黄校长能帮我们，也是杯水车薪。"肖恩这么一说，威尔逊沉默了。是呀，集中营现在需要物品的种类太多了，数量更是大得惊人，两千多张嘴啊！

接下来的几个早晨，肖恩早早地去厕所等待老张，他想确认一下老张是否把信交给了黄校长。这天早晨，老张的驴车终于出现在远处，肖恩心里一阵惊喜，正要慢慢接近老张，却发现老张身后跟了一个日本兵。肖恩心里忐忑不安，难道老张引起日本人的怀疑？

肖恩想躲开已经来不及了，他急中生智，使劲儿扩张双臂，做出晨练的样子，大步从老张和日本兵身边走过，还特意问候了日本兵："早啊。"

日本兵愣了一下，咧了咧嘴，没说话。老张突然剧烈咳嗽起来，背着身子使劲儿弯着腰，终于咳出一口痰，啐在路边的草地上，然后直起身子，用鞭子抽了一下驴屁股。驴车加快了速度，老张和日本兵也慌张地追上去。

肖恩感觉老张弯腰咳嗽的时候，抬眼瞥了他一下。肖恩心里疑惑，本能地走到老张吐痰的地方仔细查看，发现老张咳出的不是一口痰，而是蚕豆大的一个小纸团，他捏在手里，走出很远后才紧张地打开，纸条上只有两个字，黄悉。

肖恩心里一阵宽慰，黄乐德校长已经收到威尔逊的信函了。

太阳升高了，阳光明亮热烈，耀得人睁不开眼睛。卡米洛正坐在宿舍里画画。肖恩回宿舍抱起了枕头和毯子，放到太阳下晾晒。他现在已然掌握了怎样在集中营内正常生活。

艾瑟尔出现了，脚步走得很快。快到肖恩身边时，肖恩停下手中的活跟她打招呼。艾瑟尔没有跟肖恩客气，开门见山地说："集中营里面有人想要出逃?"

肖恩的神色变了,他朝四周张望了一下,压低声音说:"你从哪里听来的?"

艾瑟尔说:"你会跟着一起走吗?"

肖恩不想谈论这个问题,也不知道该怎么回答,这个话题具有很大的危险性。自从有了具体的出逃方案,他整夜为之祈祷,生怕稍有不慎,前功尽弃。行动还没开始,怎么就泄露出去了?

"我跟着谁走?去哪里?"肖恩故作惊讶。

"别给我演了,肖恩,威尔逊先生已经掌握了所有动向。我想提醒你,不管出逃能不能成功,对集中营都是一场灾难。他们失败了,不仅要遭到最严厉的惩罚,集中营的侨民从此也会遭到更严酷的对待。如果他们出逃成功,留下的这些人将遭受严厉的审查和看管,日子就更难熬了,你想过这个问题吗?他们会毁掉我们的生活。"艾瑟尔严厉质问道。

可以确定,威尔逊和艾瑟尔得到了消息,不管他们是如何得到的。肖恩对艾瑟尔摇头,说:"艾瑟尔你在说什么?眼下的生活难道不是已经毁掉了吗?还能毁到哪儿去?男人女人,老人和孩子,都在忍受饥饿,都在这没有希望的牢笼中看着白天黑夜轮回,看着四季交替,谁都不知道出路在哪里,未来在哪里。难道这样的日子不应该被打破吗?"

"威尔逊先生说,黄校长会帮助我们,为什么还要去做这些无谓的牺牲呢?"艾瑟尔压制不住心中的愤怒道。

看着艾瑟尔涨红的脸,肖恩不忍跟她争执。他知道这个姑娘在为所有的侨民担忧。他记起自己刚进集中营见到她时的情景,她穿着时髦的毛呢裙子,麦秸色的长发像一束瀑布扎在脑后,碧蓝的眼睛里充斥着光芒,开朗地跟每一个人打招呼。可如今,她麦秸黄的长发在脑后胡乱绾了发髻，时髦的装束变得破损陈旧，脸上晒出了浅褐色的雀斑。

肖恩耐心地说："要允许两条路都探试一下，哪儿有出口往哪儿走，艾瑟尔，我们不能阻止阳光从另一扇窗户照进来。"

艾瑟尔的眼泪下来了，她委屈地说："肖恩，你这样说不公平，首先，我不是集中营的叛徒，我不会阻止人们过上更好的日子，我就是想知道你们行动的方案，可你不信任我，你防备我！"

看到艾瑟尔被泪水覆盖的眸子，肖恩头大了。他缺乏跟女人争论的经验，他想不透自己是怎么把一次谈话搅和成这样的。他想跟艾瑟尔道歉，结束这场争论。可是艾瑟尔似乎并不这样想，在她看来，这才刚刚开始。

艾瑟尔倔强地抹掉泪水问肖恩："如果是海莉问你这些，你也会保守秘密，不告诉她吗？"

艾瑟尔成功地把一场对于公事的讨论，转到感情的道路上，而且看样子一时停不下来。肖恩不想跟她讨论海莉，更不想公事私事混在一起谈。他抱起卡米洛的小毯子头也不回地走进宿舍。

艾瑟尔蔫蔫地站在那里，不知道该如何是好。她知道，谈话被自己搞砸了，她无法回去跟威尔逊交代。迟疑片刻，她慢慢往回走去，她知道，自己不走，肖恩不会出来了。

肖恩呆坐在床边，艾瑟尔怎么说的？"如果是海莉问你这些，你也会保守秘密，不告诉她吗？"想到海莉，肖恩心里一痛。他多久没有见到她了？现在，海莉的世界里，只剩下了雅典娜和卡米洛，她千方百计地寻找食物给他们俩吃，而遇到自己，如同路人。

卡米洛忽然开口道："你会娶艾瑟尔吗？"

"不会。"肖恩愣怔一下。

"你会娶海莉吗？"

肖恩沉默了一会儿，说："我不知道，卡米洛。"

卡米洛去枕头下抽出一张纸递给肖恩。上面画着一枚闪闪发光的钻戒。肖恩看着纸上的钻戒，咧嘴笑了。

卡米洛说："这是我仿照爸妈的婚戒画下来的，你去送给她。"

看到卡米洛郑重其事的样子，肖恩轻轻地把他搂在了怀里。

"他们逃得出去吗？"卡米洛伏在肖恩肩头轻声问。

肖恩用力把卡米洛拥在怀里，原来他早就知道这些。

"他们会的，卡米洛，整个潍县的百姓和抗日游击队都在帮他们，他们没有理由出不去。我们能做的就是为他们日夜祈祷。"

肖恩这句话很快得到了印证。半月后的一个凌晨，天色昏暗，集中营钟楼里沉寂已久的大铜钟，忽然传来肃穆洪亮的钟声，一共响了三声。整个集中营的日本兵霎时进入了紧急战备状态。

钟楼在教堂的顶层，那里是潍县城最高的地方，站在上面，可以看到整个潍县起起落落的房屋。那里也是侨民的禁地，按照日军内部的规定，只有集中营发生大事，比如侨民越狱、集体暴动等，卫兵才能上去敲钟让全体士兵集合。

卡米洛打了一个激灵，醒了。他发现，外面被探照灯耀得如白昼般亮堂，肖恩穿戴整齐，正站在窗前朝外看。听到动静，他回到看了看卡米洛，示意他不要怕。

卡米洛紧张地说："敲钟了！发生了什么？"

肖恩来到床边，伏在卡米洛耳边，小声说："成功了，卡米洛。恒安石和狄兰被墙外面的抗日游击队接走了。"

虽是黑夜，可卡米洛还是看到，肖恩的眼睛里燃烧着熊熊烈火。

卡米洛这才知道深夜来找肖恩的两个人，叫恒安石和狄兰。他们长得什么样子，长了三头六臂吗？怎么飞越围墙的？

很快，日本兵开始挨个拍宿舍门，大声吆喝侨民们去广场集合。肖恩动手给卡米洛穿衣服，边穿边说："我们现在去点名，不要怕，卡米洛。"

卡米洛很配合地穿好衣服，对肖恩丢了一句："我不怕。"

卡米洛抢在肖恩之前走出屋子。肖恩愣了愣，卡米洛什么时候胆子变大了？

路上挤满了人。在汽油火把下，人们排队朝各个集合点走去。狼狗的嘶吠声，士兵的责骂声，还有侨民们慌乱的脚步声，各种声音搅和在一起，感觉整个集中营都在瑟瑟发抖。

深邃的夜空下，鹅黄色的星星像刚出蛋壳的小鸡仔，争相出现在卡米洛的眼睛里。广场上燃起一堆堆柴火，火光照亮了人们的脸。利迪尔和玛佩尔校长带领学生们是最后一批到达集合点的，在他们来之前，广场上弥漫着一股肃杀的气息。可是当这群天使进来以后，风向变了。学生们根本不在乎眼前这副杀气腾腾的架势，跟往常一样，他们微笑着跟周边的大人打招呼行礼。利迪尔和玛佩尔校长小声交谈，不时轻声发笑。凯琳他们兴奋地指着天空，跟小伙伴们辨认星座，仿佛他们不是在集中营，而是在自家庭院或者美丽的海滩上。

队伍里没有人质疑为什么这么晚了还要点名，大家心照不宣。站在外围的大人们默契地站成一道城墙，把狼狗、枪械都挡在了外面。孩子们在大人们的围圈里叽叽喳喳，好像从来没见到过天空和星星，一直沉醉在好奇中。

两队全副武装的日军士兵，用手中的刺刀搭成一道利刃通道。点到名的人必须从刺刀的丛林下通过，站到对面。日军个子比侨民们矮很多，刺刀搭成的通道也就比较低矮，点到名的侨民只能屈辱地弯腰，从刺刀阵下走过。看到钻刺刀阵，卡米洛有些心虚，可他发现烟台芝罘国际学校的孩子们都跃跃欲试，把穿越刺刀阵当成了一次游戏，随着日军的点名，他们一个接一个兴高采烈地钻了过去。卡米洛强装镇定，抬头看了看星空，他仿佛看到爸爸、妈妈、韩小亮和西西正在辽阔的星空下看着他。他鼓足勇气，从那条大狼狗身边经过，穿过闪亮的刺刀阵，安稳地走到了肖恩身边。肖恩上前牵着他的手，小声称赞说："我为你骄傲，卡米洛。"

当日本兵点到恒安石和狄兰的名字时，队列中鸦雀无声，日本兵呼叫了几遍，到最后竟然咆哮起来。刺刀阵对面已是空无一人。不用问，逃跑的就是这两个人。田中凉介立即派士兵在集中营四周搜查，同时请求潍县附近的日本驻军协助追捕逃走的侨民。

三百多名日本兵支援田中凉介，在集中营四周拉网式搜查，追出上百里路，也没有找到恒安石和狄兰。田中凉介并不知道，恒安石和狄兰在肖恩的帮助下，翻越围墙后，在田间杂草中猫腰奔跑，躲过了围墙上的探照灯，快速穿越了大片农田，成功钻进了距离集中营三里多路的一片树林中。中国抗日游击队早就埋伏在树林里，等待接应他们。游击队接到他们后，辗转了几个村庄，到达了抗日游击队指挥部。游击队领导听取了他们的汇报后，又马不停蹄地把他们送到百里之外的一个小村庄，派专人看护。

恒安石和狄兰出逃后，田中凉介恼羞成怒，命令日本兵把恒安石和狄兰宿舍的侨民都关押起来，一个个严格审查，要查出他们的同伙，却没有找到任何线索。其实他们宿舍的人都参与了恒安石和狄兰的出逃计划，但面对日本人的审问，他们都装出很委屈的样子，说自己什么也不知道。

集中营的围墙四周再次加固了电网，点名制度更加严格，从一天一次，变成了早晚两次。田中凉介告诉侨民，无论付出多大的代价，一定要把恒安石和狄兰抓回来。集中营的日子在饥饿和胆战心惊中一天天度过，参与恒安石和狄兰逃跑计划的侨民们心里很不踏实。

终于盼来了老张，他这次是在黄昏的时候到集中营淘粪，身后依旧跟着日本兵。肖恩很想知道出逃后的恒安石和狄兰的消息，但无法跟老张接头。肖恩索性在老张离开集中营的必经之路上跟老张"巧遇"，希望老张跟上次一样咳一口痰，然而，老张从肖恩身边冷漠地走过去，看都不看肖恩一眼。

老张在日本兵的监控下离开了集中营，肖恩怅然地走回宿舍。走到半路突然站住了，想了想，折返身子，朝厕所走去。肖恩想起了一个细节，老张在跟他擦肩而过后，走了十几步站住了，双手反复掏两个裤兜，然后转身看向厕所方向，似乎丢了什么东西。驴车独自朝前走去，日本兵凶狠地瞪眼，催促他快走，他才从厕所方向收回目光，小跑步追上了驴车。老张有什么东西丢在厕所？是不是一种暗示？

肖恩去了男厕所，地面上打扫得很干净。天色已暗，肖恩仔细查看厕所的墙缝，希望老张能在墙缝留下秘密纸条。厕所的几堵墙都是用白石灰抹平的，只有破损的几个地方有裂缝，缝隙很细，不可能塞进纸条。肖恩失望地叹息一声，走出厕所的时候，无意中瞥了一眼粪池，发现里面有一个拳头大小的球状物品。粪池已经见底了，这个球状的物品尽管黑不拉几的，但看上去是干爽的。肖恩下去捡起来，感觉很柔软，他顾不得上面粘了污物，快速揣进兜里。

回到宿舍，肖恩仔细观察，球状的东西是用针线缝起来的，样子像动物皮，散发出一股难闻的气味。这是猪尿泡。

肖恩小心拆开猪尿泡的缝线，里面竟然是一块细软的白绸子。肖恩明白了，立即把白绸子放在水盆里，很快显出密密麻麻的文字。这是老韩的表弟写来的信，介绍了外面的形势，然后说恒安石和狄兰被抗日游击队安排在昌邑一家农户中，吃住都很好，也很安全，他们正在给重庆的美国领事馆写信，把集中营缺医少药、食品紧缺的情况通告给美国政府。

肖恩兴奋地去了威尔逊宿舍，把这些情况报告给了威尔逊。威尔逊摆出抽雪茄的姿势，伸出两根手指凑在嘴唇上，说："看样子，日本人必定要失败了，我们很快就能离开这个鬼地方。"

肖恩却高兴不起来，忧虑地说："我担心，如果日本人真的被盟军打败了，他们可能对我们实行报复。"

威尔逊满不在乎地说："垂死挣扎，最后的疯狂，会有的，我们要防范。"

肖恩点点头，心里却想，我们是日本人笼子里的鸟，怎么防范哪？

恒安石和狄兰出逃后，集中营跟外面的黑市交易彻底中断了，日本人对侨民们的管控非常严厉，距离围墙五十米的区域都被划为禁区，根本不允许侨民靠近围墙。尽管如此，由于饥饿难忍，一些侨民还是铤而走险，夜里躲过探照灯，偷偷溜到围墙下，将纸条和现金抛出墙外。他们知道中国人很讲信誉，捡到钱的人都会按照纸条上的需求，给他们代购奶油或者白糖。很多侨民们手里的钱花光了，就用一些值钱的东西做交换。有一位上了岁数的侨民，实在没有值钱的物品，就抱着试试的心理，把自己的假牙摘下来，连同一张纸条包裹起来，抛出围墙外，希望有人能捡到。这副假牙是黄金打造的，他希望用金牙换一些吃的。隔了一天，围墙外真有一个包裹抛在他指定的地方，里面有风干的驴肉和几块面食。不过，潍县百姓把他的金牙也抛回来了，并留了一句话，说没了牙，怎么吃东西？

虽然从集中营朝围墙外传递信息很危险，但比起外面的潍县百姓还是轻松多了。潍县百姓每次向集中营院内运送任何物品，都要绞尽脑汁，想出各种稳妥的办法，一旦被日军发现，就要掉脑袋。

一个阴雨天的上午，日本兵突然要求侨民们到运动场集合。肖恩心里一紧，这种临时的紧急点名都没好事。果然，队伍集合完毕，日本兵押着两名中国男人走到队列前，年长的四十多岁，年轻的也就二十岁左右，两人满脸是血，根本看不清他们的长相。侨民们惶恐地看着他们，不知道日本人要做什么。

田中凉介在几个日本兵的陪护下，走到队伍前训话。从田中凉介的训话中，肖恩和侨民们终于明白了，这两个人昨晚在给围墙内的侨民投送物品的时候，被蹲守的日本巡逻兵抓获。最初，田中凉介想知道他俩跟围墙内哪些侨民做交易，但无论使用什么手段，两位中国男人始终说不知道，田中凉介就想出一个阴险的主意，把他俩带到侨民们面前，如果有侨民主动站出来承认跟他俩联系的，他俩就可以免死，没有人站出来，他俩就要被就地枪决。

田中凉介刚说完，年岁大的男人就朝地上啐了一口血水，仰头看着侨民队伍喊道："你们别听小鬼子骗，我们的命肯定保不住了，你们不要上当。真对不起啊，你们要的鸡蛋和白糖没送进来，耽误你们的事了！"

田中凉介暴躁地朝旁边的童子兵小野健男招手，小野健男紧张地朝田中凉介敬礼，站在一边等候命令。田中凉介指着中国男人，做了个枪击的动作。小野健男像被电击似的，身子弹了一下，怯怯地后退了一步。

代源美麻利地掏出手枪，顶在小野健男头上，大声嘶喊："你敢违抗军令？"

小野健男赶紧站直身子，大声说："不敢！"

清脆童稚的声音刺痛了肖恩的耳膜，他用手掌盖住了卡米洛的双眼。与此同时，所有孩子们的眼睛都被一双双大手捂住了。学校的孩子在老师的口令下，集体向后转，背对着小野健男。

小野健男拉枪栓时，手抖得厉害，几次都没成功。代源美上前使劲儿扇他耳光。田中凉介冷笑道："小野君，在战争中，如果你对敌人怜悯，下一个倒下的就是你！你叔叔把你交给我，不是让我把你训练成一个懦夫，而是让你成为一名英雄！"

小野健男再次拉动枪栓，尝试着举起枪。

代源美转悠到两名中国男人身后说："你们俩谁先来？"

年长的对年轻的说："你先来，在后面，你撑不住。"

小野健男扣动了扳机，枪声响过，两名中国男人先后倒下。小野健男拄着枪，弯腰干呕起来。

一边的树林上空，有一群惊鸟呼啦啦飞起来，仓皇飞向远处。

侨民们都把目光移开，不敢看倒在地上的中国人。他们不知道这两个中国人叫什么名字，甚至没看清他俩什么模样，但知道他俩是为集中营里的侨民而死的。

直到点名解散，大人们才松开掩在孩子们眼睛上的手。他们不希望孩子们看到残酷血腥的一幕。

那天中午，食堂里破天荒有了剩饭，很多人根本没去食堂吃饭。

整个集中营非常寂静。

午饭后，自治会的成员都来到威尔逊宿舍开会。威尔逊首先对于两位中国男人的死表示痛心，然后有些生气地说："你们回去告诉大家，就是饿死，也不要再给潍县人找麻烦，这是让他们送命，他们付出的够多了。"

当天晚上，肖恩在日记中写道：

> ……今早被害的两名中国勇士，至死没有出卖集中营的人。这让我想起老韩，想起老张，想起韩小亮，还有潍县抗日游击队……这群素不相识的中国人，为了我们发自内心地付出帮助，付出同情，甚至付出生命。我们集中营里吃的鸡蛋，用的布匹，哪怕是学校孩子们用的铅笔橡皮，都是他们为我们提供的，虽然我们也给他们钱换取这些东西，可是我们要知道，这些东西不是能用钱买来的。我真想有机会，能够当面给他们鞠一躬。

第二十二章

集中营里的侨民在恐惧和饥饿中度日如年，威尔逊满心希望他的老朋友黄乐德校长能尽快为集中营提供帮助，然而一个多月过去了，黄校长那边没有任何消息。威尔逊有些绝望了。

肖恩习惯在淘粪工老张清理厕所离去后，快速进厕所寻找一遍，希望老张能留下情报，但每次都失望而归。

威尔逊和肖恩并不知道，黄校长接到老张传递的求救信后，可把他难坏了。他把自家的钱全部拿出来，又变卖了一些值钱的物品，凑到的钱却不够买药品的，更别说医疗器材了。凑齐这笔钱可不是一个小数目。想到集中营里威尔逊和侨民们的处境，黄乐德心急如焚，把儿子和女儿叫到身边，说无论想什么办法，也要凑钱帮这些外国人。于是，黄乐德跟儿子和女儿分头筹款，一个多月的时间，竟然筹集到了十万美金，这其中的周折和辛酸，只有他们自己知道。

有了钱，怎么才能买到紧俏的药品？即便能买到，又如何送进集中营？黄校长费了一番心思，终于想到了青岛的瑞士领事馆。在朋友的引荐下，黄乐德将筹集的十万美金交给了领事艾格，拜托他购买集中营急需的物品，并设法送到集中营。黄乐德把棘手的问题丢给了艾格先生。

即便是国际红十字会给集中营送物品，也要经过日本驻青岛领事馆的军务处严格审查，符合他们的要求后，才会在物品清单上加盖领事馆军务处公章。显然，威尔逊先生开出的药单，很多都是违禁药品，别说集中营了，就是在外面的药店也不准出售。

艾格先生为了药品清单能够通过审查，一连几天没睡好觉，想了许多办法，最后都放弃了。一天夜里，艾格躺在床上，手里拿着药品清单发呆。突然间，他脑子灵光一闪，觉得这个办法可以尝试一下。

第二天，他将需要通过日方审查的药品打印在纸上，不过行距比正常的文件打印行距宽了许多。他拿着这份药品清单，去了日本驻青岛领事馆军务处，请他们审查。军务处看到药品清单的行距挺宽，有些诧异，猜想哪个打印员这么笨拙，把文件打印成这个样子。清单上的药品经过审查符合要求，军务处就在清单上盖了公章。

艾格先生把加盖了公章的药品清单拿回去，在每一行的中间，又补打了一行药品清单，这些药品都是违禁品。他不知道瞒天过海的招数，能否通过集中营田中凉介的审查，只能去碰碰运气。

这天一大早，艾格带着一队货车到了集中营大门口，田中凉介很吃惊。昨天艾格跟田中凉介通话时提到过这批货物，当时他只是轻描淡写地说，国际红十字会出于人道主义，将给关押在潍县集中营里的侨民，提供一点药品和食品。虽然田中凉介有些疑惑，可是他没有理由阻止，只能口头上替侨民对国际红十字会表达谢意，想不到艾格这么快就送来了，而且数量很多，这让田中凉介产生了怀疑。再看药品清单，更是吃惊，这么紧缺的药品竟然也能运到集中营？

怀疑归怀疑，药品清单的尾部确实盖着日本驻青岛领事馆军务处的公章，田中凉介也只能通知侨民自治会的人来照单取货。

肖恩和威尔逊得到消息，快速来到了卡车前。艾格看到威尔逊和肖恩，热情地上前跟他们握手，大声问好，当肖恩的手从艾格手心里抽出来时，手心里多了封信。

侨民们兴奋地上车卸货，把药品和食品搬运回去。饥饿的侨民身上瞬间有了大把力气。

肖恩陪着威尔逊回到宿舍，把信掏了出来交给威尔逊。信是黄乐德校长写来的。他在信中写道：

亲爱的威尔逊先生，你好！

见字如面！接到先生的求救信，内心甚是焦虑，我跟儿子黄安慰、女儿黄瑞云即分头前往各处筹款。先生知道，眼下时局艰难，善款筹集遇到些波折，加上老朽年迈体衰，筹款途中多次被小恙缠身，故拖延了些时日，让先生久等。这次筹集善款，潍县几大家族以及潍县抗日游击队倾尽所有，给予了我们巨大的帮助，前后三次，共筹集善款十万美元。思忖再三，在别人的牵线搭桥下，我等辗转去青岛寻艾格先生相助，把善款分三次，打到国际红十字会账号，用他们的名义，购买药品和食品。艾格先生多方奔波，终于可以将货物送往乐道院，让我等不辱使命，完成了先生交代的任务。

今后如若有难，先生尽管开口，我等潍县人民与乐道院的侨民休戚与共，命运相连！万望先生保重身体，万望乐道院里侨民保重身体，等待胜利的到来。

黄乐德

1944年8月12日

威尔逊把信点燃，放进了桌上的小碗里。他和肖恩看着信笺在火苗的舔舐下，化为灰烬。

"肖恩，中国有句古话，大恩不言谢。此生此世，我们全体侨民欠潍县人民一个天大的人情，这个人情，我们还不上，也还不起！"威尔逊老泪纵横，他抹了把泪水，"如果没有这些救命的物资，过不了多久，我们会变成一具具尸体，被抬出去埋掉。"

肖恩说："是的，威尔逊先生，潍县百姓帮助我们，从来没有想到为自己争取功劳，博取利益，他们就是要帮我们活下去。有几个人被日本兵枪毙了，可他们没有退缩和惧怕，在战乱时期，这是多么可贵的品质。"

"是啊是啊，还有艾格先生，我们应该向他道歉，别看他病恹恹的样子，有魄力有智慧啊！"

在威尔逊的宿舍里，肖恩跟威尔逊交谈了很久。离开时，肖恩问威尔逊是否给黄乐德写封回信，威尔逊想了想，摇头说："不能写，我们不能把老张一次次置于危险之中，也不能把黄乐德校长牵扯进来。"

艾格送来货物的这天，比过圣诞节还要热闹。午饭时，侨民们终于吃上了久违的甜面包，喝上了红茶，每人还分到了一碗带肉的青菜汤。卡米洛看着眼前带肉的青菜汤，想起西西，西西喜欢吃肉，可是直到它死去，也只吃过一次变质的老骡肉。

这几车物资，让侨民们的脸上有了久违的笑容，集中营里出现了少有的安宁。

很快，更令人振奋的消息在侨民们中私下流传，说是美国政府和英国政府通过跟日本政府谈判，达成了侨民交换协议，有二百名美国人和五十名英国人将被释放，交换人员名单随后会传到集中营。侨民们半信半疑，难道胜利在眼前了？这个消息怎么传到集中营了？美国政府和英国政府知道哪些人关押在这里吗？哪些人能够被交换出去？

交换侨民的消息，是田中凉介通知侨民自治委员会的，只是通知有二百五十名侨民被交换出去，交换名单要等待日本国内的通知。为此，自治委员会专门召开了一个会议。他们心里明白，一定是恒安石和狄兰跟美国驻中国的大使馆联系上了。不过，到底哪些人被交换出去，威尔逊先生也不清楚。

表面上，卡米洛不关心这些，他没有问过肖恩和海莉会不会被交换走。除了打扫食堂，他就坐在榆树底下，用树枝在地上画画。这些画多数是西西，西西在奔跑，西西在睡觉，西西仰头看黄鹂鸟……可画着画着，他就把头埋进臂弯中流泪。集中营内离别的忧伤和欢喜让他陷入了恐惧。他听说名单上有利迪尔叔叔、赫士博士、基格神父等德高望重，以及在各自领域做出过突出贡献的人才专家。

卡米洛能想象出，当身边熟悉的人一个个离开，他留在集中营内是什么样子：举目无亲，恐惧孤独。他又要重复过一遍刚进集中营时的日子。

海莉看出了卡米洛的不对劲，他几乎不吃东西了，连鸡蛋也难以下咽。海莉生拉硬拽地要带他去医院做检查，在半路上，卡米洛哭了。

他哽咽着告诉海莉，他实在太害怕她跟肖恩被交换走了。海莉抱着他连说不会的，不会的，可是说着说着她也哭了。海莉告诉卡米洛，他猜对了一半，肖恩在交换名单上，她不在。肖恩走后，她可以接替肖恩跟他住一起，做他和雅典娜的监护人。

中秋节前夕，田中凉介将二百五十名要交换出去的侨民名单，送给了侨民自治委员会，随即让艾瑟尔张贴在布告栏里，威尔逊、赫士博士、利迪尔、约瑟夫、史密斯、肖恩等人均在名单上。

看到肖恩的名字出现在上面，卡米洛控制不住自己流泪。又有谁希望分离呢？卡米洛变得安静下来，可是他深蓝色的大眼睛里充满忧郁。有时在路上走着，看到在路边抱头痛哭的男人女人，他也停住脚步，不管对方是因为什么啼哭，他都会看上半天，甚至也跟随人家落泪。好几次，他哭得泣不成声，反倒是对方回身安慰他。

第一个跟田中凉介提出不想离开集中营的是利迪尔，他要把机会让给别人。田中凉介听到他这么说，以为自己听错了，让利迪尔说出理由。利迪尔解释说，他的妻女早已回国了，所以这个机会还是让给更需要的人吧。田中凉介连连摇头，命令利迪尔必须按照规定离开集中营，因为他是英国首相丘吉尔亲自点名必须交换回国的人员。

利迪尔坚定地说："我不会离开，你们如果需要，我可以手写一份自愿放弃交换回国的声明。"说完，头也不回地走了。

田中凉介看着利迪尔的背影，内心深处起了波澜。在他的眼中，利迪尔周身散发出高尚的光芒，这种光芒是贵族的责任和担当，是贵族精神的传承。田中凉介首次对自己的信仰产生了怀疑，对军国主义产生了羞愧。

肖恩为交换侨民的工作忙得见不到人影，海莉带着卡米洛独来独往。人们在食堂里吃饭，谈论最多的还是侨民交换，海莉和卡米洛默默地低头吃饭，吃完就离开。皮特虽然不在交换名单中，可是他非常高兴，因为史密斯在交换名单中，如果他走了，那么皮特就能真正放松下来。

分别的日子很快就到了，肖恩的忙碌也接近尾声。这天他回到宿舍，看到海莉和卡米洛坐在那里等着他。

肖恩紧张地看着他们："发生什么事情了吗？"

卡米洛盯着肖恩，强忍住泪水，一声没吭。眼前这个父亲一样的男人，明天一别，谁也不知道日后还能否相见，比如宁婶和树，北平一别，几乎是终生难见了。肖恩被两人盯得莫名其妙。

海莉说："你们明天一早不是要回国了吗？我来给你收拾行李。"

他说："谁告诉你我要回国了？"

海莉和卡米洛看向肖恩，一脸疑惑，布告栏上都写着呢。肖恩朝两人摊了摊手，说："我把机会让出去了，我还没有在这里待够呢！你俩都在这里，我有什么理由走？"

看着肖恩得意的样子，卡米洛不敢相信，他把头摇得飞快，认为肖恩在安慰他，明天一早他醒了，说不定他偷偷走了。想到这些，卡米洛号啕大哭起来。

"不要骗我，我知道你在骗我。"

"不不，卡米洛，我没有欺骗你们。"肖恩弯腰用毛巾给卡米洛擦拭脸上的泪水，"不止我，利迪尔、赫士博士、威尔逊先生、约瑟夫、史密斯等人，都没有走，名额给了那些更加需要的人。"

"肖恩，你疯了！你真的把名额让出去了？"当海莉确定肖恩没有骗他们后，怒斥道，"你留在这里干吗？你知不知道，只要有机会，田中凉介一定会杀死你！"

海莉由于气愤，眼泪流了出来。看到海莉情绪这样失控，卡米洛不知道该如何是好。肖恩低声让卡米洛别害怕，到门口的小凳子上坐着，他会安慰好海莉。卡米洛一步三回头地去了门外。

肖恩上前轻轻拥抱住海莉："海莉，我知道，你为了救我，救我们的侨民付出了很多努力，不要试图隐瞒。我不怕日本人，我就是要留在这里继续写《潍县集中营日记》，我要记录下他们在中国犯下的滔天罪行，等战争胜利那天，我要把它出版，在全世界面前揭露他们的法西斯恶行！等到那天，我要向你求婚，给你戴上钻戒，让你当我最美丽的新娘。"

说到最后，肖恩的声音低下去，他温柔地看着海莉，他愿意娶海莉，愿意为了海莉放弃独身主义。海莉不等他说完，挣脱开他的怀抱，就像听到了什么可怕的事情那样，连连后退到了门口。

"海莉，你在拒绝我吗？"肖恩盯着海莉。

"不不，肖恩……不是你想的那样……如果是以前，我巴不得……

可是现在一切都变了……肖恩，我不配做你的太太。"海莉哭得说不出话来。

肖恩疑惑地看着她："海莉，你不要哭了，我们好好谈谈，不管你遇到过什么，不管以后生活多么艰难，我都会对你不离不弃。我发誓。"

海莉拉开门走了，她一句话都没有给肖恩留下，走得决绝和无情。看着空荡荡的门口，那种无力感又攥住了肖恩。他坐回到椅子上，疲倦地闭上了眼睛。卡米洛看到肖恩的样子，没有敢进屋。

天空飞过一队鸽子，哨音清亮，队形优美。卡米洛不由自主地站起来，这是他在集中营见到飞鸟最多的一次。他仰着头一路小跑，跟随那群鸽子朝宿舍区后面跑去。可是没等跑到黑煤渣路，鸽子已经飞出了集中营那片天空，飞向了远方。卡米洛站在那里，失望地望着远方无限延伸的天空。

一双大手搭在了他的肩头，是利迪尔叔叔。利迪尔早就看到了卡米洛，看到他跟着鸽子奔跑，就迎了过来。

利迪尔揽着卡米洛的肩膀，带着他朝宿舍区走去："明天，会有很多人离开集中营，你不替他们高兴吗？"

卡米洛点了点头。他只是不明白，为什么会有那么多人留下不走，明明在这里过得很糟糕，每个人都吃不饱穿不暖，还时常被日本人恐吓毒打。快到宿舍的时候，卡米洛终于忍不住问利迪尔："叔叔，你为什么不走？"

利迪尔愣了一下，他蹲下跟卡米洛说："强者应该关照弱者，卡米洛，等你长大些，你就懂了，你也会这么做的。"

"可是利迪尔叔叔，你不是强者，那天我跟肖恩叔叔陪约瑟夫去医院，看到你了，听医生说你也生病了。"

"利迪尔叔叔只是身体虚弱了些，可精神上是强者。包括约瑟夫，他虽然身体有病，可他也是精神上的强者，我们不惧怕黑暗，我们可以一直待到集中营大门敞开那天。卡米洛，你也会成为一个勇敢的人，利迪尔叔叔相信你！"

"利迪尔叔叔，我真的会成为一个勇敢的人吗？"

"卡米洛，你现在就很勇敢，面对那么多困难，你都勇敢地承受了下来。利迪尔叔叔佩服你。"

卡米洛抿嘴笑了。

第二天一早，天刚蒙蒙亮，来接侨民的卡车就到了。黑煤渣路变成了站台，送别的队伍不断拉长。食堂分发食物的大婶们拎着面包篮，在离别的人群里挨个递面包。面包和拥抱变成了这个早晨珍贵的礼物。他们收下拥抱，把面包又送回来了。

看着人们推让面包，互相拥抱，海莉的眼前又出现多年前她跟卡特分别的一幕，那一别就成了永别。她极力控制自己不去想，可她控制不住，每当想雅各的时候，她的思绪都是暴烈的，根本不受她控制。

那时的情景跟眼前的分别一样。在码头，卡特把她和雅各拥抱在怀中，说着不舍分离的话，可最后怎样，不是一样杳无音信了吗？

卡车边有个挺着大肚子的女人在哭。她拉着即将上车的男人不舍得放开，哭着让他下车。海莉认识他们，男人住院的时候，女人一直在身旁照顾他。肖恩劝女人松手，卡车就要启动了。女人却死死搂住男人的胳膊，哭着说，孩子就要出生了呀。海莉看到男人皱起眉头。司机从驾驶室伸出头，高声叫男人赶紧上车。

男人从女人怀里抽出胳膊，对女人应付着说："我们很快会见面的，亲爱的，我在美国等着你。"

海莉冲上去拉开女人，对男人怒视道："满嘴谎言！赶紧滚蛋！"

男人惊讶地看着海莉，女人也停止了哭泣，现场安静了下来。

海莉指着男人说："你这么深情，为什么不把回国的机会让给她？"

男人的脸红了，在催促他的汽笛声中，他快步爬上了卡车。可是海莉不打算放过他，从地上捡起一块煤渣，狠狠地朝卡车上的男人砸过去。"骗子！流氓！"男人的脸在海莉眼里早已幻化成了卡特，她冲向卡车，似乎要把男人从卡车上拽下来。

肖恩上前拦住海莉，却被她一把推开。这时候，卡车轰的一声开走了，一辆，两辆……尘土飞扬，遮天蔽日。

车走人散，黑煤渣路上不多时变得空荡荡的。海莉蹲在地上，脸埋在双臂间，号啕大哭。那年，抱着雅各僵硬的身体走出医院，她流不出一滴眼泪。如今，能蹲在这里痛彻心扉地号啕大哭，她觉得是命运对自己的谅解。

肖恩和卡米洛默默站在旁边，没有上前劝解海莉，他们愿意等她自己站起来，挽起他们的手臂一起回去。

虽然走了二百五十人，可是集中营里没有感觉出空旷。打饭排队的队伍依然很长，宿舍里还是人满为患。而且，日本人的管控依旧十分严厉。

皮特不知道用什么方法贿赂了巡逻兵，每周他都能偷偷带约瑟夫去教堂弹钢琴。卡米洛在路上遇见过他们几次，约瑟夫邀请他一起去。

坐在琴凳上，约瑟夫说："卡米洛，好好听我弹琴，这样的机会不会多了。"约瑟夫揉搓着双手，他现在已经毫不避讳自己的手抖了，"我的病越来越厉害，早晚它会剥夺我弹琴的权利。如果真不能弹琴了，还不如去死。你说是不是，卡米洛？"

卡米洛严肃地看着约瑟夫。约瑟夫朝他伸出双手，卡米洛走过去，轻轻靠在他怀里。

手抖让约瑟夫的钢琴弹得时断时续，有时卡米洛担心衔接不起来了，可每次，约瑟夫都会坚持弹到底。

转眼已是深秋，路两边的杂草早已枯黄，天空中不时飞过大雁，发出澄澈的鸣叫。这天，卡米洛到废墟的时候，发现海莉在经常坐着吸烟的旧窗下，被一群女人包围了。卡米洛的右手不由自主地攥起来了，仿佛那块带血的石头又出现在手心里。

领头的是个灰头发女人，她指示其他女人给海莉搜身。海莉两指间夹着香烟，无所谓地抬起胳膊，随着她们的口令转身，抬胳膊。香烟把她的眼睛熏得眯了起来。女人们忙碌半天，什么也没有从海莉身上搜出来。

灰头发女人跟其他女人说："宿舍里没有，身上也没有，肯定被她藏在什么地方了。"

海莉吸了一口烟，疑惑地说："你们找什么？说出来我帮你们。"

灰头发的女人说："我老公把我的戒指偷出来了，有人看见他昨天下午在这里跟你见过面，你当时就穿着这件绿裙子。你每次穿绿裙子，都是出来跟男人幽会！"

卡米洛发现海莉今天又穿上了绿裙子，本来这件裙子很肥大了，现在穿在她身上正合适，显然被她裁剪过了。

海莉低头看了看身上的绿裙子，把烟蒂扔出窗外，忽然问灰头发女人："你老公是瘦高个吗？还是个子很矮的人？我昨天下午在这里见过两个男人，哪个是你老公？"

女人们恼了，纷纷指责她不要脸。灰头发女人双手掐住海莉的胳膊，发疯似的让她拿出戒指。灰头发女人说，那是她唯一的首饰了，在集中营生活最困难的时候，她都没有拿出来去换米换鸡蛋，想不到被老公拿出来送给了海莉。灰头发女人脸上全是明晃晃的眼泪，可她的声音里却不带一丝哽咽，搞得卡米洛以为自己看错了。

卡米洛不明白海莉为什么要撒谎，她昨天下午明明在他的宿舍里给他洗衣服。还有那些女人，戒指被老公偷去了，不去找老公要，为什么要来欺负海莉？

卡米洛的耳边响起利迪尔叔叔说的话："卡米洛，你很勇敢。"他的心脏跳得厉害，双腿却挪不动步子。

灰头发女人把海莉从窗台上拽下去，要拽着海莉去找纪律委员会裁决。卡米洛想狂喊，让她们放开海莉，让她们不许再欺负她。他不只想喊，还想捡起石头朝他们砸去。卡米洛低头寻找石头，身后响起脚步声，是田中凉介和几个士兵。

田中凉介看着女人们围攻海莉，嘴角上挑，露出幸灾乐祸的神情。他从卡米洛身边过去，走到女人们跟前。灰头发女人看到田中凉介，松开了海莉。

"继续打下去，我们会替你们收尸，请放心。"说完，田中凉介岔开双腿，找了个舒适的姿势站好，看着海莉和女人们。

女人们怯怯地站在那里没人吭声。田中凉介等了半天，看没人动手，示意士兵把她们押回宿舍。灰头发女人刚要辩解，被田中凉介一鞭子抽在了手背上，她尖叫一声，把手抱在了胸前。

士兵押解着女人们向外走去。

田中凉介嘴角挂着嘲讽的笑，慢慢踱到海莉身边，堵在她面前。海莉朝后退一步，他就跟上前一步，直到把海莉逼进墙角。海莉大声怒骂了一句什么，被田中凉介用手捂住了嘴巴。

一块石头穿过旧窗框，朝田中凉介径直飞去，砸在他的脊梁上。职业军人的习惯让田中凉介刹那间进入了战斗状态，他一个转身顺手就把海莉堵在自己胸前，手枪瞄准的地方除了卡米洛，什么人也没有。他疑惑得直起身子，卡米洛又一次举起了手，手里是一块更大的石头。

田中凉介笑了，他把枪收进枪套，把海莉推搡到旁边，朝卡米洛大步走过去。海莉发疯般从后面揽住了他的脖子，田中凉介挣扎间，卡米洛手中的石头飞向他的前胸。田中凉介恼怒地抽出腰间的武士刀，怒喝一声，就朝卡米洛劈去。

海莉喊："卡米洛，快跑！"

不等卡米洛挪开脚步，武士刀就停在他的鼻尖前。卡米洛匆忙后退几步，一屁股坐在地上。田中凉介慢慢收回武士刀，对海莉说："我可以放你们走，还有那些女人们，可是你必须答应我。"

海莉蔑视地瞥了田中凉介一眼，从口袋里摸出一根生锈的铁钉，把铁钉尖刺在自己的脸颊上，立即有鲜血流出来。

田中凉介看着她，两人都没有说话，似乎在比试谁更能沉住气。田中凉介最先放弃对峙，恶狠狠地瞪了海莉一眼，朝废墟外面走去。

废墟终于安静下来。海莉挨着卡米洛坐在地上。

卡米洛问海莉："你哭了？"

"哭了。"

"为什么哭？"

"因为你已经不惧怕日本人了。"

海莉站起来拉着卡米洛，一起朝废墟外走去。黑煤渣路上，空荡荡的。

"卡米洛，你从这里出去以后第一件事干吗？"

"去坊子看看，韩小亮的家就在那里。你呢？"

"我也不知道。我没有地方去。"

"我带你去坊子。"卡米洛大人般地说，"我不喜欢你这身绿裙子。"

"我也不喜欢，总有一天我要烧掉它，让它去见鬼。"

海莉没有跟卡米洛一起进宿舍，她在榆树下停住脚步。进屋子的时候，卡米洛回头，看到榆树下的海莉，满脸忧伤地盯着他。这个画面从此永久地停留在他的心底。

废墟的围攻事件看似过去了，可是卡米洛发现，海莉在集中营，明显被孤立了。男人们为了避嫌也开始躲避她。去食堂打饭，她的身前身后总会空出两个人的距离。她在医院上班，不管男女病人，都婉拒她的护理。如果她站在幼儿园栅栏外看院子里嬉闹的孩子们，老师会把孩子们匆匆带进屋子里……

海莉心里明白，她在集中营已经变成了一只蟑螂和臭虫。

第二十三章

　　凯琳和同班的学生已经毕业了，正焦急地等待他们毕业考试的成绩。往年，烟台芝罘国际学校的毕业生，大多数都考上了牛津大学。尽管他们被关进了集中营，但玛佩尔校长丝毫不放松学习标准，毕业的时候，通过日本政府传递试卷，依旧按照牛津大学的考试程序完成了考试。

　　新学期开始后，学生们终于有了教室。离开集中营侨民的集体宿舍，经过简单整修，变成了烟台芝罘国际学校的教室。这时候，从英国牛津大学也传来好消息，凯琳所在班级的十一人，全部被牛津大学录取了。虽然他们暂时不能去上学，但学籍会被牛津大学一直保留着。

　　当录取的喜讯漂洋过海来到集中营后，利迪尔把喜报贴在集中营的布告栏里。布告栏前人山人海，侨民们挤在那里，喜气洋洋地讨论这件事。

　　布告栏前的人散尽后，田中凉介走过来，盯着"喜报"看了很久。在内心里，他对这些被牛津大学录取的学生们充满敬意。

　　在肖恩和海莉轮番劝说下，卡米洛终于同意去芝罘学校上学。入学以后，卡米洛才发现，利迪尔叔叔的身体不但出了问题，而且是大问题。体育课上，学生们跑步，利迪尔叔叔只能在旁边指挥，这位奥运冠军竟然跟不上学生们的步伐。等学生们跑远了，站在树下的利迪尔，就用双手痛苦地捶打自己的头。可是一旦学生们跑到近前，他就放下手，笑盈盈地看着他们。

放学后，卡米洛去找约瑟夫，问他的偏头痛是怎样治疗的，他想帮助利迪尔治疗头疼病。约瑟夫笑了，说自己的偏头痛是帕金森引起的，而利迪尔的偏头痛是脑瘤引起的。

"卡米洛，好好照顾利迪尔叔叔，他是个伟大的人。"约瑟夫说的时候，脸上是压抑不住的伤感。

由于得不到治疗，约瑟夫现在不只手抖，腿也开始不受控制地颤动，跟卡米洛说着话，他哆嗦着起身去翻腾行李箱。他说，他带了很多药进来，里面有头疼药，他找出来让卡米洛带给利迪尔。可是他翻遍了两只箱子，一片药也没有找到，箱子里几乎没什么东西了。

"皮特，里面的东西呢？"约瑟夫指着空空如也的行李箱，疑惑地问皮特。

"被皮特全部卖了，亲爱的约瑟夫。卖之前没有告诉你，是怕占用你的宝贵时间。"皮特没有耍赖，大方地承认了。

约瑟夫懵懂地看着他说："这里面所有的东西都卖了吗？"

"是的，那些东西在集中营没有用，集中营里真正有用的只有面包和能买面包的钱。约瑟夫，你要相信这一点。"

约瑟夫失魂落魄地站起来，朝卡米洛摇了摇头，慢慢走回床上。他已经决定不再下楼了，他不想让一个全身颤抖的约瑟夫出现在众人面前。现在想起那些爬上树号叫的日子，是多么可贵。

约瑟夫并没有责怪皮特，甚至从心里感谢皮特。皮特不仅照顾他，还经常给他带来食物，没有皮特的食物，他这病体早就成了僵尸。

卡米洛下了阁楼，站在路上，茫然四顾，他不知道该去往那里，该找谁求助，才能帮助利迪尔。广场上的风很硬，又一个冬天迫近了。路边的枯草上还残存着白霜，卡米洛不由自主地走回学校。

　　利迪尔的办公室是学校里最小最破的一间，里面潮湿阴冷。卡米洛走到门口的时候，听到里面有人在说话。

　　"这可能是我送走的最后一届学生了，肖恩，我不行了。"

　　"利迪尔……别这样说。"

　　"我自己的身体我了解。以前，我头痛得整夜睡不着，可是最近，我已经感觉不到痛了，里面只剩下麻木，视力也跟着模糊。肖恩，我知道，是时候跟你告别了。"

　　屋子里静下来。

　　"卡米洛是个好孩子，我离开后，玛佩尔校长会好好教导他。我知道，他父母活着时，在北平曾给无数贫民的孩子带去知识，让这些孩子懂得了什么是侵略，这也是日军痛恨他们的地方。我们要把卡米洛看护好，让他长成一个跟父母一样的人。"

　　这是利迪尔留给肖恩的遗言。

　　第二天，利迪尔在体育课上教学生们打棒球时，刚刚挥起棒球棍，整个人就重重地摔在地上。学生们用最快的速度把他抬到医院，赫士博士为他做了简单的检查，叹口气说："利迪尔，交换侨民的时候我让你回国，这里不能做开颅手术，你就是不听劝，唉，现在说什么都晚了。"

　　玛佩尔校长和老师们轮流去医院陪护利迪尔。一天晚饭后，天阴沉得厉害，北风都要把屋顶掀翻了。卡米洛突然很想念利迪尔，他没有直接回宿舍，而是去了医院看望利迪尔。恰巧，玛佩尔在病房照顾利迪尔，正在给他喂水喂药。卡米洛站在门口静静地看着，脸上流淌着泪水。

利迪尔看到卡米洛后，朝他招手，他已经没有力气喊叫了。卡米洛看了一眼玛佩尔，不说话，仍旧站在门口。利迪尔给玛佩尔做了一个手势，让她离开病房，他要跟卡米洛单独说说话。玛佩尔走到门口，拍了拍卡米洛的肩膀说："卡米洛，利迪尔叔叔叫你呢，你过去陪陪他好吗？"

玛佩尔离开病房，卡米洛一步步走近利迪尔。外面突然起了狂风，从废墟那边传出惊天动地的倒塌声。利迪尔伸手摸摸卡米洛的脸，示意他再走近些。卡米洛点点头，俯身把脸贴在了利迪尔的手背上。

玛佩尔校长并没有走开，她就在隔壁病房守候着。

很奇怪，这一夜，利迪尔精神格外好，他给卡米洛讲了许多自己小时候的事，讲了关于战争，关于爱，关于成长的话题。卡米洛请求他讲如何获得四百米短跑奥运冠军，利迪尔满足了卡米洛的愿望。说到最后，利迪尔累了，说道："卡米洛，你走吧，我要休息会儿，不希望别人打搅我。亲吻我一下好吗？"

利迪尔叔叔脸上的微笑像太阳那样温暖，照耀着卡米洛。卡米洛站起来，上前吻了吻利迪尔叔叔的额头。

当卡米洛走到门口的时候，利迪尔虚弱地说："卡米洛，爱与你同在。"

玛佩尔校长看到卡米洛走出屋子，问他要去哪里，为什么不在屋子里守着利迪尔叔叔。卡米洛说利迪尔叔叔要休息了，不要别人打搅。玛佩尔校长有些诧异，忙朝病房走，却被卡米洛拦住了。

"利迪尔叔叔休息了，不希望别人打搅他。"

玛佩尔校长一把推开了卡米洛，强行走进去，卡米洛追上去，有些生气地说："玛佩尔校长，你不能这么没礼貌……"

"护士！托米医生！"玛佩尔快速冲出病房，慌张地喊着。

托米医生和两个护士跑过来，紧接着，好几个人进入利迪尔的病房，把狭窄的病房塞满了人。有人抽泣起来。

卡米洛被挡在人群后面，他不知道里面发生了什么，但又似乎什么都明白了，也跟着哭泣起来。

1945年2月21日晚上9点20分，集中营终于迎来它的第一场大雪。长长的冰凌挂在屋檐下闪着清澈的寒光，北风夹杂着大雪，整个营地都是它尖利的呼啸声。英国著名的奥运会四百米短跑冠军埃里克·利迪尔，中文名李爱锐，在集中营去世了。

这晚的暴风雪几近淹没了整个潍县，集中营陷入冰冻和悲痛中，每棵树上都凝结着冰花，每棵枯草上都滴落了泪珠。

威尔逊决定给利迪尔举行体面的葬礼，为此专门向田中凉介请示。田中凉介批准侨民自治会为利迪尔举行葬礼，但最多八个人抬棺，其他人不能参加。因为利迪尔是教育委员会主任，而且担任天津和烟台芝罘国际学校的化学和体育老师，可以有一名学生代表参加葬礼。

自然，学生代表的名额给了卡米洛。

在日军荷枪实弹的监管下，自治会的主要成员肖恩、史密斯、安德森、伊维斯等八人身穿深色礼服，肩抬棺木，卡米洛举着木质的十字架，在前面引导，沉默地走向废墟西边不远的墓地。那里已经埋葬了二十多名集中营侨民。从此，集中营的孩子们失去了他们的利迪尔叔叔，失去了他们的飞毛腿叔叔。

赫士博士原本想参加利迪尔的葬礼，因为身体太虚弱，临时让别人顶替了。不过利迪尔的去世，很让赫士博士伤悲，在利迪尔去世后不到一个月，他也静悄悄地走了。肖恩抱起他的身体时，发现轻飘飘地像一捆干柴，严重的营养不良和老年人疾病，早已让赫士博士的身体干瘪了。其实在侨民交换的时候，赫士博士就疾病缠身，虚弱得走路打晃，本应该离开集中营，回到自己的祖国休养，但他觉得自己的生命就像即将熄灭的蜡烛，即便离开这里，也没有多少好时光了，于是把美好的生活让给了更需要的人，把死亡留给了自己。

接连走了两位令人尊敬的人物，侨民们挺伤感的，集中营的氛围有些压抑，就连皮特都在利迪尔和赫士博士走后，擦了好几把泪水。

不过这种悲惨的结局和未知的命运，更让皮特失去了廉耻。为了能活下去，无论什么卑鄙肮脏的事情，皮特都愿意去做。皮特本来就不是一个好东西，没来集中营的时候，已经失去人性，只剩下一张人皮了，现在他还有什么害怕失去的？围墙外的黑市交易做不成了，他的目光就盯住了食堂的物品。

每天早晨，潍县百姓用独轮车和驴车，把日本人采购的厨房食品运送到乐道院大门口，然后由供给委员会组织侨民运送到1号和2号厨房。每天运送食品的时候，皮特都很积极地参与其中，目的就是在半路上把一些紧缺食品藏在衣服里。

皮特的床底变成了小型仓库，里面有偷来的白糖、面包粉、罐头。完成这些事情，他需要戈麦斯协助，因此经常把偷来的食品分一些给戈麦斯。

这天，皮特给了戈麦斯一袋白糖，戈麦斯明知道这是皮特偷来的，却当着史密斯的面泡水喝。史密斯很吃惊，戈麦斯从哪儿弄来紧缺的白糖？难道是黑市？史密斯就问戈麦斯，戈麦斯不会说谎，如实告诉史密斯，白糖是皮特给他的，皮特每天早晨都会在搬运食品的时候偷东西。戈麦斯弯腰从皮特床底下拽出箱子，打开给史密斯看。

史密斯很愤怒，把肖恩和安德森喊到宿舍，一起审问皮特。"皮特，老实交代，这包白糖从哪里来的？戈麦斯可是已经招供了。"史密斯亮出了手铐。

皮特很不满地对肖恩和安德森说："史密斯局长处处打击报复我，今天又想给我栽赃，你们不能不管，这样下去，可就毁坏了你们自治会的名声。"

史密斯从皮特床下拽出皮箱子，皮特觉得不妙，忙上前抓住了他的手腕，竟然公开谈条件，低声问："什么条件可以让你放弃搜查？"

史密斯挣脱开他的手，让他在离自己三步远的地方站好。史密斯把皮特行李箱内的宝贝都倒腾出来，肖恩和安德森看傻了眼，这么多紧缺食品，都是皮特偷的？

"说吧，你到底干了几次？在我眼皮子底下作案，我竟然没有觉察到。"史密斯不可思议地看着皮特。

肖恩和安德森用眼瞪着皮特，等待他的解释。皮特从口袋里掏出一支烟，放在左手大拇指的指甲盖上，悠闲地弹上弹下，把香烟放在嘴里，用牙齿咬住它，眯眼点燃了。没有人知道皮特想做什么，屋子里彻底安静下来，全部目光都盯着他嘴角的香烟。

皮特深深吸了一口烟后，对戈麦斯勾了勾手指。戈麦斯木讷地走过来，垂手站在他身边。身高两米的戈麦斯跟身材瘦小的皮特，在视觉上形成强烈的反差，把众人一瞬间带入了马戏团。

皮特对戈麦斯说："戈麦斯，告诉史密斯局长，白糖是你送我的。"

戈麦斯想了想，问皮特："什么时候送你的？"

皮特说："就是上周我为你死去的母亲通灵后，你拿不出钱来，送了我几斤白糖。"

戈麦斯点点头，回转身子对史密斯刚要开口，被史密斯打断了。

史密斯说："皮特，你在逗我玩吗？你以为我是三岁的小孩子？"

皮特把嘴里的青烟徐徐喷到史密斯的脸上，笑嘻嘻地说："我就是逗你玩呢，你能拿我怎么样？"

史密斯的脸涨红了，他把白糖扔在了一边的床上，准备把皮特铐起来。不等他动手，皮特讥讽道："你要打人？纪律委员会的主任要公然违反纪律吗？"

安德森说："皮特，你太放肆了！戈麦斯送给你的，戈麦斯哪里来的白糖?!"

皮特从床上把白糖拿回去，拎到戈麦斯跟前说："戈麦斯，这袋白糖是不是你从路上捡的？"

戈麦斯瓮声瓮气地说："什么时候捡的？"

皮特说："就是我给你死去的母亲通灵前捡的。"

戈麦斯说："是，我捡的。"

皮特转脸看向史密斯说："听到了吗？局长大人，你现在还有什么好说的？"

安德森刚要从皮特手里夺白糖，皮特扭头狠狠地瞅了他一眼，目光犀利，脸色阴森，像一头护食的恶狼即将亮出獠牙。安德森不由自主地退了回去。

"这是戈麦斯送我的酬劳，我不能辜负可怜的戈麦斯，谁也别想拿走。"皮特恢复了笑脸，拖着长调说，"戈麦斯，你告诉局长先生，白糖，你送我了。"

戈麦斯跟史密斯说："局长先生，皮特先生的占卜术很灵的，你去试试。不过得带着钱，没钱，他不给人家占卜。他跟我去世的母亲通灵时，母亲告诉我，让我以后什么都听皮特的，要做他的仆人。"

史密斯看看自己手里的手铐和皮特手里的白糖，竟然不知该怎么收场了。

皮特伏在史密斯的耳边轻声说："史密斯局长，你的手铐没什么用处，就借给我当道具用好了。"

皮特说着，发出了鹅叫般的笑声。

史密斯说："总有一天，它会戴到你的手腕上，你等着！"

皮特笑完说："我等着你，你可得好好活着。"

说"活着"的时候，皮特脸上的笑意消失了，一副恶狠狠的样子。

史密斯并不惧怕皮特，他决定亲手抓住皮特，人赃俱获，看皮特怎么狡辩。

史密斯每天早晨派专人在去往食堂的路上巡查，皮特没有机会下手偷窃了。他很快就改变了思路，利用往库房搬运物品的机会，对库房一番侦察，找到了可以下手的漏洞，选择凌晨史密斯沉睡之后，悄悄跟戈麦斯溜出宿舍，装出上厕所的样子，趁四下无人，摸到食堂后面的锅炉房，利用戈麦斯做人梯爬到锅炉房的屋顶，从锅炉房的屋顶跨越到库房屋顶，再从库房屋顶的通气窗进入库房，很轻松地将里面的鸡蛋、白糖和奶油偷出来。皮特确实是偷盗老手，这一切做得天衣无缝。

琼斯太太发现库房丢失物品，立即向史密斯报告，请他破案。史密斯检查了库房的门锁和窗户，都完好无损，库房里的东西怎么会不翼而飞？他把两名库房保管员找来询问情况，两个人都一口否认，甚至相互指责对方偷拿了库房的物品。史密斯肯定地告诉琼斯太太，两名保管员或者共同作案，或者是其中一人作案。

琼斯太太把库房的钥匙收回来，自己亲自保管，没想到库房内仍旧丢失物品。琼斯太太找到史密斯，说："史密斯局长，你分析一下吧，怎么会有这种怪事？"

史密斯挠了挠头，也想不明白，于是就找肖恩商量对策，说难道窃贼能上天入地？史密斯这句话给了肖恩启发，他跟史密斯检查了库房的几个墙角，并没有发现地道，再看库房的屋顶，有一个扇子形的天窗。肖恩惊讶地说："一定是从天窗进来的。"

史密斯心想，从天窗进库房，必须爬到屋顶，这种可能性很小。肖恩无法说服史密斯，索性自己晚上睡在库房里守株待兔。

肖恩秘密地在库房睡了十多天，并没有情况发生，他开始怀疑自己的判断有误，准备结束库房的蹲守。然而就在当天晚上，肖恩正昏昏欲睡，听到扑通一声，他睁开眼睛仔细看，尽管只有微弱的光，但从体形和脸部轮廓上很容易判断，进来的人是皮特。肖恩倒吸一口气，没想到皮特真有"上天入地"的本事。

皮特并不知道肖恩藏在库房的杂物堆里，他刚跳进库房，眼睛还不太适应里面的黑暗，正要弯腰寻找食物。肖恩突然跳起来，大喊一声："皮特！"

胆子再大的人，也会被这突然的一声叫吓个半死。皮特的身子明显地向后趔趄一下，同时发出一声惊叫。当他看清眼前站的是肖恩时，努力稳住情绪，很生气地说："是你呀，你干啥？差点儿吓死我！"

肖恩差点被皮特气乐了，怎么，我差点把你吓死，我还有罪了？"说吧，你进仓库干什么？"肖恩打开了库房的灯，皮特本能地用手挡了一下眼睛。

"我到这儿能来干什么？半夜肚子饿了，来找点吃的。"皮特说得理直气壮。

肖恩朝屋顶瞅了一眼，问道："你跟谁一起来的？"

"就我一个人。"

"你一个人怎么上来的？"

皮特得意地笑了："我练过中国的轻功。可以飞檐走壁。"

肖恩瞪了一眼皮特，不想跟他扯皮了，说道："走吧，我们去见史密斯，让纪律委员会处理你。"

就在这时候，在外面的戈麦斯等急了，竟然朝库房喊："皮特，你还不出来？你可别在里面吃完了，带出来一些给我。"

肖恩听出是戈麦斯的声音。"这不，有同伙呀。"肖恩模仿皮特的声音，朝外面喊，"戈麦斯，快去喊史密斯来救我，我出事了！"

"戈麦斯，我被肖恩抓住了！是肖恩……"皮特喊了几声，外面没回应，戈麦斯已经跑远了。

"这蠢货！"皮特气得骂了一句。

肖恩上前拽住皮特的胳膊，说道："走吧。"

皮特猛地甩开肖恩，露出凶狠的目光，说："怎么？逼我是吧？你不怕我弄死你？"

皮特快速从怀里掏出一个匕首状的铁器，对肖恩比划着。侨民到集中营之前，日本人对他们的行李严格检查过，决不允许随身携带匕首。肖恩看清楚了，皮特手里拿的是木匠用的锉刀。

肖恩心里一阵紧张，他听史密斯说过天津小白楼的案子，怀疑是皮特入室盗窃被发现，逃跑时狗急跳墙杀了人。不过肖恩又想，皮特这种不要脸的人，不会因为盗窃被抓跟他拼命，只不过是跟他虚张声势。

肖恩显得满不在乎地瞅着皮特，说道："皮特，别跟我来这一套，我是胆小的人吗？来吧，你朝我刺过来呀？"

皮特被肖恩的话唬住了。肖恩的确不是怕死的人，皮特可是亲眼看到他为史密斯挡子弹，迎着日本兵的枪口冲上去。皮特落下举着锉刀的手，说："商量一下怎么样？你放我走，以后你有什么事情需要我帮忙，我肯定会尽力的。皮特在江湖上混了这么多年，懂得知恩图报。我说到做到，皮特是个诚实人，讲信誉。"

"你诚实？"肖恩哼了一声，"前些天在宿舍，你不是说从来没盗窃吗？行了皮特，你这种人不好好教训你一顿，你是不会悔改的。"

皮特哼了一声，说道："你以为我怕史密斯？去见他又怎么样，我在宿舍里天天见他，都没人搭理他……"

皮特的话没说完，史密斯冲进库房。史密斯听了戈麦斯的报告，就明白皮特是被肖恩抓住了，穿着睡衣跑过来。

"皮特，放下凶器！"史密斯看到皮特手里握着锉刀，厉声呵斥。

皮特没有反抗，一副满不在乎的样子，把手里的锉刀丢在地上。好汉不吃眼前亏，他如果反抗，肯定要被史密斯揍一顿。史密斯一个箭步冲上去，扭住了皮特的胳膊。

"你不用抓我，抓我干啥？我又没地方跑。"皮特说。

戈麦斯因为个子太高，进库房费力气，站在库房外。他看到史密斯把皮特扭起来，突然觉得不对劲儿，想了想似乎想明白了，掉头跑开了。

然而，肖恩没想到的是，他抓了皮特却带来一个棘手的问题，怎么处置他？为了这个问题，自治委员会专门召开了一次会议，会上，史密斯激动地说："我们应该有法庭，审判那些违法的人。"

最终，自治委员会批准成立集中营法庭，从四十多名曾经当过法官的侨民中，选拔出五名德高望重的人组成最高法院，来审理皮特和戈麦斯的盗窃案，审判日选择在周六上午，法庭设立在一间教室里。侨民们听说要公开审判皮特，都兴高采烈地来到教室抢占座位，集中营难得有这么一件热闹的事情。

教室里坐满人后，五位法官进入现场就座。史密斯和纪律委员会的两个人，要把皮特和戈麦斯带进"法庭"，皮特站在教室外面不肯进去。

"我凭什么要接受你们审判？"皮特对史密斯喊。

史密斯威严地说："你盗窃物品，当然要接受法官的审判。"

"我是盗窃日本人的东西，有错吗？"

"你是去食堂仓库盗窃的。"

"难道不是日本人送来的？史密斯局长，你是最懂法律的人，在集中营没有比你更懂法律了，你想想我说得对不对？"

史密斯一时愣住了，不知道该怎么回答这个问题。从法律上说，皮特盗窃的确实是日本人的物资。但转念一想，不对啊，日本人的物资给了集中营，就属于大家共同的物资了，皮特偷盗的是大家的物资。这时候，看热闹的侨民开始起哄，史密斯没有跟皮特辩驳，连哄带骗地说："如果你真有理，到法庭上为自己辩护，你要进去跟法官申诉。"

"谁承认他们是法官？他们滚一边去！"皮特转身对身边的侨民说，"你们承认他们是法官吗？承认他们有权力审判你们吗？"

皮特很会揣摩人的心理，他特意把"审判你们"说得很慢，抑扬顿挫的。大家自然会想到，有了法官，集中营也就多了很多条条框框，今天审判皮特，说不定哪一天就审判自己了。于是人群中有人喊道："不承认，他们没权力审判我们！"

显然，自治会选出来的五名法官，并没有得到侨民们的认可。

史密斯很为难，皮特给他戴了高帽，说他是集中营最懂法律的人，从法律意义上说，他没有权力强行把皮特扭到法庭上，自治会没有行政权力，也没有执法权。

还好，五名法官提出一个办法，就是可以缺席审判。侨民们像看一场大戏一样，看着法官如何审判皮特。

皮特站在门外的人群后面，也跟着看热闹。完成了审判程序。他身边的戈麦斯有些紧张，不断提醒皮特，说："你听听，在审判我们俩呢。"皮特瞪了他一眼，让他闭嘴。

庭审结束，法官当场宣判，按照皮特偷盗的严重程度，判皮特两年有期徒刑，并让自治会的秘书艾瑟尔把审判的结果张贴在布告栏里。艾瑟尔在张贴布告的时候，皮特走到她面前，摘下尖顶帽子，朝艾瑟尔优雅地弯腰致敬，说道："啊美丽可爱的艾瑟尔小姐，你不要费力气了，把这张废纸交给我吧。"

艾瑟尔有些厌恶地侧身避开皮特的嘴脸，继续张贴布告。皮特笑了，又说："艾瑟尔小姐，别浪费时间了，我请你去我那里喝杯咖啡吧，我那里有最好的巴西咖啡。是不是，戈麦斯?"

站在皮特身后的戈麦斯急忙走到前面，证实说："是的，皮特那里有最好的咖啡，他手里有根魔棒，敲敲杯子，杯子里就有浓香的咖啡。"

皮特看着戈麦斯笑了，他觉得戈麦斯越来越符合捧哏的角色。皮特朝戈麦斯招招手，两人晃晃悠悠地走了。

集中营刚成立的法庭第一次审判，就这样荒诞地结束了。

第二十四章

这个漫长的冬天终于结束了，天气转暖，院内的柳树吐出了鹅黄色的嫩叶。

约瑟夫的病情并没有因为冬天结束而转好，他觉得自己活不久了，希望皮特给自己做一场法事，跟母亲通灵。皮特看着约瑟夫虚弱的身体，不忍心再对他说谎，告诉约瑟夫，世上没有什么通灵的法术，这种事都是事前做好功课，知道对方的情况而已。约瑟夫挣扎着从床上起来，惊讶地望着皮特，嘴里忽然发出尖锐凄厉的"狼嚎"。皮特吓得呆立在原地。

约瑟夫脸上滚落下大颗大颗的泪珠："皮特，你知道吗？我的母亲是英国最优秀的钢琴家，她既是我的妈妈，也是我的老师，就是那次通灵，支撑我活到现在，你现在却告诉我那一切都是假的，这样做太残忍了！"

约瑟夫开始用毛巾擦脸，用梳子梳头发。皮特忍不住问他要去哪里。约瑟夫没说话，海莉每次给他理发，都剪得很短，这让他照镜子时，觉得又回到了大学时代。

约瑟夫放下梳子，转向皮特乞求说："皮特，你再跟我说一遍，通灵时，我母亲说的那些话都是真的，你刚才说谎了。"

皮特摇了摇头说："虽然很残忍，可是皮特不想再骗你了，那都是假的，为了骗你的钱编出来的。我对很多人说过同样的话，只有你和戈麦斯信以为真。你们内心纯洁，皮特不应该骗你们。"

约瑟夫开始下楼。他感觉阁楼上太憋闷了，憋闷到他喘不过来气，他想去教堂弹钢琴，只有坐在钢琴前，约瑟夫才是约瑟夫，母亲才会复活，空气才会重新流动，人心才可以直视。

约瑟夫很吃力地走出一段路了，皮特跟在他身后，警告说："不要去教堂弹琴，别给自己惹事。"

约瑟夫没有停下脚步，他脑子里一片混沌，母亲跟他说的那些话，原来是皮特编造出来的。他不能接受这个事实，他情愿皮特骗他一辈子。

教堂里阴冷潮湿，充满灰尘的气味。厚重的窗帘遮挡住了太阳光的照射。约瑟夫上前拉开一扇窗帘，惨淡的阳光照进来，落在约瑟夫身上和钢琴上。约瑟夫打算弹《春之歌》。他想起小野健男。他在心里默默祈祷，希望双手能让他平安地弹完这支曲子，而不颤抖。

《春之歌》响起，屋子里荡漾着草长莺飞的温柔，荡漾着静水流深的宁静。约瑟夫闭上眼睛。母亲坐在旁边跟他合奏，不时温柔地注视着他，轻声称赞他。跟小时候学琴时一样。

约瑟夫的耳边响起几声响亮的掌声。约瑟夫睁开双眼，是小野健男。他不知道什么时候来了，正站在舞台边上一下一下拍巴掌。约瑟夫面无表情地看了他一眼，又闭上眼睛，他希望母亲还能出现。可是小野健男没有让他继续弹下去，他示意身后两名童子兵近前，一左一右围住了约瑟夫和钢琴。

约瑟夫疑惑地看着他们，不知道小野健男作何打算。小野健男走上前说："您不知道吗？弹琴违反集中营纪律！"

皮特忙替约瑟夫解释，说约瑟夫今天心情不好。小野健男推开皮特，挥动枪托砸向钢琴，一下又一下，把钢琴砸烂后，恶狠狠地看了约瑟夫一眼，迈着军人的步伐，像个将军似的走出去。

约瑟夫眼前浮现出曾经的一幕——小野健男从口袋里掏出一瓶牛奶，羞涩地问约瑟夫，能不能用牛奶换一曲《春之歌》？

约瑟夫浑身颤抖地看着砸烂的钢琴，说道："皮特，他还是个孩子啊，一个热爱音乐的孩子啊，可他捣碎了钢琴。"

"孩子上了战场，就是军人，就是刽子手！别天真了，音乐家，音乐在战争面前屁都不是！"

"或许，音乐在战争面前就是个笑话……"约瑟夫虚着声音说。

"战争要音乐干吗？战争就是让人挣钱的。你看我，如果不来集中营，现在还在天津的监狱里吃牢饭，说不定还得被判死刑。可是战争来了呀，皮特到集中营里不但没吃牢饭，反而还挣了一笔又一笔的钱。"

约瑟夫喃喃自语："钢琴毁了，母亲也不在了。"

约瑟夫转身朝礼堂外面走去。阳光通过窗户照进来，地上被照出一块又一块长方形的光影，约瑟夫时而出现在长方形的光影里，时而出现在阴暗处。

约瑟夫返回阁楼的时候，遇见了海莉。海莉端着一盆热水准备去病房。她看了一眼约瑟夫，站住了。

海莉说："约瑟夫，要热水烫脚吗？"

约瑟夫艰难地摇摇头，行动迟缓地爬上楼梯。海莉站在那里没动，担心地看着他的背影。她从未见过人的脸色能如此惨白，眼神能如此黯淡，像整个人已经死掉了一半。转弯的时候，约瑟夫停下脚步，探出身子问海莉："海莉，你活着的意义是什么？"

海莉想了想，说："为了赎罪。你呢？"

"我？海莉，我现在活着没有任何意义了。"

海莉端着热水跟着约瑟夫走上楼梯："这盆热水送给你了，烫烫脚，你会发现，让自己舒服就是活着的全部意义。"

海莉把热水倒进脚盆，加了一些凉水，看着约瑟夫把双脚伸进去，就匆匆下楼了。她需要尽快打一壶热水送去产房。

约瑟夫的双脚在热水中不再颤抖。他疲惫地倚着墙闭上眼睛。楼下又传来纷乱的脚步声，夹杂着很多人在喊医生。约瑟夫早已习惯这些声音。这些喧嚣从没停过，有时是送来了自杀者，有时是送来了急病号。约瑟夫羡慕赫士博士的去世，他去世得非常安静。那晚他做完一台手术，回到办公室，手术服都没来得及脱，就倒在他的小床上，安静地离开了人世。

约瑟夫躺在床上，小野健男用枪托砸烂钢琴的画面，在他面前晃来晃去。慢慢地，他睡着了，梦中回到了小时候，母亲开车带着他行驶在山路上，剧烈的颠簸让他恶心，母亲轻轻拍打他的后背，他不可避免地醒了。

卡米洛正在床边激烈地摇晃他。他睁开眼，首先看到的是卡米洛焦急惊恐的大眼睛。

"卡米洛，怎么了？"约瑟夫懵懂地看着他。

"海莉被烫伤了，烫得很严重，医生说会毁容。"说完，泪水从卡米洛的脸颊纷纷滚落。

约瑟夫扭头四下看，他想知道现在是什么时间了，他躺下之前，海莉还给他送来热水，难道他睡觉前听到楼下的喧嚣，是海莉被烫伤了吗？

"她在手术室？"约瑟夫问。

卡米洛点了点头。

在海莉给病人打开水的时候，老旧的自来水开关突然断裂，滚烫的热水变成了喷泉，直接喷到海莉脸上。

"海莉死了怎么办？他们都说她活不长了。"卡米洛带着哭声说，"他们都死了，爱我的人都死了，我不想让海莉阿姨死。"

卡米洛哭出声音了，约瑟夫劝慰说："卡米洛，我们要坚强地活着，活给自己看，活给法西斯看，活给全世界看！我们永远不会被法西斯打败！"

约瑟夫把抖成一团的双手交叉插在腋下，额头滚落下豆大的汗珠。卡米洛抽出他的双手，用尽全力给他揉搓。约瑟夫安静地坐在那里，看着卡米洛帮自己缓解手抖。风透过窗户吹进来，带来了消毒水的味道，也带来楼下纷杂的声音。

海莉已经被送进了病房，她在病房不接受任何人的看望。每天，肖恩和卡米洛来医院，只能从医生和护士嘴里知道她的情况，知道她每天的饮食和情绪是怎样的，知道她的伤情怎样了。

肖恩不知道该怎么安慰海莉，怎么才能让她感觉到生活的希望。甚至有时候，他都觉得绝望了。田中凉介枪毙了两个黑市交易的中国男人，黑市交易彻底断绝了，他跟老韩的表弟也失去了联系。围墙外不仅挖了壕沟，还增加了一道电网，日本巡逻兵的活动也更加频繁。虽然淘粪工老张依旧隔三差五到集中营清理厕所，但跟随在老张身后的日本兵不准许任何侨民接近他，肖恩也只能远远看几眼。

令人窒息的生活，让肖恩感觉很疲惫，有时候真想躺在床上不起来，睡个几天几夜。刚进集中营的时候，他身体健硕，现在由于营养不良和过度焦虑，身子瘦了两圈，脸上皮肉松弛，还有两个大眼袋，走路轻飘飘的，似乎一阵风就能刮走了。

就在肖恩快撑不住了的时候，看似憨厚的淘粪工老张，竟然成功地把一封信塞到了肖恩手里。尽管每次老张进出集中营都有日本兵随身监视，但肖恩仍旧远远地很失落地看着老张，目送他走出乐道院的大门。

这天，老张在傍晚进入集中营清理厕所，而且比过去来得都晚，远处的树梢已经隐入夜色中，模模糊糊看不真切了。肖恩在老张赶着驴车离开厕所的时候，习惯性地以散步活动的姿态，跟在老张和日本兵身后，距离至少有五十多米，再近了就会引起日本兵的怀疑，遭到呵斥。肖恩觉得这个距离，老张跟他不会有任何接触，他只是习惯性地完成这个过程，并且仔细观察老张的每一个举动，希望老张可以丢下一个纸团。其实老张根本没有这个机会了，就连在厕所淘粪的时候，日本兵都站在厕所门口，掩鼻盯着梢，老张无法在厕所留下任何物件。肖恩跟在老张身后，目送老张快要走出运动场时，便转身朝后走。他在运动场散步，如果一直跟着老张走出运动场，显然不合常理。

肖恩转身向后走的时候，突然听到老张"啊"地叫了一声，急转身子发现，老张捂着肚子缓缓地倒在地上，很痛苦地扭动身子。肖恩愣了一下，快速冲过去，对站在旁边的日本兵说道："这个中国人怎么啦？他好像得了急症，赶紧送我们医院吧。"

肖恩不等日本兵发话，弯腰去搀扶老张。日本兵被这突然的情况搞蒙了，缓过神来时，对肖恩厉声呵斥："滚开！你快滚开！"

日本兵喊叫着，刺刀对准了蹲在地上的肖恩。肖恩做出惊慌的样子，快速弹开。老张在地上蜷缩身子，来回扭动几下，慢慢平静下来，大口呼吸着，然后双手撑地，吃力地站起来。

"快快开路！"日本兵对老张呵斥。

驴车已经自行走出很远了，老张捂着胸部，弯腰去追赶驴车，渐渐消失在远处。肖恩这才感觉到自己出了一身汗。就在他俯身搀扶老张的时候，老张快速将一团东西塞进他手里。

肖恩回到宿舍，小心翼翼地打开那团东西，发现手里握着的圆球，仍旧是用猪尿泡缝制的，而且气味难闻，显然是放在粪车里带进来的。拆开猪尿泡，里面是老韩表弟写来的一封信，薄纸上只有两行小字：

希特勒已于1945年4月30日下午3点30分自杀身亡。5月2日7时，德军投降，苏德最后的决战——柏林会战结束。

肖恩看完两行字，巨大的喜悦导致他浑身颤抖。他把纸条看了几遍，然后烧掉，用冷水搓了两把脸。已经是晚饭时间了，他不想去食堂，一头趴在床上，让自己激动的心平静下来。

卡米洛从食堂吃完饭回来了，推了几下门，发现里面上了门闩。肖恩给他打开门，屋子里黑漆漆的。卡米洛有些奇怪，问道："肖恩叔叔病了吗？"

肖恩拉开灯，上前抱住他，在他脸上使劲儿亲吻了几下，弄得卡米洛不知所措。

肖恩直直地看着卡米洛说："你知道吗卡米洛，战争快要结束，我们不用待在这里了，卡米洛，我们胜利了。"

卡米洛不但没有高兴，反而露出惊恐的眼神，以为肖恩疯掉了。

"是真的，外面给我传递的消息。"肖恩看出卡米洛在怀疑他。

卡米洛感觉胸前燃起一团火，这团火烧得他脸发热，头晕得天旋地转。他问肖恩："我们该做什么？"肖恩笑着说："明天把这个消息告诉所有人，继续耐心地等待，继续跟日本人斗争到底。"

卡米洛学着肖恩的样子，扑倒在床上，仰头看着屋顶。这个夜晚，他俩肯定都睡不着了。

夜越来越深，巡逻兵带着狼狗从门前经过，脚步渐渐消失在远处。卡米洛突然从床上爬起来，看着肖恩说："敲钟，敲钟！"

肖恩一时没反应过来，抬头看了看卡米洛。卡米洛的一只手举在半空，做着敲钟的动作。

　　"敲钟！"肖恩明白了，恒安石和狄兰出逃的那天晚上，日本兵敲响了教堂上面的铜钟。他兴奋地说："对，敲钟，还要悬挂美国国旗！我们要让所有人都知道，我们胜利了！卡米洛，你在这里等着。"

　　肖恩快速从箱子的夹层中，取出了美国国旗。

　　"我们一起去！"卡米洛仰头看着他。

　　肖恩轻轻把他揽在怀里，吻着他的头发说："卡米洛，你长成真正的男子汉了。"

　　夜色中，树影婆娑，微风习习，一高一矮两个身影躲过探照灯，迅速朝钟楼跑去。

　　这注定又是个不平凡的夜晚。自从日军占领乐道院后，钟楼上的钟第二次被敲响。洪亮肃穆的钟声在深夜响彻乐道院，响彻潍县城。潍县城震动了，集中营震动了，日军震动了。侨民居住区，无数个窗口贴满紧张好奇的脸庞。

　　尖锐的警报声霎时响彻集中营。大批的日本兵朝钟楼包抄过来，探照灯把整个集中营照得如同白昼。

　　很快，侨民们被带到广场，他们的目光自然要投向教堂顶上的钟楼。借助探照灯的光芒，他们惊喜地发现悬挂在教堂钟楼栏杆上的那面美国国旗。尽管侨民们并不知道发生了什么，但他们都很兴奋，有人甚至面向美国国旗，将右手放在胸口前，激动地流泪了。

　　田中凉介看到钟楼上悬挂的那面美国国旗，就明白为什么深夜有钟声响起，其实日军在几天前就得到了德军投降的消息。田中凉介很愤怒，集中营管控严密，侨民如何得到了德军投降的消息？他们跟外界通过什么方式联系的？不用问，敲钟的人就是集中营里的内线。

在日本兵的呵斥声中，侨民们又一次回到恒安石和狄兰逃走的那晚，列队报数，等待田中凉介训话。肖恩朝身边那些好奇的眼神使劲点头，抑制不住的喜悦洋溢在脸上。大家从肖恩的神态上，看出有喜事发生，于是也微笑着跟肖恩点头，跟身边的人点头。侨民们都在互相点头致意，都在莫名兴奋，这种兴奋像火炬，点燃了所有人。

已经有日本兵爬上钟楼，摘除了美国国旗。点名结果，集中营的侨民没少一人。肖恩猜想，田中凉介一定会暴跳如雷，想尽办法追查到底是谁敲的钟。然而，让肖恩意想不到的是，队伍点名完毕，田中凉介掉头气呼呼地离去，代源美随即宣布队伍解散。

队伍解散后不久，很多侨民就知道发生了什么事情，都为德军投降而兴奋。有一些宿舍里，隐约传出了歌声。即便如此，日本巡逻兵也并没有像过去那样在窗外大声呵斥。

第二天早晨，集中营很平静。海莉因为身体原因，昨天晚上并没有参加集合点名，肖恩不知道她是否得到了消息，他来到医院病房，想跟海莉分享这份快乐。他推开病房的门，海莉不在房间，于是就找护士，问海莉去哪里了，护士走出病房，楼上楼下找了一圈，没看到海莉的身影。护士一头雾水，难道海莉回宿舍了？

肖恩准备去海莉宿舍，意外发现病床上有一个牛皮纸包裹的东西，打开一看，竟然是自己写的《北平沦陷日记》，翻开第一页，里面夹着一封信，是海莉的遗书。

亲爱的卡米洛，亲爱的肖恩：

　　当你们看到这封信的时候，我已经离开了这个世界。今天外面很冷，风像刀子那样锋利，割在人身上生疼。我很抱歉，我不能陪你们走出集中营。我害怕那天的到来，我不知道该如何用这副模样，度过外面的日子。

肖恩，你值得拥有更好的姑娘，去过更好的生活，而不是天天面对残缺的我，让集中营的记忆永远跟着你。当年我读完你的《北平沦陷日记》，曾经给你写过一封匿名信。我在信中说过，在战争面前，每个人，每座城，都是孤儿。

卡米洛，你跟雅各一样，都是我心中的"太阳神阿波罗"，我多么希望你出去以后，能忘掉在集中营里的日子，去愉快地生活。

我行李箱中所有的财产，全部留给可怜的雅典娜，希望能给她的生活带来一丝温暖。

爱你们的：海莉

肖恩读完信，冲着护士大喊："快找海莉，她出事了！"

海莉出事的消息传开，很多侨民加入到寻找她的队伍中。肖恩和卡米洛最先想到的就是废墟，带着侨民在一间间坍塌的房屋里寻找，刚找了几个地方，远处就传来喊叫声，有人在广场旁的小树林里找到海莉了。

海莉在一棵小树上，用破旧的床单自缢身亡。她被从树上取下来，托米医生拿着听诊器在她的胸前听了一会儿，直起腰面色沉重地摇了摇头。

卡米洛看到躺在树下的海莉，伸出手轻轻触碰了一下她布满疤痕的脸，冰冷坚硬，像那年正月初三，树给他从屋檐下掰的冰凌。卡米洛打了个寒战。

玛佩尔校长上前牵卡米洛的手，他顺从地跟着她走开。眼下不管是谁来带他走，他都会乖乖听话。

为海莉送葬的人很少，除了肖恩、皮特等几个抬棺者，就是艾瑟尔、卡米洛和玛佩尔校长。葬礼由威尔逊主持，威尔逊虽已不能长时间站立，可他还是坚持着站在墓地，坚持主持完葬礼。

众人散去的时候，肖恩独自留下来。黄昏柔软的光芒照在废墟上，照在海莉的新坟上。

肖恩蹲在新坟旁，轻轻说："海莉，我曾经想，等集中营解放那天，我要正式向你求婚。出去后，我们收养卡米洛和雅典娜，我们要让他们生活幸福……"

肖恩唠叨着，忍不住哭泣起来。"海莉，我不在乎你烫伤后好不好看，也不在乎你曾经做过什么，我爱你，是因为你的勇敢和正直。"

约瑟夫蜷缩在房间里，已经走不动路了，最近他感觉精神头越来越差，母亲经常出现在他跟前，就像小时候那样，指导他弹琴。他知道那是幻觉，可他感觉很幸福。

他并不知道海莉去世了，对前来看望他的皮特说："皮特，麻烦你跟海莉说一声，有空来给我理理发，今天母亲来教我弹琴，责备我头发没有打理，太长了。"

皮特犹豫了一下，没有告诉他海莉走了。皮特"嗯"了一声，算是答应了，他离开约瑟夫阁楼的时候，把一点零食放在约瑟夫床头。不知为什么，皮特总觉得自己亏欠了约瑟夫。

德国战败的消息像一支强心剂，让消沉的侨民们燃起了对生活的希望，整个集中营洋溢着节日般的气氛。田中凉介似乎为了掩藏内心的惊慌，命令代源美在院内的布告栏里张贴出许多日军战场上胜利的消息。但效果适得其反，侨民们恰恰从这些日本战胜的消息中，感觉到战胜方不是日本，而是盟国，照这样下去，日本很快也会沦为战败国。代源美在撒谎。

侨民们的希望的火焰没有燃烧几天，就被另一条消息浇灭了。据说，如果日本战败，丧心病狂的日军要将集中营的人全部处死。恐惧袭来，集中营里人心惶惶。从日军在中国犯下的滔天罪行来看，这些禽兽不如的东西完全做得出来。就连肖恩都坐不住了，去找威尔逊商量对策。

威尔逊果断召集自治委员会成员开会，大家畅所欲言，最后得出一条共识，不管这件事是否会发生，自治会都必须做好准备，以防不测。于是，威尔逊先生给各个部门做了分工，各委员会主任分头组织侨民暗中准备防身武器，私下进行演练，同时严密监视日本人的举动，如果日军动手，就跟他们鱼死网破。方案制订得很细致，分为两个梯队，第一梯队跟日军搏斗，第二梯队保护孩子和妇女突围。

因为这场可能到来的战斗，集中营所有男人们都强行挺直腰杆，他们都是一副英雄气概，决心为保护妇女和孩子们献出自己的生命。一时间，集中营的主调氛围从恐惧转为激愤。

集中营进入战备状态。不管是日军的巡逻兵还是传令兵来集中营，他们的一举一动都有侨民盯着。代源美觉察出了侨民们的变化，他怀疑里面有什么阴谋。于是，不管白天还是晚上，派往集中营的巡逻兵都多了起来。

晚上侨民们睡着，经常被院子里巡逻兵的走路声惊醒。巡逻兵的皮靴发出的橐橐声，让肖恩想起1937年北平刚沦陷时的那些夜晚，日本军队就这样背着枪橐橐地开进北平，开始了惨无人道的统治。

很多个被惊醒的夜晚，卡米洛看到肖恩沉默地坐在海莉的缝纫机前，一动不动。卡米洛躺在那里，眼睛空空的。

海莉去世后，卡米洛很少哭，每当想哭的时候，他的眼睛就干涩疼痛。有时他忘记海莉已经去世了，在食堂吃饭的时候，他给她占好座位，吃着吃着，他忽然想起来，海莉再也不能来食堂了，他的眼睛就干涩地疼痛起来。他放下手里的勺子，双手捂着眼睛，半天抬不起头来。

他每天孤独地去学校，孤独地回宿舍，像一只落单的鸟儿。路过海莉砌的小花坛，他蹲在那里一待就是半天。里面的花数蜀葵开得最好，一朵花接着一朵花向上开放，热烈，自由，像生前的海莉。

自从海莉走后，卡米洛再也没去过废墟，因为不远处就有海莉的坟墓。

这天，卡米洛特别想念海莉，于是壮着胆子朝废墟走去。说实话，尽管是海莉的坟墓，但卡米洛心里还是有些害怕，对坟墓和对死人的恐惧，让他每走一步都小心翼翼，并且左顾右盼的。

海莉的坟前被收拾得干干净净，一束野花倚在碑前。卡米洛猜想，肖恩来过了，只有肖恩才会给海莉采撷野花。

卡米洛站在墓碑前，怔怔地望着小小的坟头。不知道海莉在这里会不会害怕，还会不会有人欺负她。赫士博士和利迪尔叔叔都在这里，他们陪着海莉，卡米洛相信，他们会保护好海莉的。

太阳在天空中一点点挪移，很快晒到了卡米洛头顶。卡米洛抬头，看到七彩的光圈在空中旋转。他突然对着坟墓说："海莉阿姨，我唱《红河谷》给你听吧。"

人们说，你就要离开村庄，我们将怀念你的微笑。
你的眼睛比太阳更明亮，照耀在我们的心上。

这首歌，卡米洛找凯琳学了很久，他希望海莉能称赞他唱得好。在太阳七彩的光圈中，有只蝴蝶飞来，落到海莉的坟头上。

"卡米洛，当有一天你找不到我了，我肯定变成了你身边的一只鸟，或者蝴蝶，或者某个小虫子。"这是海莉曾经告诉卡米洛的话。

走过来坐在我的身旁，不要离别得这样匆忙；

要记住红河谷你的故乡，还有那热爱你的姑娘。

卡米洛看着坟头上的美凤蝶，一遍又一遍地唱《红河谷》。卡米洛唱完最后一遍，轻声问："海莉阿姨，我唱得好不好？"

蝴蝶抬起翅膀飞走了。卡米洛脸上全是泪水。

第二十五章

　　天气越来越热，今年的雨水多，草木格外繁盛，蚊虫也跟着多起来。

　　这天，肖恩带着卡米洛正在墓地清理杂草，忽然听到远方传来飞机的轰鸣声。肖恩惊奇地直起腰，用手遮阳看着天空。同一时间，集中营里的人都听到了飞机的轰鸣声，他们也都放下了手中的活，抬头望向天空。

　　时间很短，一架飞机飞到了集中营上空。它越飞越低，几乎掠过树梢，可以看清飞机上油漆着的美国国旗了。集中营轰动了，侨民们疯狂地朝头顶的飞机招手呼喊。飞机盘旋片刻，慢慢飞向集中营外面的高粱地。随即，飞机银色的腹部裂开了，从里面掉下一个个大包，侨民中有人高喊："降落伞，是降落伞！"

　　降落伞降落在集中营外的农田里，侨民们朝大门口奔去。有人哭喊，有人狂笑，有人扯下身上的衬衫，当成旗帜朝天空挥舞。这架名为"装甲天使"的B-24飞机，最后终于落在了潍县集中营围墙外那片庄稼即将成熟的高粱地里。

　　大门口站着的日军士兵，就像木桩一样，看着拥出来的侨民，一动不动，手里拎的枪耷拉到了地上。或许他们很早就知道了自己失败的命运，已经收起獠牙，不再做无谓的反抗。

卡米洛夹杂在人群中，几乎是被人群卷着，带出了大门口。外面，是一望无际的农田，翠绿的玉米地像无垠的草原，远处的蓝天和天际线衔接在一起。很多人跑出集中营，突然站住了。他们在乐道院被囚禁了三年多，就像关在笼子里的鸟，突然放出来，却似乎不会走路了。外面的世界很陌生，一切都是崭新的。

肖恩紧紧攥着卡米洛的手朝前冲去。几个伞兵被侨民们从高粱地里抬出来。就在这时候，集中营里的几位乐手吹响了长号，演奏美国人耳熟能详的乐曲，美国侨民们忍不住跟着音乐哼唱：

星条闪烁正飘扬，自由勇敢兴家邦。

美国少尉急忙从人们肩上滑下来，面向几名奏乐的侨民立正，行军礼。

一位手拿着长号的侨民，尽管衣衫破烂，却高昂着头，努力吹奏完音乐，然后扑倒在地上，呜呜哭泣。

与此同时，周边的潍县群众得知集中营解放，也朝集中营大门口跑来。妇女看到集中营里的一些孩子光着脚丫跑出来，在满是煤渣的土路上奔跑，都心疼地上去抱起他们。

史密斯看到场面无比混乱，忙召集人维护现场秩序。"都听好了，保持安静，不要乱跑！"史密斯嗓子都快喊劈了，没人听他的指挥。

突然间，史密斯看到人群中狂笑奔跑的皮特，愣了几秒钟，立即冲向过去，把皮特摁倒在地。皮特挣扎叫骂："你要干什么？"皮特挣扎着，仍旧不忘朝前面的美国伞兵挥手致意。

史密斯严厉地说："你被捕了，皮特！"

皮特如梦初醒，明白之后，皮特更愤怒了，声嘶力竭地喊道："混蛋史密斯，你放开我，我自由了，你这个混蛋！"

史密斯掏出一直挂在腰间的手铐，铐住了皮特的双手，得意地说："这副手铐就是为你准备的！"

皮特绝望地趴在了地上，像孩子一样哭起来……

远处传来浩荡的欢呼声。卡米洛抬起头，碧蓝的天空触手可及。卡米洛突然感觉天旋地转，一下子晕倒在地。他看到很多人从远处迎面跑来。有史密斯，有安德森，有艾瑟尔，还有海莉、妈妈、爸爸……韩小亮举着一只七彩风筝也朝他跑来，边跑边大声喊，弟，我带你一起飞。

卡米洛很快被肖恩摇醒了，等到他醒来，发现自己在肖恩怀里。肖恩大声对他喊："卡米洛，我们的噩梦结束了，你醒醒，一切都结束了，卡米洛！"

当天，潍县百姓络绎不绝地给集中营送来蔬菜食物，还有鞋子和衣服。老韩也来了，见到卡米洛的时候，他一把抱住卡米洛瘦弱的身子："孩子，你受苦了！"说着，大颗泪珠涌出眼窝。

带领美国伞兵前来解救侨民的少尉军官，要求见看守乐道院的日军最高指挥官，代源美带着美国少尉军官去了田中凉介的办公室，这才发现田中凉介已剖腹自尽。就在侨民们激情欢呼时，田中凉介默默地把自己关在办公室内，结束了自己的生命。

美国伞兵接管了集中营，田中凉介的办公室作为指挥部。一连几天，都有飞机在乐道院上空空投物品。烟台芝罘国际学校的孩子们没有心思上课了，兴奋地在院子里跟随头顶上空盘旋的飞机奔跑，玛佩尔校长担心孩子们被空投物品砸伤，在院子里大声喊叫着，让他们回到教室。孩子们在前面跑，她在后面追，像是中国的老鹰捉小鸡的游戏，玛佩尔校长快乐奔跑的身影，像一个十几岁的小女孩。侨民们看见了，都不由得笑了。

虽然集中营解放，但侨民们暂时走不了，因为日军刚刚投降，甚至有些地方还没投降，铁路公路都被阻断。美国士兵给他们讲课，将外面的战争情况告诉大家。这种课很受欢迎。

同时，英国代表告知所有英国侨民，这三年多里，他们在中国的公司、企业，甚至豪宅，已被日本人霸占，洗劫一空。如果留在中国，不可能享受原来的待遇，建议他们离开中国，回英国或者去加拿大等国家找份工作。最初，那些英国富翁没想到自己还能走出乐道院，当他们得到自由后，得知自己所有财产已化为虚无的时候，竟然当场抱头痛哭。

史密斯很不理解，对哭泣的英国侨民说："好吧，如果你们心疼那些财产，我倒有个好主意，你们跟皮特一起，让我把你们投进监狱，继续那种没有自由的生活吧。"

两个多月后，英国侨民第一批离开集中营。艾瑟尔跟随英国侨民走了，她不知道这一别，什么时候能跟肖恩再见面，忍不住扑进肖恩怀里哭了。

肖恩劝慰说："艾瑟尔，我们总会见面的，无论何时见面都不重要，重要的是，你要快乐地活着。"

艾瑟尔看到站在一边的卡米洛，上前抱住他的头，使劲儿亲了亲卡米洛的脑门，把一些泪水蹭在他脸蛋上。

肖恩是最后离开集中营的，他把卡米洛带着身边。"卡米洛，你愿意一直待在我身边吗？"

卡米洛点了点头，突然笑了，问道："我能叫你爸爸吗？"

肖恩笑着摇头，又笑着点头。

突然要离开集中营，肖恩有些留恋了，他带着卡米洛在集中营空荡荡的大院走了一圈，最后走进了日军居住的辖区。日军早就撤走了，很多房间的门敞开着。路过代源美的房间时，房门虚掩着，肖恩有些好奇，推开了房门。房间里井然有序，代源美临走的时候，好像什么都没有带走。肖恩看到代源美的床头上，摆放着妻子和女儿的照片，他拿在手中端详了许久，然后又小心地放在原处，走出房间时，肖恩轻轻掩上了房门……

大门外，有几辆卡车等候在那里，最后一批离开的侨民们正有序地上车。肖恩把卡米洛扛着肩上，手提简单的行李，走出乐道院大门口。

远处的天空无比辽阔。

图书在版编目（CIP）数据

乐道院 / 衣向东，王威著. -- 北京：作家出版社，2023. 6
ISBN 978-7-5212-2318-7

Ⅰ. ①乐… Ⅱ. ①衣… ②王… Ⅲ. ①长篇小说 – 中国 –
当代 Ⅳ. ①I247.5

中国国家版本馆CIP数据核字（2023）第086078号

乐道院

作　　者：衣向东　王　威
责任编辑：兴　安
助理编辑：赵文文
装帧设计：意匠文化·丁奔亮
出版发行：作家出版社有限公司
社　　址：北京农展馆南里10号　　邮　　编：100125
电话传真：86-10-65067186（发行中心及邮购部）
　　　　　86-10-65004079（总编室）
E-mail:zuojia@zuojia.net.cn
http://www.zuojiachubanshe.com
印　　刷：河北宝昌佳彩印刷有限公司
成品尺寸：152×230
字　　数：275千
印　　张：22
版　　次：2023年6月第1版
印　　次：2023年6月第1次印刷
ISBN　978-7-5212-2318-7
定　　价：62.00元

—